HISTÓRIA DO CERCO DE LISBOA

Obras do autor publicadas pela Companhia das Letras

Alabardas, alabardas, espingardas, espingardas
O ano da morte de Ricardo Reis
O ano de 1993
A bagagem do viajante
O caderno
Cadernos de Lanzarote
Cadernos de Lanzarote II
Caim
A caverna
Claraboia
O conto da ilha desconhecida
Don Giovanni ou O dissoluto absolvido
Ensaio sobre a cegueira
Ensaio sobre a lucidez
O Evangelho segundo Jesus Cristo
História do cerco de Lisboa
O homem duplicado
In Nomine Dei
As intermitências da morte
A jangada de pedra
Levantado do chão
A maior flor do mundo
Manual de pintura e caligrafia
Memorial do convento
Objecto quase
As palavras de Saramago (org. Fernando Gómez Aguilera)
As pequenas memórias
Que farei com este livro?
O silêncio da água
Todos os nomes
Viagem a Portugal
A viagem do elefante

JOSÉ SARAMAGO

HISTÓRIA DO CERCO DE LISBOA

2ª edição
3ª reimpressão

PRÊMIO NOBEL
COMPANHIA DAS LETRAS

Capa:
Adaptada de *Silvadesigners,*
autorizada por *Porto Editora S.A.* e
Fundação José Saramago

Caligrafia da Capa:
Álvaro Siza Vieira

Revisão:
Francisco José Couto
Fátima Couto
Graça Couto
Laura Victal

A editora manteve a grafia vigente em Portugal, observando as regras do Acordo Ortográfico da Língua Portuguesa de 1990.

Dados Internacionais de Catalogação na Publicação (CIP)
(Câmara Brasileira do Livro, SP, Brasil)

Saramago, José, 1922-2010.
História do cerco de Lisboa / José Saramago. — 2ª ed.
— São Paulo : Companhia das Letras, 2017.

ISBN 978-85-359-3039-9

1. Romance português I. Título.

89-0494 CDD-869.37

Índices para catálogo sistemático:
1. Romances : Século 20 : Literatura portuguesa 869.37
2. Século 20 : Romances : Literatura portuguesa 869.37

EDITORA SCHWARCZ S.A.
Rua Bandeira Paulista, 702, cj. 32
04532-002 — São Paulo — SP
Telefone: (11) 3707-3500
www.companhiadasletras.com.br
www.blogdacompanhia.com.br
facebook.com/companhiadasletras
instagram.com/companhiadasletras
twitter.com/cialetras

A Pilar

Enquanto não alcançares a verdade, não poderás corrigi-la. Porém, se a não corrigires, não a alcançarás. Entretanto, não te resignes.

DO LIVRO DOS CONSELHOS

Disse o revisor, Sim, o nome deste sinal é deleatur, usamo-lo quando precisamos suprimir e apagar, a própria palavra o está a dizer, e tanto vale para letras soltas como para palavras completas, Lembra-me uma cobra que se tivesse arrependido no momento de morder a cauda, Bem observado, senhor doutor, realmente, por muito agarrados que estejamos à vida, até uma serpente hesitaria diante da eternidade, Faça-me aí o desenho, mas devagar, É facílimo, basta apanhar-lhe o jeito, quem olhar distraidamente cuidará que a mão vai traçar o terrível círculo, mas não, repare que não rematei o movimento aqui onde o tinha começado, passei-lhe ao lado, por dentro, e agora vou continuar para baixo até cortar a parte inferior da curva, afinal o que parece mesmo é a letra Q maiúscula, nada mais, Que pena, um desenho que prometia tanto, Contentemo-nos com a ilusão da semelhança, porém, em verdade lhe digo, senhor doutor, se me posso exprimir em estilo profético, que o interesse da vida onde sempre esteve foi nas diferenças, Que tem isso que ver com a revisão tipográfica, Os senhores autores vivem nas alturas, não gastam o precioso saber em despiciências e insignificâncias, letras feridas, trocadas, invertidas, que assim lhes classificávamos os defeitos no tempo da composição manual, diferença e defeito, então, era tudo um, Confesso que os meus deleatures são menos rigorosos, um rabisco dá-me para tudo, confio-me à sagacidade dos tipógrafos, essa tribu colateral da edípica e celebrada família dos farmacêuticos, capazes até de decifrar o que nem chegou a ser escrito, E depois os revisores que acudam a resolver os problemas, Sois nossos anjos da guarda, a vós nos confiamos, você, por exemplo, traz-me à lembrança a minha estremosa mãe, que me fazia e tornava a fazer a risca do cabelo até ficar como traçada a tira-linhas, Obrigado pela comparação, mas, se a sua mãezinha já morreu, valia-lhe a pena agora aperfeiçoar-se por sua conta, sempre chega o dia em que é preciso corrigir mais no profundo, Corrigir, corrijo eu, mas as piores dificuldades resolvo-as à maneira expedita, escrevendo uma palavra por cima de outra, Tenho reparado, Não o diga nesse tom, dentro do que cabe faço o que posso, e quem consegue fazer o que pode, A mais não estará obrigado, sim senhor, sobretudo, como é o seu caso, quando falta o gosto da modificação, o prazer da mudança, o sentido da emenda, Os autores emendam sempre, somos os eternos insatisfeitos, Nem têm outro remédio, que a perfeição tem exclusiva morada no reino dos céus, mas o emendar dos autores é outro, problemático, muito diferente deste nosso, Quer você dizer na sua que a seita revisora gosta do que faz, Tão longe não ouso ir, depende da vocação, e revisor de vocação é fenómeno desconhecido, no entanto, o que parece demonstrado é que, no mais secreto das nossas almas secretas, nós, revisores, somos voluptuosos, Essa nunca eu tinha ouvido, Cada dia traz sua alegria e sua pena, e também sua lição proveitosa, É por experiência que fala, Refere-se à lição, Refiro-me à volúpia, Claro que falo por experiência própria, alguma haveria eu de ter, que é que julga, mas igualmente tenho beneficiado da observação dos comportamentos alheios, que é ciência moral não menos edificadora, Certos autores do passado, se os julgarmos por esse seu critério, seriam gente da espécie, revisores magníficos, estou a lembrar-me das provas revistas pelo Balzac, um deslumbramento pirotécnico de correções e aditamentos, O mesmo fazia o nosso Eça doméstico, para que não fique sem menção um exemplo pátrio, Agora me ocorre que tanto o Eça como o Balzac se sentiriam os mais felizes dos homens, nos tempos de hoje, diante de um computador, interpolando, transpondo, recorrendo linhas, trocando capítulos, E nós, leitores, nunca saberíamos por que caminhos eles andaram e se perderam antes de alcançarem a definitiva forma, se existe tal coisa, Ora, ora, o que conta é o resultado, não adianta nada conhecer os tenteios e hesitações de Camões e Dante, O senhor doutor é um homem prático, moderno, já está a viver no século vinte e dois, Diga-me cá, os outros sinais, também levam nomes latinos, como o deleatur, Se os levam, ou levaram, não sei, não estou habilitado, talvez fossem tão difíceis de pronunciar que se perderam, Na noite dos tempos, Desculpar-me-á se o contradigo, mas eu não empregaria a frase, Calculo que por ser lugar-comum, Nanja por isso, os lugares-comuns, as frases feitas, os bordões, os narizes de cera, as sentenças de almanaque, os rifões e provérbios, tudo pode aparecer como novidade, a questão está só em saber manejar adequadamente as palavras que estejam antes e depois, Então por que não diria você noite dos tempos, Porque os tempos deixaram de ser noite de si mesmos quando as pessoas começaram a escrever, ou a emendar, torno a dizer, que é obra doutro requinte e outra transfiguração, Gosto da frase, Eu também, principalmente porque é a primeira vez que a digo, à segunda vez terá menos graça, Ter-se-á tornado em lugar-comum, Ou tópico, que é vocábulo erudito, Creio perceber nas suas palavras uma certa amargura cética, Vejo-a mais como um ceticismo amargo, Quem diz uma coisa, diz outra, Mas não dirá o mesmo, os autores costumavam ter bom ouvido para estas diferenças, Talvez se me estejam a endurecer os tímpanos, Desculpe, foi sem intenção, Não sou suscetível, adiante, diga-me antes por que se sente assim amargo, ou cético, como queira, Considere, senhor doutor, a vida quotidiana dos revisores, pense na tragédia de terem de ler uma vez, duas, três, ou quatro, ou cinco vezes, livros que, Provavelmente, nem uma só vez o mereceriam, Fique registado que não fui eu quem proferiu tão gravosas palavras, conheço muito bem o meu lugar na sociedade das letras, voluptuoso, sim, confesso-o, mas respeitador, Não vejo onde esteja essa terribilidade, aliás parecia-me a conclusão óbvia da sua frase, aquela eloquente suspensão, apesar de não se lhe verem as reticências, Se quer saber, vá aos autores, provoque-os com o meio dito meu e o meio dito seu, e verá como eles lhe respondem com o aplaudido apólogo de Apeles e o sapateiro, quando o operário apontou o erro na sandália duma figura e depois, tendo verificado que o artista emendara o desacerto, se aventurou a dar opiniões sobre a anatomia do joelho, Foi então que Apeles, furioso com o impertinente, lhe disse Não suba o sapateiro acima da chinela, frase histórica, Ninguém gosta que lhe olhem por cima do muro do quintal, Neste caso, o Apeles tinha razão, Talvez, mas só enquanto não viesse examinar a pintura um sábio anatomista, Você é definitivamente cético, Todos os autores são Apeles, mas a tentação do sapateiro é a mais comum entre os humanos, enfim, só o revisor aprendeu que o trabalho de emendar é o único que nunca se acabará no mundo, Tem sentido muitas tentações de sapateiro na revisão do meu livro, A idade traz-nos uma coisa boa que é uma coisa má, acalma-nos, e as tentações, mesmo quando são imperiosas, tornam-se menos urgentes, Por outras palavras, vê o defeito da chinela, mas cala-se, Não, o que eu deixo passar é o erro do joelho, Gosta do livro, Gosto, Di-lo com pouquíssimo entusiasmo, Também não o notei na sua pergunta, Questão de tática, o autor, ainda que muito lhe custe, deve exibir alguns ares de modéstia, Modesto sempre o revisor terá de ser, e, se lhe deu um dia para ser imodesto, com isso se obrigou a ser, em figura humana, a suma perfeição, Não reviu a frase, três vezes a palavra ser num fôlego só, é imperdoável, concorde, Deixe ficar a chinela, a falar tudo se desculpa, Pois, mas não lhe perdoo a avareza da opinião, Recordo-lhe que os revisores são gente sóbria, já viram muito de literatura e vida, O meu livro, recordo-lho eu, é de história, Assim realmente o designariam segundo a classificação tradicional dos géneros, porém, não sendo propósito meu apontar outras contradições, em minha discreta opinião, senhor doutor, tudo quanto não for vida, é literatura, A história também, A história sobretudo, sem querer ofender, E a pintura, e a música, A música anda a resistir desde que nasceu, ora vai, ora vem, quer livrar-se da palavra, suponho que por inveja, mas regressa sempre à obediência, E a pintura, Ora, a pintura não é mais do que literatura feita com pincéis, Espero que não esteja esquecido de que a humanidade começou a pintar muito antes de saber escrever, Conhece o rifão, se não tens cão caça com o gato, por outras palavras, quem não pode escrever pinta, ou desenha, é o que fazem as crianças, O que você quer dizer, por outras palavras, é que a literatura já existia antes de ter nascido, Sim senhor, como o homem, por outras palavras, antes de o ser já o era, Parece-me um ponto de vista bastante original, Não o creia, senhor doutor, o rei Salomão, que há tanto tempo viveu, já então afirmava que não havia nada de novo debaixo da rosa do sol, ora, quando naquelas épocas recuadas assim o reconheciam, o que não diremos hoje, trinta séculos passados, se a mim não me falha agora a memória da enciclopédia, É curioso, eu, e mais sou historiador, não me lembraria, se perguntado de repente, que tivesse sido há tantos anos, É o que tem o tempo, corre e não damos por ele, está uma pessoa por aí ocupada nos seus quotidianos, subitamente cai em si e exclama, meu Deus, como o tempo passa, ainda agora estava o rei Salomão vivo e já lá vão três mil anos, Quer-me parecer que você errou a vocação, devia era ser filósofo, ou historiador, tem o alarde e a pinta que tais artes requerem, Falta-me o preparo, senhor doutor, que pode um simples homem fazer sem o preparo, muita sorte já foi ter vindo ao mundo com a genética arrumada, mas, por assim dizer, em estado bruto, e depois não mais polimento que primeiras letras que ficaram únicas, Podia apresentar-se como autodidata, produto do seu próprio e digno esforço, não é vergonha nenhuma, antigamente a sociedade tinha orgulho nos seus autodidatas, Isso acabou, veio o desenvolvimento e acabou, os autodidatas são vistos com maus olhos, só os que escrevem versos e histórias para distrair é que estão autorizados a ser e a continuar a ser autodidatas, sorte deles, mas eu, confesso-lhe, para a criação literária nunca tive jeito, Meta-se a filósofo, homem, O senhor doutor é um humorista de finíssimo espírito, cultiva magistralmente a ironia, chego a perguntar-me como se dedicou à história, sendo ela grave e profunda ciência, Sou irónico apenas na vida real, Bem me queria a mim parecer que a história não é a vida real, literatura, sim, e nada mais, Mas a história foi vida real no tempo em que ainda não poderia chamar-se-lhe história, Tem a certeza, senhor doutor, Na verdade, você é uma interrogação com pernas e uma dúvida com braços, Não me falta mais que a cabeça, Cada coisa a seu tempo, o cérebro foi a última coisa a ser inventada, O senhor doutor é um sábio, Meu caro amigo, não exagere, Quer ver as últimas provas, Não vale a pena, as correções de autor estão feitas, o resto é a rotina da revisão final, fica nas suas mãos, Obrigado pela confiança, Muito merecida, Então o senhor doutor acha que a história é a vida real, Acho, sim, Que a história foi vida real, quero dizer, Não tenha a menor dúvida, Que seria de nós se não existisse o deleatur, suspirou o revisor.

Quando só uma visão mil vezes mais aguda do que a pode dar a natureza seria capaz de distinguir no oriente do céu a diferença inicial que separa a noite da madrugada, o almuadem acordou. Acordava sempre a esta hora, segundo o sol, tanto lhe fazendo que fosse verão como inverno, e não precisava de qualquer artefacto de medir o tempo, nada mais que uma mudança infinitesimal na escuridão do quarto, o pressentimento da luz apenas adivinhada na pele da fronte, como um ténue sopro que passasse sobre as sobrancelhas ou a primeira e quase imponderável carícia que, tanto quanto se sabe ou acredita, é arte exclusiva e segredo até hoje não revelado daquelas formosas huris que esperam os crentes no paraíso de Maomé. Segredo, e também prodígio, se não mistério intransponível, é a virtude que elas têm de refazer a virgindade tão logo a perdem, pelos vistos suprema bem-aventurança na vida eterna, o que definitivamente vem provar que não se acabam com esta os trabalhos próprios e alheios, outrossim os sofrimentos imerecidos. O almuadem não abriu os olhos. Podia continuar deitado algum tempo ainda, enquanto o sol, muito devagar, se vinha acercando do horizonte da terra, porém tão longe de chegar que nenhum galo da cidade levantara a cabeça para indagar dos movimentos da manhã. É certo que ladrou um cão, sem resultado, que os mais dormiam, talvez a sonhar que em sonhos estavam ladrando. É um sonho, pensavam, e deixavam-se dormir, rodeados por um mundo povoado de cheiros sem dúvida estimulantes, mas nenhum tão urgente que os fizesse despertar em sobressalto, o odor inconfundível da ameaça ou do medo, para não dar senão estes exemplos elementares. O almuadem levantou-se tateando no escuro, encontrou a roupa com que acabou de cobrir-se e saiu do quarto. A mesquita estava silenciosa, só os passos inseguros ecoavam sob os arcos, um arrastar de pés cautelosos, como se temesse ser engolido pelo chão. A outra qualquer hora do dia ou da noite nunca experimentava esta angústia do invisível, apenas no momento matinal, este, em que iria subir a escada da almádena para chamar os fiéis à primeira oração. Um escrúpulo supersticioso representava-lhe na imaginação a sua grave culpa de continuarem os moradores a dormir quando já o sol estivesse sobre o rio, e acordando de repelão, aturdidos pela luz clara, perguntassem, aos gritos, onde estava o almuadem que não chamara à hora própria, alguém mais caridoso diria, Por seu mal estará doente, e não era verdade, desaparecera, sim, levado para o interior da terra por um génio das trevas maiores. A escada, em caracol, era trabalhosa de subir, de mais sendo este almuadem já velho, felizmente não precisava que lhe vendassem os olhos como às mulas das atafonas se faz para que lhes não dê o mareio. Quando chegou acima sentiu na cara a frescura da manhã e a vibração da luz alvorecente, ainda cor nenhuma, que a não pode ter aquela pura claridade que antecede o dia e vem tanger na pele um arrepio subtil, como de uns invisíveis dedos, impressão única que faz pensar se a desacreditada criação divina não será, afinal, para humilhação de céticos e ateus, um irónico facto da história. O almuadem correu a mão, lentamente, ao longo do parapeito circular até encontrar, insculpida na pedra, a marca que apontava a direção de Meca, cidade santa. Estava preparado. Uns instantes ainda para dar tempo ao sol de assomar aos balcões da terra a sua primeira aura, e também para tornar clara a voz, porque a ciência proclamativa de um almuadem há de ficar patente logo ao primeiro grito, e nele é que tem de demonstrar-se, não quando a garganta já se dulcificou com o trabalho da fala e o consolo da comida. Aos pés do almuadem há uma cidade, mais abaixo um rio, tudo dorme ainda, mas inquietamente. A manhã começa a mover-se sobre as casas, a pele da água torna-se espelho do céu, e então o almuadem inspira fundo e grita, agudíssimo, Allahu akbar, apregoando aos ares a sobre todas grandeza de Deus, e repete, como gritará e repetirá as fórmulas seguintes, em extático canto, tomando o mundo por testemunha de que não há outro Deus senão Alá, e que Maomé é o enviado de Alá, e tendo dito estas verdades essenciais chama à oração, Vinde ao azalá, mas sendo o homem de natureza preguiçoso, ainda que crente no poder Daquele que nunca dorme, o almuadem repreende caridosamente esses outros a quem as pálpebras ainda pesam, A oração é melhor que o sono, As-salatu jayrun min an-nawn, para os que nesta língua o entendem, enfim concluiu clamando que Alá é o único Deus, La ilaha illa llah, mas agora só uma vez, que é quanto basta quando se trate de verdades definitivas. A cidade murmura as orações, o sol apontou e ilumina as açoteias, não tarda que nos pátios apareçam os moradores. A almádena está em plena luz. O almuadem é cego.

Não o tem descrito assim o historiador no seu livro. Apenas que o muezim subiu ao minarete e dali convocou os fiéis à oração na mesquita, sem rigores de ocasião, se era manhã ou meio-dia, ou se estava a pôr-se o sol, porque certamente, em sua opinião, o miúdo pormenor não interessaria à história, somente que ficasse o leitor sabendo que o autor conhecia das coisas daquele tempo o suficiente para fazer delas responsável menção. E isto lhe deveríamos agradecer porque o seu tema, sendo de guerra e de cerco, portanto de virilidades superiores, dispensaria bem as deliquescências da prece, que é de todas as situações a mais sujeita, pois nela se prontifica o rezador sem luta, rendido por uma vez. Ainda que, para que não quede sem exame e consideração o que esteja em contrário destas oposições entre oração e guerra, aqui se pudesse recordar já, estando tão próximo o tempo e sendo tantas e tão preclaras as testemunhas ainda vivas, aqui se pudesse recordar, tornamos a dizer, aquele milagre de Ourique, celebérrimo, quando Cristo apareceu ao rei português, e este lhe gritou, enquanto o exército prostrado no chão orava, Aos infiéis, Senhor, aos infiéis, e não a mim que creio o que podeis, mas Cristo não quis aparecer aos mouros, e foi pena, que em vez da crudelíssima batalha poderíamos, hoje, registar nestes anais a conversão maravilhosa dos cento e cinquenta mil bárbaros que afinal ali perderam a vida, um desperdício de almas de bradar aos céus. É assim, nem tudo se pode evitar, nunca a Deus faltámos com os nossos bons conselhos, mas o destino tem lá as suas leis inflexíveis, e quantas vezes com inesperados e artísticos efeitos, como foi este de haver podido aproveitar-se Camões do inflamado grito, distribuindo-o tal qual em dois versos imortais. É bem verdade que na natureza nada se cria e nada se perde, tudo se aproveita.

Eram bons aqueles tempos, quando, para receber satisfação, não tínhamos mais que pedir com as palavras apropriadas, mesmo em casos difíceis, por assim dizer já desenganado o paciente e sem esperança de remédio. Exemplo disto é este mesmo rei, que, tendo nascido de pernas encolhidas, ou atrofiadas, no falar de agora, foi extraordinariamente curado, sem que médico algum lhe tivesse posto a mão em cima, e se puseram não lhe adiantou. E até, certamente por ser pessoa fadada para a realeza, nem há sinais de que tenha sido preciso importunar as altas potestades, à Virgem e ao Senhor nos referimos, não aos anjos da sexta hierarquia, para que se produzisse o salutar sucesso, graças ao qual, sabe-se lá, Portugal deve talvez a sua independência. Foi caso que estando dormindo em sua cama D. Egas Moniz, aio do menino Afonso, lhe apareceu Santa Maria em visão e disse, D. Egas Moniz, dormes, e ele, que não sabia se estava acordado ou a sonhar, perguntou, para ter a certeza, Senhora, quem sois vós, e ela respondeu, com bons modos, Eu sou a Virgem, e te mando que vás a Carquere, que fica no concelho de Resende, e cava em esse lugar e acharás uma igreja que em outro tempo foi começada em meu nome, e acharás também uma imagem minha, conserta-a que bem necessitada está depois do triste abandono, e depois farás aí vigília, e porás o menino sobre o altar, e fica sabendo que nesse instante quedará sano e curado, e cuida bem dele para o diante, que o meu Filho sei eu que tem na sua ideia dar-lhe cargo de destruir os inimigos da fé, e claro está que não poderia fazê-lo assim de pernas curtas. Acordou D. Egas Moniz o mais alegre que se pode, reuniu o pessoal e, cavalgando a mula, foi dali a Carquere e mandou cavar no sítio indicado pela Virgem, e não é que lá estava a igreja, mas a surpresa é nossa, não deles, porque naqueles abençoados tempos não eram nunca gratuitos ou enganosos os avisos superiores. Verdade é que não cumpriu D. Egas precisamente os ditados da Virgem, que muito explicado ficou ter-lhe ela mandado que cavasse, entendemos nós que por suas próprias mãos, e vai ele, que fez, deu ordem que outros cavassem, os servos da gleba, provavelmente, já naquela época havia destas desigualdades sociais. Agradecemos à Virgem não ser ela melindrosa a pontos de fazer encolher outra vez as pernas do menino Afonso, porque, assim como há milagres para o bem, também os tem havido para o mal, testemunhem-no aqueles infelizes porcos da Escritura que se lançaram ao precipício quando o Bom Jesus lhes meteu no corpo os mafarricos que no endemoninhado estavam, de que resultou padecerem martírio os inocentes animais, e só eles, pois muito maior tinha sido a queda dos anjos rebeldes, logo feitos demónios, quando do motim, e, que se saiba, não morreu nenhum, com o que não se pode perdoar a imprevidência de Deus Nosso Senhor que por essa desatenção deixou fugir a oportunidade de lhes acabar com a raça por uma vez, de bom conselho é o provérbio que previne, Quem o seu inimigo poupa, às mãos lhe morre, oxalá não venha Deus a ter de arrepender-se um dia, tarde de mais. Ainda assim, se nesse fatal instante tiver tempo de recordar a sua vida passada, esperemos que se lhe faça luz no espírito e possa compreender que nos deveria ter poupado, a todos nós, frágeis porcos e humanos, aqueles vícios, pecados e sofrimentos de insatisfação que são, diz-se, a obra e a marca do maligno. Entre o martelo e a bigorna somos um ferro em brasa que de tanto lhe baterem se apaga.

De história sacra, por agora, temos que nos chegue. Importaria saber, isso sim, é quem escreveu o relato daquele formoso acordar de almuadem na madrugada de Lisboa, com tal abundância de pormenores realistas que chega a parecer obra de testemunha aqui presente, ou, pelo menos, hábil aproveitamento de qualquer documento coetâneo, não forçosamente relativo a Lisboa, pois, para o efeito, não se precisaria mais que uma cidade, um rio e uma clara manhã, composição sobre todas banal, como sabemos. A resposta, surpreendente, é que ninguém escreveu, que, embora pareça que sim, não está escrito, tudo aquilo não foi mais que pensamentos vagos da cabeça do revisor enquanto ia lendo e emendando o que escondidamente passara em falso nas primeiras e segundas provas. O revisor tem este notável talento de desdobrar-se, desenha um deleatur ou introduz uma vírgula indiscutível, e ao mesmo tempo, aceite-se o neologismo, heteronimiza-se, é capaz de seguir o caminho sugerido por uma imagem, uma comparação, uma metáfora, não raro o simples som duma palavra repetida em voz baixa o leva, por associação, a organizar polifónicos edifícios verbais que tornam o seu pequeno escritório num espaço multiplicado por si mesmo, ainda que seja muito difícil explicar, em vulgar, o que tal coisa quer dizer. Lá lhe pareceu que era informar pouco limitar-se o historiador a falar de muezim e minarete, unicamente para introduzir, se são permitidos juízos temerários, um pouco de cor local e tinta histórica no arraial inimigo, imprecisão semântica que convém corrigir imediatamente, uma vez que arraial é de sitiantes, não de sitiados, que estes estão, por enquanto, instalados com suficiente comodidade na cidade que, salvo uma ou outra intermitência, é sua desde o ano de setecentos e catorze, pelas contas dos cristãos, as do rosário mouro são outras, como se sabe. Esta correção fê-la o próprio revisor, que tem mais do que satisfatória ciência de calendários e sabe que a Hégira começou, segundo a lição da Arte de Verificar as Datas, obra indispensável, no dia dezasseis de julho de seiscentos e vinte e dois, depois de Cristo, DC por abreviatura, sem esquecer, no entanto, que sendo o ano muçulmano governado pela lua, portanto mais curto que o da cristandade, orientado pelo sol, é sempre preciso descontar três anos por cada século andado. Bom revisor seria este, assim escrupuloso, se cuidasse de aparar as asas a um discorrer propenso a efabulações ocasionalmente irresponsáveis, foi aqui o caso de ter pecado por facilitação, incorrendo em erros evidentes e em assertos duvidosos, três é o que se desconfia, que, a provarem-se, em definitivo mostram que não tinha razão nenhuma o historiador quando lhe deu conselho, leviano, de que se dedicasse à história. Quanto à filosofia, Deus nos livre.

O primeiro ponto suspeito, segundo a ordem inversa do relato, é aquela peregrina ideia de existirem, no parapeito das varandas das almádenas, sinais na pedra que apontariam, provavelmente na forma de setas, a direção de Meca. Por muito adiantada que estivesse na época a ciência geográfica e agrimensora dos árabes e outros mouros, é pouco crível que soubessem determinar, com a exatidão que se insinua, a posição de uma caaba na superfície do planeta, onde precisamente sobreabundam as pedras, umas mais sagradas que outras. Todas estas coisas, sejam elas reverências, ou genuflexões, ou olhares para cima ou para baixo, se fazem por aproximação, ao sentir, se podemos autorizar-nos esta linguagem de pescador à linha, o que importa, afinal, é que Deus e Alá possam ler nos corações e não levem a mal que, por ignorância, lhes voltemos as costas, e quando dizemos ignorância tanto pode ser a nossa como a deles, que nem sempre estão onde se comprometeram a estar. O revisor é homem deste tempo, habituaram-no a confiar e a firmemente crer nos sinais das estradas, não admira que tivesse caído na anacrónica tentação, quiçá impelido por um arrebato de caridade, tendo em conta a cegueira do almuadem. É sabido que não é a qualidade do pano que evita as nódoas, diz-se mesmo que no melhor deles é que a nódoa cai, e também que não há uma sem duas, pois aí temos o segundo erro, este sim, gravíssimo, pois levaria o leitor desprevenido, se escrita houvesse, e felizmente não há, a tomar por correta e conforme com os factos da vida muçulmana a descrição dos atos do almuadem depois de acordar. Há erro, dizemos, porquanto o muezim, palavra preferida pelo historiador, não procedeu às abluções rituais antes de chamar os crentes à oração, achando-se por conseguinte em estado de impureza, situação improbabilíssima se considerarmos quão próximos estamos ainda, no tempo, da primeira fonte do Islão, quatro séculos e pico, por assim dizer, no berço. Lá mais para o diante não faltarão relaxamentos, escamoteações de jejuns, interpretações duvidosas de regras que parecem claras, é que não há nada que mais fatigue as pessoas do que a observância rigorosa dos princípios, antes que a carne ceda já o espírito fraquejou, mas a ele não pedem contas, à pobrezinha é que invetivam, insultam e caluniam. Agora ainda se vive num tempo de fé completa, o almuadem seria o último dos homens se ousasse subir à almádena sem levar o coração puro e as mãos lavadas, e assim fica proclamado inocente da culpa com que o carregou a ligeireza imperdoável do revisor. Apesar da competência profissional com que o ouvimos expressar-se durante a conversa com o historiador, é tempo de introduzir aqui uma primeira dúvida sobre as consequências da confiança de que o investiu o autor da História do Cerco de Lisboa, acaso em hora de fatigada displicência ou com preocupações de próxima viagem, quando permitiu que a leitura final das provas fosse tarefa exclusiva do técnico dos deleatures, sem fiscalização. Trememos só de imaginar que aquela descrição do amanhecer do almuadem poderia tomar lugar, abusivo, no científico texto do autor, frutos, um e outro, de estudos aturados, de pesquisas profundas, de confrontações minuciosas. Duvida-se, por exemplo, ainda que seja sempre de boa prudência duvidar da própria dúvida, que o historiador mencionasse no seu relato cães e ladrar de cães, pois ele sabe que o cão, para os árabes, é impuro animal, como o é também o porco, sendo portanto demonstração de crassa ignorância supor que os mouros de Lisboa, tão zelosos, estariam vivendo paredes meias com a canzoada. Chiqueiro à porta de casa e casota de mastim ou açafate de fraldiqueiro são invenções cristãs, não será por casualidade indiferente que os muçulmanos chamam perros aos guerreiros da cruz, e muita sorte que não lhes tenham chamado cerdos, pelo menos não consta. Claro que, se realmente assim é, faz pena não poder contar mais com a graça de um cão a ladrar à lua ou coçando a orelha atormentada de carraças, mas a verdade, se finalmente a encontramos, deve ser posta acima de todas as outras considerações, seja contra ou a favor, com o que deveríamos, aqui mesmo, dar por não escritas as palavras que descreveram a última madrugada pacífica de Lisboa se não soubéssemos já que aquele discurso falso, embora coerente, e esse é o perigo maior, não saiu nunca da cabeça do revisor, antes não passou de seu devaneio fabulante e irrisório.

Está demonstrado, portanto, que o revisor errou, que se não errou confundiu, que se não confundiu imaginou, mas venha atirar-lhe a primeira pedra aquele que não tenha errado, confundido ou imaginado nunca. Errar, disse-o quem sabia, é próprio do homem, o que significa, se não é erro tomar as palavras à letra, que não seria verdadeiro homem aquele que não errasse. Porém, esta suprema máxima não pode ser utilizada como desculpa universal que a todos nos absolveria de juízos coxos e opiniões mancas. Quem não sabe deve perguntar, ter essa humildade, e uma precaução tão elementar deveria tê-la sempre presente o revisor, tanto mais que nem sequer precisaria sair de sua casa, do escritório onde agora está trabalhando, pois não faltam aqui os livros que o elucidariam se tivesse tido a sageza e prudência de não acreditar cegamente naquilo que supõe saber, que daí é que vêm os enganos piores, não da ignorância. Nestas ajoujadas estantes, milhares e milhares de páginas esperam a cintilação duma curiosidade inicial ou a firme luz que é sempre a dúvida que busca o seu próprio esclarecimento. Lancemos, enfim, a crédito do revisor ter reunido, ao longo duma vida, tantas e tão diversas fontes de informação, embora um simples olhar nos revele que estão faltando no seu tombo as tecnologias da informática, mas o dinheiro, desgraçadamente, não chega a tudo, e este ofício, é altura de dizê-lo, inclui-se entre os mais mal pagos do orbe. Um dia, mas Alá é maior, qualquer corretor de livros terá ao seu dispor um terminal de computador que o manterá ligado, noite e dia, umbilicalmente, ao banco central de dados, não tendo ele, e nós, mais que desejar que entre esses dados do saber total não se tenha insinuado, como o diabo no convento, o erro tentador.

Seja como for, enquanto não chega esse dia, os livros estão aqui, como uma galáxia pulsante, e as palavras, dentro deles, são outra poeira cósmica flutuando, à espera do olhar que as irá fixar num sentido ou nelas procurará o sentido novo, porque assim como vão variando as explicações do universo, também a sentença que antes parecera imutável para todo o sempre oferece subitamente outra interpretação, a possibilidade duma contradição latente, a evidência do seu erro próprio. Aqui, neste escritório onde a verdade não pode ser mais do que uma cara sobreposta às infinitas máscaras variantes, estão os costumados dicionários da língua e vocabulários, os Morais e Aurélios, os Morenos e Torrinhas, algumas gramáticas, o Manual do Perfeito Revisor, vademeco de ofício, mas também estão as histórias da Arte, do Mundo em geral, dos Romanos, dos Persas, dos Gregos, dos Chineses, dos Árabes, dos Eslavos, dos Portugueses, enfim, de quase tudo que é povo e nação particular, e as histórias da Ciência, das Literaturas, da Música, das Religiões, da Filosofia, das Civilizações, o Larousse pequeno, o Quillet resumido, o Robert conciso, a Enciclopédia Política, a Luso-Brasileira, a Britânica, incompleta, o Dicionário de História e Geografia, um Atlas Universal destas matérias, o de João Soares, antigo, os

Anuários Históricos, o Dicionário dos Contemporâneos, a Biografia Universal, o Manual do Livreiro, o Dicionário da Fábula, a Biografia Mitológica, a Biblioteca Lusitana, o Dicionário de Geografia Comparada, Antiga, Medieval e Moderna, o Atlas Histórico dos Estudos Contemporâneos, o Dicionário Geral das Letras, das Belas-Artes e das Ciências Morais e Políticas, e, para terminar, não o inventário geral, mas o que mais à vista está, o Dicionário Geral de Biografia e de História, de Mitologia, de Geografia Antiga e Moderna, das Antiguidades e das Instituições Gregas, Romanas, Francesas e Estrangeiras, sem esquecer o Dicionário de Raridades, Inverosimilhanças e Curiosidades, onde, admirável coincidência que vem a matar neste aventuroso relato, se dá como exemplo de erro a afirmação do sábio Aristóteles de que a mosca doméstica comum tem quatro patas, redução aritmética que os autores seguintes vieram repetindo por séculos e séculos, quando já as crianças sabiam, por crueldade e experimentação, que são seis as patas da mosca, pois desde Aristóteles as vinham arrancando, voluptuosamente contando, uma, duas, três, quatro, cinco, seis, mas essas mesmas crianças, quando cresciam e iam ler o sábio grego, diziam umas para as outras, A mosca tem quatro patas, tanto pode a autoridade magistral, tanto sofre a verdade com a lição dela que sempre nos vão dando.

Esta inesperada incursão pelas fronteiras da entomologia mostra-nos, de concludente maneira, que os erros assacados ao revisor não são afinal seus, mas destes livros que não fizeram mais do que repetir, sem contraprova, obras mais antigas, e, sendo assim, lamentemos quem veio a ser vítima inocente da boa-fé própria e do alheio erro. É verdade que, condescendendo tanto, voltaríamos a cair na desculpa universal já execrada, mas não o faremos sem prévia condição, vem a ser que, para seu bem, atente o revisor na estupenda lição que sobre os erros nos foi dada por Bacon, outro sábio, no livro chamado Novum organum. Divide ele os erros em quatro categorias, a saber, idola tribus, ou erros da natureza humana, idola specus, ou erros individuais, idola fori, ou erros de linguagem, e finalmente idola theatri, ou erros dos sistemas. Resultam eles, no primeiro caso, da imperfeição dos sentidos, da influência dos preconceitos e paixões, do hábito de julgarmos tudo segundo ideias adquiridas, da nossa insaciável curiosidade apesar dos limites impostos ao nosso espírito, da inclinação que nos leva a encontrar mais analogias entre as coisas do que as que realmente têm. No segundo caso, a fonte dos errores vem da diferença entre os espíritos, uns que se perdem nos pormenores, outros em vastas generalizações, e também da predileção que temos por certas ciências, o que nos inclina a tudo querer reduzir a elas. Quanto ao terceiro caso, o dos erros de linguagem, o mal está em que muitas vezes as palavras não têm qualquer sentido, ou têm-no indeterminado, ou podem ser tomadas em aceções diversas, e, finalmente, quarto caso, são tantos os erros dos sistemas que não acabaríamos nunca mais se começássemos a enumerá-los aqui. Valha-se, então, o revisor deste catálogo e prosperará, e sirva-se também dos benefícios daquela sentença de Séneca, reticente como aos dias de hoje convém, Onerat discentem turba, non instruit, máxima lapidar que a mãe do revisor, há muitos anos, sem saber latim e pouquíssimo da sua própria língua, traduzia com desassombrado ceticismo, Quanto mais lês, menos aprendes.

Mas, alguma coisa se salvando deste exame e contestação, confirme-se que não foi erro escrever, porque, enfim, escrito está, que era cego o almuadem. O historiador, que somente fala de minarete e muezim, talvez ignorasse que quase todos os almuadens, naquele tempo e por muito tempo depois, eram cegos. E se o sabe, porventura imagina que seria vocação particular da invalidez o canto da oração, ou que as comunidades mouras resolviam assim, parcialmente, como sempre foi feito e continuará a fazer-se, o problema de dar trabalho a gente a quem faltava o precioso órgão da visão. Erro seu, agora, que a todos invariavelmente acaba por tocar. A verdade histórica, aprenda-o, é que os almuadens eram escolhidos entre os cegos, não por humanitária política de emprego ou encaminhamento profissional fisiologicamente adequado, mas para que não pudessem devassar a intimidade dos pátios e açoteias que, do alto da almádena, em figura dominavam. O revisor já não se recorda de como o soube, certamente o terá lido em livro digno de confiança, que o tempo não emendou, por isso pode insistir agora que os almuadens eram cegos, sim senhor. Quase todos. Apenas, quando em tal lhe acontece pensar, não consegue repelir de si uma dúvida, se a esses homens não lhes furariam os olhos lúcidos, como se fazia e talvez se faça ainda aos rouxinóis, para que da luz não conhecessem outra manifestação que uma voz ouvida nas trevas, a sua, ou, porventura, a daquele Outro que não sabe mais que repetir as palavras que vamos inventando, estas com que tentamos dizer tudo, bendição e maldição, até o que nome não terá nunca, inominável.

O revisor tem nome, chama-se Raimundo. Era já tempo de sabermos quem seja a pessoa de quem vimos falando indiscretamente, se é que nome e apelidos alguma vez puderam acrescentar proveito que se visse às costumadas referências sinaléticas e outros desenhos, idade, altura, peso, tipo morfológico, tom da pele, cor dos olhos, e dos cabelos, se lisos, crespos ou ondulados, ou simplesmente perdidos, metal da voz, límpida ou rouca, gesticulação característica, maneira de andar, porquanto a experiência das relações humanas tem demonstrado que, sabendo nós isto e às vezes muito mais, nem o que sabemos nos serve, nem somos capazes de imaginar o que nos falta. Talvez só uma ruga, ou a forma das unhas, ou a grossura do pulso, ou o traço da sobrancelha, ou uma cicatriz antiga e invisível, ou apenas o apelido que não chegara a ser dito, aquele que mais se estima, neste caso Silva, nome completo Raimundo Silva, assim se apresenta quando tem de o fazer, omitindo o Benvindo de que não gosta. Ninguém está satisfeito com o que lhe coube em sorte, esta é uma geral verdade, e Raimundo Silva, que sobre todo o mais deveria apreciar chamar-se Benvindo, que precisamente diz o que quer dizer, bem-vindo à vida, meu filho, pois não senhor, não gosta do nome, felizmente, diz ele, que se perdeu a tradição de decidirem os padrinhos sobre a melindrosa questão da onomástica, embora reconheça que lhe agrada muito ser Raimundo, por um não sei quê de solene ou antigo que há na palavra. Dos bens da senhora que foi madrinha esperavam os pais de Raimundo alguma parte para o futuro do filho, por isso é que, faltando ao costume que mandava dar ao menino apenas o nome do padrinho, se acrescentou o nome da paraninfa, passado a masculino. O destino não atende da mesma maneira a todas as coisas, sabemo-lo bem, mas neste caso alguma concomitância se há de reconhecer entre uns bens de que nunca houve benefício e um nome tão resolutamente repudiado, não se devendo, porém, suspeitar da existência de uma relação de causa e efeito entre a deceção e a rejeição. Em Raimundo Benvindo Silva, os motivos, que em momento algum da sua vida haviam sido de rancorosa frustração, são hoje, uns, meramente estéticos, por não lhe soar bem a vizinhança dos dois gerúndios, e os outros, por assim dizer, éticos e ontológicos, porque, segundo a sua maneira desenganada de entender, só uma ironia muito negra pretenderia fazer crer que alguém é realmente bem-vindo a este mundo, o que não contradiz a evidência de alguns se acharem bem instalados nele.

Da varanda, breve sacada antiga sob um alpendre de madeira ainda com forro de caixotões, vê-se o rio, e é um imenso mar o que os olhos alcançam entre raio e raio, desde o traço vermelho da ponte até aos rasos sapais de Pancas e Alcochete. Uma neblina fria tapa o horizonte, aproxima-o quase ao alcance da mão, a cidade visível está reduzida a este lado, com a Sé em baixo, a meia encosta, e em degraus os telhados das casas, descendo até à água baça, parda, onde uma fugidia esteira branca se abre quando um barco rápido passa, outros há que navegam dificilmente, pesados, como se estivessem lutando contra uma corrente de mercúrio, comparação esta que seria bem mais apropriada à noite, não agora. Raimundo Silva levantou-se menos cedo do que é seu costume, trabalhara pela noite dentro, um serão longo, arrastado, e quando, de manhã, abriu a janela, bateu-lhe este nevoeiro na cara, mais fechado do que o vemos a esta hora, meio-dia, quando o tempo vai ter de decidir se carrega ou alivia, de acordo com a voz popular. Então as torres da Sé não eram mais do que um borrão apagado, de Lisboa pouco mais havia que um rumor de vozes e de sons indefinidos, a moldura da janela, o primeiro telhado, um automóvel ao comprido da rua. O almuadem, cego, tinha gritado para o espaço duma manhã luminosa, rubra, e logo azul, a cor do ar entre a terra que aqui está e o céu que nos cobre, se quisermos acreditar nos insuficientes olhos com que viemos ao mundo, mas o revisor, que hoje quase tão cego se vê como ele, apenas resmungou, com o mau humor de quem, tendo dormido mal, andara em trabalhosos sonhos de cerco, montantes, alfanges e fundas baleares, irritado, ao acordar, por não conseguir lembrar-se de como eram feitas as tais máquinas de guerra, das fundas é que falamos, e das profundas falas de quem no sonho estava falaríamos, mas não caiamos já na tentação de antecipar os factos, agora só devemos lamentar a oportunidade perdida de saber-se, enfim, que máquinas eram as ditas fundas, como se armavam e disparavam, que não é tão raro assim revelarem-se nos sonhos grandes mistérios, e entre eles não incluímos o número da sorte grande, banalidade suprema e indigna de qualquer sonhador que se respeite. Ainda na cama, Raimundo Silva, perplexo, perguntava a si mesmo por que razão insistia em pensar nas fundas baleares, ou fundíbulos, como também se diria, acertando por igual, Baleares não deve ter nada que ver com as ilhas do mesmo nome, virá de balas, e balas sabemos o que são, projéteis, pedras que as máquinas atirariam contra os muros e por cima deles, para caírem sobre as casas e a gente de dentro, espavorida, mas balas não é palavra daquele tempo, as palavras não podem ser levianamente transportadas de cá para lá e de lá para cá, cuidado, aparece logo alguém que diz, Não percebo. Adormeceu, esteve assim dez minutos, e ao despertar de novo, agora lúcido, afastou do pensamento as máquinas que teimavam em voltar e deixou que as imagens das espadas e das cimitarras lhe ocupassem perigosamente o espírito, sorriu na penumbra do quarto porque bem sabia que se tratava de evidentes símbolos fálicos, é certo que atraídos ao sonho pela História do Cerco de Lisboa, mas em si enraizados, quem o duvida, se armas de ponta e fio têm raízes, cravadas, sim, estarão, bastava olhar a cama vazia a seu lado para compreender tudo. Deitado de costas, cruzou os braços sobre os olhos, murmurou sem nenhuma originalidade, Mais um dia, não ouvira o almuadem, como se arranjaria naquela religião um mouro surdo para não faltar às orações, sobretudo a da manhã, decerto pediria a um vizinho, Em nome de Alá, bate à porta com força e não pares de bater enquanto eu não vier abrir. A virtude não é tão fácil como o vício, mas pode ser ajudada.

Nesta casa não vive mulher. Duas vezes por semana vem uma de fora, mas não se pense que aquele lugar vago da cama tem que ver com a bissemanal visita, são diferentes precisões, ficando desde já explicado que para o alívio das importunações mais imperiosas da carne o revisor desce à cidade, contrata, satisfaz-se e paga, sempre teve de pagar, que remédio, mesmo quando não se achou satisfeito, que o verbo não tem um sentido só, como se crê vulgarmente. A mulher que vem de fora é o que chamamos a dias, trata-lhe da roupa, arruma e limpa o mais substancial da casa, põe a cozer uma grande panela de sopa, a mesma, feijão-branco e hortaliça, que dará para alguns dias, não é que ao revisor não caiam bem outras variedades, mas reserva-as para o restaurante, aonde vai uma vez por outra, sem exageros de assiduidade. Não há pois mulher nesta casa, nem nunca a houve. O revisor Raimundo Benvindo Silva é solteiro e não pensa em casar-se, Tenho mais de cinquenta anos, diz ele, quem é que me iria querer agora, ou a quem iria eu querer, ainda que, como todo o mundo sabe, seja muito mais fácil querer do que ser querido, e este último comentário, que se diria ser como o eco duma dor passada, agora tornada em sentença para lição dos confiados, este comentário, mais a pergunta que o precedeu, fá-los ele a si próprio, porque é homem bastante reservado para não andar aí a derramar-se por amigos e conhecidos, que os terá, embora, provavelmente, não vá ser preciso convocá-los ao relato, pelo jeito que ele leva. Não tem irmãos, os pais morreram-lhe nem cedo nem tarde, a família, se resta alguma, anda dispersa, notícias dela, quando chegam, pouco adiantam à tranquilidade de afinal não a ter, a alegria passou, o luto não vale a pena, e a única coisa que verdadeiramente sente próxima de si é a prova que estiver a ler, enquanto dura, o erro que é preciso desemboscar, e também, quando calha, uma preocupação que não teria de ser sua, lá se avenham os autores, que para isso levam as honras, como este desassossego agora das fundas baleares que lhe voltou ao pensamento e não quer sair. Raimundo Silva levantou-se, enfim, procurou com os pés as babuchas, Chinelos, chinelos, que é a palavra cristã, vinda de Génova e aqui, também ela, passada a masculino, e entrou no escritório enquanto vestia o roupão por cima do pijama. De longe em longe, a mulher a dias faz-lhe solene declaração sobre a necessidade de limpar o pó dos livros, que, sobretudo nas prateleiras altas, onde se arrumam os que só muito raramente são consultados, mais parece ser o depósito aluvial duma acumulação de séculos, um pó negro, como de cinza, que não se sabe donde vem, de tabaco não pode ser, que o revisor há muito que deixou de fumar, é a poeira do tempo, e está tudo dito. Sem que se saiba bem porquê, a tarefa é sempre adiada, o que, calcula-se, não desagrada à ancilar pessoa, aos seus próprios olhos absolvida pela intenção, e que não perde nenhuma ocasião de dizer, Mas olhe que a culpa não é minha.

Raimundo Silva procura nos dicionários e enciclopédias, vê em Armas, em Idade Média, busca Máquinas de Guerra, e encontra as descrições vulgares do arsenal da época, rudimentar, basta dizer que então não se conseguia matar um homem escolhido que estivesse a duzentos passos de distância, forte perda, nem nada que se comparasse, e para a caça, se não havia à mão arco ou besta, tinha o caçador de acercar-se aos braços do urso ou aos galhos do cervo ou aos dentes do javardo, hoje o que ainda conserva parecenças com tão arriscadas aventuras é a corrida de touros, os toureiros são os últimos homens antigos. Em nenhum lugar se explica nestes potentes volumes, nenhum desenho dá uma ideia ao menos aproximada do que fosse aquela mortífera fábrica que tanto amedrontava os mouros, mas esta ausência de informação já não é novidade para Raimundo Silva, agora o que ele quer descobrir é por que se chamava balear à funda, e vai de livro em livro, rebusca, impacienta-se, até que, finalmente, o precioso, o inestimável Bouillet lhe ensina que os habitantes das Baleares eram considerados, na Antiguidade, os melhores arqueiros do mundo conhecido, que era, evidentemente, todo, e que daí tinham tomado as ilhas o nome, pois em grego atirar diz-se ballô, não há nada mais claro, qualquer simples revisor é capaz de ver a etimológica linha reta que liga ballô a Baleares, o erro, tratando-se da funda, está em ter-se escrito balear quando baleárica é que seria correto, senhor doutor. Mas Raimundo Silva não emendará, o uso faz alguma lei, quando a não fez toda, e, acima de tudo, primeiro mandamento do decálogo do revisor que aspire à santidade, aos autores deve-se evitar sempre o peso de vexações. Arrumou o livro, abriu a janela, e foi então que o nevoeiro lhe deu na cara, denso, cerradíssimo, se no lugar das torres da Sé ainda estivesse a almádena da mesquita maior, decerto não a poderia ver, por tão delgada que era, aérea, imponderável quase, e então, se essa fosse a hora, a voz do almuadem desceria do céu branco, diretamente de Alá, por uma vez louvador em causa própria, o que de todo não poderíamos censurar-lhe porque, sendo quem é, com certeza se conhece bem.

Ia a manhã em meio quando o telefone tocou. Era da editora, queriam saber notícias sobre o andamento da revisão, quem começou por falar foi a Mónica da Produção, que tem, como todos os que trabalham nesse setor, o hábito da menção majestática, assim, Senhor Silva, disse, a Produção pergunta, parece que estamos a ouvir, Sua Alteza Real quer saber, e repete como os arautos repetiam, A Produção pergunta pelas provas, se falta muito para entregá-las, mas ela, a Mónica, ainda não percebeu, depois de tanto tempo de vida em parte comum, que Raimundo Silva detesta que lhe chamem Silva sem mais nada, não que o aborreça a vulgaridade do nome, que anda pela dos Santos e Sousas, mas porque lhe faz falta o Raimundo, por isso respondeu, seco, ferindo injustamente a pessoa delicada que Mónica é, Diga lá que amanhã está pronto o trabalho, Eu digo, senhor Silva, eu digo, e mais não acrescentou porque o telefone foi tomado bruscamente por outra pessoa, Fala Costa, Aqui Raimundo Silva, pôde o revisor responder, Já sei, é que as provas preciso delas ainda hoje, tenho a programação estoirada, se não meto o livro a imprimir amanhã de manhã arma-se um sarilho dos diabos, e tudo por causa da revisão, Para este tipo de livro, assunto, número de páginas, o tempo de revisão está dentro da média, Não me venha com médias, quero o trabalho acabado, a voz do Costa subira, sinal de que deveria estar por perto um chefe, um diretor, talvez o próprio patrão. Raimundo Silva inspirou fundo, argumentou, Revisões feitas à pressa dão ocasião a erros, E livros que se atrasam na saída significam prejuízo, não há dúvida, o patrão assiste à conversa, mas o Costa acrescenta, Vale mais deixar passar duas gralhas do que perder um dia de vendas, fique sabendo, não, o patrão não está, nem diretor, nem chefe, o Costa não admitiria com tanta naturalidade erros de revisão em proveito da rapidez, É uma questão de critérios, respondeu Raimundo Silva, e o Costa, implacável, Não me fale de critérios, conheço bem o seu, o meu é muito simples, preciso dessas provas para amanhã, sem falta, arranje-se como quiser, a responsabilidade é sua, Já tinha dito à Mónica que o trabalho estará pronto amanhã, Amanhã tem ele que entrar na máquina, Entrará, pode mandar buscá-lo às oito horas, É cedo de mais, a essa hora ainda isto está fechado, Então mande buscar quando quiser, não posso continuar aqui a perder tempo, e desligou. Raimundo Silva está acostumado, não toma muito a peito as impertinências do Costa, más-criações sem maldade, coitado do Costa, que não para de falar da Produção, A Produção é que se trama sempre, diz ele, sim senhor, os autores, os tradutores, os revisores, os capistas, mas se não fosse cá a Produçãozinha, eu sempre queria ver de que é que lhes adiantava a sapiência, uma editora é como uma equipa de futebol, muito floreado lá na frente, muito passe, muito drible, muito jogo de cabeça, mas se o guarda-redes for daqueles paralíticos ou reumáticos vai-se tudo quanto Marta fiou, adeus campeonato, e o Costa sintetiza, algébrico desta vez, A Produção está para a editora como o guarda-redes está para a equipa. O Costa tem razão.

Chegando a hora do almoço, Raimundo Silva fará uma omeleta de três ovos com chouriço, excesso dietético que o seu fígado por enquanto ainda aguenta. Com um prato de sopa, uma laranja, um copo de vinho, um café para rematar, de mais não necessita quem tem esta vida sedentária. Lavou cuidadosamente a louça, gasta mais água e detergente do que o preciso, enxugou-a, arrumou-a no armário da cozinha, é um homem ordenado, um revisor no absoluto sentido da palavra, se é que alguma palavra pode existir e continuar a existir levando consigo um sentido absoluto, para sempre, uma vez que o absoluto não pede menos. Antes de voltar ao trabalho foi ver como estava o tempo, limpara um pouco, a outra margem do rio já começa a ser visível, apenas uma linha escura, um borrão alongado, o frio não parece ter diminuído. Sobre a secretária estão quatrocentas e trinta e sete provas de página, em duzentas e noventa e três já foi feita a verificação das emendas, o que falta não é coisa que assuste, o revisor tem a tarde toda, e a noite, sim, também a noite, porque é seu profissional escrúpulo fazer sempre uma derradeira leitura, seguida, como um leitor comum, finalmente o prazer e a felicidade de compreender de uma mancira livre, solta, sem desconfianças, tinha muita razão aquele autor que perguntou um dia, Aos olhos de um falcão, como seria a pele de Julieta, ora, o revisor, em sua agudíssima tarefa, é precisamente o falcão, mesmo quando já se lhe for cansando a vista, porém, em chegando a hora da leitura final, é tal qual Romeu quando olhou pela primeira vez Julieta, inocente, trespassado de amor.

Neste caso da História do Cerco de Lisboa, já sabe Romeu que não encontrará motivos bastantes de embevecimento, embora Raimundo Silva, na conversação preambular e algo labiríntica sobre as emendas dos erros e os erros das emendas, tenha dito ao autor que gostava do livro, e, de facto, não mentiu. Mas, que é gostar, perguntamos nós, entre o muito gostar e o nada gostar está o menos e o pouco, e não chega escrevê-lo para sabermos que partes de sim, de não e de talvez comporta tudo aquilo, seria preciso proferi-lo em voz alta, o ouvido capta a vibração última, capta sempre, e quando nos enganamos ou nos deixamos enganar é só porque não demos ao ouvido ouvidos suficientes. Reconheça-se, porém, que aquele diálogo nada teve de enganador neste ponto, logo se percebeu que se tratava dum gostar sem cor, alheado, disse Raimundo Silva aquela palavra morna, Gosto, e ainda mal acabou de ser dita já está fria. Em quatrocentas e trinta e sete páginas não se encontrou um facto novo, uma interpretação polémica, um documento inédito, sequer uma releitura. Apenas mais uma repetição das mil vezes contadas e exaustas histórias do cerco, a descrição dos lugares, as falas e as obras da real pessoa, a chegada dos cruzados ao Porto e sua navegação até entrarem no Tejo, os acontecimentos do dia de S. Pedro, o ultimato à cidade, os trabalhos do sítio, os combates e os assaltos, a rendição, finalmente o saque, die vero quo omnium sanctorum celebratur ad laudem et honorem nominis Christi et sanctissimae ejus genitricis purificatum est templum, dizem que escreveu Osberno, entrado na imortalidade das letras graças ao cerco e tomada de Lisboa e às histórias que deles se contaram, significando este latim, traduzido por cima do ombro de quem sabe, que no Dia de Todos os Santos passou a corrupta mesquita a puríssima igreja católica, e agora sim, agora é que o almuadem nunca mais poderá chamar os crentes à oração de Alá, vão substituí-lo por um sino ou sineta depois de terem substituído um deus por outro, feliz caso teria sido terem-no deixado ir, É cego, coitado, salvo se de ira sanguinária cego ia precisamente o cruzado Osberno, só igual de nome, quando viu à frente da sua espada um mouro velho que nem para fugir tinha já forças, ali espojado no chão, agitando as pernas e os braços como se intentasse afundar-se pela terra dentro, este medo real em vez do outro, imaginário, e há de consegui-lo, tão certo como estar vivo ainda, mas não por muito tempo mais, dizemos nós, nem sozinho poderá, porque estará morto então, pensou o revisor, por enquanto estão a ser abertas as valas comuns. A intervalos, vindo do rio, ouve-se um mugido rouco de sereia, está assim desde manhã, a avisar a navegação, mas só neste instante é que Raimundo Silva deu por ele, talvez por causa do grande e súbito silêncio que dentro de si se fez.

É janeiro, anoitece cedo. A atmosfera do escritório pesa, abafada. As portas estão fechadas. Para defender-se do frio, o revisor tem uma manta sobre os joelhos, o calorífero mesmo ao lado da secretária, quase a escaldar-lhe os tornozelos. Já se percebeu que a casa é antiga, sem conforto, de um tempo espartano e bronco, quando sair para a rua, na altura dos frios maiores, ainda era o melhor remédio para quem não dispusesse senão de um corredor gélido onde aquecer o corpo em pequenos exercícios de marcha. Mas, nesta última página da História do Cerco de Lisboa pode Raimundo Silva encontrar a ardente expressão de um patriotismo fervoroso, que decerto saberá reconhecer se a vida monótona e paisana não lhe entibiou o seu próprio, agora se arrepiará, sim, mas daquele sopro único que vem da alma dos heróis, repare-se no que escreveu o historiador, No alto do castelo o crescente muçulmano desceu pela derradeira vez e, definitivamente, para sempre, ao lado da cruz que anunciava ao mundo o batismo santo da nova cidade cristã, elevou-se lento no azul do espaço, beijado da luz, sacudido das brisas, a despregar-se ovante no orgulho da vitória, o pendão de D. Afonso Henriques, as quinas de Portugal, merda, e que não se cuide que a má palavra a dirige o revisor ao nacional emblema, é antes o legítimo desabafo de quem, tendo sido ironicamente repreendido por ingénuos erros da imaginação, vai ter de consentir que passem a salvo outros não seus, quando o que lhe está a apetecer, e com justo direito, é lançar nas margens do papel uma chuva de indignados deleatures, porém, já sabemos, não o fará, que com emendas deste calibre ficaria avexado o autor, Reduza-se o sapateiro à observação da gáspea, que só para isso é que lhe pagam, estas foram as impacientes palavras de Apeles, definitivas. Ora, estes erros não são como os das fundas, simples bagatela entre uma talvez-sim e uma talvez-não, que em boa verdade tanto nos dá hoje que lhes chamem baleáricas como baleares, o que de todo não se deveria permitir é esta insensatez de falar de quinas em tempo de D. Afonso o Primeiro, quando só no reinado de seu filho Sancho foi que elas tomaram lugar na bandeira, e ainda assim dispostas não se sabe como, se em cruz ao centro, se uma aí e as outras cada qual em seu canto, se ocupando o campo todo, esta, segundo as autoridades mais sérias, a hipótese forte. Nódoa grave, mas não única, que para todo o sempre ficará manchando a página final da História do Cerco de Lisboa, sobre o demais tão ricamente instrumentada de tubas retumbantes, tão de tambores, tão de retórico arrebato, com as tropas formadas em parada, assim as imaginamos, pé-terra infantes e cavaleiros, assistindo ao arriar do estandarte abominável e ao hastear da insígnia cristã e lusitana, gritando numa só voz Viva Portugal e batendo com as espadas nos escudos, em enérgica algazarra militar, e depois o desfile perante o rei, que está calcando aos pés, vindicativamente, além do sangue mouro, o crescente muçulmano, segundo erro e supremo disparate, que nunca tal bandeira foi erguida sobre os muros de Lisboa, pois, como o historiador não deveria ignorar, crescente em bandeira foi invenção do império otomano, dois ou três séculos mais tarde. Raimundo Silva ainda pousou o bico da esferográfica sobre as quinas, mas logo pensou que se dali as tirasse, e ao crescente, seria como um terramoto na página, tudo viria abaixo, história sem remate a condizer com a grandeza do instante, e esta lição é muito boa para instruir-se a gente sobre a importância duma coisa que, à primeira vista, não passa de um pedaço de pano de uma ou várias cores com figuras recortadas também diversamente coloridas, que tanto podem ser castelos como estrelas, ou leões, ou unicórnios, ou águias, ou sóis, ou foices, ou martelos, ou chagas, ou rosas, ou sabres, ou machetes, ou compassos, ou rodas, ou cedros, ou elefantes, ou bois, ou barretes, ou mãos, ou palmeiras, ou cavalos, ou candelabros, eu que sei, perde-se uma pessoa neste museu se não leva guia nem catálogo, pior ainda se às bandeiras se lembrar de juntar os brasões, que tudo é uma família só, então será um nunca mais acabar de flores-de-lis, de conchas, de fivelas, de leopardos, de abelhas, de guisos, de árvores, de báculos, de mitras, de espigas, de ursos, de salamandras, de garças, de anéis, de patos, de pombos, de javalis, de virgens, de pontes, de corvos e caravelas, de lanças, de livros, sim, até livros, a Bíblia, o Corão, o Capital, adivinhe quem puder, e mais, e mais, de tudo isto se podendo concluir que os homens são incapazes de dizer quem são se não puderem alegar que são outra coisa, motivo afinal suficiente, neste caso, para que aí deixemos ficar o episódio das bandeiras, a decaída e a exaltada, mas cientes de que tudo não passa de mentira, útil até certo ponto, ó máxima vergonha, pois que não tivemos a coragem de emendá-la nem saberíamos pôr no seu lugar a verdade substancial, aspiração sobre todas excessiva, porém inextinguível, que Alá se amerceie de nós.

Pela primeira vez em tantos anos de ofício minucioso, Raimundo Silva não fará leitura final e completa de um livro. São, como já foi dito, quatrocentas e trinta e sete páginas fortíssimas de notas, para ler tudo teria de ficar acordado a noite inteira, ou pouco menos, e não lhe apetece o martírio, tomou-se de resoluta antipatia pela obra e pelo autor dela, amanhã irão dizer os leitores inocentes e repetirá a juventude das escolas que a mosca tem quatro patas, por assim o ter afirmado Aristóteles, e no próximo centenário da tomada de Lisboa aos mouros, no ano de dois mil e quarenta e sete, se Lisboa houver ainda e portugueses nela, não faltará um presidente para evocar aquela suprema hora em que as quinas, ovantes no orgulho da vitória, tomaram o lugar do ímpio crescente no céu azul da nossa formosa cidade.

No entanto, exige-lhe a consciência profissional que, ao menos, vá percorrendo devagar as páginas, os olhos expertos vagando sobre as palavras, confiado em que, variando assim o nível de atenção, qualquer erro menor de alçada sua se deixaria surpreender, como sombra que o movimento do foco luminoso subitamente deslocou, ou aquele conhecido relance da visão lateral que capta, no último instante, uma imagem em fuga. Importa nada saber se Raimundo Silva conseguiu limpar de todo as enfadonhas laudas, o que sim valerá a pena é observá-lo enquanto relê o discurso que D. Afonso Henriques fez aos cruzados, conforme a versão dita de Osberno, ali traduzida do latim pelo próprio autor da História, que não se fia das lições alheias, mormente tratando-se de matéria de tal responsabilidade, nem mais nem menos a primeira fala averiguada do nosso rei fundador, que outra, aliás, não se conhece bastantemente autorizada. Para Raimundo Silva, o discurso é, todo ele, de ponta a ponta, uma absurdidade, não que se permita duvidar do rigor da tradução, que não está a latinaria entre as suas prendas de revisor apenas médio, mas porque não se pode, é que não se pode mesmo acreditar que da boca deste rei Afonso, sem prendas, ele, de clérigo, tenha saído a complicada fala, bem mais à semelhança dos sermões arrebicados que os frades hão de dizer daqui a seis ou sete séculos do que dos curtos alcances duma língua que ainda agora começava a balbuciar. Estava o revisor, assim, sorrindo escarninhamente, quando de súbito lhe deu o coração um salto, afinal, se Egas Moniz foi tão bom aio quanto dele proclamam os anais, se não nasceu só para levar o aleijadinho a Carquere ou, mais tarde, para ir a Toledo de baraço ao pescoço, então seguramente não teria faltado ao seu pupilo com suficientes máximas cristãs e políticas, e sendo o latim, por excelência, o veículo destes aperfeiçoamentos, é de supor que o real menino, além de explicar-se naturalmente em galego, latinizaria o quantum satis para poder declamar, chegada a hora, perante tantos e tão cultos cruzados estrangeiros, a arenga supracitada, uma vez que eles, de línguas, não entenderiam então mais do que a sua de berço e iguais rudimentos da outra, com a ajuda dos frades intérpretes. Saberia portanto D. Afonso Henriques latim e não precisou de dar homem por si na célebre assembleia, quiçá, até, tenha sido ele o próprio autor das célebres palavras, hipótese muito plausível em pessoa que, por seu mesmo punho, e no mesmo latim, tinha escrito a História da Conquista de Santarém, consoante gravemente no-lo explica Barbosa Machado na sua Bibliotheca Lusitana, mais nos informando que o manuscrito, ao tempo, se conservava no arquivo do Real Convento de Alcobaça, no fim de um Livro de S. Fulgêncio. Há que dizer que o revisor não crê em uma só palavra do que os seus olhos estão vendo, sobeja-lhe o ceticismo, ele próprio já o declarou, e para cortar a direito, como também para distrair-se dos enfados desta leitura obrigada, foi à fonte limpa das Historiografias modernas, buscou e encontrou, bem me queria a mim parecer, Machado, crédulo, copiou sem conferir o que haviam escrito Frei Bernardo de Brito e Frei António Brandão, é assim que se arranjam os equívocos históricos, Fulano diz que Beltrano disse que de Cicrano ouviu, e com três autoridades dessas se faz uma história, sendo afinal certo que a da Conquista de Santarém a escreveu um cónego regrante de Santa Cruz de Coimbra, de quem nem o simples nome ficou para tomar na biblioteca o lugar a que tem justo direito e dela retirar o rei usurpador.

Raimundo Silva está de pé, tem posta sobre os ombros a manta, mas de jeito que uma ponta arrasta pelo chão quando se move, e em voz alta lê, como um arauto lançando as proclamas, isto é, o discurso que aos cruzados fez el-rei nosso senhor, por esta guisa, Sabemos bem, e temos diante dos olhos, que vós haveis de ser homens fortes, denodados e de grande destreza, e, em verdade, a vossa presença não diminuiu à nossa vista o que de vós nos dissera a fama. Não vos reunimos aqui para saber o quanto a vós, homens de tanta riqueza, seria bastante prometer para que, enriquecidos com as nossas dádivas, ficásseis connosco para o cerco desta cidade. Dos mouros, sempre inquietados, nunca pudemos acumular tesouros, com os quais acontece algumas vezes não se poder viver em segurança. Mas, porque não queremos que ignoreis os nossos recursos e quais as nossas intenções para convosco, entendemos que nem por isso deveis desprezar a nossa promessa, pois consideramos como sujeito ao vosso domínio tudo o que a nossa terra possui. Duma coisa porém estamos certos, e é que a vossa piedade vos convidará mais a este trabalho e ao desejo de realizar tão grande feito, do que vos há de atrair à recompensa a promessa do nosso dinheiro. Ora, para que com a algazarra dos vossos homens não seja perturbado o que vos disser, escolhei quem vós quiserdes, a fim de que, retirados à parte uns e outros, benigna e sossegadamente determinemos em conjunto a causa da nossa promessa, e resolvamos sobre aquilo que vos expomos, para depois ser explicado a todos em comum o que tivermos resolvido, e assim, dado o assentimento de ambas as partes, com juramento e garantias certas, seja isso ratificado para interesse de Deus.

Não, este discurso não é obra de rei principiante, sem excessiva experiência diplomática, aqui tem dedo, mão e cabeça de eclesiástico maior, talvez o próprio bispo do Porto, D. Pedro Pitões, e seguramente o arcebispo de Braga, D. João Peculiar, que juntos e concertados tinham logrado persuadir os cruzados, de passagem no Douro, a virem ao Tejo ajudar à conquista, dizendo-lhes, por exemplo, Ao menos ouçam as razões que a favor da prestação de auxílio temos para dar-lhes, à vista da mercadoria. E tendo a viagem do Porto até Lisboa durado três dias, não é preciso ser dotado duma imaginação prodigiosa para supor que os dois prelados, de caminho, vieram fazendo o rascunho, com o fito de adiantar trabalho, ponderando os argumentos, insinuando muito, acautelando o possível, com promessas liberalíssimas envolvidas em prudentes reservas mentais, não esquecendo a lisonja, recurso embaidor que geralmente frutifica em mil por um, mesmo se o terreno é sáfaro e pouco destro o semeador. Raimundo Silva, afogueado, deixa cair a manta com teatral ademane, sorri sem alegria, Isto não é discurso em que se acredite, mais parece lance shakespeariano que de bispos arrabaldinos, e regressa à secretária, senta-se, abana a cabeça sucumbidamente, Pensarmos nós que nunca nunca viremos a saber que palavras disse realmente D. Afonso Henriques aos cruzados, ao menos bons dias, e que mais, e que mais, e a claridade ofuscante desta evidência, não poder saber, aparece-lhe, de súbito, como uma infelicidade, seria capaz de renunciar a alguma coisa, não se pergunta quê nem quanto, a alma, se a há, os bens, se os tivesse, para encontrar, de preferência nesta parte de Lisboa onde vive e que é precisamente o que naquele tempo era a cidade toda, um pergaminho, um papiro, um papel avulso, um recorte de jornal, uma gravação, podendo ser, ou uma lápide insculpida, que registasse a vera fala, o original, por assim dizer, porventura menos subtil em arte dialética do que esta versão amaneirada, onde justamente faltam as fortes palavras dignas da ocasião.

O jantar foi rápido, simples, ainda mais ligeiro que o almoço, mas Raimundo Silva bebeu duas chávenas de café em vez de uma, para se defender do sono que não tardaria a ameaçar, vista a mal dormida noite passada. Num ritmo certo, as páginas vão mudando de lugar, sucedem-se os quadros e os episódios, agora o historiador embandeirou o estilo para tratar da grande discórdia que se levantou entre os cruzados, depois da arenga real, sobre se deveriam, ou não, ajudar os nossos portugueses a tomar Lisboa, se ficariam aqui ou seguiriam, como previsto, para a Terra Santa, onde os estava esperando Nosso Senhor Jesus Cristo, sob os ferros turcos. Argumentavam aqueles a quem seduzia a ideia de ficar que lançar fora da cidade a estes mouros e fazê-la cristã seria também serviço de Deus, contestavam os contrários que, se esse era serviço de Deus, serviço menor seria, e que cavaleiros tão principais como ali todos se prezavam de ser tinham por obrigação acudir aonde mais trabalhosa fosse a obra, não neste cu do mundo, entre labregos e tinhosos, que uns deviam ser os mouros e outros os portugueses, porém não o averiguou o historiador, talvez por não valer a pena escolher entre os dois insultos. Berravam os guerreiros como possessos, Deus me perdoe, violentos de palavras e de gestos, e os que defendiam a ideia de continuar viagem para os Santos Lugares afirmavam que muito maiores lucros e proveitos tirariam da extorsão do dinheiro e mercadorias das naus que no mar encontrassem, tanto de Espanha como de África, anacronismo de que só ao historiador se devem pedir contas, falar de naus no século doze, do que da tomada desta cidade de Lisboa, com menos perigo de vidas, que as muralhas são altas e os mouros muitos. Acertara D. Afonso Henriques em cheio quando prognosticou que o exame da sua proposta acabaria em algazarra, palavra que sendo árabe de nacionalidade igualmente serve a qualquer gritar e vozear de colonenses, flamengos, bolonheses, bretões, escoceses e normandos, misturados. Enfim, lá se acomodaram as contrárias partes ao cabo duma disputa verbal que durou todo este dia de S. Pedro, e amanhã, que é o trinta de junho, irão os representantes dos cruzados, agora concordes, informar o rei de que sim senhor o auxiliarão na conquista de Lisboa, a troco dos haveres dos inimigos, que além estão olhando das muralhas, e outras facilidades diretas e indiretas.

Há dois minutos que Raimundo Silva olha, de um modo tão fixo que parece vago, a página onde se encontram consignados estes inabaláveis factos da História, não por desconfiar de que nela se esteja ocultando algum último erro, uma qualquer pérfida gralha que tivesse arranjado artes de esconder-se nos refegos duma oração gramatical tortuosa, e agora, negaceando, o provoque, a coberto também da sua cansada vista e do sono geral que o invade e entorpece. Que o invadia e entorpecia, seriam os tempos verbais exatos. Porque há três minutos que Raimundo Silva está tão desperto como se tivesse tomado uma pastilha de benzedrina, de um resto que ainda aí tem, por trás dos livros, o que sobrou da receita de um médico idiota. Está como fascinado, lê, relê, torna a ler a mesma linha, esta que de cada vez redondamente afirma que os cruzados auxiliarão os portugueses a tomar Lisboa. Quis o acaso, ou foi antes a fatalidade, que estas unívocas palavras ficassem reunidas numa linha só, assim se apresentando com a força duma legenda, são como um dístico, uma inapelável sentença, mas são também como uma provocação, como se estivessem a dizer ironicamente, Faz de mim outra coisa, se és capaz. A tensão chegou a pontos que Raimundo Silva, de repente, não pôde aguentar mais, levantou-se, empurrando a cadeira para trás, e agora caminha agitado de um lado para o outro no reduzido espaço que as estantes, o sofá e a secretária lhe deixam livre, diz e repete, Que disparate, que disparate, e como se precisasse de confirmar a radical opinião, tornou a pegar na folha de papel, graças ao que podemos nós, agora, que antes havíamos chegado a duvidar, certificar-

-nos de que não há tal disparate, ali se diz mui explicadamente que os cruzados auxiliarão os portugueses a tomar Lisboa, e a prova de que assim foi que aconteceu iríamos encontrá-la nas páginas seguintes, lá onde se descreve o cerco, o assalto às muralhas, o combate nas ruas e nas casas, a mortandade excessiva, o saque, Por favor, diga-nos o senhor revisor onde está aí o disparate, esse erro que nos escapa, é natural, não beneficiamos da sua grande experiência, às vezes olhamos e não vemos, mas sabemos ler, creia, sim, tem razão, não compreendemos sempre tudo, já se adivinha porquê, o preparo técnico, senhor revisor, o preparo técnico, e também, confessemo-lo, às vezes dá-nos a preguiça de ir ao dicionário ver os significados, o que só nos prejudica. É um disparate, insistc Raimundo Silva como se estivesse a responder-nos, não farei semelhante coisa, e por que a faria, um revisor é uma pessoa séria no seu trabalho, não joga, não é prestidigitador, respeita o que está estabelecido em gramáticas e prontuários, guia-se pelas regras e não as modifica, obedece a um código deontológico não escrito mas imperioso, é um conservador obrigado pelas conveniências a esconder as suas voluptuosidades, dúvidas, se alguma vez as tem, guarda-as para si, muito menos porá um não onde o autor escreveu sim, este revisor não o fará. As palavras que o Dr. Jekill acabou de dizer tentam opor-se a outras que não chegámos a ouvir, essas disse-as Mr. Hyde, não seria preciso mencionar estes dois nomes para percebermos que neste prédio velho do bairro do Castelo assistimos a mais uma luta entre o campeão angélico e o campeão demoníaco, esses dois de que estão compostas e em que se dividem as criaturas, referimo-nos às humanas, sem exclusão dos revisores. Mas esta batalha, desgraçadamente, vai ganhá-la Mr. Hyde, percebe-se pela maneira como Raimundo Silva está a sorrir neste momento, com uma expressão que não esperaríamos dele, de pura malignidade, desapareceram-lhe do rosto todos os traços do Dr. Jekill, é evidente que acabou de tomar uma decisão, e que má ela foi, com a mão firme segura a esferográfica e acrescenta uma palavra à página, uma palavra que o historiador não escreveu, que em nome da verdade histórica não poderia ter escrito nunca, a palavra Não, agora o que o livro passou a dizer é que os cruzados Não auxiliarão os portugueses a conquistar Lisboa, assim está escrito e portanto passou a ser verdade, ainda que diferente, o que chamamos falso prevaleceu sobre o que chamamos verdadeiro, tomou o seu lugar, alguém teria de vir contar a história nova, e como.

Em tantos anos de honrada vida profissional, jamais Raimundo Silva se atrevera, em plena consciência, a infringir o antes citado código deontológico não escrito que pauta as ações do revisor na sua relação com as ideias e opiniões dos autores. Para o revisor que conhece o seu lugar, o autor, como tal, é infalível. Sabe-se, por exemplo, que o revisor de Nietzsche, sendo embora fervoroso crente, resistiu à tentação de introduzir, também ele, a palavra Não numa certa página, transformando em Deus não morreu o Deus está morto do filósofo. Os revisores, se pudessem, se não estivessem atados de pés e mãos por um conjunto de proibições mais impositivo que o código penal, saberiam mudar a face do mundo, implantar o reino da felicidade universal, dando de beber a quem tem sede, de comer a quem tem fome, paz aos que vivem agitados, alegria aos tristes, companhia aos solitários, esperança a quem a tinha perdida, para não falar da fácil liquidação das misérias e dos crimes, porque tudo eles fariam pela simples mudança das palavras, e se alguém tem dúvidas sobre estas novas demiurgias não tem mais que lembrar-se de que assim mesmo foi o mundo feito e feito o homem, com palavras, umas e não outras, para que assim ficasse e não doutra maneira. Faça-se, disse Deus, e imediatamente apareceu feito.

Raimundo Silva não continuará a ler. Está exausto, foram-se-lhe todas as forças naquele Não em que acabou de jogar, além da imaculada reputação que tem merecido, a tranquilidade duma consciência em paz. A partir de hoje viverá para o momento, mais tarde ou mais cedo, mas inevitável, em que alguém lhe aparecerá a pedir contas do erro, poderá ser o justamente enfadado autor, ou o crítico irónico e implacável, ou um leitor atento em carta à editora, ou ainda, amanhã mesmo, o Costa, quando vier buscar as provas, que é bem capaz de aparecer ele próprio aí, com o seu ar heroico e sacrificado, Tive de vir eu, é sempre o melhor, fazer cada um mais do que o seu dever. E se ao Costa lhe der para folhear as provas antes de metê-las na pasta, se nesse acaso lhe saltar aos olhos a página maculada de mentira, se estranhar o aparecimento duma nova palavra em provas que já são quartas, se se der ao trabalho de lê-la e entender o que passou a estar escrito, o mundo, então reemendado, terá vivido diferentemente só um curto instante, o Costa dirá, ainda que hesitando, Senhor Silva, parece haver aqui um erro, e ele fingirá olhar e não terá mais remédio que concordar, Que tolice a minha, não sei como pôde isto ter acontecido, efeitos do sono, foi o que foi. Não será necessário desenhar um deleatur para eliminar a ominosa palavra, bastará riscá-la, simplesmente, como o faria uma criança, o mundo regressará à antiga e tranquila órbita, o que foi continuará a ser, e, daqui em diante, o Costa, ainda que não venha a falar do estranho caso, terá mais um motivo para proclamar que a Produção está por cima de todas as coisas.

Raimundo Silva deitou-se. Está de costas, com as mãos cruzadas atrás da nuca, não sente ainda o frio. Tem dificuldade em refletir no que fez, sobretudo não consegue reconhecer a gravidade do seu ato, e chega mesmo a surpreender-se por nunca antes lhe ter ocorrido a ideia de alterar o sentido doutros livros que reviu. Num momento que lhe parece ser como se estivesse a desdobrar-se, a afastar-se de si mesmo, observa-se a pensar, e assusta-se um pouco. Depois encolhe os ombros, adia a preocupação que começava a insinuar-se no seu espírito, Veremos, amanhã decidirei se deixo ficar a palavra, ou a retiro. Ia voltar-se para o lado direito, virando as costas à metade vazia da cama, quando percebeu que a sereia de aviso se calara, quem sabe há quanto tempo, Não, ouvi-a quando estava a dizer o discurso do rei, lembro-me exatamente, entre duas frases, o mugido rouco, como de touro que se tivesse perdido entre a névoa, bramindo para o céu branco, longe da manada, é estranho que não haja animais marinhos com vozes capazes de encher a vastidão do mar, ou este largo rio, vou ver como está o céu. Levantou-se, cobriu-se com o roupão de fazenda grossa que, de inverno, sempre estende sobre os cobertores da cama, e foi abrir a janela. O nevoeiro desaparecera, não se acredita que tantas cintilações tivessem estado ocultas nele, as luzes pela encosta abaixo, as outras do outro lado, amarelas e brancas, projetadas sobre a água como trémulos lumes. Está mais frio. Raimundo Silva pensou, pessoanamente, Se eu fumasse, acenderia agora um cigarro, a olhar o rio, pensando como tudo é vago e vário, assim, não fumando, apenas pensarei que tudo é vário e vago, realmente, mas sem cigarro, ainda que o cigarro, se o fumasse, por si mesmo exprimisse a variedade e a vaguidade das coisas, como o fumo, se fumasse. O revisor demora-se à janela, ninguém o chamará, Vem para dentro, olha que te constipas, e ele tenta imaginar que o chamam docemente, mas fica ainda um minuto a pensar, vago ele, e vário, e enfim, como se outra vez o tivessem chamado, Vem para dentro, peço-te, condescende em fechar a janela e volta para a cama, deita-se sobre o lado direito, à espera. Do sono.

Não eram ainda oito horas quando o Costa tocou à porta. O revisor, que tivera uma noite difícil, de breves e inquietos sonhos, dormia enfim pesadamente, assim o pensava a parte de si que acedera a um nível de consciência suficiente para pensar, e esse profundo sono tirava-se por conclusão, vista a dificuldade de acordar a outra parte, apesar das insistências estridentes da campainha, quatro vezes, cinco, agora um toque prolongado até ao infinito como se o mecanismo do botão se tivesse encravado. Raimundo Silva sabia, evidentemente, que deveria levantar-se, mas não podia deixar na cama metade de si mesmo, ou talvez mais, que diria o Costa, com certeza que é o Costa, agora a polícia já não vem tirar-nos da cama matinalmente, sim, que dirá o Costa ao ver aparecer somente metade de Raimundo Silva, talvez o Benvindo, um homem sempre deve ir completo aonde o chamem, não pode alegar, Trago aqui esta parte de quem sou, o resto atrasou-se no caminho. A campainha continuava a tocar, o Costa começa a preocupar-se, Que silêncio na casa, finalmente a metade acordada do revisor consegue gritar numa voz rouca, Lá vou, e só então a parte adormecida se deixa mover, de má vontade. Agora, precariamente reunidos, inseguros em pernas que não se sabe a quem pertencem, atravessam o quarto, a porta da escada faz ângulo reto com esta, quase se poderiam abrir as duas num único movimento, é o Costa, claramente repeso do matinal alarme, Desculpe-me, repara então que não deu os bons-dias, Bons dias, desculpe, senhor Silva, vir tão cedo, mas é por causa das provazinhas, o Costa quer mesmo que lhe perdoem, o humilde diminutivo não significa outra coisa, Sim, sim, diz o revisor, entre aí para o escritório.

Quando Raimundo Silva reaparece, a apertar o cinto e a aconchegar ao pescoço as bandas do roupão, que é em tons de azul, com desenhos à escocês, o Costa já tem na mão o maço de provas, segura-as como se as sopesasse, diz até, compreensivo, De facto, isto é enorme, mas não as folheia propriamente, limita-se a perguntar, um pouco inquieto, Ainda lhe meteu muitas emendas, e Raimundo Silva responde, Não, ao mesmo tempo que sorri, felizmente que ninguém pode perguntar-lhe porquê, o Costa não sabe que precisamente está a ser enganado por uma tão pequena palavra, esse Não que numa mesma emissão de voz esconde e revela, o Costa perguntara, Ainda lhe meteu muitas emendas, e o revisor respondeu, Não, sorrindo, agora crispado quando diz, Se quiser, pode ver, o Costa estranha a benevolência, é um sentimento vago que logo se dissipou, Não vale a pena, vou já daqui para a tipografia, prometeram-me que metem o livro na máquina assim que cheguem as provas. Se o Costa folheasse as páginas e desse com o erro, pensa o revisor que ainda seria capaz de o convencer com duas ou três frases complicadas de contexto e negação, de contradição e aparência, de nexo e indeterminação, mas o Costa já só quer partir, tem uma tipografia à sua espera, está contente porque a Produção conseguiu mais uma vitória na luta contra o tempo, Hoje é o primeiro dia do resto da tua vida, deveria, claro está, mostrar-se severo, não é bom que as coisas acabem por resolver-se sempre à última hora, precisamos de trabalhar com margens de segurança maiores, mas o revisor tem um ar tão desamparado, metido naquele roupão de falso escocês, a barba crescida, o cabelo grotescamente pintado a contrastar, triste, com as brancas da cara, que o Costa, rapaz que está na força da vida, apesar de pertencer às gerações que fizeram da bondade irrisão, cala as suas justíssimas queixas e é com quase afeto que retira da pasta o original de um novo livro para rever, Este é pequeno, pouco mais de duzentas páginas, e a pressa não é muita. Raimundo Silva recebe e apreende o sentido do gesto e das palavras, decifra o meio-tom acrescentado ou retirado a uma vogal, o seu ouvido sabe ler tão bem como os seus olhos, e por tudo isso sente como um remorso de assim estar enganando a inocência do Costa, emissário e portador de um erro de que não é responsável, como acontece à maioria dos homens, que vivem e morrem ingénuos, afirmando e negando por conta alheia, mas as contas pagando como se suas próprias fossem, porém sábio é Alá, e o mais fantasmas da razão.

Foi-se o Costa, feliz por começar tão bem o dia, e Raimundo Silva vai à cozinha, a preparar o café com leite e as torradas com manteiga. As torradas, para este homem de normas e princípios, são quase um vício e verdadeiramente uma manifestação de gula insofreável, em que entram múltiplas sensações, tanto visuais como táteis, tanto olfativas como gustativas, principiando pelo brilho da torradeira cromada, depois a faca cortando as fatias, o cheiro do pão tostado, a manteiga a derreter-se, e enfim o prazer complexo da boca, do palato, da língua, dos dentes, a que se cola inefável película escura, queimada e macia, e outra vez o cheiro, agora dentro de si, no céu esteja quem tão sublime coisa soube inventar. Raimundo Silva, um dia, disse estas exatas palavras em voz alta, num rápido momento em que lhe pareceu estar transfundindo-se-lhe ao sangue a obra perfeita do fogo e do pão, que, em verdade, para ele, até a manteiga seria supérflua, dispensável sem maior desgosto, ainda que muito néscio terá de ser aquele que recusasse o que, acrescentado ao essencial, lhe redobra os apetites e os sabores, é esse o caso do pão torrado e da manteiga, de que vimos falando, seria também o caso do amor, por exemplo, se dele tivesse o revisor mais ampla experiência. Acabou Raimundo Silva de comer, foi ao banho, a barbear-se, a cuidar da aparência. Enquanto não tem a cara bem coberta de espuma foge de olhar-se a direito no espelho, hoje vive arrependido de ter decidido pintar o cabelo, está como prisioneiro dos seus próprios artifícios, porque, mais do que o desagrado que lhe causa a sua imagem, o que ele não suporta é a ideia de que, deixando de pintar-se, os cabelos brancos que sabe ter lhe apareceriam de repente à luz, de uma só vez, como uma irrupção brutal, em lugar do lento avanço natural que por vaidade tola resolveu um dia interromper. São as pequenas misérias do espírito, que o corpo tem de pagar, ele que está sem culpas.

No escritório, só para tomar conhecimento do novo trabalho, Raimundo Silva examina o original que o Costa lhe deixou, oxalá não me saia uma História de Portugal completa, que não faltariam nela outras tentações de Sim e de Não, ou aquela, quiçá ainda mais sedutoramente especulativa, de um infinito Talvez que não deixasse pedra sobre pedra nem facto sobre facto. Afinal, é apenas um romance entre os romances, não tem que preocupar-se mais com introduzir nele o que nele já se encontra, porque livros destes, as ficções que contam, fazem-se, todos e todas, com uma continuada dúvida, com um afirmar reticente, sobretudo a inquietação de saber que nada é verdade e ser preciso fingir que o é, ao menos por um tempo, até não se poder resistir à evidência inapagável da mudança, então vai-se ao tempo que passou, que só ele é verdadeiramente tempo, e tenta-se reconstituir o momento que não soubemos reconhecer, que passava enquanto reconstituíamos outro, e assim por diante, momento após momento, todo o romance é isso, desespero, intento frustrado de que o passado não seja coisa definitivamente perdida. Só não se acabou ainda de averiguar se é o romance que impede o homem de esquecer-se, ou se é a impossibilidade do esquecimento que o leva a escrever romances.

Tem Raimundo Silva o hábito higiénico de conceder-se a si mesmo um dia de liberdade quando termina uma revisão. É como um desafogo, diz ele, uma purga, e assim desce da sua casa ao mundo, passeia por essas ruas, demora-se em exposições, senta-se num banco de jardim, distrai-se duas horas no cinema, entra num museu para rever uma pintura subitamente urgente, enfim, faz a vida de quem veio de visita e tão cedo não tornará. Nem sempre, porém, cumpre o programa todo. Não é raro que regresse a casa quando ainda a tarde vai em meio, nem cansado nem aborrecido, apenas porque o chamou a voz interior com que nem vale a pena discutir, tem lá um livro à espera, outro, que a editora, pelo muito que o considera e estima, nunca o deixou até agora sem trabalho. Apesar de tantos anos desta monótona vida, ainda o toca a curiosidade de saber que palavras o estarão aguardando, que conflito, que tese, que opinião, que simples enredo, aconteceu isso mesmo com a História do Cerco de Lisboa, nem seria de estranhar, que desde os tempos da escola nunca mais o acaso ou a própria vontade o haviam feito interessar-se por tão remotos episódios.

Desta vez, no entanto, Raimundo Silva prevê que só tarde regressará a casa, provavelmente irá mesmo a uma sessão da meia-noite, e não precisamos ser excessivamente perspicazes para perceber que o seu desejo é estar fora do alcance imediato do Costa se vier a descobrir-se a fraude de que, ao mesmo tempo, é autor e cúmplice, porque sendo autor errou e sendo revisor não emendou. Aliás, são quase dez horas, na tipografia já devem estar a montar as primeiras ramas, o impressor, com os gestos pausados e minuciosos que distinguem o especialista, procederá aos acertos após a imposição, daqui a poucos minutos começarão a sair velozmente as folhas de papel que vão contar a falsa História do Cerco de Lisboa, e também daqui a poucos minutos poderá soar a campainha do telefone, estranho é que não tenha soado já, e do outro lado ouvir-se-á o Costa aos gritos, Um erro que não tem explicação, senhor Silva, felizmente que dei por ele a tempo, venha imediatamente, meta-se num táxi, isto é assunto da sua responsabilidade, não, não é questão que se possa tratar pelo telefone, exijo a sua presença, com testemunhas, ao Costa, de nervosismo, esganiça-se-lhe a voz, e Raimundo Silva, nervoso outro tanto, ou mais, empurrado pelas imaginações, começa a vestir-se precipitadamente, vai à janela a ver como está o tempo, frio mas descoberto. Na outra margem, as altas chaminés lançam para o ar rolos de fumo que primeiro sobem verticalmente, até que o vento lhes quebra o impulso e os abate numa lenta nuvem que vai para o sul. Raimundo Silva baixa os olhos para os telhados que cobrem o antigo chão de Lisboa. Tem as mãos apoiadas no parapeito da varanda, sente o ferro frio e rugoso, agora está calmo, apenas olha, não pensa, e é neste instante que ao espírito vazio lhe acode uma ideia para ocupar este seu dia livre, algo que afinal nunca fizera na vida, não têm razão aqueles que se queixam da brevidade dela, se não a aproveitaram como lhes foi dada.

Deixou a varanda, foi ao escritório, procurou entre os papéis de um armário as primeiras provas do Cerco, ainda em seu poder, como as segundas e as terceiras, não o original, esse fica na editora depois de terminada a primeira revisão, meteu tudo num saco de papel, e é agora que o telefone toca. Raimundo Silva deu um estremeção, a mão esquerda, levada pelo hábito, ainda se aproximou, mas parou a meio caminho e recolheu-se, este objeto negro é uma bomba de relógio que vai explodir, uma cascavel vibrante prestes a atacar. Lentamente, como se temesse que os passos pudessem ser ouvidos lá donde o chamam, o revisor afasta-se, murmura, É o Costa, porém está enganado, e nunca virá a saber quem lhe quis falar a esta hora da manhã, quem e para quê, o Costa não lhe dirá, daqui por alguns dias, Telefonei para sua casa, mas ninguém atendeu, e tão-pouco outra pessoa, mas quem, repetirá a declaração, Que pena, tinha uma boa notícia para lhe dar, o telefone tocou,

tocou, e nada. É verdade, o telefone toca, toca, mas Raimundo Silva não responderá, já vai no corredor, pronto para sair, provavelmente, depois de tantas dúvidas e aflições, foi alguém que se enganou no número, acontece, mas isto mesmo não o viremos a saber, é um supor apenas, ainda que apetecesse aproveitar a hipótese, esta que deixaria mais sossegado o revisor, o que, aliás, bem vistas as coisas, não passa de irrefletido modo de dizer, considerando que tal tranquilidade, nas presentes circunstâncias, seria parecida, em tudo, com o precário alívio de um mero adiamento, afastai de mim este cálice, disse o outro, e não lhe adiantaria nada, que outra vez lho tornariam a impor.

Enquanto desce a escada, estreita e empinada, Raimundo Silva vai pensando que ainda estaria a tempo de evitar a má hora que o espera quando o temerário procedimento for descoberto, basta que tome um táxi e corra à tipografia, onde o Costa certamente assiste, feliz por ter provado uma vez mais a eficácia que é sua principal característica, o Costa, sendo a Produção, adora vir à tipografia dar, por assim dizer, as vozes de marcha, e vai precisamente dar esta quando de súbito irrompe pela porta dentro Raimundo Silva gritando, Alto, suspendam, parece o novelesco caso do emissário esbaforido que traz ao condenado à morte, no último segundo, o perdão real, que alívio, é certo que também este precário, porém é abissal a diferença entre sabermos que um dia morreremos e termos já diante dos olhos o fim de tudo, o pelotão de arma apontada, melhor do que ninguém o dirá quem, tendo antes escapado miraculosamente, esteja agora, sem remédio, no definitivo transe, safou-se da primeira vez Dostoievski, mas não da segunda. À luz clara e fria da rua, Raimundo Silva parece ainda ponderar sobre o que finalmente vai fazer, mas a ponderação é fingimento, aparência apenas, o revisor representa para si mesmo um debate cuja conclusão é de antemão conhecida, aqui teve voz a costumada frase dos jogadores de xadrez intransigentes, peça tocada, peça jogada, meu caro Alekhine, o que escrevi, escrevi. Raimundo Silva respira fundo, olha as duas filas de prédios à esquerda e à direita, com um sentimento estranho de posse que abrange o próprio chão que pisa, ele que não tem bens ao luar nem esperança de vir a lográ-los, perdida que foi, nos longes do tempo, a ilusão prebendária representada pela madrinha Benvinda, que Deus haja, se a estão confortando as orações dos herdeiros legítimos e agraciados, nem menos nem mais egoístas do que manda a geral natureza deles, igual em toda a parte. Mas é verdade que o revisor, que neste bairro chegado ao castelo vive há, de tão largos, já não contados anos, dele não precisando mais forte referência do que a bastante para não perder o tino da casa, experimenta agora, a par do mencionado gozo de novel proprietário, uma livre, uma desafogada sensação de prazer que quem sabe se prolongará para além da esquina próxima, quando virar para a Rua Bartolomeu de Gusmão, na zona da sombra. Enquanto caminha, pergunta a si mesmo donde lhe estará vindo uma tal segurança, se tão bem sabe que o segue a famosa espada de Dâmocles, em forma de carta de dispensa de serviços, por causa mais do que justa, incompetência, fraude deliberada, premeditação maliciosa, incitamento à perversão. Pergunta, e imagina receber a resposta da própria falta que cometeu, não da falta em si mesma, mas das suas consequências óbvias, isto é, Raimundo Silva, que justamente se encontra nos lugares da antiga cidade moura, tem, desta coincidência histórica e topográfica, uma consciência múltipla, caleidoscópica, sem dúvida graças à decisão que formalmente tomou de haverem os cruzados resolvido não auxiliar os portugueses, e, portanto, estes que se avenham como puderem, com as suas parcas forças nacionais, se nacionais já podemos chamar-lhes, sendo certo que há sete anos, apesar da ajuda doutra cruzada, deram com o nariz nos muros, ou nem sequer tentaram aproximar-se deles, ficando-se tudo por correrias, devastações de hortas e quintais, e outros atropelos contra a propriedade privada. Ora, estas considerações minuciosas têm por único fim tornar claro, ainda que muito custe admiti-lo à luz da crua realidade, que, para Raimundo Silva, e até nova ordem ou até que Deus Nosso Senhor doutra maneira o disponha, Lisboa continua a ser de mouros, pois que, ature-se a repetição, ainda não estão passadas vinte e quatro horas sobre o fatal minuto em que os cruzados deram a afrontosa nega, e em tão escasso tempo não poderiam os portugueses resolver, por si sós, as complexas questões táticas e estratégicas de cerco, assédio, batalha e assalto, esperemos que por decrescente ordem de duração, quando chegar a altura.

Evidentemente, a Leitaria A Graciosa, onde o revisor agora vai entrando, não se encontrava aqui no ano de mil cento e quarenta e sete em que estamos, sob este céu de junho, magnífico e cálido apesar da brisa fresca que vem do lado do mar, pela boca da barra. Uma leitaria é, desde sempre, bom lugar para saber as novidades, em geral as pessoas não trazem muita pressa, e sendo este um bairro popular, onde todos se conhecem e onde a familiaridade do quotidiano já reduziu ao mínimo as cerimónias prévias à comunicação, tirando, claro está, algumas fórmulas simples,

Bons dias, Como tem passado, Lá em casa, tudo bem, que se dizem sem dar grande atenção ao significado real das perguntas e das respostas, é natural que em pouco se passe às preocupações do dia, que são várias e todas graves. A cidade está que é um coro de lamentações, com toda essa gente que vem entrando fugida, enxotada pelas tropas de Ibn Arrinque, o Galego, que Alá o fulmine e condene ao inferno profundo, e vêm em lastimoso estado os infelizes, escorrendo sangue de feridas, chorando e gritando, não poucos trazendo cotos em lugar de mãos, ou cruelmente desorelhados, ou sem nariz, é o aviso que manda adiante o rei português, E parece, diz o dono da leitaria, que vêm cruzados por mar, malditos sejam eles, corre que serão uns duzentos navios, as coisas desta vez estão feias, não há dúvida, Ai, coitadinhos, diz uma mulher gorda, limpando uma lágrima, que mesmo agora venho da Porta de Ferro, é um estendal de misérias e desgraças, não sabem os médicos a que lado acudir, vi pessoas com a cara numa pasta de sangue, um pobre com os olhos vazados, horror, horror, que a espada do Profeta caia sobre os assassinos, Cairá, disse um homem novo que, encostado ao balcão, bebia um copo de leite, se for a nossa mão a empunhá-la, Não nos renderemos, disse o dono da leitaria, há sete anos também vieram portugueses e cruzados e levaram que contar, Pois sim, tornou o homem novo, depois de enxugar a boca às costas da mão, mas Alá não costuma ajudar a quem a si próprio se não ajude, e esses cinco barcos de cruzados que aí estão fundeados no rio há seis dias, pergunto eu por que ainda não os atacámos e metemos a fundo, Que justa obra seria essa, disse a mulher gorda, em pago das misérias dos nossos, Em pago, não, disse o dono da leitaria, que as contas das nossas vinganças nunca foram de menos que cem por um, Mas os meus olhos são como as pombas mortas que não voltarão aos ninhos, disse o almuadem.

Raimundo Silva entrou, deu os bons-dias sem reparar em quem estava, e foi sentar-se a uma mesa por trás da montra onde se exibiam as seduções da doçaria habitual, os pastéis de nata, os palmiês, as cornucópias, os queques, os bolos de arroz, os jesuítas, e, infalíveis, os cruassãs, com a forma que lhes deu o nome em francês, de crescente, logo tornado decrescente à primeira dentada, minguante portanto, até não ficarem no prato mais do que migalhas, ínfimos corpos celestes que o gigantesco dedo de Alá, humedecido, vai levando à boca, depois não ficará mais do que o terrível vazio cósmico, se são compatíveis o ser e o nada. O empregado, que dono não é, interrompe a limpeza duns copos e traz o café que o revisor pediu, conhece-o apesar de não ser freguês de todos os dias, só uma vez por outra, e sempre dá a ideia de cá vir para preencher um intervalo ocasional, agora parece ter-se sentado com mais descanso, abre um saco de papel donde retira um maço grosso de páginas soltas, o empregado procura espaço para pousar a chávena e o copo de água, põe o pacote de açúcar no pires, e antes de retirar-se repete o comentário que tem feito ao longo da manhã, fala do frio que está, Felizmente que hoje não temos nevoeiro, o revisor sorri como se tivesse acabado de receber uma notícia agradável, É verdade, felizmente não temos nevoeiro, mas uma mulher gorda, na mesa ao lado, que acompanha com um galão claro o seu bolo mil-folhas, informa que, segundo o boletim meteorológico, ela pronuncia viciosamente, Metrológico, é provável que a neblina volte a aparecer ao cair da tarde, quem o diria, estando o céu agora tão claro, este rebrilhante sol, observação poetizante que ela não fez, mas que, por irresistível, aqui se recolhe. O tempo, como a fortuna, é inconstante, disse o revisor, consciente da estupidez da frase. Não respondeu o empregado, a mulher não respondeu, que essa é a mais prudente atitude a tomar perante as sentenças definitivas, ouvir e calar, esperando que o mesmo tempo as faça cair em pedaços, não sendo raro que as torne mais definitivas ainda, como as dos gregos e latinos, finalmente também condenadas ao esquecimento quando o tempo tiver passado todo. O empregado voltou à lavagem dos copos, a mulher ao que resta do mil-folhas, daqui a pouco, disfarçadamente, por ser ato de má educação, ainda que irresistível, catará com o dedo indicador molhado as migalhas do bolo, mas não conseguirá recolhê-las todas, uma a uma, porque os fragmentos do mil-folhas, sabemo-lo por experiência, são assim como uma poeira cósmica, incontáveis, gotículas de um nevoeiro infinito e sem remissão. Nesta leitaria também estaria um homem novo se não tivesse morrido na guerra, e quanto ao almuadem não há mais que lembrar que íamos principiando a saber como se finou, de misericordioso susto, quando sobre ele vinha o cruzado Osberno, porém não o tal, de espada ao alto, escorrendo sangue fresco, que Alá se apiede das suas e apesar disso desgraçadas criaturas.

Enquanto bebia o café, Raimundo Silva buscava as provas da História do Cerco de Lisboa que lhe interessavam, não o discurso do rei, não os episódios da luta, perdeu todo o interesse sobre a questão das fundas baleares ou baleáricas, e tão-pouco quer agora saber de rendição e saque. Encontrou já o que procurava, quatro tiras de papel que separa do conjunto e relê atentamente, passando sobre as referências mais importantes um marcador fluorescente, amarelo. A mulher gorda olha com desconfiado respeito a operação incompreensível, e depois, sem que nada o deixasse prever, muito menos por uma relação direta de causa e efeito entre um ato alheio e um pensamento próprio, reúne precipitadamente as migalhas num montinho e, com as polpas dos cinco dedos juntos, recolhe-as, aperta-as e leva-as à boca, aspirando-as com volúpia. Incomodado pelo ruído, Raimundo Silva olhou de lado, com modo repreensivo, não há dúvida, pensa ele, que a tentação regressiva é uma constante da espécie humana, se D. Afonso Henriques come alarvemente com os dedos, vá que não vá, é esse o costume do tempo, embora já se estejam notando por aí algumas inovações, como esta de espetar a faca no naco de carne e levá-la assim à boca, agora só falta quem tenha a óbvia ideia de abrir os dentes na lâmina, e é que já tarda a invenção, afinal bastaria que os inventores distraídos reparassem nas forquilhas de tosco pau com que os lavradores juntam e recolhem o trigo ceifado, e a cevada, e os levantam e sobem aos carros, de mais tem a experiência mostrado que ninguém irá longe em arte e vida se pelos aconchegos da corte se deixou enlear. Mas esta mulher da leitaria é que não tem desculpa, haja vista que os pais, com muito trabalho, ensinaram-na a comportar-se à mesa, e aí está que reincide, acaso terá sobejado dos grosseiros tempos de então, quando mouros e cristãos se igualavam nos modos, opinião, aliás, muito controversa, porque não falta quem afirme e intente provar que a vantagem em civilização a estavam levando os seguidores de Maomé, e que aos outros, cafres rematados, regalados na sua testarrudez, mal começava ainda a coçar-lhes a brotoeja das maneiras, mas tudo mudará no dia em que lhes entrar na alma o febrão do culto da Virgem Nossa Senhora, tão arrebatado que fará descuidar o do Seu Divino Filho, para não falarmos do pouco caso que, no trato quotidiano, está insultando o Padre Eterno. E assim se evidencia como, naturalmente, sem esforço, por um suave deslizar de assunto a assunto, se sobe do pastel de mil-folhas, comido por uma mulher na Leitaria A Graciosa, Àquele que comer não precisa, mas que, ironicamente, pôs em nós mil desejos e necessidades.

Raimundo Silva faz voltar ao saco de papel as provas da História do Cerco de Lisboa, com exceção das quatro escolhidas páginas, que dobra e cuidadosamente guarda num bolso interior do casaco, e vai ao balcão, onde o empregado serve um copo de leite e um queque a um homem novo com cara de quem anda à procura de emprego e a expressão concentrada de quem prevê que não terá outra mais farta refeição neste dia. O revisor é observador bastante competente e sensível para, num simples relance do olhar, recolher uma informação tão completa, podemos mesmo admitir a hipótese de que algum dia terá encontrado no espelho da sua casa uns olhos assim, os seus próprios, não seria preciso dizê-lo, porém não vale a pena perguntar-lho, que, dele, o que mais nos interessa é o presente, e, se do passado uma lembrança, muito menos o seu do que, do passado geral, a parte modificada pela palavra impertinente. Agora o que falta é ver aonde ela nos levará, sem dúvida, em primeiro lugar, a Raimundo Silva, pois a palavra, qualquer, tem essa facilidade ou virtude de conduzir sempre a quem a disse, e depois, talvez, talvez, a nós que estamos indo atrás dela como perdigueiros farejando, considerações estas evidentemente prematuras, se o cerco ainda nem sequer começou, os mouros que entram na leitaria entoam em coro, Venceremos, venceremos, com as armas que temos na mão, pode ser, mas para tanto é preciso que Maomé ajude o melhor que saiba, pois armas não as vemos, e o arsenal, se a voz do povo é realmente a voz de Alá, não está numerosamente fornecido, na proporção das necessidades. Raimundo Silva diz ao empregado, Guarde-me aí este embrulho até logo, venho buscá-lo antes de fechar, entende-se que se está referindo à leitaria, e o empregado entala o saco de papel entre dois boiões de rebuçados, atrás de si, Aqui ninguém lhe mexe, diz, não lhe ocorreu a ideia de perguntar por que não vai Raimundo Silva deixar o saco em casa, morando tão perto dali, na Rua do Milagre de Santo António, ao virar mesmo da esquina, ora, os empregados, ao contrário da geral opinião, são pessoas discretas, ouvem com santa paciência os boatos que vão correndo, um dia e outro dia, toda a vida, e da monotonia já se cansam, é verdade que por um dever de cortesia profissional e para não desagradarem ao freguês que é sua razão de viver, dão mostras de grande interesse e atenção, mas, no fundo, estão sempre a pensar noutra coisa, a este, por exemplo, que é que poderia interessar a resposta do revisor, se a desse, Tenho medo de que o telefone toque. O homem novo acabou de comer o queque, agora bochecha disfarçadamente o leite para soltar os resíduos que lhe ficaram agarrados aos dentes e às gengivas, no aproveitar é que está o ganho, ensinavam os nossos bons pais, mas a eles não os enriqueceu tão extremada sabedoria, e, tanto quanto sabemos, também não foi essa a origem dos chorados bens da madrinha Benvinda, que lhe perdoe Deus, se pode.

Faz bem o empregado da leitaria em não dar ouvidos ao diz que diz. É por de mais sabido que, em caso de tensão internacional grave, a primeira atividade industrial que logo dá sinal de instabilidade e quebra é o turismo. Ora, se a situação, aqui, nesta cidade de Lisboa, fosse efetivamente de iminência de cerco e assalto, não estariam estes turistas a chegar, são os primeiros da manhã, em dois autocarros, um de japoneses, óculos e máquinas fotográficas, outro de anoraques e calças de cores americanas. Reúnem-se atrás dos intérpretes, e lado a lado, em duas colunas separadas, lançam-se à subida, vão entrar pela Rua do Chão da Feira, a porta onde está o nicho de S. Jorge, admirarão o santo e o dragão medonho, ridículo de tamanho, este, a olhos de japoneses habituados a mais prodigiosas bestas da espécie. Quanto aos americanos, será notória a humilhação de reconhecerem quão pobre figura, afinal, faz um vaqueiro do Oeste laçando um bezerro desmamado, em comparação com o cavaleiro de armas de prata, invencível em todos os combates, embora se comece a suspeitar que desistiu das novas lutas e vive daquela boa fama que no passado alcançou. Já entraram os turistas, a rua ficou subitamente quieta, apeteceria mesmo escrever que em estado de modorra, se a palavra, que irresistivelmente insinua no espírito e no corpo as lassidões de um ardente estio, não resultasse incongruente na fria manhã de hoje, ainda que em sossego o lugar e indo tão pacíficas as pessoas. Daqui alcança-se a ver o rio, por cima dos merlões da Sé que parecem um jogo de paulitos sobre as torres sineiras que o desnível do terreno torna invisíveis, e, apesar da grande distância, percebe-se a serenidade que há nele, adivinha-se mesmo o voo pulsante das gaivotas sobre o rebrilhante caminhar das águas. Se fosse verdade estarem cinco barcos de cruzados além, certamente que já teriam começado a bombardear a cidade inerme, mas tal não poderá acontecer, que nós bem sabemos que desse lado não virá perigo aos mouros, uma vez que foi dito, e do dito se fez escrito para valer e dar fé, que não vão os portugueses, neste caso, contar com a ajuda de quem somente aqui aportou para fazer aguada e descansar dos trabalhos da navegação e da aflição das tormentas, antes de seguir viagem para ir arrancar às mãos dos infiéis, não uma vulgar cidade como esta, mas o chão precioso que sentiu o peso de Deus e que dos seus pés ainda guarda, em algum sítio por onde nunca ninguém voltou a passar, e que a chuva e o vento deixaram intocado, as próprias divinas marcas, descalças.

Raimundo Silva virou a esquina para a Rua do Milagre de Santo António e ao passar defronte da sua casa, talvez porque meio conscientemente apurava o ouvido aos sons que o rodeavam, pareceu-lhe perceber, por um instante, a campainha dum telefone, Será o meu, pensou, mas o som viera de muito perto, poderia ter sido na barbearia do outro lado da rua, e é neste preciso segundo que lhe ocorre a outra possibilidade, que imprudência a sua, foi estupidez rematada pensar que o Costa começaria forçosamente por usar o telefone, Quem sabe se não estará por aí a chegar, e a imaginação, prestável, figurou-lhe logo o quadro, o Costa no automóvel, a subir furiosamente a Rua do Limoeiro, ainda pairando no ar o guincho dos pneus na curva da Sé, se Raimundo Silva não se põe já a salvo, surge aí o Costa com o motor a rugir, travando a fundo ao chegar à porta e a dizer, ofegante, Suba, suba, que temos muito que conversar, não, aqui não quero falar, apesar de tudo o Costa é uma pessoa educada, incapaz de fazer uma cena na rua. O revisor não espera mais, desce precipitadamente as Escadinhas de S. Crispim e só para depois da curva, oculto à ansiosa perscrutação do Costa. Senta-se num degrau para recobrar-se do susto, enxota um cão que se aproximara de focinho estendido, a beber-lhe os ares, e tira do bolso os papéis que separara do maço das provas, desdobra-os, alisa-os sobre os joelhos.

A sua ideia, nascida quando da varanda olhava os telhados descendo como degraus até ao rio, é acompanhar o traçado da cerca moura, segundo as informações do historiador, poucas, dubitáveis, como tem a honradez de reconhecer. Mas, aqui, diante dos olhos de Raimundo Silva, está precisamente um troço, se não da própria e incorruptível muralha, pelo menos um muro que ocupa o exato lugar do outro, descendo ao longo das escadas, por baixo duma fieira de janelas largas, acima das quais se alçam altas empenas. Raimundo Silva está portanto do lado de fora da cidade, pertence ao exército sitiante, não faltaria mais que abrir-se agora um daqueles janelões e aparecer uma rapariga moura a cantar, Esta é Lisboa prezada, Resguardada, Aqui terá perdição, O cristão, e tendo cantado bateu com a janela em sinal de desprezo, mas, se os olhos do revisor o não enganam, a cortina de cassa foi afastada subtilmente, e este gesto simples bastou para quebrar-se a ameaça que estava nas palavras, na condição de as tomarmos nós à letra, porque bem poderia ser que Lisboa, ao contrário do que parecia, não fosse cidade mas mulher, e a perdição somente amorosa, se o restritivo advérbio aqui tem cabimento, se não é essa a única e feliz perdição. O cão aproximou-se outra vez, agora Raimundo Silva olha-o apreensivo, sabe-se lá se não estará raivoso, uma ocasião, não se lembra onde, leu que um dos sinais do terrível mal é a cauda caída, e este rabo não demonstra grande vigor, mas será por causa do mau passadio, que bem se lhe veem as costelas ao bicho, e é sinal também, mas esse decisivo, a sinistra baba escorrendo das fauces e colmilhos, ora o rafeiro em presença, se saliva, será por estímulo de um cheiro de comida em preparação aqui nas Escadinhas de S. Crispim. O cão, tranquilizemo-nos, não está raivoso, se fosse no tempo dos mouros, talvez, mas agora, numa cidade como esta, moderna, higiénica, organizada, até mesmo esta amostra de cão vadio é de estranhar, provavelmente tem-no salvado da rede frequentar de preferência este caminho desviado e íngreme, que requer perna ágil e fôlego de rapaz, bondades que não confluem inevitavelmente nos apanhadores de cães.

Raimundo Silva vai consultando os papéis, seguindo mentalmente o itinerário, e olha o cão a furto, e é então que se lembra da descrição que o historiador fez dos horrores da fominha dos sitiados ao cabo dos meses, não ficou vivo nem cão nem gato, até as ratazanas levaram sumiço, mas afinal, sendo assim, tinha razão quem disse que um cão ladrou naquela serena madrugada em que o almuadem subiu à almádena para chamar os crentes à oração da manhã, errado estaria, sim, quem argumentasse que, por ser o cão impuro animal, o não tolerariam à sua vista os mouros, ora, admitamos que o excluíssem das casas, dos afagos e da gamela, mas nunca do vasto Islão, porque, em verdade, se somos tão capazes de levar a vida em paz com as impurezas que são nossas próprias, por que haveríamos de rejeitar violentamente as impuridades alheias, neste caso de natureza perruna, portanto bem mais inocente que a outra, dos humanos, que tão mau uso fazem do nome de cão, a torto e a direito o atirando à cara de inimigos, de mouros os cristãos, de cristãos os mouros, de judeus todos juntos. Para não falar senão de quem melhor conhecemos, os fidalgos portugueses que aí vêm, tudo neles são cuidados e recomendações para os seus dogues, e alanos, a ponto de serem adictos a dormir com eles, com tanto ou maior gosto que com as concubinas, e, vai-se a ver, ao mais cruel adversário não escolhem pior palavra para chamar-lhe, Cão, dizem, e parece não haver outra ofensa que tanto doa, salvo Filho de Cadela. E tudo isto se vai passando por arbitrário critério de homens, eles são os que fazem as palavras, os animais, coitados, são alheios a essas gramáticas, assistem à disputa, Cão, diz o mouro, Cão és tu, responde o cristão, e ei-los que se batem com lança, espada e adaga, enquanto os rafeiros dizem uns para os outros, Somos nós os cães, e não se importam.

Já ciente do caminho que deverá tomar, Raimundo Silva levanta-se, sacode as calças, e começa a descer as escadas. O cão seguiu-o, mas de largo, como quem tem uma velha experiência de calhoadas, e lhe basta, para levar um susto, ver baixar-se bruscamente o homem e fazer menção de apanhar uma pedra. Ao fundo das escadinhas hesitou, parecia pensar, Sigo, não sigo, mas decidiu-se e foi empós do revisor, que lá vai descendo pela Calçada do Correio Velho. Por estes sítios, ou um pouco mais por dentro, para obedecer ao alinhamento do troço de S. Crispim, baixava a muralha, a direito, supõe-se, até à renomada Porta de Ferro, outros dizem do Ferro, de que não ficou rasto nem resto que hoje se diga, talvez se levantássemos este empedrado moderno do Largo de Santo António da Sé e cavássemos fundo nos aparecesse um alicerce do tempo, algumas escamas de ferrugem de antigas armas, um cheiro de tumba, dois confundidos esqueletos, de guerreiros, não de amantes, gritaram ao mesmo tempo, Cão, e ao mesmo tempo um ao outro se mataram. Sobem e descem automóveis, os elétricos rangem na curva da Madalena, são da carreira vinte e oito, particularmente estimados pelos realizadores de cinema, e lá adiante, a virar em frente à Sé, vai outro autocarro repleto de turistas, devem ser franceses que julgam que estão em Espanha. O cão tem dúvidas em atravessar, o seu mundo mais chegado e conhecido é o das ruas altas, e apesar de ver que o homem olha para trás enquanto desce a Rua da Padaria, ao longo do que seria, há séculos, o pano de muralha que ia até à Rua dos Bacalhoeiros, não se atreve a continuar, talvez o medo de agora se torne insuportável por lembrança dum susto antigo, gato escaldado de água fria tem medo, o cão também. Regressa pelo caminho andado, volta às Escadinhas de S. Crispim, à espera de quem apareça.

O revisor está revendo, entra pelo Arco Escuro, a conhecer a escada que o historiador protesta ser uma que naquele tempo dava acesso ao adarve da cerca, ou melhor, está esta no sítio onde se acharia a outra de origem, aos degraus da de agora não os gastaram mais do que duas ou três gerações. Raimundo Silva observa com vagar as janelas escuras, as fachadas salitrosas e encardidas, os registos de azulejos, este que tem a data de mil setecentos e sessenta e quatro, com uma Santa Ana ensinando sua filha Maria a ler, e, em medalhões laterais, acolitando, S. Marçal, que protege dos incêndios, e Santo António, restaurador de bilhas e supremo achador de objetos desencaminhados. O registo, à falta de certificado autêntico, serve de documento aproximado, se a data que leva é, como tudo permite crer, a do ano em que o prédio foi construído, passados nove anos do terramoto. O revisor avalia o seu cabedal de conhecimentos e encontra-o mais rico, por isso, voltando à Rua dos Bacalhoeiros, olhará com desdém superior os passantes e ignorantes, alheados destas curiosidades de cidade e vida, nem sequer competentes para aproximarem duas tão explícitas datas. Daí a pouco, porém, quando estiver diante do Arco das Portas do Mar, achando em seu íntimo que o nome merecia outra tradução arquitetónica, não uma prosaica tabuleta de despachantes oficiais, nesse momento, considerando sobre os desencontros entre a palavra e o sentido, a si mesmo se observou e de si mesmo fez juízo severo, Afinal, que direito tenho eu de julgar os outros, vivo em Lisboa desde que nasci e nunca me tinha lembrado de vir ver, com os meus próprios olhos, coisas que estão em livros, coisas que algumas vezes olhei e tornei a olhar, sem ver, quase tão cego como o almuadem, se não fosse esta ameaça do Costa, provavelmente, nunca teria a ideia de verificar o traçado da cerca, as portas, que estas aqui cuido eu que já serão da muralha fernandina, claro que quando chegar ao fim do meu passeio saberei mais, mas também é certo que saberei menos, precisamente por mais saber, por outras palavras, a ver se me explico, a consciência de saber mais conduz-me à consciência de saber pouco, aliás, apetece perguntar, que é saber, tinha razão o historiador, a minha vocação é para filósofo, dos bons, daqueles que pegam num crânio e levam a vida toda a interrogar-se sobre a importância que um crânio tem no universo e se há razão para que o universo se preocupe com esse crânio ou para que alguém se interrogue sobre universo e crânio, e agora chegámos, isto diz o guia indispensável, senhoras e senhores, turistas, viajantes ou simples curiosos, ao Arco da Conceição, onde existiu o chafariz célebre da Preguiça, dulcíssimas águas que mataram a sede e o apetite de trabalhar a muita gente, até hoje.

Raimundo Silva não tem pressa. Consulta gravemente o itinerário, por sua satisfação vai tomando minuciosas notas mentais, por assim dizer complementares, que atestam a sua própria contemporaneidade, lá na Calçada do Correio Velho uma soturna agência funerária, uma espuma branca no céu de azul, de avião a jato, como no azul do mar a longa esteira de um barco rápido, a Pensão Casa Oliveira Bons Quartos da Rua da Padaria, o Restaurante Come Petisca Paga Vai Dar Meia Volta, mesmo ao lado das Portas do Mar, a Cervejaria Arco da Conceição, no dito, a alta pedra de armas dos Mascarenhas no cunhal de um prédio do Arco de Jesus, onde teria sido uma porta da cerca moura, a inscrição na parede, protestativa, o portal neoclássico do palácio dos condes de Coculim, que Mascarenhas eram, armazéns de ferro, nisso deram as grandezas, um mundo de coisas fugazes, transitórias, que o certo é todas o serem, sem exceção, pois já o rasto do avião se dissipou e do resto dará o tempo conta a seu tempo, é só ter a paciência de esperar. O revisor entrou em Alfama pelo Arco do Chafariz d'El-Rei, almoçará por aí, numa casa de pasto da Rua de S. João da Praça, para os lados da torre de S. Pedro, uma refeição popular portuguesa de carapaus fritos e arroz de tomate, com salada, e muita sorte, que lhe calharam no prato as tenríssimas folhas do coração da alface, onde, verdade que não a sabe toda a gente, se acolhe a frescura incomparável das manhãs, a orvalhada, o rocio, que tudo é o mesmo, mas se deixa repetido pelo simples gosto de escrever as palavras e dizê-las de modo saboroso. À porta do restaurante estava uma rapariguinha cigana, de uns doze anos, estendia a mão, à espera, sem pronunciar palavra, apenas olhando fito o revisor, que, indo atrás dos pensamentos que o ocupam, não viu cigana, mas moura, na hora da primeira necessidade, quando ainda havia a quem pedir e os cães, os gatos e os ratos julgavam ter vida assegurada até à sua natural morte, por doença ou guerra das espécies, afinal, o progresso é uma realidade, hoje ninguém, em Lisboa, anda à caça de animalejos destes para comer, Mas o cerco não acabou, avisam os olhos da cigana.

Raimundo Silva percorrerá mais lentamente o que ainda lhe falta inspecionar, um outro lanço da muralha no Pátio do Senhor da Murça, a Rua da Adiça, por onde a cerca subia, e a Norberto de Araújo, de batismo recente, ao cimo um poderoso pano de muro, carcomido na base, estas são pedras vivas verdadeiramente, estão aqui há nove ou dez séculos, se não mais, do tempo dos bárbaros, e resistem, aguentam impávidas a torre sineira da igreja de Santa Luzia ou de S. Brás, tanto faz, neste lugar se abriam, ladies and gentlemen, as antigas Portas do Sol, a nascente viradas, primeiras a receber o rosado hálito do amanhecer, agora não resta mais que o largo que delas tomou o nome, porém, não mudaram os efeitos especiais da aurora, um milénio, para o sol, é como um breve suspiro nosso, sic transit, claro está. A cerca continuava por estas bandas, em ângulo obtuso, muito aberto, direita à muralha da alcáçova, assim ficando rematada a cintura da cidade, desde o rente das águas, em baixo, até aos nós de encontro no castelejo, cabeça alta e robustos encaixes, braços arqueados, dedos entrelaçados, firmes, como de mulher sustendo o ventre grávido. O revisor, cansado, sobe à Rua dos Cegos, entra no Pátio de D. Fradique, o tempo abre-se em dois ramos para não tocar nesta aldeia rupestre, está assim, a bem dizer, desde os godos, ou os romanos, ou os fenícios, depois é que vieram os mouros, os portugueses de raiz, os filhos e os netos deles, estes que somos, o poder e a glória, as decadências, primeira, segunda e terceira, cada uma delas dividida em géneros e subgéneros. À noite, neste espaço entre as casas baixas, juntam-se os três fantasmas, o do que foi, o do que esteve para ser, o do que poderia ter sido, não falam, olham-se como se olham cegos, e calam.

Raimundo Silva senta-se num banco de pedra, à fria sombra da tarde, consulta pela última vez os papéis e verifica que nada mais há para ver, ao castelo conhece-o o suficiente para não ter de voltar hoje, mesmo sendo dia de inventário. O céu começa a tornar-se branco, talvez um aviso do nevoeiro prometido pela meteorologia, a temperatura desce rapidamente. O revisor sai do pátio para a Rua do Chão da Feira, em frente é a Porta de S. Jorge, mesmo daqui se pode ver que há pessoas a tirar fotografias ao santo, ainda. A menos de cinquenta metros, embora invisível daqui, está a sua casa, e, ao pensá-lo, apercebe-se, pela primeira vez com evidência luminosa, de que mora no preciso lugar onde antigamente se abria a Porta de Alfofa, se da parte de dentro ou da parte de fora eis o que hoje não se pode averiguar e impede que saibamos, desde já, se Raimundo Silva é um sitiado ou um sitiante, vencedor futuro ou perdedor sem remédio.

Não havia, debaixo da porta, nenhum furioso recado do Costa. Fez-se noite, o telefone não tocou. Raimundo Silva ocupou tranquilamente o serão, a procurar nas estantes livros que lhe falassem da Lissibona moura. Tarde, foi à varanda, a ver como estava o tempo. Nevoeiro, mas não tão denso como o de ontem. Ouviu ladrar dois cães, e isso, inexplicavelmente, ainda mais o serenou. Com diferença de séculos, os cães ladravam, o mundo era portanto o mesmo. Foi-se deitar. De tão cansado dos exercícios do dia, dormiu pesadamente, mas algumas vezes acordou, sempre quando sonhava e voltava a sonhar com uma muralha sem nada dentro e que era como um saco de boca estreita alargando o bojo até à margem do rio, e ao redor colinas arborizadas, mato, e vales, arroios, algumas casas dispersas, hortas, olivais, um largo esteiro avançando pela terra dentro. Ao fundo, distintamente, as torres das Amoreiras.

Treze longos e arrastados dias foi quantos levou a editora ou alguém por ela a descobrir a malfeitoria, e essa eternidade viveu-a Raimundo Silva como se tivesse no corpo um veneno de ação lenta, porém, derradeiramente, tão conclusiva como a do tóxico mais fulminante, símile perfeito da morte que cada um de nós vai preparando em vida e de que a mesma vida é casulo protetor, útero propício e caldo de cultura. Quatro vezes foi à editora sem motivo real que lá o chamasse, porquanto o seu trabalho, sabemo-lo, é individual e doméstico, isento da maior parte das servidões que amarram os empregados comuns, adstritos a tarefas de administração, direção literária, produção, distribuição e armazém, um mundo vigiado para quem o ofício de revisor pertence ao reino da liberdade. Perguntavam-lhe o que queria, e ele respondia, Nada, passei por aqui perto, lembrei-me de entrar. Deixava-se ficar uns minutos, atento às conversas, aos olhares, tentando apanhar o fio duma suspeita, um sorriso dissimulado e provocador, uma frase de que pudesse perceber o oculto sentido. Evitava o Costa, não por temer que dele lhe viesse qualquer dano particular, mas precisamente porque o enganara, assim assumindo o Costa a figura da inocência ultrajada que não somos capazes de enfrentar porque a ofendemos e ela ainda não sabe. Apeteceria dizer que Raimundo Silva vai à editora como o criminoso volta ao lugar do crime, mas não seria exato, Raimundo Silva é, sim, atraído pelo lugar onde se descobrirá o delito e onde hão de reunir-se os juízes para ditar a sentença que o condenará, prevaricador, nu, falso e sem defesa.

Não tem o revisor dúvidas de que está a cometer um estúpido erro, de que estas visitas serão recordadas, na altura própria, como expressões particularmente odiosas duma malícia perversa, Você sabia o mal que tinha feito, e apesar disso não teve a ombridade, diriam ombridade, a franqueza, a honestidade de confessar por seu próprio arbítrio, diriam arbítrio, ficou à espera dos acontecimentos, a rir-se por dentro, perversamente, insisto na palavra, a gozar connosco, e a vulgaridade destas últimas palavras destoará do discurso repreensivo e moralizador. Será inútil explicar-lhes que estão equivocados, que Raimundo Silva só ia à procura duma tranquilidade, dum alívio, Ainda não sabem, suspirará de cada vez, mas alívio e tranquilidade duravam pouco, era só entrar em casa e logo se sentia mais cercado do que Lisboa esteve alguma vez.

Porque não era supersticioso, não contava que algo desagradável pudesse ocorrer-lhe no décimo terceiro dia, Só às pessoas dadas a agoiros sucedem contratempos ou infelicidades nos décimos terceiros dias, eu nunca me orientei por comportamentos inferiores, seria esta provavelmente a sua resposta se alguém lhe tivesse sugerido a hipótese. Este ceticismo de princípio explica que o seu primeiro sentimento tenha sido de irritada surpresa quando ouviu, no telefone, a voz da secretária do diretor, Senhor Silva, está convocado para uma reunião hoje, às quatro horas, disse-o assim secamente, como se estivesse a ler um recado escrito, cautelosamente redigido para que não faltasse nele nenhuma palavra indispensável nem outra se intrometesse que pudesse diminuir o efeito de aflição mental, de desgarramento lógico, agora que surpresa e irritação não têm mais sentido perante a evidência de que o décimo terceiro dia, afinal, não poupa os espíritos fortes, além de governar os que o não são. Pousou o telefone muito devagar e olhou em redor, com a impressão de que via a casa oscilar, Pronto, já está, disse. Em momentos destes, o estoico sorriria, se é que a espécie clássica não se extinguiu completamente para deixar o espaço livre às evoluções do cínico moderno, por sua vez de semelhança mínima com o seu antepassado filósofo e pedestre. Seja como for, há um pálido sorriso no rosto de Raimundo Silva, o seu ar de vítima resignada tempera-se com uma viril tristeza, é o que mais se encontra nos romances de personagens, revendo aprende-se muita coisa.

Pergunta-se o revisor se está ou não angustiado, e não encontra em si resposta. O que sim lhe parece insuportável é ter de esperar até às quatro horas para saber que volta dará a editora ao seu destino de revisor faltoso, como irá ela punir o insolente atentado contra a solidez dos factos históricos, a qual, pelo contrário, deve ser permanentemente reforçada, defendida de acidentes, sob pena de perdermos o sentido da nossa própria atualidade, com grave perturbação das opiniões que nos guiam e das convicções derivadas. Agora que se descobriu o erro, é inútil especularmos sobre as consequências que viria a ter no futuro a presença daquele Não na História do Cerco de Lisboa, se o acaso lhe tivesse permitido uma mais demorada incubação, página contra página, como despercebido aos olhos dos leitores mas abrindo caminho invisivelmente como esses insetos da madeira que deixam uma casca vazia onde ainda julgávamos estar um pesado móvel. Empurrou para o lado as provas que estava a rever, não do romance que Costa lhe deixara no dia célebre, este é um livro delgadinho de poemas, e, ao pousar a cabeça esvaída nas mãos, lembrou-se de uma história de que não recordava o título nem o autor, ainda que lhe parecia que era assim algo como Tarzan e o Império Perdido, e onde havia uma cidade de romanos antigos e de cristãos primeiros, tudo escondido numa selva de África, é bem certo que a imaginação dos autores não tem limites, e este, se todo o mais confere, só pode ser o Edgar Rice Burroughs. Havia um circo e os cristãos eram lançados às feras, isto é, aos leões, ainda por cima com a facilidade que dá ser aquela a terra deles, e o romancista escrevia, embora sem aduzir provas ou citar autoridades, que os mais nervosos daqueles infelizes não se deixavam ficar à espera de que os leões atacassem, antes corriam, por assim dizer, ao encontro da morte, não para serem os primeiros a entrar no paraíso, mas porque, simplesmente, não tinham força de ânimo para suportar a espera do inevitável. Esta recordação de leituras da juventude fez pensar a Raimundo Silva, pelos conhecidos caminhos da decorrência das ideias, que estaria na sua mão precipitar o passo da história, acelerar o tempo, ir imediatamente à editora, ajudando-se com uma explicação qualquer, por exemplo, Às quatro tenho uma consulta no médico, digam lá o que é que me querem, este seria o tom com que falaria ao Costa, mas está claro que não foi para um encontro com a Produção que a secretária do diretor o chamou, o seu caso vai ser tratado nas mais altas esferas, e esta certeza, absurdamente, lisonjeou-lhe a vaidade, Devo estar doido, murmurou, repetindo palavras de há treze dias. Gostaria de encontrar, nesta confusão, um sentimento que prevalecesse sobre os outros, de modo a poder responder, mais tarde, se lho vierem a perguntar, E como é que você se sentiu na terrível situação, Senti-me preocupado, ou indiferente, ou divertido, ou angustiado, ou temeroso, ou envergonhado, em verdade não sabe o que sente, só deseja que as quatro horas cheguem depressa, o encontro fatal com o leão que o espera de boca aberta enquanto os romanos aplaudem, são assim os minutos, ainda que em geral se afastam para nos deixarem passar depois de nos rasparem a pele, mas sempre haverá um para devorar-nos. Todas as metáforas sobre o tempo e a fatalidade são trágicas e ao mesmo tempo inúteis, pensou Raimundo Silva, talvez não precisamente por estas palavras, mas sendo o sentido o que verdadeiramente conta, assim o anotou, contente de tê-lo pensado. Porém, mal foi capaz de almoçar, tinha um nó na garganta, sensação conhecida, e um garrote no estômago, o que não é vulgar e exprime a gravidade da situação. A empregada, era seu dia, achou-o esquisito, perguntou-lhe mesmo, Está doente, palavras que contrariamente tiveram um efeito estimulante, pois se os seus modos o estavam reduzindo tanto a olhos de estranho que já o viam como enfermo, então era tempo de dominar-se, de recusar a miséria que o derrotava, por isso respondeu, Estou ótimo, e nesse momento foi verdade.

Faltavam cinco minutos para as quatro quando entrou

na editora. Encontrou tudo o que antes procurara, os murmúrios, os olhares, os risinhos, e também, em um ou dois rostos, uma expressão apenas perplexa, de quem não se satisfaz com uma evidência, tendo embora de acreditar nela. Fizeram-no passar para a sala de espera da direção e ali o deixaram ficar mais de um quarto de hora, o que serve para demonstrar a vanidade de temores que pouco têm de pontuais. Olhou o relógio, era patente que o leão se atrasara, hoje em dia é muito difícil conduzir na selva mesmo havendo estradas romanas, porém, neste caso, o mais provável é que alguém tenha pensado ser uma boa ideia recorrer a táticas psicológicas comprovadas, fazê-lo esperar para desgastar-lhe os nervos, pô-lo à beira da crise, sem defesa logo ao primeiro ataque. Raimundo Silva considera que, ainda assim, tendo em conta as circunstâncias, está bastante calmo, como quem durante toda a vida não fez mais que pôr mentiras no lugar de verdades sem dar demasiado pela diferença e aprendeu a escolher entre os argumentos pró e contra acumulados ao longo das idades por quantas dialéticas e casuísticas floresceram na cabeça do homo sapiens. À porta, bruscamente aberta, apareceu, não a secretária do diretor, o geral, mas a de outro, o literário, Faça favor acompanhar-me, disse ela, e Raimundo Silva, apesar de ter reparado na sintaxe defeituosa, percebeu que a imaginada calma não passava de aparência, e ténue, os joelhos tremiam-lhe quando se levantou do sofá, a adrenalina agitava-lhe o sangue, o suor ressumbrou-lhe subitamente nas palmas das mãos e nas axilas, e até uma difusa cólica deu sinal de querer expandir-se a todo o aparelho digestivo, Pareço um bezerro levado ao matadouro, pensou, e felizmente foi capaz de desprezar-se a si próprio.

A secretária deu-lhe passagem, Entre, e fechou a porta. Raimundo Silva disse, Boas tardes, duas das pessoas que ali estavam responderam, Boa tarde, a terceira, o diretor literário, disse apenas, Sente-se, senhor Silva. O leão também está sentado e olha, podemos supor que lambe os beiços e arreganha os colmilhos, enquanto avalia a consistência e o sabor das carnes do pálido cristão. Raimundo Silva cruza a perna, descruza-a logo, e nesse momento dá-se conta de que não conhece uma pessoa que ali está, sentada à esquerda do diretor literário, uma mulher. Aquele à direita é o diretor da Produção, mas à mulher nunca a viu na editora, Quem será. Disfarçadamente, tenta observá-la, mas o diretor literário já tomou a palavra, Imagino que sabe por que o mandámos chamar, Calculo, O senhor diretor tinha querido ser ele próprio a tratar deste assunto, mas um problema urgente surgido à última hora obrigou-o a ausentar-se. O diretor literário calou-se, como se quisesse dar tempo a Raimundo Silva para lamentar a sua pouca sorte, ter assim perdido a oportunidade de ser interrogado pelo diretor-geral em pessoa, mas, perante o silêncio do revisor, deixou que a sua voz manifestasse pela primeira vez uma irritação reprimida, embora diluindo-a num tom de certo modo conciliatório, Agradeço-lhe, disse, ter admitido implicitamente as suas responsabilidades, poupando-nos a uma situação muito penosa, que seria, por exemplo, uma negativa sua ou a tentativa de justificação do seu ato. Raimundo Silva pensou que deviam estar agora à espera que desse uma resposta mais completa que aquela simples palavra, Calculo, mas antes que pudesse falar foi o diretor da Produção quem interveio, Eu ainda não estou em mim, senhor Silva, o senhor que trabalha há tantos anos para esta casa, um profissional competente, cometer um erro desses, Não foi um erro, cortou o diretor literário, não vale a pena estender essa mão misericordiosa ao senhor Silva, tão bem como ele sabemos que foi um procedimento deliberado, não é assim, senhor Silva, Que é que o leva a dizer que se tratou de um procedimento deliberado, senhor diretor, Espero que não esteja a pensar voltar atrás sobre o que julgo ter sido a sua primeira intenção quando aqui entrou, Não estou a voltar atrás, apenas pergunto. A irritação do diretor literário tornou-se óbvia, mais ainda pela ironia que carregou as palavras ditas, Creio que não preciso dizer-lhe que o direito de fazer perguntas e exigir desculpas, além doutras medidas que entendemos tomar, não lhe pertence a si, mas a nós, especialmente a mim, que represento aqui o diretor-geral, Tem toda a razão, senhor diretor, eu retiro a pergunta, Não precisa retirar a pergunta, eu respondo-lhe que sabemos que se tratou de procedimento deliberado por causa da maneira como escreveu o Não na prova, com letras carregadas, bem desenhadas, em contraste com a sua caligrafia corrente, solta, ainda que clara de ler. Neste ponto o diretor literário calou-se de repente como se tivesse ganho consciência de que estava a falar de mais e, portanto, a enfraquecer a sua posição de julgador. Houve um silêncio, a Raimundo Silva pareceu que durante todo o tempo a mulher não desfitara de si os olhos, Quem será, mas ela mantinha-se calada como se nada naquele assunto lhe dissesse respeito. Por sua vez, o diretor da Produção, melindrado por ter sido interrompido, parecia haver-se desinteressado duma discussão que, evidentemente, ia por mau caminho, Este idiota não vê que a maneira de tratar do caso não é esta, põe-se a falar, a falar, gosta de se ouvir, e dá todos os trunfos ao

Silva, que deve estar a divertir-se divinamente, é só ver a maneira como administra os silêncios, devia estar assustadíssimo e é a calma personificada. O diretor da Produção enganava-se sobre a calma de Raimundo Silva, sobre o resto talvez não, pois é verdade que não conhecemos suficientemente o diretor literário para termos uma opinião nossa, abalizada. Raimundo Silva, de facto, não está calmo, apenas o parece, graças à desorientação que lhe causa o inesperado rumo dum diálogo que tinha imaginado literalmente catastrófico, a acusação formal e solene, os seus balbuceios em defesa do que defendido não podia ser, a vexação, a ironia pesada, a diatribe, a ameaça, quiçá o despedimento a culminar tudo isto ou tudo isto dispensando, Está despedido, e não conte connosco para dar-lhe cartas de recomendação. Agora Raimundo Silva percebe que tem de falar, tanto mais que o leão já não está diretamente na sua frente, chegou-se um pouco para o lado e coça distraidamente a juba com uma unha partida, talvez acabe por não morrer nenhum cristão neste circo, mesmo não havendo sinal de Tarzan. Diz, dirigindo-se primeiro ao diretor da Produção, depois a furto à mulher que continua calada, Não neguei que a palavra tenha sido escrita por mim, nunca pensei em negá-lo quando viesse a saber-se, mas o importante não é tê-la escrito, o importante deveria ser, penso eu, descobrir por que o fiz, Espero que não me vá dizer que não sabe, ironizou o diretor literário, retomando a condução do caso, É verdade, senhor diretor, não sei, Bonito, o senhor comete uma fraude propositada, causa um prejuízo moral e material à editora e ao autor, não disse ainda uma palavra de desculpa, e com o ar mais inocente deste mundo quer que acreditemos que uma força desconhecida, um espírito do além lhe guiou a mão quando estava em transe hipnótico. O diretor literário sorria, satisfeito com a fluência da frase, mas tentando fazer do sorriso uma expressão de esmagadora ironia. Não creio que estivesse em transe, respondeu Raimundo Silva, lembro-me bem das circunstâncias em que tudo se passou, mas isto não significa que seja claro para mim o motivo por que escrevi esse erro deliberado, Ah, confessa que foi deliberado, Naturalmente, Agora só tem de confessar que não foi erro, mas fraude, e que, conscientemente, quis prejudicar a editora e ridicularizar o autor do livro, Admito que se trata duma fraude, quanto ao resto nunca foi essa a minha intenção, Talvez uma perturbação momentânea, sugeriu o diretor da Produção, em tom de quem quer dar uma ajuda. Raimundo Silva esperou a reação certamente brusca do diretor literário, mas ela não veio, e então compreendeu que a frase estava prevista, que não haveria despedimento, que tudo iria ficar em palavras, sim, não, talvez, e a sensação de alívio foi tão intensa que sentiu amolecer-se o corpo, desafogar-se o espírito, agora só tinha ele de dizer as palavras certas, por exemplo, Sim, uma perturbação momentânea, mas não podemos esquecer que passaram algumas horas até entregar as provas ao Costa, e Raimundo Silva felicitou-se pela maneira hábil como introduzira aquele podemos, colocando-se ele próprio ao lado dos juízes, como se lhes dissesse, Não nos deixemos iludir. Disse o diretor literário, Bom, o livro será distribuído levando uma errata, é uma errata ridícula, onde se lê não leia-se não não, onde se lê os cruzados não ajudaram, leia-se os cruzados ajudaram, vão rir-se à nossa custa, mas enfim, felizmente demos pela coisa a tempo, e o autor mostrou-se compreensivo, aliás fiquei com a impressão de que o estima muito, falou-me duma conversa que tiveram há tempos, Sim, tivemos uma conversa, foi sobre o deleatur, Sobre quê, perguntou a mulher, Sobre o deleatur, não sabe o que é, perguntou Raimundo Silva, agressivamente, Sei, não tinha ouvido bem. A intervenção da mulher, que ninguém parecia esperar, pareceu obrigar a um desvio da conversa, Esta senhora, disse o diretor literário, a partir de agora fica com a responsabilidade de dirigir todos os revisores que trabalham para a editora, tanto no que se refere a prazos e ritmo de trabalho como ao acompanhamento da exatidão das revisões, tudo passará por ela, mas voltemos ao nosso assunto, a editora resolveu considerar arrumado este desagradável incidente, tendo em conta os bons e leais serviços prestados até hoje pelo senhor Silva, vamos admitir que a causa de tudo isto terá estado na fadiga, numa obliteração ocasional dos sentidos, enfim, pomos uma pedra sobre o caso, esperando que ele não se repita, além disso o senhor Silva terá de escrever uma carta à editora e outra ao autor apresentando desculpas, o autor diz que não é preciso, que um dia falará consigo sobre o incidente, mas nós pensamos que é um dever seu, senhor Silva, escrever essa carta, Escreverei, Muito bem, o diretor literário estava agora francamente aliviado, escusado será dizer que nestes tempos próximos o seu trabalho vai ser objeto da nossa particular atenção, não por pensarmos que, propositadamente, volte a alterar textos, mas para prevenir a eventualidade de persistirem no seu espírito impulsos irrefreáveis que possam manifestar-se outra vez, e nesse caso não preciso dizer-lhe que nos encontraria menos tolerantes. O diretor literário calou-se à espera de que o revisor fizesse uma declaração sobre as suas futuras intenções, ao menos as conscientes, já que as outras, se as havia, pertenciam aos planos da inconsciência, indevassáveis. Raimundo Silva percebeu o que se esperava dele, é verdade que as palavras necessitam palavras, por isso se diz Palavra puxa palavra, mas também é certo que Quando um não quer dois não discutem, imaginemos que o Romeiro deixava sem resposta a curiosidade fatal do Escudeiro Telmo, o mais provável seria comporem-se as coisas e não haveria conflito, drama, morte, desgraça geral, ou então suponhamos que um homem perguntou a uma mulher, Amas-me, e ela se cala, olhando-o apenas, esfíngica e distante, recusando dizer o Não que o destroçará, ou o Sim que os destroçaria, concluamos, pois, que o mundo estaria bem melhor se se contentasse cada um com o que vai dizendo, sem esperar que lhe respondessem, e, mais ainda, sem o pedir nem o desejar. Mas Raimundo Silva deve dizer, Compreendo que a editora tome precauções, quem sou eu para levar a mal que o façam, enfim, peço que me desculpem, e prometo que, estando em meu juízo perfeito, não voltará a acontecer, neste ponto fez uma pausa como se perguntasse a si próprio se deveria continuar, mas depois achou que estava tudo dito, e calou-se. O diretor literário disse, Bem, e preparava-se para acrescentar as esperadas palavras, Está encerrada a questão, agora vamos trabalhar, ao mesmo tempo que se levantaria e estenderia a mão aberta a Raimundo Silva em sinal de pazes, sorrindo, porém a mulher sentada à sua esquerda interrompeu o movimento e a generosidade, Se me permitem, o que me causa estranheza é que o senhor Raimundo Silva, é este o seu nome, creio, não tenha sequer tentado explicar-nos por que cometeu um abuso tão grave, alterando o sentido duma frase que, como revisor, tinha, pelo contrário, o dever imperativo de respeitar e defender, é para isso que os revisores existem. O leão reapareceu subitamente, rugindo, mostra a dentuça assustadora, as garras intactas e afiadas, agora a nossa única esperança, perdidos na arena, é que Tarzan surja finalmente, pendurado numa liana e gritando, Ah-ah-ah-ô-ô, se a memória não falha, e até pode ser que traga os elefantes para ajudá-lo, por causa da boa memória que têm. Perante o agora inopinado ataque o diretor literário e o diretor de produção voltaram a carregar a expressão, talvez para não virem a ser acusados de fraqueza por uma frágil mulher consciente das suas obrigações profissionais, apesar de investida nelas há pouco tempo, e fitaram o revisor com a dureza adequada. Não repararam que precisamente não havia dureza no rosto da mulher, antes um leve sorriso, como se, no fundo, ela estivesse a divertir-se com a situação. Raimundo Silva, desconcertado, olhou-a, é uma mulher ainda nova, menos de quarenta anos, percebe-se que é alta, tem a pele mate, os cabelos castanhos, se o revisor estivesse mais perto poderia ver alguns fios brancos, e a boca é cheia, carnuda, mas os lábios não são grossos, estranho caso, um sinal de inquietação toca algures o corpo de Raimundo Silva, perturbação seria a palavra justa, agora deveríamos escolher o adjetivo adequado para acompanhá-la, por exemplo, sexual, porém não o faremos, Raimundo Silva não pode tardar tanto a responder, ainda que seja comum em situações deste tipo dizer-se que o tempo se suspendeu, coisa que o tempo nunca fez desde que o mundo é mundo. O sorriso ainda está no rosto da mulher, mas a brusquidão, a secura das palavras não pode ser ignorada, nem mesmo os diretores foram tão diretos, Raimundo Silva hesita entre responder com agressividade igual ou usar o tom conciliatório que a sua dependência desta mulher parece aconselhar, está claro que ela tem meios para fazer-lhe a vida negra no futuro, servirão todos os pretextos, posto que, havendo ponderado tão precisamente quanto lho permitiu o pouco tempo disponível, ainda por cima tendo em conta o que gastou em observações fisionómicas, enfim respondeu, Ninguém mais do que eu gostaria de encontrar uma explicação satisfatória, mas, se não o consegui até agora, duvido de que venha a consegui-lo, o que eu penso é que deve ter-se travado dentro de mim uma luta entre o lado bom, se o tenho realmente, e o lado mau, que esse temo-lo todos, entre um Dr. Jekill e um Mr. Hyde, se posso permitir-me referências clássicas, ou ainda, por palavras minhas, entre a tentação mutante do mal e o espírito conservador do bem, às vezes pergunto-me que erros teria cometido Fernando Pessoa, de revisão e outros, com aquela confusão de heterónimos, uma briga dos diabos, suponho. A mulher manteve o sorriso ao longo de todo o discurso, e foi a sorrir que perguntou, O senhor, além de Jekill e Hyde, é mais alguma coisa, Até agora tenho conseguido ser Raimundo Silva, Ótimo, então veja se consegue aguentar-se como tal, no interesse desta editora e da harmonia das nossas futuras relações, Profissionais, Espero que não lhe tenha passado pela cabeça que pudessem ser outras, Limitei-me a completar a sua frase, é dever de um revisor sugerir soluções que evitem ambiguidades, tanto as de estilo como as de sentido, Imagino que sabe que o lugar ambíguo é a cabeça de quem ouve ou lê, Principalmente se o estímulo lhe veio de quem escreveu ou falou, Ou se se pertence ao tipo dos que se autoestimulam, Não creio que seja esse o meu caso, Não crê, Raramente faço afirmações perentórias, Foi perentório ao escrever o seu Não na História do Cerco de Lisboa, e só não consegue sê-lo para justificar a fraude, ao menos explicá-la, que justificação não pode haver, Estamos a voltar ao princípio, desculpe, Agradeço-lhe a observação, poupou-me o trabalho de dizer-lhe outra vez o que penso do seu ato. Raimundo Silva abriu a boca para responder, mas nesse momento deu pela expressão de pasmo dos diretores e resolveu calar-se. Houve um silêncio, a mulher continuava a sorrir, mas, talvez por estar sorrindo há tanto tempo, havia no seu rosto uma espécie de crispação, e Raimundo Silva de repente sentiu que sufocava, a atmosfera do gabinete pesava-lhe nos ombros, Detesto esta gaja, pensou, e deliberadamente olhou os diretores como dando a entender que, a partir daí, só deles aceitaria perguntas e só a eles consentiria em dar respostas. Sabia que por este lado a partida estava ganha, os diretores, ambos, já se levantavam, um deles disse, Damos a questão por encerrada, vamos ao trabalho, mas não estendeu a mão a Raimundo Silva, esta duvidosa paz não merecia celebração, quando o revisor saiu o diretor literário disse para o da produção, Se calhar devíamos tê-lo despedido, teria sido mais simples, e foi a mulher quem argumentou, Teríamos perdido um bom revisor, Vai dar-se mal com ele, a julgar pelo que aqui se passou, Talvez não.

À saída Raimundo Silva encontrou o Costa que vinha duma tipografia. Deu-lhe as boas-tardes bruscamente e ia seguir, mas o Costa reteve-o por um braço, sem violência, apenas aflorando a manga da gabardina, os olhos do Costa eram sérios, quase piedosos, e as palavras foram terríveis, Por que é que me fez uma coisa destas, senhor Silva, perguntou, e Raimundo Silva ficou sem saber que responder, limitou-se a negar infantilmente, Mas eu não lhe fiz nada. O Costa abanou a cabeça, retirou a mão, e foi-se pelo corredor, parecia-lhe impossível que aquele homem não percebesse que o tinha ofendido pessoalmente, que a verdadeira questão era entre os dois, Costa e Raimundo Silva, o enganado e o enganador, para estes não podia haver uma errata salvadora in extremis. Ao fundo do corredor o Costa voltou-se para trás e perguntou, Despediram-no, Não, não despediram, Ainda bem, se o tivessem despedido eu ficaria mais chateado do que estou agora, afinal o Costa é um grande homem, e sóbrio nas suas declarações, não disse triste nem amargurado para não parecer solene, disse chateado, que é palavra chula segundo os dicionários, mas sem rival, ainda que o neguem os puristas. O Costa, definitivamente, está chateado, nenhuma outra palavra exprimiria melhor o seu estado de espírito, nem afinal o de Raimundo Silva que, tendo-se perguntado pela milésima vez, Como é que eu me sinto, pôde responder, também definitivamente, Estou chateado.

Quando chegou a casa já a mulher a dias tinha saído, deixando-lhe o recado, sempre igual se calhava estar ele ausente, Fui-me embora, ficou tudo arrumado, levei a roupa para acabar de passar a ferro, esta manifestação de zelo significava que ela aproveitava para sair mais cedo, porém não o confessaria nunca, e Raimundo Silva, que sobre o expediente não tinha dúvidas, aceitava a explicação e calava. Certas relações harmoniosas criam-se e duram graças a um sistema complexo de pequenas inverdades, de renúncias, uma espécie de bailado cúmplice de gestos e posturas, tudo resumível no nunca assaz citado provérbio, ou sentença, que muito melhor lhe assenta esta designação, Tu que sabes e eu que sei, cala-te tu, que eu me calarei. Não é que haja segredos, mistérios, esqueletos em armários fechados que devessem ser revelados quando se fale da relação entre senhor e serva nesta casa onde vive Raimundo Silva e onde de vez em quando assiste, porém trabalhando, uma mulher de quem talvez nem venha a ser necessário saber o nome completo. Mas é sumamente interessante reconhecer como a vida destes dois seres é ao mesmo tempo opaca e transparente, para Raimundo Silva não há ninguém que mais próximo esteja e, contudo, até hoje não se interessou por saber que vida é a desta mulher quando não está a dias, e quanto ao nome basta que diga, Senhora Maria, e ela aparece à porta a perguntar, O senhor Raimundo deseja alguma coisa. A senhora Maria é baixa, magra, morena até parecer escura, e tem uns cabelos naturalmentc crespos que são a sua vaidade, nem poderia ter outra, pois de beleza nasceu mal servida. Quando diz ou escreve, Ficou tudo arrumado, abusa evidentemente das palavras, pois o seu sentido de arrumação consiste na aplicação de uma regra de ouro segundo a qual basta que tudo pareça arrumado, ou, por artes interpretativas, que não esteja à vista o que arrumado não chegou a ser e em alguns casos não é nunca. Excetua-se, evidentemente, o escritório de Raimundo Silva, onde a desarrumação parece ser condição do próprio trabalho, assim o entende ele em contrário do estilo doutros revisores que são maníacos do alinhamento, da precisão, da harmonia geométrica, com esses teria de sofrer muito a senhora Maria, diriam, Este papel não está como o deixei, os papéis do escritório de Raimundo Silva estão sempre como ele os deixou, pela muito simples razão de que a senhora Maria não pode nem tocar-lhes, e assim protestará, A culpa não é minha, quando Raimundo Silva perder o sítio a livros ou provas.

Amarrotou o papel, desdenhando do recado, e lançou-o no cesto. Depois é que despiu a gabardina, mudou de roupa, uma camisa grossa, umas calças que só tinham esta serventia, um colete de malha, não é só pelo frio que faz, é pelo frio que sente, é verdade que Raimundo Silva tem isto de ser friorento, tanto que sobre tudo o que já vestira enfiou o roupão de quadrados escoceses, entrouxado mas confortável é como está, além de que não espera visitas. Durante o trajeto da editora até casa conseguira não pensar, há quem não consiga, mas Raimundo Silva aprendeu a arte de fazer flutuar ideias vagas, como nuvens que se mantêm separadas, e sabe mesmo soprar qualquer uma que se aproxime demasiado, o que é preciso é que não se encostem umas às outras criando um contínuo ou, o que ainda seria pior, se há eletricidade na atmosfera mental, com a resultante tormenta de coriscos e trovoada. Por alguns momentos deixara que o pensamento se ocupasse da senhora Maria, mas agora o cérebro estava outra vez vazio. Para o manter assim abriu a porta da saleta onde tinha a televisão e ligou o aparelho. O ar, ali, ainda estava mais frio. Sobre a cidade, graças ao céu limpo, o sol ainda brilhava, posto já sobre o lado do mar, a cair, lançando uma luz suave, um afago luminoso a que daqui a pouco responderão as vidraças da encosta, primeiro com archotes vibrantes, depois empalidecendo, reduzindo-se a um pedacinho de espelho trémulo, até se apagar tudo e começar o crepúsculo a peneirar a sua cinza lenta entre os prédios, ocultando as empenas, apagando os telhados, ao mesmo tempo que o ruído da cidade baixa esmorece e recua sob o silêncio que se derrama destas ruas altas onde vive Raimundo Silva. A televisão não tem som, isto é, tirou-lho Raimundo Silva, há só as imagens luminosas que se movem, não apenas no ecrã mas também sobre os móveis, as paredes, e sobre o rosto de Raimundo Silva que olha sem ver e sem pensar. Há quase uma hora que passam diante de si videoclips do Tottaly Live, os cantores, se a palavra tem lugar aqui, e os bailarinos remexem-se, aqueles exprimem todos os sentimentos e todas as sensações humanas, algumas duvidosas, têm tudo na cara, não se ouve o que dizem mas não importa, é incrível como um rosto pode ter tanta mobilidade, são crispações, esgares, distensões, caretas ameaçadoras, um serzinho andrógeno, postiço e obsceno, mulheres maduras e de juba, frescas raparigas de coxas, nádegas e tetas generosas, outras delgadas como vimes e diabolicamente eróticas, senhores maduros que mostram algumas rugas interessantes e selecionadas, tudo isto fabricado de luz relampejante, tudo sufocado de silêncio, como se Raimundo Silva tivesse posto as mãos sobre estas gargantas, asfixiando-as para além duma cortina de água, ela também silenciosa, é o triunfo universal da surdez. Agora um homem aparece sozinho, deve estar a cantar apesar de mal se lhe moverem os lábios, o dístico dizia Leonard Cohen, e a imagem olha para Raimundo Silva insistentemente, os movimentos da boca articulam uma pergunta, Por que não queres ouvir-me, homem sozinho, e certamente acrescenta, Ouve-me agora porque depois será demasiado tarde, após um videoclip vem outro, não se repetem, isto não é um disco que possas fazer voltar atrás mil e uma vezes, é possível que eu volte, mas não sei quando e tu talvez já aqui não estejas nesse momento, aproveita, aproveita, aproveita. Raimundo Silva inclinou-se para a frente, abriu o som, o gesto de Leonard Cohen foi como se agradecesse, agora podia cantar, e cantou, disse as coisas que diz quem viveu e se pergunta quanto e para quê, quem amou e se pergunta a quem e porquê, e, tendo feito as perguntas todas se acha sem resposta, uma só que fosse, é o contrário daquele que afirmou um dia que as respostas estão todas por aí e que nós não temos mais que aprender a fazer as perguntas. Quando o Cohen se calou, Raimundo Silva tornou a cortar o som, e logo a seguir desligou de todo o aparelho. A saleta, interior, tornou-se de repente noite negra, e o revisor pôde levar as mãos aos olhos sem que ninguém o visse.

Agora perguntará quem tiver preocupações de lógica se é crível que ao longo de tanto tempo não tenha Raimundo Silva pensado uma só vez na cena humilhante sucedida na editora, ou, se pensou, por que não se fez dela a competente menção em nome da coerência duma personagem e da verossimilhança das situações. Ora, é verdade que Raimundo Silva pensou, e algumas vezes, no desagradável episódio, mas pensar não é o mesmo em todos os casos, e o mais que ele se permitiu foi lembrar-se, como por outras palavras ficou explicado antes, quando se falou de nuvens no céu e eletricidade no ar, soltas umas e de voltagem mínima outra. A diferença está entre um pensamento ativo que escava poços e galerias a partir e ao redor dum facto, e essa outra forma de pensamento, se merece tal nome, inerte, alheado, que quando olha não se detém e segue, apostado na crença de que o que não é mencionado não existe, como o doente que se considera saudável porque o nome da doença ainda não foi pronunciado. Engana-se, porém, quem imagine que estes sistemas defensivos duram sempre, lá vem o momento em que a vaguidade do pensar se transforma em ideia fixa, em geral basta doer um pouco mais. Foi isto que sucedeu com Raimundo Silva quando, estando a lavar a pouca louça que sujara para jantar, se lhe acendeu no espírito a súbita evidência de que a editora, afinal, não levara treze dias a descobrir o engano, o que tanto absolvia a superstição velha como imporia a necessidade duma nova superstição, carregando de energia negativa outro dia, até agora inocente. Quando o chamaram à editora já tudo fora descoberto e discutido, Que vamos fazer com esse tipo, perguntou o diretor-geral, e o diretor literário telefonou ao autor para comunicar-lhe o absurdo acontecimento desculpando-se muito, É que não se pode confiar em ninguém, ao que o autor respondeu, por mais incrível que pareça, Não é morte de homem, uma errata resolve a questão, e ria-se, Do que esse homem se foi lembrar, e o Costa teve uma ideia, Devia haver alguém para controlar os revisores, o Costa sabe onde lhe dói, e a sugestão pareceu tão boa que o diretor da Produção a levou, como se sua fosse, à consideração superior, e com tão geral aprovação que antes do décimo terceiro dia já a pessoa tinha sido procurada, escolhida e instalada, ao ponto de assistir de pleno direito e autoridade plena ao juízo sumário que veio a deliberar sobre as culpas, evidentes, provadas e finalmente confessadas, se bem que, no que toca à confissão, tenham sido mais do que o admissível as reticências e as reservas mentais do culpado, atitude que acabou por irritar a nova empregada, não pode ter outra explicação o ataque violento que desferiu no último assalto, Mas respondi-lhe à letra, murmurou Raimundo Silva enquanto enxugava as mãos e descia as mangas que arregaçara para fazer o trabalho doméstico.

Agora sentado à secretária, com as provas do livro de

poesia diante de si, segue atrás do pensamento, ainda que talvez fosse mais exato dizer que o antecede, pois, sabendo nós como o pensamento é rápido, se nos contentamos com ir atrás dele em pouco tempo perdemos-lhe o rasto, ainda estamos a inventar a passarola e já ele chegou às estrelas. Raimundo Silva tenta, pensando e repensando, perceber por que desde as primeiras palavras não pôde reprimir a agressividade, Não sabe o que é o deleatur, incomoda-o sobretudo a lembrança do tom com que atirou a pergunta, provocador, mesmo grosseiro, e depois o duelo final, de inimigos, como se houvesse ali uma questão pessoal a dirimir, um rancor velho, quando se sabe que estes dois nunca se encontraram antes, e, se sim, não deram um pelo outro, Quem será ela, pensou então Raimundo Silva, ao pensá-lo afrouxou, sem dar por isso, a rédea com que vinha guiando o pensamento, foi quanto bastou para que ele lhe passasse à frente e começasse a pensar por conta própria, é uma mulher ainda nova, menos de quarenta anos, não tão alta como primeiro lhe parecera, o tom da pele mate, os cabelos soltos, castanhos, os olhos da mesma cor, um nada menos escuros, e a boca pequena e cheia, a boca pequena e cheia, a boca pequena, a boca, cheia, cheia. Raimundo Silva está a olhar a estante que tem em frente, encontram-se ali reunidos todos os livros que reviu ao longo duma vida de trabalho, não os contou mas fazem uma biblioteca, títulos, nomes, ele é o romance, ele é a poesia, ele é o teatro, ele são os oportunismos políticos e biográficos, ele são as memórias, títulos, nomes, nomes, títulos, uns célebres até aos dias de hoje, outros que tiveram a sua boa hora e para quem o relógio parou, alguns ainda suspensos do destino, Mas o destino que temos é o destino que somos, murmurou o revisor, respondendo ao que antes pensara, Somos o destino que temos. De repente sentiu calor apesar de não ter o aquecimento elétrico ligado, desatou o cinto do roupão, levantou-se da cadeira, estes movimentos pareciam ter um objetivo e contudo, não pode haver outra explicação, eram apenas expressão de um inesperado bem-estar, um vigor quase cómico, uma tranquilidade de deus sem remorsos. A casa tornou-se subitamente pequena, até a própria janela aberta para as três vastidões, a da cidade, a do rio, a do céu, lhe pareceu como um postigo cego, e é verdade que não havia nevoeiro, e mesmo a frialdade da noite era retemperadora frescura. Não foi neste momento, mas antes, que Raimundo Silva pensou, Como se chamará ela, às vezes acontece, temos um pensamento mas não queremos reconhecê-lo, dar-lhe confiança, isolamo-lo com pensamentos laterais como este de se ter finalmente lembrado de que o nome da mulher não fora mencionado nenhuma vez, Esta senhora, declarou o diretor literário, a partir de agora fica com a responsabilidade, e, ou por improvável falta de educação, ou por efeito do nervosismo próprio e geral, não fez a apresentação, O senhor Raimundo Silva, a senhora Fulana de Tal. Com estas reflexões atrasara Raimundo Silva a pergunta direta, Como se chamará ela, e agora que a fez não é capaz de pensar noutra coisa, como se, ao cabo de todas estas horas, tivesse finalmente chegado ao seu destino, palavra que aqui é utilizada no sentido vulgar, de termo de viagem, sem derivações ontológicas ou existenciais, somente aquele dizer dos viajantes, Cheguei, julgando saber tudo o que os espera.

Agora não se espere nem se exija explicação para o que Raimundo Silva fez. Regressou ao escritório, abriu sobre a mesa o Vocabulário de José Pedro Machado, sentou-se e, devagar, começou a percorrer desde a letra A as colunas da secção de onomástica, logo o primeiro nome é o antropónimo Aala, porém foi omitido o género, masculino, feminino, não se sabe, este foi um caso de revisão desatenta, ou será nome comum de dois, de qualquer maneira uma responsável de revisores não pode chamar-se Aala. Raimundo Silva adormeceu na letra M, com o dedo sobre o nome de Maria, sem dúvida de mulher, mas a dias, como sabemos, o que não exclui a hipótese duma coincidência, num mundo onde elas são tão fáceis.

A carta que Raimundo Silva escreveu ao autor da História do Cerco de Lisboa continha o quantum satis necessário de desculpas, e também a ténue pincelada de humor discreto que as relações cordiais entre o remetente e o destinatário admitiriam sem abusar da confiança, embora no final devesse perdurar a impressão de uma honesta perplexidade, de uma austera interrogação sobre a irresistibilidade de alguns atos absurdos. Esta como que meditação sobre a fraqueza humana quebraria as últimas resistências, se ainda alguma restava, em quem, ao ser informado do lesivo procedimento contra a sua propriedade intelectual, respondera, lançando em estupefação o diretor literário, Não é morte de homem, claro está que na vida real não se encontram tais abnegações, mas esta reflexão, escusado seria dizê-lo, não é da responsabilidade do historiador, não passando, portanto, de mero acrescentamento de sentido duplo, tão a propósito agora introduzido como em qualquer outro momento e página deste relato. O cesto de papéis ficou cheio de folhas amarrotadas, de tentativas sem seguimento, de rascunhos emendados em todas as direções, sobejos inúteis de um dia inteiro de esforços de estilo e de gramática, de milimétricas harmonias para equilíbrio das partes constitutivas da epístola, Raimundo Silva chegou mesmo a desabafar em voz alta, Se os autores sempre assim sofrem, coitados, e achou algum contentamento em não ser mais que revisor.

Subia Raimundo Silva a escada da casa depois de ter ido levar a carta ao correio, quando ouviu tocar o telefone. Não se apressou, um tanto porque se sentia cansado, outro tanto por indiferença ou alheamento, o mais provável era que fosse o Costa a querer saber das provas do livrinho de poemas ou como ia a leitura prévia do romance que lhe tinha deixado naquele negro dia, Lembra-se. Deu tempo a que o Costa se aborrecesse de chamar sem resultado, mas o telefone não se calava, retinia com uma espécie de obstinação mansa, como quem está decidido a continuar só por ser dever seu e não por contar que lhe respondam. Metia tranquilamente a chave na fechadura quando se lembrou de que não podia ser o Costa o da chamada, o Costa deixara de ser o seu direto interlocutor, pobre Costa, vítima inocente, por tabela reduzido a uma função quase mecânica de leva e traz, ele que, sendo preciso, era capaz de bater-se de igual para igual com a camorra revisora. Raimundo Silva deteve-se no limiar do escritório, e o telefone, como se lhe sentisse a presença, redobrou de estridência, parecia um cãozito louco de entusiasmo ao pressentir o dono, só lhe faltava lançar-se da mesa abaixo e disparar aos saltos em ânsia de afagos, com a língua de fora, arquejando, babado de puro gozo. Raimundo Silva tem por aí alguns conhecidos que uma vez por outra lhe telefonam, e já sucedeu que tal ou tal mulheres sentiam ou fingiam uma necessidade de falar-lhe e ouvi-lo, mas esses são casos do passado que no passado ocorreram e no passado se deixaram ficar, vozes que se dele viessem agora seriam como sobrenaturalidades do outro mundo.

Pousou a mão sobre o telefone, esperou ainda, como se quisesse dar-lhe a última oportunidade de calar-se, enfim levantou o auscultador julgando saber exatamente o que o esperava, É o senhor Silva, perguntou a telefonista, e ele respondeu, lacónico, Sou, Como ninguém atendia, já ia desligar, Quer alguma coisa, Eu não, é a doutora Maria Sara que quer falar consigo, um momento. Houve uma pausa, ruídos que deviam ser de comutação, tempo bastante para que Raimundo Silva pudesse pensar, Chama-se Maria Sara, em parte tinha acertado, sem saber, porque se é verdade que adormecera com um dedo revelador sobre o nome de Maria, também é certo que disso não guardara lembrança, e ao acordar, levantando a cabeça da mão espalmada sobre o livro, e depois esfregando com as duas mãos os olhos, retirara da página aquele precário sinal de orientação, disporia somente das duas referências extremas e saberia, quando muito, que o achado estaria entre Manuela e Marula, nomes esses, aliás, desde logo excluíveis por serem radicalmente inadequados à personalidade da pessoa ou personagem. A telefonista disse, Vou ligar, é um anúncio corrente das telefonistas, lugar-comum da profissão, e contudo são palavras que prometem consequências, tanto para o bem como para o mal, Vou ligar, disse ela, indiferente ao destino que utiliza os seus serviços, e não repara que está a dizer, Vou juntar, apertar, prender, atar, liar, fixar, unir, aproximar, vincular, relacionar, associar, na sua ideia somente se trata de pôr em comunicação duas pessoas, mas esse mesmo simples ato, observemo-lo nós, já transporta consigo riscos mais do que suficientes para que não o cometêssemos com leviandade. Porém, não adiantam os avisos, apesar de a experiência nos demonstrar diariamente que cada palavra é um perigoso aprendiz de feiticeiro.

Raimundo Silva deixara-se cair na cadeira, em um instante sentira-se duas vezes mais cansado, Nós, os velhos, dão-nos a lei os trémulos joelhos, a citação obrigatória riu-se dele injustamente, que não é velho um homem que apenas passou dos cinquenta anos, isso era dantes, agora cuidamo-nos melhor, há loções, tinturas, cremes, suavizações diversas, por exemplo, onde é que se encontraria aí homem no mundo civilizado que depois de barbear-se ainda aplicasse alúmen na cara, essa brutalidade contra a epiderme, hoje a cosmética é rainha, rei e presidente, e se está visto que não poderia disfarçar uma tremura de pernas, ao menos dará alguma compostura ao rosto para quando houver testemunhas. Não as havendo agora, o próprio rosto de Raimundo Silva se crispa enquanto do outro lado a doutora Maria Sara, serena, num gesto evidentemente gracioso, atira para trás, com um movimento da cabeça, o cabelo do lado esquerdo para poder encostar o auscultador ao ouvido, e diz finalmente, Não fomos apresentados no outro dia, mas apresento-me agora a mim mesma, o meu nome é Maria Sara, o seu, ia a dizer, Já o conheço, mas Raimundo Silva, arrastado pelo hábito, disse o seu nome, mas disse-o completo, declarou-se Benvindo, e quase morreu de ridículo ali mesmo. A doutora Maria Sara, porém, apesar de não ter enunciado da sua pessoa mais do que esse pouco, não fez reparo na confissão, tratou-o por senhor Raimundo Silva, sem poder adivinhar quanto bálsamo estava derramando na macerada suscetibilidade do revisor, Gostaria de falar consigo sobre o modo de organizarmos o nosso trabalho, estou a ter encontros com todos os revisores, interessa-me saber o que pensam, sim, encontros pessoais, não há outra maneira, amanhã ao meio-dia, se lhe convier, de acordo, fico à sua espera, até amanhã. O telefone já fora desligado e Raimundo Silva ainda não recuperara por completo a serenidade, agora a casa está cheia de silêncio, apenas se adivinha uma pulsação inaudível, tanto pode ser o arfar da cidade como o mover do rio, ou simplesmente o coração do revisor.

Acordou algumas vezes durante a noite, em sobressalto, como se alguém o tivesse sacudido. Mantinha os olhos fechados, tentando defender-se da espertina, e daí a pouco passava do torpor inquieto a outro inquieto sono, porém sem sonhos. Na última hora da noite começou a chover, o alpendre da varanda era sempre o primeiro a dar sinal, mesmo sendo leve a chuva, e Raimundo Silva acordou com o rumor contínuo das gotas caindo e ressoando, lentamente abriu os olhos para receber a luz cinzenta que mal começava a insinuar-se pelas frinchas da janela. Como acontece quase sempre a quem acorda a esta hora, tornou a cair no sono, desta vez agitado de sonhos, lutando com uma preocupação, se teria tempo para tingir o cabelo, que estava precisado, e se seria capaz de o fazer tão bem que não se desse por que era pintado. Acordou passava das nove horas, o seu pensamento imediato foi, Não tenho tempo, depois achou que sim. Entrou na casa de banho e, piscando os olhos, despenteado, de cara franzida, examinou-se à luz forte das duas lâmpadas que ladeavam o espelho. As raízes brancas eram melancolicamente visíveis, não bastaria afofar o cabelo para dissimulá-las, o remédio seria tingir mesmo. Despachou em poucos minutos a refeição, sacrificando o já conhecido apetite de torradas com manteiga, e voltou à casa de banho, onde se fechou para proceder à sua cunhagem particular de moeda falsa, enfim, à aplicação do produto, como se dizia no prospeto da embalagem. Fechava-se sempre, embora sempre estivesse sozinho em casa quando pintava o cabelo, fazia em segredo o que, devia sabê-lo, não era segredo para ninguém, e certamente cairia morto de vergonha se um dia fosse surpreendido no que ele próprio considerava uma lastimável operação. Tal como o da doutora Maria Sara, o seu cabelo, no tempo da verdade, era castanho, mas agora seria impossível comparar os tons de um e do outro, de natureza a natureza, porque o de Raimundo Silva apresenta-se com uma cor uniforme que lembra irresistivelmente uma peruca desbotada e roída de traças, esquecida e outra vez achada num sótão, de confusão com antigas imagens, móveis, adornos, pechisbeques, as máscaras doutro tempo. Faltava pouco para as onze e meia quando ficou pronto para sair, atrasadíssimo, se não tiver a sorte de encontrar logo logo um táxi será caso para outra citação, esta de um ditado velho, Sobre queda, coice, expressão sintética e percuciente que se pode traduzir por Depois de um não, um tarde de mais, sem dúvida a versão mais adequada ao caso. Valeu-lhe realmente morar na Rua do Milagre de Santo António, pois só um milagre podia fazer com que, em rua tão erma, em dia assim, de chuva, aparecesse um táxi livre que parou quando lhe fizeram sinal e não fez, ele, sinal de que levava outro destino. Raimundo Silva entrou, feliz, deu a direção da editora, mas depois, enquanto acomodava o guarda-chuva, taxou-se de idiota, a sua ansiedade manifestava-

-se por dois modos distintos, o temor de ir, o desejo de chegar, a editora passara a ser para si um sítio detestado, e, por outro lado, não era apenas para chegar pontualmente ao meio-dia que apertava com o motorista, Tenho pressa, com risco de criar um inimigo em alguém que tinha começado por manifestar-se como instrumento de milagre. Descer à cidade baixa levou seu tempo, avançar no meio de um tráfego que a chuva demorava foi como patinhar melaço, Raimundo Silva suava de impaciência, enfim, passavam já dez minutos do meio-dia quando entrou na editora, a bufar, no pior estado de espírito desejável para um encontro em que iriam discutir-se responsabilidades novas e, seguramente, trazer de novo à colação os agravos recentes.

A doutora Maria Sara levantou-se da cadeira, foi ao encontro dele, cordial, Como está, senhor Raimundo Silva, Peço-lhe que me desculpe o atraso, esta chuva, o táxi, Não tem importância, sente-se. O revisor sentou-se, mas fez gesto de erguer-se outra vez porque a doutora Maria Sara voltava à secretária, Por favor, deixe-se estar, e quando regressou trazia um livro que colocou sobre a mesa baixa, entre os dois sofás forrados de napa negra. Depois instalou-se, cruzou as pernas, tinha uma saia de tecido grosso, cingida na medida justa, e acendeu um cigarro. Os olhos do revisor acompanharam o movimento que animava as regiões superiores, reconhecia o rosto, o cabelo solto, caído sobre os ombros, e de repente sentiu um choque ao distinguir nele, nitidamente, fios brancos que brilhavam sob a luz do teto, Não os pinta, pensou, e teve vontade de fugir dali. A doutora Maria Sara tinha-lhe perguntado se queria fumar, mas ele não ouviu, só à segunda vez, Não fumo, muito obrigado, respondeu, e baixou os olhos, levando neles a imagem duma blusa de decote em bico, de cor que a sua perturbação o impediu de definir. Agora não tirava os olhos da mesa, fascinado, estava ali a História do Cerco de Lisboa, virada para si, certamente de propósito, tudo, o nome do autor, o título em letras grandes, uma ilustração no meio da capa onde se percebiam cavaleiros medievais com o símbolo dos cruzados, e sobre as muralhas do castelo desproporcionadas figuras de mouros, era difícil saber, a esta distância, se se tratava de reprodução duma miniatura antiga ou de composição moderna, de estilo arcaizante, falsamente ingénuo. Não queria continuar a olhar a capa provocadora, mas tão-pouco desejava enfrentar-se com a doutora Maria Sara, que nesse momento estaria a fitá-lo impiedosamente, como outra cobra-capelo, pronta a lançar o último e definitivo bote. Mas ela disse, em tom de voz natural, sem nenhuma intonação particular, deliberadamente neutra, tão simples como as quatro palavras que pronunciou, Esse livro é seu, fez uma pausa, demorada, e acrescentou, colocando desta vez peso maior em algumas sílabas, Digamo-lo doutro modo, esse livro é o seu. Confundido, Raimundo Silva levantou a cabeça, O meu, perguntou, Sim, é o único exemplar da História do Cerco de Lisboa que não leva a errata, nele continua a afirmar-se que os cruzados não quiseram ajudar os portugueses, Não compreendo, Diga antes que está a tentar ganhar tempo para saber como deve falar comigo, Desculpe, mas a minha intenção, Não precisa justificar-se, não pode levar a vida a dar explicações, o que eu realmente esperava era que me perguntasse por que motivo lhe entrego eu um exemplar não emendado, um livro que mantém intacta a fraude, que insiste no erro, que persevera na mentira, quanto ao qualificativo escolha o que mais lhe agradar, Pergunto-lho agora, Tardou demasiado, já não me apetece responder-lhe, mas disse-o sorrindo, embora se notasse uma tensão no desenho da boca, Peço-lhe, insistiu ele, a sorrir por sua vez, e ficou surpreendido consigo mesmo, numa situação destas, Mostrar os dentes a uma mulher de quem não sei mais nada e que deve estar a troçar de mim, aposto. A doutora Maria Sara apagou o cigarro, acendeu outro, parecia nervosa. Raimundo Silva observou-a com atenção, a balança começava a inclinar-se para o seu lado, mas ele não percebia porquê, muito menos qual fosse o sentido de tudo isto, afinal de contas não fora convocado para debater ou simplesmente receber instruções sobre o novo funcionamento da revisão, o que ali estava a passar-se tornava evidente que o assunto do Cerco não ficara definitivamente arrumado naquela negra hora do décimo terceiro dia em que viera para ser julgado, Mas não creias que vais sujeitar-me a outro vexame, pensou, sem querer admitir que estava a ser desonesto com os factos, quando, na verdade, precisamente tinha sido poupado ao vexame duma demissão ignominiosa, por exemplo, decerto não contava que o condecorassem e citassem à ordem, promovendo-o a chefe dos revisores, lugar que antes não existia e, pelos vistos, agora sim.

A doutora Maria Sara, num movimento rápido, levantou-se, era interessante observar como a rapidez dos seus gestos não prejudicava uma espécie de fluidez natural que lhes retirava toda a aparência de brusquidão, e foi à secretária buscar uma folha de papel que entregou a Raimundo Silva, A partir de agora, os trâmites do trabalho de revisão serão os que constam dessas instruções, não há alterações de fundo no modo como as coisas se faziam até aqui, e, como poderá ver, o mais importante é que, nos casos em que o revisor trabalhe sozinho, como acontece consigo, as provas passem por uma verificação final, que tanto poderá ser feita por mim própria como por outro revisor, ficando claro que serão sempre respeitados os critérios do primeiro, o que se pretende, apenas, é estabelecer uma última fieira que impeça erros e remedeie falhas de atenção, Ou desvios intencionais, acrescentou Raimundo Silva, tentando um sorriso amargo, Engana-se, este foi um episódio do qual nem sequer vale a pena dizer que depois da casa roubada trancas à porta, porque tenho a certeza de que os ladrões nunca mais voltarão, e a porta poderá continuar como estava, as regras que aí tem obedecem ao simples senso comum, não são um código penal para dissuadir e castigar atentados de criminosos empedernidos, Como eu, Um único delito, que ainda por cima, volto a dizer, não terá repetição, não faz de uma pessoa normal um criminoso, empedernido muito menos, Obrigado pela confiança, Não precisa da minha confiança, é uma questão de lógica e de psicologia elementares, nada que uma criança não fosse capaz de compreender, Tenho as minhas limitações, Cada um tem as suas. Raimundo Silva não respondeu, ficou a olhar o papel que segurava nas mãos, porém sem o ler, que, para revisor tão veterano, como ele era, dificilmente se inventaria uma surpresa capaz de durar mais, em efeitos, que o tempo da sua enunciação. A doutora Maria Sara permanecia sentada, mas endireitara o tronco e inclinava-se um tudo-nada para a frente, tornando claro que, por sua parte, a conversação terminara, e que no segundo imediato, não ocorrendo razão em contrário, estaria de pé para pronunciar as últimas palavras, as tais a que não se costuma dar atenção, essas fórmulas de despedida a que a repetição e o hábito desgastaram o sentido, comentário, aliás, também ele repetente, introduzido aqui como um eco de outro, feito em diferente tempo e lugar e que portanto não merece desenvolvimento, vide Retrato do Poeta no Ano da Sua Morte.

Raimundo Silva dobrou a folha de papel duas vezes, tardando nos vincos, e guardou-a num bolso interior do casaco. Depois fez um movimento que enganou a doutora Maria Sara, parecia que ia levantar-se, mas não, era apenas uma maneira de tomar balanço, de modo a não ficar a meio duma frase que decidira dizer, o que, tudo junto, mais ou menos significa que estes momentos, e os momentos são sempre muitos, ainda que sejam poucos os segundos, eles os viveram em equilíbrio instável, compelido o revisor, contra vontade, a seguir o movimento da doutora, invertendo esta o seu próprio impulso ao perceber que se tinha equivocado sobre a intenção dele. Ainda mais que o teatro, saberia o cinema mostrar estes subtis bailados de gestos, podendo mesmo decompô-los e recompô-los sucessivamente, mas a experiência da comunicação tem vindo a provar que essa abundância aparente de visualizações não diminuiu a necessidade das palavras, quaisquer palavras, mesmo sabendo elas dizer tão pouco sobre as ações e interações do corpo, da vontade que há nele ou ele é, do que chamamos instinto na ausência doutro nome, da química das emoções, e o mais que, precisamente por falta de palavras, não se mencionará. Mas, não tratando nós aqui de cinema, nem de teatro, nem sequer de vida, somos forçados a gastar mais tempo a dizer o que necessitamos, sobretudo porque nos damos conta de que, após uma primeira, uma segunda e às vezes uma terceira tentativa, apenas uma parte mínima das substâncias terá ficado explicada, ainda assim muito dependente de interpretações, posto o que, em meritório esforço de comunicação, perturbadamente tornamos ao princípio, a ponto de, inábeis, aproximarmos ou distanciarmos o plano de focagem, com risco de esborratar os contornos do motivo central, e de torná-lo, digamo-lo assim, inidentificável. Neste caso, porém, afortunadamente, não tínhamos perdido de vista Raimundo Silva, deixámo-lo naquele movimento ondulatório que havia de transportar a frase, nem a doutora Maria Sara, de algum modo submissa, com perdão da excessiva palavra, não por perda sua de vontade, mas por uma derradeira e quiçá benevolente expectativa, a questão está em saber se vai o revisor pronunciar as palavras certas, sobretudo evitando a pior das cacofonias, que é não condizerem a palavra com o som e os dois com a intenção, vamos ver como resolve Raimundo Silva a dificuldade, Por favor, disse, e não há dúvida de que começou bem, a minha reação diante do livro, a surpresa ao ouvir que não está emendado, tudo isto se compreende, é como quando temos um ponto dorido, o corpo encolhe-se instintivamente se lhe tocam, só lhe digo que o meu desejo seria que tudo se me apagasse da memória, Encontro-o hoje muito menos desafiador do que da outra vez que aqui esteve, Os lumes apagam-se, as vitórias perdem significado, os desafios cansam-se, repito que gostaria de esquecer o que sucedeu, Temo que venha a ser impossível, se aceitar a sugestão que tenho para fazer-lhe, Uma sugestão, Ou uma proposta, se prefere. A doutora Maria Sara tomou de uma estante baixa a seu lado um dossier que colocou sobre o colo, e disse, Estão aqui reunidos pareceres seus sobre livros que a editora, em anos passados, publicou ou não, Isso é história antiga, Fale-me dela, Acha que vale a pena, Tenho as minhas próprias razões para acreditar que sim, Bem, a editora estava então no princípio, todas as ajudas eram bem-vindas, e alguém nessa época pensou que eu poderia fazer algo mais que revisões, dar opinião sobre livros, por exemplo, francamente não podia passar-me pela cabeça que esses papéis tivessem durado até hoje, Encontrei-os durante a inspeção que fiz à parte do arquivo que interessava ao meu trabalho, Já mal lembro, Li-os todos, Espero que não tenha tido que rir-se de disparates, Disparates, nenhuns, pelo contrário, são pareceres excelentes, bem pensados e bem escritos, Suponho que não achou trocas de sins por nãos, e Raimundo Silva atreveu-se a sorrir, foi irresistível, mas um tanto pelo canto da boca para não parecer confiado de mais. A doutora Maria Sara sorriu também, Não, não trocou, estão todos pontualmente, religiosamente, nos seus lugares. Fez uma pausa, folheou ao acaso o dossier, pareceu hesitar ainda, e depois, Foram estes pareceres, e o facto, como já disse, de estarem bem escritos e mostrarem, além de capacidade de observação crítica, uma espécie, como direi, de pensamento oblíquo bastante singular, Pensamento oblíquo, Não me peça que explique, mais do que senti-lo, vejo-o, foi tudo isso, repito, que se condensou na sugestão que decidi fazer-lhe, E que é, A de escrever uma história do cerco de Lisboa em que os cruzados, precisamente, não tenham ajudado os portugueses, tomando portanto à letra o seu desvio, para empregar a palavra que lhe ouvi há pouco, Desculpe, mas não estou a perceber bem a sua ideia, É muito clara, Talvez seja isso mesmo que me impede de percebê-la, Ainda não teve tempo de se habituar a ela, assim de repente é natural que o primeiro movimento seja de rejeição, Não se trata de rejeição, é mais como um absurdo que eu a vejo, Pergunto-lhe se conhece absurdo maior que o tal seu desvio, Não falemos do meu desvio, Ainda que não falássemos mais dele, ainda que este exemplar levasse, também ele, a errata que está em todos os outros, ainda que esta edição fosse inteiramente destruída, mesmo assim, o Não que naquele dia escreveu terá sido o ato mais importante da sua vida, Que sabe da minha vida, Nada, a não ser isto, Então não pode ter opinião sobre a importância do resto, É verdade, mas o que eu disse não se destinava a ser tomado em sentido literal, são expressões enfáticas que sempre têm de contar com a inteligência do interlocutor, Sou pouco inteligente, Aí está mais uma expressão enfática, a que eu dou o valor que tem realmente, isto é, nenhum, Posso fazer-lhe uma pergunta, Faça-a, Sinceramente, está ou não a divertir-se à minha custa, Sinceramente, não estou, Então porquê este interesse, essa sugestão, esta conversa, Porque não é todos os dias que se encontra alguém que tenha feito o que o senhor fez, Estava mentalmente perturbado, Ora, ora, Em definitivo, sem querer ser mal-educado, a sua ideia não tem pés nem cabeça, Então, em definitivo, faça de conta que ela nunca existiu. Raimundo Silva levantou-se, compôs a gabardina que não chegara a despir, Se não tem outro assunto para tratar comigo, retiro-me, Leve o seu livro, é exemplar único. As mãos da doutora Maria Sara não têm anéis nem aliança. Quanto à blusa, chemisier, ou lá como lhe chamam, parece seda, de um tom pálido que permanece indefinível, bege, marfim-velho, branco-manhã, será possível que as pontas dos dedos vibrem diferentemente segundo as cores que tocam ou afagam, não sabemos.

A chuva não diminuíra. À porta do prédio da editora, Raimundo Silva, de mau humor, espreitava o céu por entre os ramos nus das árvores, mas o céu era uma pegada nuvem, sem abertas de azul, e a chuva caía com uma regularidade irritante, nem mais, nem menos. Não vamos ter outro dia, murmurou, repetindo um dito antigo de gente habituada a meteorologias práticas, mas no qual se não deve acreditar completamente, porque depois daquele dia outros vieram, e para Raimundo Silva este não é certamente o seu último. Enquanto esperava o improvável alívio dos meteoros, saíam empregados que iam almoçar, passava já da uma hora, a conversa fora demorada. Pensou que não gostaria de ver aparecer o Costa, ter de falar-lhe, ter de ouvi-lo, suportar-lhe o olhar recriminatório, e neste instante descobriu que ainda menos quereria ver outra pessoa, a doutora Maria Sara, que, se calhar, já aí vem no elevador, e que, vendo-o parado à porta, pode julgar que ele se deixou ficar de propósito, a pretexto da chuva, para poder prosseguir a conversa noutro ambiente, num restaurante, por exemplo, aonde ele a convidaria, ou hipótese sobre todas aterradora, contando que ela lhe ofereça uma boleia, o leve a casa, em atitude humanitária e generosa, vista a chuva que cai incessante, ora essa, não me faz transtorno nenhum, entre, entre, que se está a molhar todo. Claro que Raimundo Silva ignora se a doutora Maria Sara tem automóvel, mas as probabilidades de o ter são muitas, o seu ar não engana, é pessoa moderna e despachada, basta observar-lhe os gestos metódicos, medidos, de quem sabe manejar a caixa de velocidades no segundo exato e se habituou, num relance, a avaliar distâncias e espaços de manobra. Ouviu parar o elevador e olhou rapidamente para trás, era mesmo o diretor literário que segurava a porta para deixar passar a doutora Maria Sara, vinham falando os dois animadamente, ninguém mais no elevador, então Raimundo Silva meteu o livro entre o casaco e a camisa, foi um reflexo de proteção, e, abrindo de golpe o guarda-chuva, deslizou rente aos prédios, encolhido como um cão corrido à pedrada, o seu corpo era isso mesmo, um cão que foge, de rabo entre as pernas, Devem ir almoçar juntos, pensou. Reteve o pensamento enquanto descia a rua, depois examinou-se a si mesmo para compreender por que razão o tinha pensado, porém só encontrou um muro branco, sem inscrições, ele próprio uma interrogação.

Para chegar a casa utilizou dois autocarros e um elétrico, nenhum deles o deixava à porta, claro está, mas não tinha outra maneira de aproximar-se, táxis livres nem um. De todo o modo, a chuva não o poupou, afinal não se fica mais molhado caindo ao mar oceano do que ao rio da nossa aldeia, quer isto dizer que se Raimundo Silva tivesse feito todo o caminho a pé não se molharia mais do que já está, um pinto, uma sopa. Durante o trajeto passou por um momento pouco agradável, ou quase terrível, se preferirmos dramatizar a situação, quando fantasiou a doutora Maria Sara, no restaurante, a contar ao diretor literário a jocosa história do revisor, Então eu disse-lhe que escrevesse um livro e ele ficou desconcertado com a ideia, e mais, respondeu-me que a história do Não do Cerco de Lisboa fora consequência duma perturbação mental, imagine, Esse tipo é cómico, sempre com aquela cara de pau, mas é competente no trabalho, há que reconhecê-lo, e o diretor literário, tendo cometido, com notável isenção, este ato de caridade e justiça, dá o assunto por terminado e passa ao que mais lhe interessa, Ouça, Maria Sara, e se nós jantássemos um dia destes, podíamos depois ir a qualquer lado, dançar, beber um copo. Ao virar duma esquina, um súbito e traiçoeiro golpe de vento virou o guarda-chuva, toda a água que do céu tombava caiu na cara de Raimundo Silva, e o vento era ciclone, maelström, furacão, foi obra de poucos segundos, mas de agónico desespero, a salvo só o livro, entre casaco e camisa. Sumiu-se o remoinho, voltou a calma, e o guarda-chuva, apesar de levar agora uma vareta estropiada, pôde retomar a sua função, é verdade que mais simbólica do que efetiva, Não, pensou Raimundo Silva, e ficou-se por esta palavra, portanto não saberemos se foi dela que se serviu a doutora Maria Sara para responder ao invite do diretor literário, ou se este homem que vai subindo as Escadinhas de S. Crispim, onde não se vê sombra do cão vadio, finalmente não acredita que haja no mundo gente de tal modo desapiedada que ouse desfrutar assim de um pobre revisor sem defesa. Sem contar que, possivelmente, a doutora Maria Sara vai almoçar a casa.

Mudada a roupa, posto mais ou menos em seco, Raimundo Silva preparou o almoço, cozeu batatas para compor o prato de conserva de atum por que acabara por decidir-se após exame das alternativas, escassas, e, adubando esta frugalidade com o costumado prato de sopa, sentiu-se bastante reconfortado e restaurado de energias. Enquanto comia, dera, no seu espírito, por uma curiosa impressão de estranheza, como se, experiência só imaginária, tivesse acabado de chegar de uma larga e demorada viagem por terras distantes e outras civilizações. Obviamente, em existência tão pouco dada a aventuras qualquer novidade, insignificante para outros, pode fazer figura de revolução, ainda que, para propor só esse recente exemplo, o seu memorável atrevimento contra o texto quase sagrado da História do Cerco de Lisboa não lhe causara efeito que de longe se parecesse, agora a casa está como se fosse pertença doutra pessoa, e ele um estranho, até o cheiro é outro, e os móveis estão como deslocados ou deformados por uma perspetiva regida por leis diferentes. Preparou um café muito quente, como era seu hábito, e com o pires e a chávena na mão, sorvendo pequenos goles, visitou a casa para poder senti-la outra vez sua, começou pelo quarto de banho, onde tinham ficado vestígios da operação de tinturaria a que se sujeitara, não adivinhando que viria a envergonhar-se dela, depois a saleta de estar onde quase nunca se demorava, com a televisão, uma mesa baixa, um divã, um pequeno sofá e uma estante de portas envidraçadas, e logo o escritório, que lhe restituiu a familiaridade do que foi mil vezes visto e tocado, e finalmente o quarto de dormir, a cama de mogno antigo, o guarda-fato da mesma madeira, e a mesa de cabeceira, móveis nascidos para maiores paredes e aqui contrafeitos, acanhando o espaço. Em cima da cama, para onde o atirara ao entrar, está o livro, o derradeiro iroquês da dizimada tribu, refugiado na Rua do Milagre de Santo António por inexplicável deferência da doutora Maria Sara, inexplicável, diz-se, que não é suficiente ter proposto, Escreva um livro, só por ironia, que uma cumplicidade, pelo que leva de íntimo, não tem sentido aqui, ou então a doutora quer apenas ver a que ponto é ele capaz de chegar nos caminhos da loucura, uma vez que ele próprio foi quem falou de perturbação mental. Raimundo Silva pousou o pires e a chávena na mesa de cabeceira, Quem sabe se não é um sintoma esta impressão de estranheza, como se não fosse a minha casa ou não pertencesse eu a este lugar e a estas coisas, a pergunta ficou em suspenso, sem resposta, como todas as que assim começam, Quem sabe. Pegou no livro, a ilustração da capa era realmente imitada duma miniatura antiga, francesa ou alemã, e nesse instante, apagando tudo, penetrou-o uma sensação de plenitude, de força, tinha nas mãos algo que era exclusivamente seu, é certo que desdenhado pelos outros, mas por essa razão mesma, Quem sabe, ainda mais estimado, afinal este livro não tem mais quem o queira e este homem não tem, para querer, mais que este livro.

Um terço das nossas curtas vidas passamo-lo a dormir, não há quem o ignore, e tanto que basta ter olhos para a nossa própria experiência, entre o deitar e o levantar as contas são boas de fazer, descontando as insónias quem delas sofra, e, no geral, o tempo gasto nos exercícios noturnos da arte amatória, ainda e sempre estimados e praticados às horas ditas mortas, apesar da crescente divulgação dos horários flexíveis que, nesse e em outros particulares, parecem encaminhar-nos finalmente para a realização dos dourados sonhos da anarquia, isto é, aquela idade apetecida em que cada um poderá fazer o que lhe der na real gana, sob a única condição, elementar, de não ferir ou limitar a real gana dos seus próximos. Sim, não há nada mais simples, mas o facto de até hoje não termos conseguido nem sequer identificar com perdurável certeza os nossos próximos entre a multidão dos alheios, vem demonstrar, se era preciso, o que por tradição sabíamos, que a dificuldade de realizar o simples sobrepassa em complexidade todos os ofícios e técnicas, ou, por outras palavras, é menos dificultoso conceber, criar, construir e manipular um cérebro eletrónico do que encontrar no nosso próprio a simples maneira de ser feliz. Porém, atrás de tempo, tempo vem, dizia o outro, e a esperança é sempre a última coisa a perder-se. Infelizmente, nós é que podemos começar a perdê-la desde já, porque o tempo que ainda falta para a felicidade universal conta-se por astronómicas medidas, e esta geração não aspira a viver tanto, além de ser patente que está desanimando muito.

Tão largo rodeio, tornado irresistível por esse jeito que as palavras têm de puxar umas pelas outras, parecendo que não fazem mais do que seguir o desejo de quem finalmente terá de responder por elas, mas levando-o ao engano, a ponto de deixarem, quantas vezes, a ponta da narrativa abandonada num lugar sem nome e sem história, o puro discurso sem causa nem objetivo, cuja flutuação precisamente o irá tornar apto a servir como cenário ou adereço de não importa que drama ou ficção, este rodeio, que principiou por indagar sobre horas de sono e vigília para vir a rematar em gasta reflexão sobre a curteza das vidas e a longevidade das esperanças, este rodeio, acabemos, encontrará justificação se, subitamente, nos perguntarmos quantas vezes, ao longo da vida, vai uma pessoa à janela, quantos dias, semanas e meses ali passou, e porquê. Geralmente, fazemo-lo para saber como o tempo está, para estudar o céu, para acompanhar as nuvens, para devanear com a lua, para responder a quem chamou, para observar a vizinhança, e também para ocupar os olhos distraindo-os, enquanto o pensamento acompanha as imagens do seu discorrer, nascidas como nascem as palavras, assim. São relances, são momentos, e longas contemplações do que não chega a ser olhado, uma parede lisa e cega, uma cidade, o rio cinzento ou a água que escorre dos beirais.

Raimundo Silva não abriu a janela, olha por trás das vidraças, e segura nas mãos o livro, aberto na página falsa, como se diz que é falsa a moeda cunhada por quem para tal não teve legitimidade. A chuva ressoa surdamente no zinco do alpendre, e ele não a ouve, posto o que, diríamos nós, buscando comparação apropriada à circunstância, é como um rumor ainda longínquo de cavalgada, um bater de cascos na terra branda e húmida, um espadanar de águas dos charcos, estranho sucesso este, se no inverno sempre se suspendiam as guerras, que seria dos homens de cavalo, pouco enroupados por baixo das lorigas e cotas de malha, com a chuvinha a meter-se-lhes pelas frinchas, fendas e interstícios, e da tropa de pé nem é bom falar, descalça na lama ou pouco menos, e com as mãos tão engadanhadas de frio que mal podem segurar as armas diminutas com que vêm a conquistar Lisboa, que lembrança a do rei, vir à guerra com este mau tempo, Mas o cerco foi no verão, murmurou Raimundo Silva. A chuva no alpendre tornara-se audível apesar de cair com menos força, o tropear dos cavalos afasta-se, vão recolher a quartéis. Num movimento rápido, inesperado em pessoa habitualmente tão sóbria de gestos, Raimundo Silva abriu de par em par a janela, alguns borrifos salpicaram-lhe a cara, o livro não, porque o protegera, e a mesma impressão de força plena e desbordante lhe tomou o espírito e o corpo, esta é a cidade que foi cercada, as muralhas descem por ali até ao mar, que sendo tão largo o rio bem lhe merece o nome, e depois sobem, empinadas, onde não alcançamos a ver, esta é a moura Lisboa, se não fosse ser pardacento o ar deste dia de inverno distinguiríamos melhor os olivais da encosta que desce para o esteiro, e os da outra margem, agora invisíveis como se os cobrisse uma nuvem de fumo. Raimundo Silva olhou e tornou a olhar, o universo murmura sob a chuva, meu Deus, que doce e suave tristeza, e que não nos falte nunca, nem mesmo nas horas de alegria.

Certos autores, quiçá por adquirida convicção ou compleição espiritual naturalmente pouco afeiçoada a indagações pacientes, aborrecem a evidência de não ser sempre linear e explícita a relação entre o que chamamos causa e o que, por vir depois, chamamos efeito. Alegam esses, e não há que negar-lhes razão, que desde que o mundo é mundo, posto ignoremos quando ele começou, nunca se viu um efeito que não tivesse sua causa e que toda a causa, seja por predestinação ou simples ação mecânica, ocasionou e ocasionará efeitos, os quais, ponto importante, se produzem instantaneamente, ainda que o trânsito da causa ao efeito tenha escapado à perceção do observador ou só muito tempo depois venha a ser aproximadamente reconstituído. Indo mais longe, com temerário risco, sustentam os ditos autores que todas as causas hoje visíveis e reconhecíveis já produziram os seus efeitos, não tendo nós senão esperar que eles se manifestem, e também, que todos os efeitos, manifestados ou por manifestar, têm suas ineludíveis causalidades, embora as múltiplas insuficiências de que padecemos nos tenham impedido de identificá-las em termos de com eles fazer a respetiva relação, nem sempre linear, nem sempre explícita, como começou por ser dito. Falando agora como toda a gente, e antes que tão trabalhosos raciocínios nos empurrem para problemas mais árduos, como a prova pela contingência do mundo de Leibniz ou a prova cosmológica de Kant, com o que em cheio nos encontraríamos a perguntar a Deus se existe realmente ou se tem andado a confundir-nos com vaguidades indignas de um ser superior que tudo deveria fazer e dizer muito pelo claro, o que esses autores proclamam é que não vale a pena preocuparmo-nos com o dia de amanhã, porque duma certa maneira, ou de maneira certa, tudo quanto vier a acontecer aconteceu já, contradição apenas aparente como ficou demonstrado, pois se não se pode fazer voltar a pedra à mão que a lançou, tão-pouco escaparemos nós ao golpe e ao ferimento se foi boa a pontaria e por desatenção ou inadvertência do perigo não nos desviámos a tempo. Enfim, viver não é apenas difícil, é quase impossível, mormente naqueles casos em que, não estando a causa à vista, nos esteja interpelando o efeito, se ainda esse nome lhe basta, reclamando que o expliquemos em seus fundamentos e origens, e também como causa que por sua vez já começou a ser, porquanto, como ninguém ignora, em toda esta contradança, a nós é que compete encontrar sentidos e definições, quando o que nos apeteceria seria fechar sossegadamente os olhos e deixar correr um mundo que muito mais nos vem governando do que se deixa, ele, governar. Se tal sucede, isto é, se diante dos olhos temos o que, por todos os sinais e apresentação, tem visos de efeito, e dele não percebemos uma causa imediata ou próxima, o remédio estará em contemporizar, em dar tempo ao tempo, já que a espécie humana, sobre a qual, lembremo-lo, embora pareça vir a despropósito, não se conhece outra opinião do que a que ela tem de si própria, está destinada a esperar infinitamente os efeitos e a buscar infinitamente as causas, pelo menos é o que, até hoje, infinitamente tem feito.

Esta conclusão, que tem tanto de suspensiva como de providencial, permite-nos, por hábil mudança do plano narrativo, regressar ao revisor Raimundo Silva no momento preciso em que está executando um ato de cujos motivos não pudemos inteirar-nos, entretidos como estávamos no enxundioso exame geral das causas e dos efeitos, afortunadamente interrompido quando ameaçava resvalar para ontológicas e paralisantes angústias. Esse ato é, como todos, um efeito, mas a sua causa, quem sabe se obscura para o próprio Raimundo Silva, parece-nos impenetrável, pois não se compreende, tendo em conta os dados conhecidos, por que está este homem a despejar no lava-louças da cozinha a benemérita loção restauradora com que tinha vindo a mitigar os estragos do tempo. De facto, faltando a explicação que só o próprio pertinentemente poderia dar e não querendo nós arriscar suposições e hipóteses, que não passariam de mal acautelados juízos temerários, torna-se impossível estabelecer aquela desejada e tranquilizadora relação direta que faria de qualquer humana vida um encadeamento irresistível de factos lógicos, todos perfeitamente travejados, com seus pontos de apoio e calculadas flechas. Contentemo-nos, portanto, ao menos por agora, com saber que Raimundo Silva, na manhã seguinte à sua ida à editora, e após uma noite de inconciliável espertina, entrou no escritório, agarrou no escondido frasco de tinta do cabelo e, depois de um brevíssimo instante, lugar para a última hesitação, verteu-o inteiro no lava-louças, fazendo em seguida correr águas abundantes que em menos de um minuto fizeram desaparecer da face da terra, literalmente, o artificioso líquido malamente denominado Fonte de Juventa.

Cometido este gesto notável, os passos seguintes repetiram a rotina habitual, pela última vez referida aqui, salvo ocorrendo variantes significativas, e que foi barbear-se, banhar-se, alimentar-se, e depois abrir a janela para arejar a casa até aos seus recessos profundos, a cama, por exemplo, com os lençóis plenamente expostos e já frios, sem vestígios da inquieta insónia, menos ainda dos sonhos que o exausto sono acabou por trazer, fragmentos só, imagens insensatas aonde a luz não chega, indevassáveis até para os narradores, que as pessoas mal informadas acreditam terem todos os direitos e disporem de todas as chaves, se assim fosse acabava-se uma das boas coisas que o mundo ainda tem, a privacidade, o mistério das personagens. O tempo continua chuvoso, porém não tão diluvianamente como ontem, a temperatura parece ter descido, feche-se pois a janela, tanto mais que a atmosfera da casa já se purificou com o sopro revigorante que vinha do lado da barra. São horas de trabalhar.

A História do Cerco de Lisboa está sobre a mesa de cabeceira. Raimundo Silva segurou o livro, deixou que ele se abrisse por si próprio, as páginas são as que sabemos, não haverá outra leitura. Foi sentar-se à secretária, onde o está esperando o inacabado livro de poemas, inacabada a revisão dele, quer dizer, e também, lido só até um terço, corrigidas algumas faltas de concordância, propostas algumas aclarações, e até, discretamente, emendados certos erros de ortografia, o romance que veio por mão do Costa e não tinha urgência. Raimundo Silva afastou para um lado as obrigações do dever, e, com a História do Cerco de Lisboa diante de si, descansou a testa nos dedos dispostos em arco, olhando fixamente o livro, mas logo sem o ver, como se percebia pela expressão de ausência que pouco a pouco se lhe alastrava pelo rosto. A História do Cerco de Lisboa não tardou a ir fazer companhia ao romance e ao livro de poesia, o tampo da secretária é uma superfície lisa, limpa, uma tábua rasa, para falar com plena propriedade de linguagem, o revisor ficou assim durante longos minutos, ouve-se o rumor vago da chuva lá fora, nada mais, a cidade é como se não existisse. Então Raimundo Silva puxou uma folha de papel branco, também ela lisa, limpa, também ela uma tábua rasa, e, ao alto, com a sua clara e cuidada caligrafia de revisor, escreveu História do Cerco de Lisboa. Sublinhou duas vezes, retocou uma e outra letra, e no instante seguinte a folha estava rasgada, rasgada quatro vezes, que menos do que isto não é inutilização suficiente e mais do que isso entende-se como precaução maníaca. Colocou outra folha de papel, mas não para escrever nela, porquanto a dispôs rigorosamente de modo a ficarem paralelos os seus quatro lados com os quatro lados da secretária, teria de torcer o corpo todo, o que ele quer é algo a que possa perguntar, Que vou eu escrever, e depois esperar uma resposta, esperar até se lhe confundirem os olhos e não ver mais a branca, estéril superfície, mas uma confusão de palavras surdindo da profundidade como corpos afogados que logo tornam a afundar-se, não tinham visto bastante do mundo, vieram só para isso, não voltam mais.

Que vou eu escrever, não é a única pergunta, uma outra

logo lhe ocorreu, também ela imperiosa, e tão imediata de urgências que se tornaria quase irresistível tomá-la como efeito reflexo instantâneo, porém determina a prudência que não regressemos ao debate em que nos perdemos anteriormente, e que de mais exigiria, para que não recaíssemos outra vez em confusões conceptuais, a distinção entre relações íntimas e essenciais e relações acidentais, isto pelo mínimo, o que finalmente importará ao caso é saber que Raimundo Silva, depois de ter perguntado, Que vou eu escrever, perguntou, Por onde devo começar. Dir-se-ia ser a primeira pergunta a mais importante das duas, porquanto ela é que vai decidir sobre os objetivos e as lições do futuro escrito, mas, não podendo e não querendo Raimundo Silva remontar tanto que acabasse por ter de redigir uma História de Portugal, felizmente curta por há tão poucos anos ter começado e por tão à vista estar o seu limite próximo, que é, como está dito, o Cerco de Lisboa, e carecendo de suficiente enquadramento narrativo um relato que principiasse apenas no momento em que os cruzados responderam, Negativo, ao pedido do rei, então a segunda pergunta perfila-se como uma referência factual e cronológica incontornável, o que equivale a perguntar, usando palavras do povo comum, Por que ponta vou eu pegar nisto.

Parece, portanto, necessário recuar um pouco, por exemplo, começar pelo discurso de D. Afonso Henriques, o que, aliás, permitiria uma nova reflexão sobre o estilo e as palavras do orador, se não mesmo invenção de um outro discurso, mais de acordo com o tempo, a pessoa e o lugar, ou, simplesmente, a lógica da situação, e que, por sua substância e particularidades, pudesse justificar a fatal recusa dos cruzados. Ora, aqui levanta-se uma questão prévia, convém a saber, quem foram naquele passo os interlocutores do rei, para quem falava ele, que gente tinha diante de si quando fez a sua prática. Felizmente, não se trata de nenhum impossível, basta ir a fonte limpa, aos cronistas, à própria História do Cerco de Lisboa, esta que Raimundo Silva tem sobre a sua secretária, é muito explícita, não há mais que folhear, procurar, encontrar, a informação é de boa origem, diz-se que diretamente do célebre Osberno, e assim podemos ficar a saber que estava o conde Arnoldo de Aarschot, o qual comandava os guerreiros vindos de diversas partes do império germânico, que estava Cristiano de Gistell, chefe dos flamengos e bolonhenses, e que a terceira parte dos cruzados era governada por quatro condestáveis, eram eles Herveu de Glanvill com o pessoal dc Norfolk e Suffolk, Simão de Dover com os navios de Kent, André com os londrinos, e Sahério de Archelles com o resto. Sem comando principal, mas dotados de autoridade, força militar e influência política para influírem nas discussões, haveremos de mencionar também ao normando Guilherme Vitulo e a um seu irmão, chamado Rodolfo, ambos pouco bons de assoar.

Porém, o mal das fontes, ainda que verazes de intenção, está na imprecisão dos dados, na propagação alucinada das notícias, agora nos referíamos a uma espécie de faculdade interna de germinação contraditória que opera no interior dos factos ou da versão que deles se oferece, propõe ou vende, e, decorrente desta como que multiplicação de esporos, dá-se a proliferação das próprias fontes segundas e terceiras, as que copiaram, as que o fizeram mal, as que repetiram por ouvir dizer, as que alteraram de boa-fé, as que de má-fé alteraram, as que interpretaram, as que retificaram, as que tanto lhes fazia, e também as que se proclamaram única, eterna e insubstituível verdade, suspeitas, estas, acima de todas as outras. Tudo, naturalmente, depende da maior ou menor quantidade de documentos a compulsar, de mais ou menos atenção que se preste à enfadonha tarefa, mas, para que possamos fazer uma ideia moderna da natureza do problema em causa basta que fantasiemos, nestes dias de agora em que Raimundo Silva está vivendo, que ele ou outro de nós precisaríamos de apurar uma qualquer verdade repetida, e em sua mesma repetição variada, nas notícias dos jornais, e ainda assim é o país pequeno e a população não extremadamente dada às letras, não mais do que enunciar os títulos deles já é causa de mareio mental, pela abundância, claro está, pela abundância, o Diário de Notícias, o Correio da Manhã, o Século, a Capital, o Dia, o Diário de Lisboa, o Diário Popular, o Diário, o Comércio do Porto, o Jornal de Notícias, o Europeu, o Primeiro de Janeiro, o Diário de Coimbra, e isto para só falar dos quotidianos, porque depois, glosando, resumindo, comentando, prevendo, anunciando, imaginando, temos os hebdomadários e as revistas, o Expresso, o Jornal, o Semanário, o Tempo, o Diabo, o Independente, o Sábado, e o Avante, e o Ação Socialista, e o Povo Livre, e decididamente não chegaríamos ao fim se, além do que de principal falte, ou influente, incluíssemos no rol quanto jornal e folha se publicam por essa província fora, que também ela tem direito à vida e à opinião.

Felizmente para o revisor, são muito outras as suas preocupações, a ele o que lhe interessa é saber quem eram os estrangeiros que naqueles ardentes dias de verão estiveram à conversa com o nosso rei Afonso Henriques, parecia que tudo tinha ficado esclarecido pela consulta à História do Cerco de Lisboa, na falta do que se diz ser de Osberno e dessas semelhantes antiguidades que foram, para esta e restantes matérias, Arnulfo e Dodequino, e também, lateralmente, a narração do Indiculum Fundationis Monasterii Sancti Vincentii, mas não senhor, não está nada explicado, pois que, por exemplo, na Crónica dos Cinco Reis de Portugal, que certamente teve as suas razões para dizer o que apenas diz, às vezes se tira, às vezes se acrescenta, não se mencionam, de estrangeiros importantes, outros que Guilhão da Longa Seta, Gil do Rolim, e mais um Dom Gil de que não ficou registado o apelido, repare-se que não está nenhum dos mencionados na História do Cerco de Lisboa, tributária da suposta osbérnica fonte, em casos assim opta-se geralmente pelo documento mais antigo por estar mais perto do evento, mas não sabemos o que fará Raimundo Silva, a quem, de manifesto, está agradando o bom travo medieval do nome de Guilhão de Longa Seta, personagem só por isso fadada para as mais estupendas cavalarias. Um recurso é buscar desempate em obra de maior porte, como seria, neste caso, a Crónica do Próprio D. Afonso Henriques, de Frei António Brandão, porém, e desgraçadamente, não virá ela desenredar a meada, ou mais nós lhe dará ainda, chamando ao Guilhão da Longa Seta Guilherme da Longa Espada, e introduzindo, segundo a lição de Setho Calvisio, um Eurico rei de Damia, um bispo bremense, um duque de Borgonha, um Teodorico conde de Flandres, e também, com aceitável verossimilhança, o já citado Gil de Rolim, igualmente chamado Childe Rolim, e Dom Lichertes, e Dom Ligel, e os irmãos Dom Guilherme e Dom Roberte de La Corni, e Dom Jordão, e Dom Alardo, uns franceses, outros flamengos, outros normandos, outros ingleses, ainda que seja duvidoso, em alguns casos, que assim de nação se identificassem quando perguntados, considerando que naquele tempo, e por muito tempo mais, um homem, fosse ele fidalgo ou plebeu, ou não sabia de que terra era ou ainda não tinha tomado a decisão final.

Porém, tendo refletido sobre estas discrepâncias, concluiu Raimundo Silva que o apuramento duma verdade pouco adiantaria ao caso, porquanto, destes e os outros cruzados, nobres de primeira ou vilões da derradeira, não se ouvirá mais falar, tão-logo faça el-rei o discurso, pois a tal está obrigando a nega que se encontra exarada neste único exemplar da História do Cerco de Lisboa, com todas as consequências. Mas, não tratando nós de gente leviana de entendimentos, de mais com a ajuda da multidão de clérigos que vêm de intérprete e guião das almas, para a recusa de ajudar os portugueses no cerco e tomada de Lisboa há de ter havido um motivo forte, ou não se teriam alguns centos de homens dado já ao trabalho de desembarcar, enquanto para cima de doze mil ainda esperam nos barcos ordem de descer a terra com armas, arcas e mochilas, incluindo os femininos acompanhamentos vindos nas naves, de que um guerreiro em caso algum deve ser privado, mesmo andando em lutas espirituais, senão como se repousaria e consolaria o carecido corpo. Que motivo tenha sido o tal, eis pois o que é hora de averiguar, por mor das credibilidades e verossimilhança do novo relato, por enquanto escassas.

Vamos a ver. Uma primeira hipótese poderia ser o clima, mas essa imediatamente cai pela base, não se sustenta, pois é por de mais sabido que os estrangeiros, sem exceção, adoram este rico sol, estas brisas suaves, este céu de incomparável azul, basta reparar que estamos em fins de junho, ontem foi o dia de S. Pedro, e eram cidade e rio uma glória só, duvidando-se em todo o caso se sob o olhar do Deus dos cristãos ou do Alá dos mouros, se é que não estariam juntos a gozar do espetáculo e a combinar apostas. Segunda hipótese poderia ser, por exemplo, uma aridez da terra, uma secura dos lugares, uma desolação dos horizontes, mas disparate assim apenas poderia concebê-lo a cabeça de quem Lisboa e o seu termo não conhecesse, um vergel de regalar-se qualquer alma de bem, vejam-se todas essas hortas que se estendem pelas margens do rebrilhante esteiro que avança terra dentro, nesta Baixa regaçada entre a colina onde se alça a cidade e a outra, fronteira, do lado do poente, manifestação perfeita de que para as hortaliças em geral não há melhores mãos do que as dos mouros. Terceira hipótese, e final, para resumir, seria grassar por cá uma fatal pestelença, como as que de tempos a tempos varrem de morte estes povos de Europa e adjacentes, sem exceção dos cruzados, que por alguns simples casos endémicos não seria caso de assustar-se homem, uma pessoa acostuma-se a tudo, é como viver inquieto agarrado às fraldas dum vulcão, enfim, são despropositadas comparações, que esta terra é sim de terramotos, sabê-lo-emos melhor daqui por seiscentos anos e picos. Três hipóteses aí ficam, e nenhuma sequer plausível. Posto o que, por muito que nos custe aceitá-lo, a razão, a causa, a origem, o motivo, o porquê têm de ser procurados, e quiçá encontrados, no discurso do rei. Aí, e só aí.

Irá pois Raimundo Silva voltar atrás no livro, retomar a já comentada arenga para lê-la nas entretelas, limpá-la de excrescências, adornos e proliferações até a deixar reduzida ao tronco e às pernadas principais, e então, por um salto acrobático, por um esforço de identificação com a mentalidade de gente com tais nomes, origens e atributos, sentir manifestar-se em si próprio uma cólera, uma indignação, um desagrado que o levassem a dizer, terminante, Senhor rei, nós aqui não ficamos, apesar deste bom sol que cá têm, destas veigas fertilíssimas, destes lavados ares, deste rio tão formoso onde saltam as sardinhas, quede-se vossa mercê e que lhe faça bom proveito, adeus. A Raimundo Silva, lendo e tornando a ler, pareceu que o busílis da questão poderia estar naquele troço de frase em que D. Afonso Henriques, língua, como já observámos, duma fala que não era exclusivamente sua, tenta convencer os cruzados a fazerem a operação pelo mais barato, ao dizer, supõe-se que com expressão inocente, Duma coisa, porém, estamos certos, e é que a vossa piedade vos convidará mais a este trabalho e ao desejo de realizar tão grande feito, do que vos há de atrair à recompensa a promessa do nosso dinheiro. Isto ouvi, eu, cruzado Raimundo Silva, ouviram os meus ouvidos, e assombrado fiquei de que rei tão cristão não tivesse aprendido a divina palavra, aquela que por seu mesmo ofício dele deveria ter-se tornado indeclinável princípio político, Dai a Deus o que é de Deus e a César o que é de César, que, aplicada ao conto, significa que não tem o rei de Portugal de misturar alhos com bugalhos, uma coisa será ajudar eu a Deus, outra coisa é pagarem-me bem na terra por esse e todos os demais serviços, sobretudo havendo risco de deixar a pele na empresa, e não apenas a pele, como tudo o que ela leva dentro. Claro que há contradição evidente entre esta passagem do discurso real e aquela outra, logo antes, quando ele afirma que considera sujeito ao vosso domínio, dos cruzados, entenda-se, tudo o que a nossa terra possui, mas não é de excluir a probabilidade de se tratar duma fórmula de cortesia usada no tempo, que qualquer pessoa bem-educada não ousaria tomar à letra, como hoje quando dizemos a alguém que acabámos de conhecer, Estou inteiramente ao seu dispor, imagine-se se nos pegavam na palavra e de nós faziam pau-mandado.

Raimundo Silva levantou-se da secretária, passeia no pequeno espaço livre do escritório, vem ao corredor para desafogar-se mais ligeiramente da tensão de nova espécie que o está tomando, e em voz alta pensa, O problema não é este, ainda que tivesse sido tal a causa do diferendo entre os cruzados e o rei, é realmente o mais provável, que todo aquele conflito, insultos, desconfianças, ajudamos, não ajudamos, tivesse como raiz a questão do pagamento dos serviços, o rei a querer poupar, os cruzados a quererem sacar, mas o problema que eu tenho de resolver é outro, quando escrevi Não os cruzados foram-se embora, por isso não me adianta nada procurar resposta ao Porquê na história a que chamam verdadeira, tenho de inventá-la eu próprio, outra para poder ser falsa, e falsa para poder ser outra. Cansou-se de percorrer o corredor, voltou ao escritório, mas não se sentou, olhou com nervosa irritação as poucas linhas que haviam restado do destroço, seis folhas, umas após outras, tinham sido rasgadas, e as emendas, as emendas como cicatrizes por fechar. Percebia que enquanto não resolvesse a dificuldade não seria capaz de avançar, e surpreendia-se, acostumado como estava a que nos livros tudo parecesse correntio, espontâneo, quase necessário, não porque efetivamente o fosse, mas porque qualquer escrita, boa ou má, sempre acaba por apresentar-se como uma cristalização predeterminada, ainda que não se saiba como nem quando nem porquê nem por quem, surpreendia-se, dizíamos, porque a ele não lhe ocorria aquela que seria simplesmente a ideia seguinte, a ideia que naturalmente deveria ter nascido da ideia anterior, e, pelo contrário, se lhe estava recusando, ou nem isso, apenas não estava lá, não existia, sequer como probabilidade. A sétima folha foi também rasgada, a secretária tornou a ficar limpa, lisa, tábua duas vezes rasa, um deserto, nenhuma ideia. Raimundo Silva puxou para si as provas do livro de poesia, pairou ainda durante alguns minutos entre aquele nada e este alguma coisa, depois, aos poucos, fixou a atenção no trabalho, o tempo passou, antes do almoço as provas estavam revistas e relidas, prontas para a editora. Durante toda a manhã o telefone não tocara, o carteiro a esta casa vem raramente, o sossego da rua só de longe em longe foi perturbado pelo passar cauteloso de um automóvel, os autocarros de turistas não entram aqui, dão a volta para o Largo dos Lóios, e com a chuva que tem caído devem ter sido poucos os que se aventuraram tão alto para não verem mais do que horizontes tapados. Raimundo Silva levantou-se, são horas de comer, mas antes foi à janela do quarto, afinal o céu escampou, já não chove, e entre as nuvens rápidas aparecem e desaparecem pedaços de céu azul, tão vivo como devia ter estado naquele dia, apesar da diferença das estações. Num momento, não apeteceu a Raimundo Silva entrar na cozinha, aquecer o sempiterno prato de sopa, pesquisar no meio das latas de atum e de sardinha, ousar a manipulação duma frigideira ou dum tacho, e não porque se lhe tivesse despertado a vontade de comer para gastronomias mais elaboradas, foi só, por assim dizer, um caso de fastio mental. Mas tão-pouco queria ir à procura de um restaurante. Olhar a ementa, escolher entre o prato e o preço, permanecer sentado entre as pessoas, manejar a faca e o garfo, todos estes atos, tão simples, tão quotidianos, lhe pareceram insuportáveis. Lembrou-se de ir perto, à Leitaria A Graciosa, servem ali umas tostas mistas, aceitáveis mesmo por paladares mais exigentes do que o seu, e com um copo de vinho a acompanhar, um café para remate, certamente o estômago se daria por satisfeito.

Decidiu-se e saiu. A gabardina ainda estava húmida da grande molha da véspera, vesti-la causou-lhe arrepios, como se estivesse a enfiar-se na pele dum animal morto, sobretudo incomodavam-no os punhos e a gola, devia era ter um agasalho sobressalente para ocasiões como esta, não é um luxo, é uma necessidade, então quis recordar-se de como estava vestida, se de casaco comprido, se de gabardina, a doutora Maria Sara quando vinha a sair do elevador com o diretor literário, e não conseguiu, claro que não podia ter reparado, se no mesmo instante fugira. Não era esta a primeira vez que pensara na doutora Maria Sara durante a manhã inteira, mas antes ela comportara-se como uma espécie de vigilante, sentada num qualquer lugar do seu pensamento, a observá-lo. Agora era alguém que se movia, que saía de um elevador conversando, por baixo da gabardina ou do casaco tinha uma saia de tecido grosso e cingido, e uma blusa, ou um chemisier, pouco importa o nome, tão francesa é uma palavra como a outra, de uma cor indefinível, não, indefinível não, porque Raimundo Silva já lhe encontrou o tom exato, branco-manhã, que não existe na natureza verdadeiramente, tão diferentes entre si são as manhãs iguais, mas que qualquer pessoa, querendo-o, pode inventar para seu próprio uso e gosto, até o almuadem cego, se cego não veio da barriga da sua mãe moura.

Na Leitaria A Graciosa não serviam vinho a copo. Raimundo Silva teve de empurrar as tostas com uma cerveja, pouco agradável neste tempo frio, mas que, remotamente, acabava por produzir no corpo efeito semelhante, uma confortável lassidão interna. Um homem idoso, de cabelos todos brancos, com ar de reformado, lia o jornal numa mesa próxima. Não tinha pressa, almoçara certamente em casa e viera instalar-se aqui para beber um café e ler o periódico que o proprietário da leitaria, ainda conforme com uma antiga tradição lisboeta, punha ao serviço dos fregueses. Mas o que atraía a atenção de Raimundo Silva para ele eram os cabelos brancos, que nome haveria de dar a este tom de branco, poderia dizer, por antítese, branco-crepúsculo, o da tarde, claro, tendo em conta a avançada idade do sujeito, mas a obviedade seria excessiva, inventar está muito bem, mas que seja alguma coisa que mereça a pena. Deve-se, no entanto, acrescentar que a preocupação de Raimundo Silva não era exclusivamente de ordem cromática, o que sim o estava fascinando era a súbita ideia de que, afinal, não sabia quantos cabelos brancos ele próprio realmente teria, se muitos, se muitíssimos, há mais de dez que começara a pintá-los, perseguindo-os com fero encarniçamento, como se para essa única batalha tivesse nascido. Desconcertado, estupefacto, deu por si a desejar absurdamente que o tempo passasse depressa para poder conhecer a sua verdadeira cara, a que surgiria como um recém-chegado que lentamente se acercasse, por baixo de cabelos que primeiro seriam grotescos fios de duas cores a falsa cada vez mais deslavada e breve, a outra, autêntica desde a raiz, inexoravelmente avançando. Enfim, pensou Raimundo Silva, bem podemos dizer que é para o branco que vai o tempo, e, imaginando mais, viu o mundo nos seus derradeiros dias, extinguida a vida, como uma enorme cabeça branca varrida pelo vento, era só o que lá havia, vento e brancura. O reformado tomou um gole de café, sorvendo com ruído, e logo metade do cálice de bagaço que tinha diante de si, fez Aaah, e continuou a ler. Raimundo Silva sentiu uma irritação surda contra o homem, uma espécie de inveja, de quê, talvez do que parecia ser uma tranquilidade total, uma crédula confiança na estabilidade do universo, é verdade que o conforto que o bagaço dá é infinitamente superior ao que pode proporcionar uma cerveja, e, veja-se na prática, como o bagaço é perfeito no seu género até à última gota, e este resto de cerveja está a morrer no fundo da caneca, não tem outro destino que a pia dos despejos, como uma água apodrecida. Pediu um café, rápido, Não, não quero digestivo, é o nome que o povo dos restaurantes dá à tribu dos bagaços, brandes e aguardentes, e não falta quem jure pelas estomacais virtudes da medicina, o reformado bebeu de um trago o que ficara no cálice, Aaaaah, e, batendo com a ponta do dedo indicador na borda do copo, fez sinal ao empregado para que enchesse outra vez. Raimundo Silva pagou a conta e saiu, notando, à passagem, que no cabelo do homem havia estreitas madeixas amareladas, talvez um resto de pintura, talvez o definitivo sinal da velhice, como no marfim antigo, que escurece e começa a rachar-se.

Há meses que Raimundo Silva não entra no castelo, mas agora vai lá, acabou de o decidir, embora pense que, finalmente, para isso é que saiu de casa, ou então não lhe teria ocorrido tão naturalmente a ideia, o seu espírito, façamos de conta, criou-lhe um sentimento de repugnância, de invencível resistência à necessidade de ter de entrar na cozinha, mas fê-lo para melhor o levar ao engano, temeu que à sugestão, Vamos ao castelo, ele respondesse de mau modo, Fazer o quê, e precisamente isso era o que o espírito, ou não sabia, ou não podia confessar. O vento sopra em rajadas violentas, os cabelos do revisor agitam-se num remoinho, as abas da gabardina estalam como lençóis molhados. É um disparate vir ao castelo com um tempo assim, subir às torres desabrigadas, pode mesmo cair duma daquelas escadas sem corrimão, a vantagem é não haver ninguém, pode-se desfrutar do sítio sem testemunhas, ver a cidade, Raimundo Silva quer ver a cidade, ainda não sabe para quê. A grande esplanada está deserta, o chão alagado de poças de água que o vento empurra em minúsculas ondas, e as árvores rangem aos sacões da ventania, isto é quase um ciclone, autorize-se o exagero da expressão em cidade que no ano de mil novecentos e quarenta e um sofreu os ainda assim modestos efeitos de um rabo de tufão e ainda hoje fala disso para queixar-se dos prejuízos como daqui por cem anos ainda se queixará de lhe ter ardido o Chiado. Raimundo Silva aproxima-se do muro, olha para baixo e ao longe, os telhados, as regiões superiores das fachadas e das empenas, à esquerda o rio sujo de barro, o arco triunfal da Rua Augusta, a confusão das ruas quadriculadas, um ou outro canto duma praça, as ruínas do Carmo, as outras que ficaram do incêndio. Não fica ali muito tempo, e não é por incomodá-lo demasiado o vento, obscuramente sabe que este seu insólito passeio tem um fito, não veio aqui para contemplar as torres das Amoreiras, já foi pesadelo suficiente terem-lhe aparecido em sonho. Entrou no castelo, de cada vez surpreende-o que seja tão pequeno, uma coisa que parece de brincar, um outro legos ou meccano. Os muros altos reduzem o ímpeto maior da ventania, dividem-na em múltiplas e contrárias correntes que se engolfam pelos arcos e passagens. Raimundo Silva conhece os caminhos, vai subir à muralha do lado de S. Vicente, ver daí a disposição dos terrenos. E lá está, o cabeço da Graça, enfrentando-se com a torre mais alta, e o rebaixo para o Campo de Santa Clara, onde assentou arraiais D. Afonso Henriques com os seus soldados, que nossos foram, primeiros pais da nacionalidade, pois que os antepassados deles, por terem nascido cedo de mais, portugueses não tinham podido ser. Este é um ponto de genealogia que em geral não merece consideração, averiguar o que, não tendo nenhuma importância, deu vida, lugar e ocasião à importância que passou a ter o que dizemos ser importante.

Não foi ali o encontro dos cruzados com o rei, terá sido lá em baixo, na outra margem do esteiro, mas o que Raimundo Silva procura, se a expressão tem sentido, é uma impressão de tangibilidade visual, algo que não saberia definir, que, por exemplo, podia ter feito dele agora mesmo um soldado mouro a olhar os vultos dos inimigos e o rebrilhar das espadas, mas que, neste caso, por um escondido caminho mental, espera receber, em demonstrativa evidência, o dado que ao relato falta, isto é, a causa indiscutível de terem-se ido embora os cruzados depois do seu rotundo Não. O vento puxa e repuxa Raimundo Silva, obriga-o a segurar-se aos merlões para manter o equilíbrio. Num momento, o revisor experimenta uma sensação forte de ridículo, tem a consciência da sua postura cénica, melhor dizendo, cinematográfica, a gabardina é manto medieval, os cabelos soltos plumas, e o vento não é vento, mas sim corrente de ar produzida por uma máquina. E é nesse preciso instante, quando duma certa maneira se tornou infenso e inocente pela ironia contra si próprio dirigida, que no seu espírito surgiu, finalmente claro e também ele irónico, o motivo tão procurado, a razão do Não, a justificação última e irrefutável do seu atentado contra as históricas verdades. Agora Raimundo Silva sabe por que se recusaram os cruzados a auxiliar os portugueses a cercar e a tomar a cidade, e vai voltar a casa para escrever a História do Cerco de Lisboa.

Diz a História do Cerco de Lisboa, a outra, que foi o alvoroço extremo entre os cruzados quando houve notícia de que vinha aí o rei de Portugal para dar a conhecer as propostas com que pretendia atrair à empresa os esforçados combatentes que à Terra Santa tinham apontado seus desígnios resgatadores. E diz também, fundamentando-se na providencial fonte osbérnica, porém de Osberno não, que quase todo aquele pessoal, ricos e pobres, assim o refere explicitamente, ouvindo que se aproximava D. Afonso Henriques, lhe foram ao encontro festivamente, entende-se que sim, ou melhor seria então que se deixassem ficar à espera, sem mais, e que tal é o que acontece sempre em ajuntamentos desses, isto é, que no resto da Europa, quando vem rei, também todos acodem a encurtar-lhe o caminho, a recebê-lo com palmas e vivas. Por sorte, prestamente esta explicação nos foi dada, morigeradora das vaidades nacionais não fôssemos nós imaginar, ingenuamente, que os europeus daquele tempo, como os de agora, já se deixavam desabaladamente mover e comover por um rei português, ainda por cima de tão fresca data, estar vindo aí no seu cavalo com uma tropa de galegos como ele, uns fidalgos, outros eclesiásticos, todos rústicos e pouco instruídos. Ficámos pois sabendo que a instituição real ainda tinha então, geralmente, prestígios bastantes para fazer descer as pessoas à estrada, dizendo umas contra as outras, Vamos ver o rei, vamos ver o rei, e o rei é este homem barbado, cheirando a suor, de armas sujas, e os cavalos não passam de azêmolas peludas, sem raça, que à batalha vão mais para morrer do que para volteios de alta escola, porém, apesar de tudo ser afinal tão pouco, não se deve perder a oportunidade, porque um rei que vem e que vai nunca se sabe se volta.

Vinha aí pois D. Afonso Henriques, e os chefes dos cruzados, de quem foi feita já menção completa, ressalvada a insuficiência das fontes, esperavam-no postos em linha com alguma da sua gente, porquanto o mais do exército continuava na frota à espera de que os senhores decidissem do destino que todos iriam ter, sem exclusão do seu próprio. Ao rei acompanhavam-no o arcebispo de Braga, D. João Peculiar, o bispo do Porto, D. Pedro Pitões, famosas línguas para o latim, e uma quantidade cabal de gente para formar, sem desdouro, o real séquito, e eram esses, Fernão Mendes, Fernão Cativo, Gonçalo Rodrigues, Martim Moniz, Paio Delgado, Pêro Viegas, também chamado Pêro Paz, Gocelino de Sousa, outro Gocelino, mas Sotero, ou Soeiro, Mendo Afonso de Refoios, Múcio de Lamego, Pedro Pelágio, ou Pais da Maia, João Rainho, ou Ranha, e outros de que não ficou registo, mas estavam lá. Chegaram-se as partes à fala e, feitas as apresentações, que tomaram seu tempo, pois além do nome e dos apelidos se enunciavam os atributos de senhorio, anunciou o bispo do Porto que o rei ia discursar, e que seria ele o seu fiel intérprete, como tal ajuramentado à face das leis, a humana e a divina. Entretanto já tinham todos os de cavalo descido das mulas, o rei subira a uma pedra para estar sobranceiro, da qual, aliás, podia gozar uma vista magnífica por cima das cabeças dos cruzados, o esteiro em todo o seu comprimento, as hortas abandonadas depois da assolação cometida pelos portugueses que nos dois dias anteriores tinham feito geral razia nas verduras e nas frutas. Lá no alto o castelo, onde se distinguiam minúsculas figuras nas ameias, e, descendo, a muralha da cidade, com as suas duas portas deste lado, a de Alfofa e a de Ferro, fechadas e trancadas, por trás delas pressentia-se a inquietação da gente moura murmurando, por ora ainda em segurança, sobre o que tudo aquilo iria dar, o rio coalhado de barcos, e o ajuntamento na colina fronteira, viam-se os pendões e as flâmulas ondeando ao vento, bonito espetáculo, alguns lumes ardendo, não se sabe para quê, pois o tempo está quente e não é hora de comer, o almuadem ouve as explicações que lhe está dando um sobrinho e põe-se a temer o pior, maneira de dizer que o mau ainda seria mais ou menos suportável. Alçou então o rei a poderosa voz, Nós cá, embora vivamos neste cu do mundo, temos ouvido grandes louvores a vosso respeito, que sois homens de muita força e destros nas armas o mais que se pode ser, e não duvidamos, basta pôr os olhos nas robustas compleições que ostentais, e quanto ao talento para a guerra fiamo-nos no rol dos vossos feitos, tanto no religioso como no profano. Nós cá, apesar das dificuldades, que tanto nos vêm do ingrato solo como das várias imprevidências de que padece o espírito português em formação, vamos fazendo o possível, nem sempre sardinha nem sempre galinha, ainda por cima tivemos a pouca sorte de nos terem cabido estes mouros, gente de escassa riqueza, se vamos a comparar com Granada e Sevilha, por isso mais vale tirá-los daqui duma vez para sempre, e neste ponto é que se levanta uma questão, um problema, que passo a submeter ao vosso critério, e que é o seguinte, A bem dizer, a nós o que nos convinha era uma ajuda assim para o gratuito, isto é, vocês ficavam aqui um tempo, a ajudar, quando isto acabasse contentavam-se com uma remuneração simbólica e seguiam para os Santos Lugares, que lá, sim, seriam pagos e repagos, tanto em bens materiais, posto que os turcos não se comparam em riqueza a estes mouros, como em bens espirituais, que lá se derramam sobre o crente não mais que por pôr ele pé em terra, ó D. Pedro Pitões, olhe que eu aprendi latim bastante para perceber como vai a tradução, mas vós aí, senhores cruzados, por favor, não vos impacienteis, que isto da remuneração simbólica foi um falar, o que eu queria dizer é que para garantir o futuro da nação nos conviria muito ficarmos com as riquezas todas que estão na cidade, que não será nada de assombrar, mas é muito verdadeiro o ditado que diz ou há de vir a dizer, Ninguém melhor ajuda o pobre que o pobre, enfim, falando é que a gente se entende, vocês dizem quanto levam pelo serviço, e a gente logo vê se pode chegar ao preço, embora mande a verdade que em tudo fala pela minha boca, eu tenha cá as minhas razões para pensar que, ainda que não cheguemos a um acordo, sozinhos seremos capazes de vencer os mouros e tomar a cidade, como ainda há três meses tomámos Santarém com uma escada de mão e meia dúzia de homens, que tendo entrado depois o exército foi toda a população passada à espada, homens, mulheres e meninos, sem diferença de idades e terem ou não terem armas na mão, só escaparam os que conseguiram fugir e foram poucos, ora, se isto fizemos, também cercaríamos Lisboa, e se isto vos digo não é porque despreze o vosso auxílio, mas para que não nos vejais tão desprovidos de forças e de coragem, e mais ainda não falei doutras melhores razões, que é contarmos nós, portugueses, com a ajuda de Nosso Senhor Jesus Cristo, cala-te, Afonso.

Que não se creia que alguém da comitiva ou da ranchada estrangeira se haja permitido a insolência de mandar calar o rei, dirigindo-se-lhe não mais que pelo nome de pia, como se com ele alguma vez tivesse comido do mesmo prato, aquilo foi, sim, um falar do próprio a si próprio, assim como Cala-te, boca, que, como não ignorará quem tiver o costume de ouvir e buscar os entendimentos subtis que vêm com as palavras e que são mais do que elas, significa, verdadeiramente, que quem falou morre por dizer o que aparentemente decidira calar. Ainda assim tem de se contar com a benévola curiosidade alheia para que se remova o obstáculo tático, lançando, por exemplo, uma pergunta nestes aproximados termos, Ora, ora, diga lá o resto, não nos deixe ficar nesta suspensão, mas também pode acontecer de muito diferente maneira, é conforme a pessoa e a circunstância, neste caso o da intervenção foi Guilherme Vitulo, aquele mal-encarado, que terá sido ou não o da Longa Espada, o qual, com certa brutalidade, se atreveu a duvidar, Nosso Senhor Jesus Cristo ajuda a todos os cristãos, e a nenhum mais do que a outro, não faltava mais, acabava-se a religião se fossem uns filhos e outros enteados. Alguns cruzados olharam repreensivamente o do aparte, porém mais por causa da forma do que pelo fundo, pois quanto a este deveria ser geral a concordância de que na oratória do rei, além duma censurável avareza que quiçá venha a deitar tudo a perder, houve muita petulância, muito orgulho, parecia mais um arcebispo a falar do que um simples rei que nem o título tem direito a usar, pois não lho reconhece o papa, o qual, por muito favor, três anos antes lhe deu o tratamento de dux, e vai com sorte. Não foi o silêncio tão longo quanto se imaginaria pelo tempo que levou a explicar, mas foi-o mais do que bastante para ficar carregada de tempestade a atmosfera da reunião, a D. Afonso Henriques não agradou nada a desconfiança, e ia a abrir a boca, certamente para soltar alguma má palavra, quando um cruzado mais diplomático, foi ele Sahério de Archelles, lançou uma ponte conciliatória, Que tomassem os portugueses Santarém com uma escada de mão, não duvidamos, ajudando Deus, como soberanamente o fez ao permitir que se derrubassem as muralhas de Jericó ao toque dumas trombetas, que nem sequer ao menos as tocaram sete guerreiros mas sete sacerdotes, e também não é causa de maior assombro terem os portugueses causado morticínio tal, se na mesma cidade de Jericó foram mortos, além dos homens, das mulheres, das crianças e dos velhos, foram mortos, digo, os bois, as ovelhas e os jumentos, o que sim a nós nos faz espécie é comprometer homem, ainda que rei, o nome do Senhor, cuja vontade, bem sabemos, só se manifesta onde e quando quer, não bastando pedir, rogar, suplicar, importunar, e sobre a questão dos filhos e enteados não me pronuncio.

Aprouve a D. Afonso Henriques, além do a-propósito da ciência bíblica, o tom mesurado com que se havia expressado Sahério de Archelles, é certo que tão duvidoso na substância como o Guilhão da Longa Seta, mas que, ao contrário deste, tivera a precaução de cuidar quer da forma quer da música, e, após ter concertado durante alguns minutos com o arcebispo de Braga e com o bispo do Porto, para o que teve de descer da pedra, voltou a subir a ela, e disse, Sabei, senhores, que esta terra portuguesa aonde viestes foi lugar, não aqui, mais para o meridião, e não há mais que oito anos, de um prodigioso aparecimento de Cristo Nosso Senhor, que, diferentemente, não sendo eu Josué nem hebreia a minha gente, obrou, sobre inimigos mais formidáveis do que estes que além nos olham tremendo de medo, uma vitória que em nada fica a dever à de Jericó e a outras de qualidade parceira, e, se tal feito fomos capazes de cometer, bem poderia ser que diante dos muros de Lisboa voltasse a manifestar-se o Salvador do Mundo, caso em que, e querendo-o Ele, tão pouco valeria a nossa arte militar como a vossa, e não seríamos, todos juntos, mais do que maravilhadas testemunhas do poder e da majestade de Deus. Enquanto o rei falava, acenavam o arcebispo e o bispo a cabeça comprazidamente, e, quando ele tão brilhantemente rematou a fala, aplaudiram arrebatados a mãos ambas, acompanhando a festa todos os demais portugueses com igual entusiasmo. Os cruzados entreolharam-se, perplexos, por um momento não souberam que responder, e foi Gil de Rolim quem finalmente tomou a palavra, para dizer, Tendes razão, senhor, que tudo isso poderia fazê-lo sem nenhum custo Cristo Nosso Senhor, mas o que nós queremos saber, neste passo, não é o que Ele faria, mas o que Ele fez, e por isso vos rogamos que façais vós relato circunstanciado de tão grande vitória, que, pelo que temos entendido, ouvir dela valerá bem a longa e trabalhosa viagem que a esta terra, vossa e por ora ainda também de mouros, nos trouxe. Consultou outra vez o rei com o arcebispo e o bispo, e, tendo todos concordado, disse, Ouvide, então.

O telefone tocou. Tem uma campainha antiga, das que atroam toda a casa, e a concentração de Raimundo Silva era tão forte que, com o sobressalto inesperado, a mão fez um movimento brusco e um risco no papel, como se o mundo, acelerando-se, tivesse deslizado subitamente debaixo da caneta. Atendeu, perguntou, Quem fala, e reconheceu logo a voz da telefonista da editora, Vou ligar à doutora Maria Sara, disse ela. Enquanto esperava, olhou o relógio, dez minutos para as seis horas, Como o tempo passou depressa, era verdade que o tempo tinha passado depressa, mas pensá-lo não tinha outra utilidade que servir-lhe de precária proteção, assim como uma cortina de delgado fumo que a brisa espalha e varre, enquanto Raimundo Silva se demorasse a pensar, Como o tempo passou depressa, o outro tempo, este para onde de repente fora lançado, dar-lhe-ia a ilusão de deixar-se retardar, pausa sustentada sobre uma vibração, a mão direita parece tremer levemente, pousada sobre o papel. Então a telefonista disse, incorrigível, Está ligada, senhora doutora, Raimundo Silva cerrou o punho, o tempo tornou-se turvo, confuso, depois espraiou--se, fluiu na sua corrente natural, Boas tardes, senhor Raimundo Silva, Boas tardes, senhora doutora, Como tem passado, Eu, bem, e a senhora doutora, como está, Muito bem, obrigada, continuo a organizar o trabalho aqui, e precisamente vinha saber do andamento das provas desse livro de poesia que aí tem, Terminei a revisão agora mesmo, estive todo o dia a trabalhar nele, posso levá-lo à editora amanhã, Ah, esteve todo o dia a trabalhar nele, Não exatamente todo o dia, dediquei umas duas horas à leitura do romance que o senhor Costa me tinha entregue, Aproveitou bem o seu tempo, Não tenho mais nada para aproveitar, A frase é interessante, Será, mas foi dita sem intenção, saiu-me sem pensar. Provavelmente dá-se bem com isso, Isso, quê, Dizer sem pensar, fazer sem pensar, Sempre me achei uma pessoa refletida, creio que o sou, uma pessoa refletida, Ainda que sujeita a impulsos, Senhora doutora, por favor, se vou ter de ouvir alusões constantes ao que se passou, o melhor é procurar trabalho noutra editora, Não quis magoá-lo, desculpe, da minha boca não sairá mais palavra sobre o caso, Agradeço-lho, Bom, então traga-me amanhã essas provas, e quanto ao romance, uma vez que pode trabalhar todo o dia nele, espero que mo entregue também rapidamente, Não tardarei, esteja descansada, Estou descansada, senhor Raimundo Silva, sei que posso contar com a sua colaboração, Nunca dececionei quem alguma vez me mostrou confiança, Então não me dececione a mim, Assim farei, Até amanhã, senhor Raimundo Silva, Até amanhã, senhora doutora. A mão que segurava o telefone planou no ar, desceu lentamente, e depois de ter pousado o aparelho aí se deixou ficar, como se dele não quisesse separar-se ou ainda estivesse à espera duma palavra que não pudera ser dita. Melhor fora que Raimundo Silva se preocupasse antes com as outras, as que tinham sido pronunciadas, por exemplo, qualquer pessoa perceberia que a doutora Maria Sara não acreditara na sua declaração de que todo o dia havia estado a trabalhar no livro de poesia, nem mesmo tendo-lhe acrescentado o aperfeiçoamento credível dumas supostas duas horas dedicadas à leitura do romance, porém, ela não podia, positivamente não podia, saber como ele ocupara o tempo durante este dia, o que fez foi deitar-se a adivinhar, enfim, coisas de mulheres, todas se imaginam prodigiosas sibilas e pitonisas, e acabam por enganar-se como o mais comum dos homenzinhos a quem geralmente consideram com irónica e tolerante benevolência. Mas o que sobremaneira perturbava Raimundo Silva era ter ela dito, e gravemente o disse, ainda que sem acentuar demasiado o tom, Não me dececione, com certeza não estava a referir-se à mais do que comprovada competência profissional de quem, numa vida de trabalho, perdoe-se a repetição, mas é o que sempre é esquecido, a vida de trabalho, de quem não cometera mais do que um erro, e esse mesmo revelado, reconhecido e felizmente desculpado. Ora, excluídos, obviamente, aqueles motivos de natureza mais íntima que as relações entre ambos, tal como estão, liminarmente rejeitam, o que fica é a probabilidade, alta, de uma alusão indireta à famosa sugestão de escrever ele a Nova História do Cerco de Lisboa, a que, de súbito, e duplamente, se descobria obrigado, não só porque já a começara, mas também porque, com pelo menos igual seriedade, respondera, Não a dececionarei, e nesse momento ainda não sabia o que estava dizendo.

Raimundo Silva olhou o papel, Ouvide, então, agarrou na esferográfica para prosseguir o relato, mas percebeu que tinha o cérebro vazio, outra vez uma página branca, ou negra de palavras sobrepostas, entrecruzadas, indecifráveis. Depois do que declarara D. Afonso Henriques, não tinha mais que, por palavras suas, contar o milagre de Ourique, introduzindo-lhe, claro está, a esperada porção de ceticismo moderno, aliás autorizada pelo grande Herculano, e dando soltas à linguagem, ainda que sem exceder o comedimento, por não serem os revisores habituais arautos de ousadias em matéria tão vigiada pela opinião pública. Quebrara-se porém a tensão, ou fora substituída por outra, talvez o impulso regresse mais tarde, em horas noturnas, como uma inspiração nova, que dizem autoridades nada se poder fazer sem ela. Raimundo Silva tem ouvido que, em casos assim, o melhor ainda será não forçar o que chamamos a natureza, deixar que o corpo siga a fadiga do espírito, sobretudo que não lutem um contra o outro, por muito heroicas e edificantes que sejam as histórias de tais batalhas, e essa é uma opinião sábia, embora não a mais favorecida por aqueles que sobretudo têm ideias quanto ao que cada um de nós deve fazer, mas muito menos vontade de usá-las em si próprios. O rei continua a anunciar, Ouvide, então, mas é um disco falhado que repete, repete, hipnoticamente repete. Raimundo Silva esfrega os olhos cansados, a página do cérebro está em branco, está por metade escrita, com a mão direita puxa para si a Crónica de D. Afonso Henriques, de Frei António Brandão, que há de vir a servir-lhe de guia quando, esta noite ou amanhã, voltar ao relato, e, não sendo capaz de escrever agora, lê para inteirar-se do mítico episódio, é o segundo capítulo, Não eram de qualidade as coisas que trazia entre mãos o esforçado príncipe D. Afonso Henriques que lhe consentissem tomar muito repouso, nem os pensamentos ocupados na grandeza do negócio presente davam lugar a se poder quietar e tomar alívio. E assim, para divertir de algum modo aquela moléstia, lançou mão de uma Bíblia sagrada, a qual tinha em sua tenda, e, começando a ler por ela, a primeira coisa que encontrou foi a vitória de Gedeão, insigne capitão do povo judaico, o qual, com trezentos soldados, rompeu os quatro reis Madianitas e seus exércitos, passando à espada cento e vinte mil homens, sem outros muitos que morreram no alcance. Alegre o infante com tão bom encontro, e tomando desta vitória prognóstico feliz da que esperava, se confirmou mais na resolução de dar batalha e, com o coração inflamado e olhos postos em o Céu, rompeu nestas palavras: Bem sabeis vós, meu Senhor Jesus Cristo, que por vosso serviço e pela exaltação do vosso santo nome, empreendi eu esta guerra contra vossos inimigos; vós, que sois todo-poderoso, me ajudai nela, animai e dai esforço a meus soldados, para que os vençamos, pois são blasfemadores de vosso santíssimo nome. Ditas estas palavras lhe sobreveio um brando sono, e começou a sonhar que via um velho de venerável presença, o qual lhe dizia tivesse bom ânimo, porque sem dúvida venceria aquela batalha, e com evidente sinal de ser amado e favorecido de Deus veria com seus olhos antes de entrar nela o Salvador do mundo, o qual o queria honrar com a sua soberana vista. Estando o infante neste alegre sonho, nem bem dormindo, nem de todo acordado, entrou na tenda João Fernandes de Sousa, de sua câmara, e lhe fez a saber como a ela chegara um homem velho, o qual pedia audiência e, segundo dava a entender, era sobre negócio de muita importância. Mandou o infante que entrasse sendo cristão, e, tanto que o viu reconheceu ser o mesmo que acabava de ver em sonhos, com que ficou sumamente consolado. O bom velho repetiu ao infante as mesmas palavras que em sonho tinha ouvido, e certificando-o da vitória e aparecimento de Cristo, acrescentou que tivesse muita confiança em o Senhor por ser dele amado, e que nele, e em seus descendentes, tinha posto os olhos de sua misericórdia até à décima sexta geração, em que se atenuaria a descendência, mas nela ainda nesse estado poria o Senhor os olhos, e haveria. Que da parte do mesmo Senhor o avisava que, quando na seguinte noite ouvisse tocar o sino da sua ermida, na qual morava havia sessenta anos, guardado com particular favor do Altíssimo, saísse fora ao campo, porque lhe queria Deus mostrar a grandeza da sua misericórdia. Ouvindo o católico príncipe tão soberana embaixada, tratou o embaixador dela com veneração e deu a Deus com profundíssima humildade infinitas graças. Saiu fora da tenda o bom velho e tornou a sua ermida, e o infante, esperando pelo sinal prometido, gastou em oração afervorada todo o espaço da noite até à segunda vigia, na qual ouviu o som da campainha; armado então com seu escudo e espada saiu fora dos arraiais, e, pondo os olhos no Céu, viu da parte oriental um resplendor formosíssimo, o qual pouco e pouco se ia dilatando e fazendo maior. No meio dele viu o salutífero sinal da santa Cruz, e nela encravado o Redentor do mundo, acompanhado em circuito de grande multidão de anjos, os quais em figura de mancebos formosíssimos apareciam ornados de vestiduras brancas e resplandecentes, e pôde notar o infante ser a Cruz de grandeza extraordinária, e estar levantada da terra quase dez côvados. Com o espanto de visão tão maravilhosa, com o temor e reverência devidos à presença do Salvador, depôs o infante as armas que levava, tirou a vestidura real, e descalço se prostrou em terra e, com abundância de lágrimas, começou a rogar ao Senhor por seus vassalos, e disse: Que merecimentos achastes, meu Deus, em um tão grande pecador como eu para me enriquecer com mercê tão soberana? Se o fazeis por me acrescentar a fé, parece não ser necessário, pois vos conheço desde a fonte do Batismo por Deus verdadeiro, filho da Virgem sagrada, segundo à humanidade, e do Padre Eterno por geração divina. Melhor seria participarem os infiéis da grandeza desta maravilha, para que, abominando os seus erros, vos conhecessem. O Senhor então, com suave tom de voz que o príncipe pôde bem alcançar, lhe disse estas palavras: Não te apareci deste modo para acrescentar tua fé, mas para fortalecer teu coração nesta empresa, e fundar os princípios do teu Reino em pedra firmíssima. Tem confiança, porque, não só vencerás esta batalha, mas todas as mais que deres aos inimigos da Fé católica. Tua gente acharás pronta para a guerra, e com grande ânimo pedir-te-á que com título de rei comeces esta batalha; não duvides de o aceitar, mas concede livremente a petição porque eu sou o fundador e destruidor dos Impérios do mundo, e em ti e tua geração quero fundar para mim um reino, por cuja indústria será meu nome notificado a gentes estranhas. E porque teus descendentes conheçam de cuja mão recebem o reino, comprarás as tuas armas ao preço com que comprei o género humano, o daquele por que fui comprado dos judeus, e ficará este reino santificado, amado de mim pela pureza da Fé e excelência da piedade. O infante D. Afonso, quando ouviu tão singular promessa, se prostrou de novo por terra e, adorando ao Senhor, lhe disse: Em que merecimentos fundais, meu Deus, uma piedade tão extraordinária como usais comigo? Mas já que assim é, ponde os olhos de vossa misericórdia em os sucessores que me prometeis, conservai livre de perigos a gente portuguesa, e, se contra ela tendes algum castigo ordenado, peço-vos o deis antes a mim e a meus descendentes, e fique salvo este povo, a quem amo como único filho. A tudo deu o Senhor resposta favorável, dizendo como nunca dele, nem dos seus, apartaria os olhos da sua misericórdia, porque os tinha escolhido por seus obreiros e segadores, para lhe ajuntarem grande seara em regiões apartadas. Com isto desapareceu a visão, e o infante D. Afonso, cheio da fortaleza e júbilos de alma, quais se deixam entender, fez volta para os arraiais e se recolheu em sua tenda.

Raimundo Silva fechou o livro. Apesar de fatigado, a sua vontade seria continuar a leitura, seguir os episódios da batalha até ao desbarato final dos mouros, mas Gil de Rolim, tomando a palavra em nome dos cruzados presentes ali, disse ao rei que, por este modo notificados do memorável prodígio obrado pelo Senhor Jesus em região também ela tão apartada, ao sul de Castro Verde, em sítio que chamam de Ourique, província de Alentejo, na manhã do dia seguinte lhe dariam resposta. Posto o que, cumpridas as saudações e cerimonial da ordenança, igualmente se recolheram às suas tendas.

O rei dormiu mal, de um sono inquieto que constantemente se interrompia, mas pesado e negro como se dele não devesse acordar mais, e foi um sono onde não aconteceram sonhos nem pesadelos, nenhum velho de aspeto venerável anunciando o suave milagre, Aqui estou, nenhuma mulher gritando, Não me maltrates que sou tua mãe, apenas uma densa e inexplicável negrura que parecia envolver-lhe o coração e cegá-lo. Acordava com sede e pedia água, que bebia às tarraçadas, e vinha à entrada da tenda para espreitar a noite, impaciente com o tardo movimento dos astros. Era lua cheia, daquelas que transformam o mundo em fantasma, quando todas as coisas, as vivas e as inanimadas, estão murmurando misteriosas revelações, porém vai dizendo cada qual a sua, e todas desencontradamente, por isso não alcançamos a entendê-las e sofremos esta angústia de quase ir saber e não ficar sabendo. O esteiro rebrilhava entre as colinas, o rio levava as águas como um resplendor, e as fogueiras ateadas nos eirados do castelo e os grossos brandões que assinalavam cada um dos barcos dos cruzados eram como lumes pálidos na luminosa escuridão. O rei olhava a um lado, olhava a outro, imaginava como estariam aqueles mouros e aqueles francos olhando as fogueiras do acampamento português, que pensamentos, que medos e que desdéns, que planos de batalha, que decisões. Voltava a deitar-se no catre, sobre a pele de urso em que costumava dormir, e esperava o sono. Ouviam-se as vozes da rolda, algum rumor de armas, o candil aceso na tenda fazia dançar as sombras, depois o rei entrava no silêncio e em um negro infinito, adormecia.

As horas passaram, a lua desceu e sumiu-se, a noite fez-se noite. Então as estrelas cobriram o céu todo, cintilando como reflexos na água, abrindo espaço ao branco caminho de Santiago, depois, quanto tempo depois, a primeira luz da manhã abriu-se devagar por trás da cidade, negra no contraluz, aos poucos iam-se extinguindo as almenaras, e quando o sol apontou, invisível ainda deste lugar onde estamos, ouviram-se as costumadas vozes que ecoavam entre as colinas, eram os almuadens chamando à oração os crentes de Alá. São menos madrugadores os cristãos, nos barcos ainda não há sinal de vida, e o arraial português, tirando as fatigadas sentinelas que cabeceiam, continua imerso num imenso sono, uma letargia entrecortada de roncos, de suspiros, de murmúrios, que só bem mais tarde, já saído o sol e levantado, libertará os membros e soltará as vozes, o repeso e desgarrador bocejo matinal, o interminável espreguiçamento que faz estalar os ossos, este dia mais, este dia menos. Espevitaram-se as fogueiras, agora os caldeiros estão ao lume, os homens aproximam-se, cada um com sua gamela, vêm as sentinelas rendidas, outras refrescadas distribuem-se pelo campo mastigando o último bocado, ao mesmo tempo que, junto das tendas, os nobres comem as suas pouco diferentes iguarias, se não falarmos da carne, que é a diferença maior. Servem-se de grandes pratos de madeira, juntamente com eles os eclesiásticos que entre o levantar e o comer disseram missa, e todos futuram sobre o que irão decidir os cruzados, diz um que não ficam se lhes não forem prometidas mais rotundas riquezas, diz outro que talvez se contentem com a glória de servir o Senhor, além duma propina razoável, pelo incómodo. Olham deste longe os barcos, auguram dos movimentos dos marinheiros, se manobram para ficar ou, pelo contrário, aligeiram a âncora, são suposições inconsequentes nascidas da ansiedade, antes que de lá venham dar a resposta ao rei não se moverão os barcos, e mesmo depois, dependendo da ocasião, acaso ainda terão de esperar o favor da maré para fixar o ancoradouro ou largar para o mar alto.

O rei está esperando. Remexe-se de impaciência no assento colocado em frente da tenda, está armado, apenas com a cabeça descoberta, e não diz palavra, olha e espera, nada mais. A manhã vai em meio, o sol está alto, o suor escorre em fio sob as lorigas. Percebe-se que o rei está irritado, mas não quer manifestá-lo. Por cima dele foi armado um toldo que a brisa faz estalar suavemente, a compasso com o estandarte real. Um silêncio que não é como o da noite, talvez ainda mais inquietante porque do dia o que se espera é movimento e ruído, um silêncio de presságio cobre a cidade, o rio, as colinas ao redor. É certo que as cigarras cantam, mas esse é um canto que vem de outro mundo, é o rangido da invisível serra que está serrando os alicerces deste. Sobre as muralhas, entre os merlões, os mouros olham também, e esperam.

Enfim há um movimento de batéis entre três galeras principais fundeadas à entrada do esteiro, de cada uma delas desce gente que entra nas embarcações, e agora estão vindo para cá, ouve-se sobre a água lisa o bater dos remos, o chapinhar das pás, pouco falta para ser de puro lirismo a imagem geral, um céu limpo e azul, dois barquinhos avançando sem pressa, falta aqui o pintor para registar estas suaves cores da natureza, a escura cidade subindo a colina e o castelo lá em cima, ou, mudando de ponto de vista, o acampamento português sobre um fundo de acidentada orografia, barrancos, encostas, espalhadas oliveiras, alguns restolhos, vestígios de incêndios recentes. O rei já ali não está, recolheu-se à sua tenda, porque, sendo real pessoa, não tem de esperar ninguém, os cruzados, sim, é que hão de reunir-se aqui, aguardando respeitosamente, e depois sairá D. Afonso Henriques, armado da cabeça aos pés, para escutar a mensagem. Aproximam-se alguns dos guerreiros de qualidade que estiveram na conferência com o rei, e vêm de rosto fechado, impenetrável, nós já sabemos que se vão recusar a ficar para auxiliar os portugueses, mas estes ainda estão na santa ignorância, alimentam, como é costume dizer-se, uma esperança, o que não se pode é imaginar a justificação que eles vão dar como fundamento de resolução tão grave, que alguma terá de ser, sob pena de serem taxados de levianos e faltos de consideração. Vêm Gil de Rolim, Ligel, Lichertes, os irmãos La Corni, Jordão, Alardo, vem também um alemão até agora não mencionado, de nome Henrique, natural de Bona, cavaleiro de boa fama e virtuosa vida, como a seu tempo se haverá de provar, e um religioso inglês muito erudito, Gilberto de sua graça, e mais, na função de porta-voz, Guilherme Vitulo, o da Longa Espada, ou da Longa Seta, aos portugueses deu-lhes o coração um baque de mau pressentimento quando viram que este seria o língua, pois de sobejo sabem quanta má vontade ele tem contra o rei, há casos assim, sem motivo que se perceba tomamo-nos de antipatia por alguém, e não há quem nos faça arredar pé, Não gosto dele, não gosto dele, e pronto.

Saiu D. Afonso Henriques da tenda, trazendo de conselheiros D. Pedro Pitões e D. João Peculiar, e foi este, após consultar com o rei, quem tomou a palavra para dar as boas-vindas aos emissários, em latim as deu, claro está, que não ficam piores que as outras, e afirmar quanto aprouveria ao rei ouvir a resposta que lhe traziam, cuja não duvidava fosse a mais proveitosa à glória de Deus Nosso Senhor. A fórmula é boa, porque não podendo nós, obviamente, saber que é o que a Deus mais convém, deixamos ao seu critério a responsabilidade da escolha, competindo-nos tão-somente ser humildes se ela vier contra os nossos interesses e não exagerar as expressões do contentamento se, pelo contrário, vem servir maravilhosamente as nossas conveniências. A eventualidade de que a Deus sejam igualmente indiferentes o sim e o não, o bem e o mal, não pode entrar em cabeças como foram feitas as nossas, porque, enfim, Deus sempre há de servir para alguma coisa. Não é, contudo, hora de navegar por tão torcidos meandros, porque já Guilherme da Longa Espada, em postura de corpo e movimento de gestos que descaradamente brigam com a atitude de reverente subalternidade que deveria guardar, está dizendo que, gozando o rei de Portugal de tão eficazes e fáceis ajudas de Nosso Senhor Jesus Cristo, por exemplo, no perigoso aperto que foi dito ter sido o da batalha de Ourique, mal haveria de parecer ao mesmo Senhor presumirem os cruzados que ali estavam em trânsito de substituí-lo na nova empresa, pelo que dava como conselho, se recebê-lo queriam, fossem os portugueses sozinhos ao combate, pois já tinham segura a vitória e Deus lhes agradeceria a oportunidade de provar o Seu poder, esta e tantas vezes quantas para isso vier a ser solicitado. Tendo-se Guilherme Vitulo explicado na sua língua natal, ouviram-no os portugueses, enquanto durou a fala, fazendo cara de entendidos, como é costume nestes casos, sem poderem imaginar que finalmente a decisão estava mesmo contra os seus interesses e conveniências, o que, porém, veio a saber-se logo no seguinte e fatal minuto, com a exatidão que se pôde, quando o frade intérprete que acompanhava o da Longa Espada traduziu, relutante, pois a sua própria boca se recusava a articular palavras de tanto sarcasmo, e algumas outras que estão a pedir segunda leitura, pelos indícios que parece haver nela de caluniosa dúvida sobre o poder divino de cortar, de talhar, de pôr e de dispor, de dar e de tirar as vitórias, fazer que ganhe um contra mil, as coisas só se tornam difíceis quando lutam cristãos contra cristãos, ou mouros contra mouros, ainda que, no segundo caso, seja a questão com Alá, ele que se avenha.

O rei ouviu em silêncio, e em silêncio ficou, com as mãos aferradas no punho da espada, posta a direito e firme no chão a ponta, como se do mesmo chão já tivesse tomado definitivamente posse. E foi D. João Peculiar que, vermelho de santa indignação, proferiu a frase com que deveria envergonhar-se o provocador, Não tentarás o Senhor teu Deus, que todos muito bem entenderam, mesmo os fracos em doutrina, porque, na verdade, mais do que desdenhar dos portugueses, Guilherme Vitulo, em outra situação e por diferentes palavras, não fizera mais do que repetir o nefando intento do Demónio ao dizer a Jesus, Atira-te daqui abaixo, que, vindo os anjos a amparar-te, não correrás nenhum risco, e Jesus respondeu, Não tentarás o Senhor teu Deus. Com o que deveria Guilhão envergonhar-se, mas não se envergonhou, antes parecia que se lhe estava retorcendo a boca num riso de escárnio. Perguntou então D. Afonso Henriques, É essa a decisão dos cruzados, Esta é, respondeu o outro, Então, ide, e que Deus vos acompanhe até à Terra Santa, onde já não podereis invocar nenhum pretexto para fugirdes à batalha como estais fugindo a esta, se não me engano. Foi a vez de Guilherme Vitulo levar a mão à espada que lhe deu o nome, o que poderia ter tido as mais funestas consequências se não se tivessem interposto os companheiros dele, e mais do que o movimento dos corpos se interpuseram as palavras que um deles disse, Gilberto foi ele, único daquela banda que, mais do que os intérpretes, podia expressar-se em tão fluente latim, como eclesiástico maior, de estudos superiores, e o que ele disse foi isto, Senhor, é verdade o que Guilherme Vitulo acaba de dizer-vos, que não se quedam aqui os cruzados, só não fez menção dos motivos materiais que os movem à negativa, enfim, é lá com eles, porém alguns resolveram ficar, e esses são os que aqui vedes, que para isso mesmo viemos na embaixada, Gil de Rolim, Ligel, Lichertes, os manos La Corni, Jordão, Alardo, Henrique, e eu, de todos o mais insignificante e humilde, ao teu serviço. Ficou D. Afonso Henriques tão contente que lhe passou pronto a ira, e, ali mesmo se desprendendo de preconceitos hierárquicos, foi para Gilberto e abraçou-o, na passagem lançando ao desprezo o reles Guilhão, que de nome vai realmente bem servido, e disse em alta voz, Por essa resolução vos prometo que sereis o primeiro bispo de Lisboa quando for cristã a cidade, e quanto a vós, senhores, que tendes querido ficar comigo, dou-vos por seguro que não tereis razão de queixa da minha magnanimidade, posto o que voltou as costas e entrou na tenda. Aí se separaram as águas, quer dizer, ficou o Guilhão desamparado, mesmo o seu frade se afastou três prudentes passos, olhando desconfiadamente se haveria sinais de pé de cabra ou cornos de cabrão no atrevido e agora derrotado energúmeno.

Juntando o que efetivamente foi escrito ao que por enquanto está apenas na imaginação, chegou Raimundo Silva a este lance crítico, e muito adiantado ele vai, se nos lembrarmos de que, além da mais que uma vez confessada falta de preparo para tudo quanto não seja a miúda tarefa de rever, é homem de escrita lenta, sempre cuidando das concordâncias, avaro na adjetivação, molesto na etimologia, pontual no ponto e outros sinais, o que desde logo vem delatar que quanto aqui em seu nome se tem lido não passa, afinal de contas, de versão livre e livre adaptação de um texto que provavelmente poucas semelhanças terá com este e que, tanto quanto podemos prever, se manterá reservado até à última linha, fora do alcance dos amadores da história naïve. Aliás, basta reparar que a versão de que dispomos já leva doze páginas densíssimas, e está claro que Raimundo Silva, que de escritor nada tem, nem os vícios nem as virtudes, não poderia, em um dia e meio, ter escrito tanto e tão variado, que sobre os méritos literários do que fez não há que falar, por ser isto história, logo ciência, e por carência de autoridade propriamente dita. Estas prevenções novamente se recordam para que sempre tenhamos presente a conveniência de não confundir o que parece com o que seguramente estará sendo, mas ignoramos como, e também para que duvidemos, quando creiamos estar seguros duma realidade qualquer, se o que dela se mostra é preciso e justo, se não será apenas uma versão entre outras, ou, pior ainda, se é versão única e unicamente proclamada.

A tarde vai em meio, são horas de visitar a doutora Maria Sara, que está esperando as provas do livro de poesia. A mulher a dias arruma a cozinha, ou passa a ferro, mal se dá por ela, de tão discreta no trabalho, provavelmente tem na sua ideia que escrever ou emendar o que foi escrito é obra de religião, e Raimundo Silva, que desde manhã não saiu, foi perguntar-lhe, Que tal o tempo, como nunca tem muito que dizer-lhe aproveita as oportunidades, ou inventa algumas, por isso não foi à janela como é seu inveterado costume, e deveria tê-lo feito, sendo hoje o dia especial que é, porventura já sabem na cidade que os cruzados se vão embora, a espionagem não é uma invenção das guerras modernas, e a senhora Maria responde, Está bom, expressão sintética que, na verdade, apenas significa que não chove, pois dizendo nós tão frequentemente Está bom, mas frio, ou Está bom, mas faz vento, nunca dissemos nem diremos, Está bom, mas chove. Raimundo Silva vai buscar a informação complementar, se há ameaça de chuva, ou vento como o de ontem, e como estamos de temperatura. Pode sair sem outras defesas que as moderadas, a gabardina, sequíssima e agora apresentável, dos dois cachecoles que tem, o leve, lástima que não se possa dizer manta de pescoço, que tão-pouco soava bem, mas enfim, era do português de aqui, e não como o francês cache-col, que é o português de toda a parte, língua nova, aliás ainda em preparação, sobretudo nas praias do reino do Algarve, mas alastrando poderosamente ao reino de Portugal. Foi à cozinha para fazer com a senhora Maria as contas da semana, ela olhou o dinheiro e suspirou, é um jeito seu, como se recebê-lo fosse já começar a separar-se dele, ao princípio Raimundo Silva ficava nervoso, parecia-lhe que ela recorria à desolada mímica para expressar o seu desgosto por ser tão mal paga, por isso não descansou enquanto não teve suficiente informação sobre as tabelas geralmente praticadas na classe média baixa a que pertence, concluindo que se encontrava razoavelmente bem situado, na verdade não se poderia dizer dele que explorava o trabalho alheio, porém, pelo sim pelo não, aumentou o salário que vinha pagando, o que não pôde foi curá-la do suspiro.

Três são os caminhos principais que ligam a casa de Raimundo Silva à cidade dos cristãos, um que, seguindo pela Rua do Milagre de Santo António, e conforme o ramo que escolher da trifurcação tanto o pode deixar no Caldas e na Madalena como no Largo da Rosa e suas adjacências baixas e altas, na eminência a Costa do Castelo, nos fundos as Escadinhas da Saúde e o Largo de Martim Moniz, e, medianamente, o arranque da Calçada de Santo André, o Terreirinho e a Rua dos Cavaleiros, outro que pelo Largo dos Lóios o leva na direção das Portas do Sol, e finalmente o mais comum, pelas Escadinhas de S. Crispim, todo a descer, que em poucos minutos o põe na Porta de Ferro, onde espera o carro elétrico que o transportará ao Chiado, ou donde parte, ainda por seu pé, para a Praça da Figueira, se precisar utilizar o metro, como é o caso de hoje. A editora está perto da Avenida do Duque de Loulé, longe de mais, a esta hora já declinante, para subir a Avenida da

Liberdade, em geral pelo passeio do lado direito, pois nunca lhe agradou o outro, não sabe porquê, embora a impressão de gosto e desgosto não seja constante, tem altos e baixos, quer duma parte, quer da outra, mas realmente é no lado direito que se sente melhor. Um dia, enquanto a si próprio ia chamando maníaco, deu-se ao trabalho de marcar num mapa da cidade as extensões de passeio da avenida que lhe agradavam e as que lhe desagradavam, e descobriu, com surpresa, que era mais extensa a parte agradável do lado esquerdo, mas que, tendo em conta o grau de intensidade da satisfação, o lado direito acabava por prevalecer, donde resultava ir muitas vezes subindo por este lado de aqui e olhar o outro passeio de além com pena de lá não estar. Claro que não toma estas pequenas obsessões demasiado a sério, para alguma coisa lhe serviu ser revisor, ainda há poucos dias, estando a conversar com o autor da História do Cerco de Lisboa, argumentou que os revisores têm visto muito de literatura e vida, entendendo-se que o que da vida não souberam ou não quiseram ir aprender a literatura mais ou menos se encarregou de ensinar-lhes, mormente no capítulo dos tiques e manias, pois é de geral conhecimento que não existem personagens normais, ou então não seriam personagens, suponho, o que, tudo junto, talvez signifique que Raimundo Silva tenha ido buscar aos livros que reviu alguns traços impressivos que, passando o tempo, teriam acabado por formar nele, com o que nele era de natureza, esse todo coerente e contraditório a que costumamos chamar carácter. Agora que está nas Escadinhas de S. Crispim, a olhar o cão, que o olha a ele, poderia perguntar-se com que personagem de ficções se parece neste momento, pena que não seja lobo o animal, pois então viria imediatamente a pelo a referência a S. Francisco, ou porco, e seria Santo Antão, ou leão, e seria S. Marcos, ou boi, e seria S. Lucas, ou peixe, e poderia ser Santo António, ou borrego, e seria o Batista, ou águia, e o Evangelista seria, não era bastante termos dito que o cão é o melhor amigo do homem, pelo jeito que leva o mundo bem pode acabar por ser o último.

Com a condição de que lhe retribuam a amizade, como agora está pensando Raimundo Silva diante do escanzelado bicho, é por de mais evidente que os vizinhos de S. Crispim não gostam da espécie canina, acaso serão eles ainda, esses vizinhos, descendentes diretos dos mouros que por dever de religião detestaram aqui os cães daquele tempo, apesar de serem, uns e outros, irmãos em Alá. O cão, com mais de oito séculos de maus-tratos no sangue e na herança genética, levantou de longe a cabeça para produzir um ganido lamentoso, uma voz exasperada e sem pudor, mas também sem esperança, pedir de comer, ganindo ou estendendo a mão, mais do que degradação sofrida de fora, é renúncia vinda de dentro. Raimundo Silva não tem hora marcada, Até amanhã, disse a doutora Maria Sara, mas já se vai fazendo tarde, o pior é este cão que não o deixa seguir o seu caminho, o ganido passou a choro, é o contrário das pessoas, que primeiro choram e depois uivam, e o que ele pede, roga, suplica e importuna, como se este simples homem fosse a própria pessoa de Deus, é uma bucha de pão, um osso, agora usam uns contentores de lixo trabalhosos de abrir ou derrubar, daí ser a necessidade muita, meu Senhor. Posto entre seguir adiante e o remorso de o ter feito, Raimundo Silva resolve voltar a casa para procurar algo que um cão faminto não se atreva a rejeitar, enquanto sobe a escada olha o relógio, Está-se a fazer tarde, repetiu, entrou de rompante, causando súbito susto à mulher a dias apanhada a olhar a televisão, mas, sem dar-lhe importância, foi à cozinha, remexeu em gavetas, em tachos, abriu o frigorífico, a senhora Maria não se atreveu a perguntar, Precisa de alguma coisa, menos ainda a estranhar como é seu relativo direito, porque, já se sabe, foi surpreendida em flagrante delito de preguiça para o trabalho, e agora tenta recompor-se, desligou a televisão e está a deslocar móveis, faz ruídos demonstrativos duma atividade frenética, em pura perda se desvela, que Raimundo Silva, se efetivamente deu pela falta cometida, mal pensou nisso, de tão preocupado que vinha com a hora tardia e a ideia de fazer boa figura quando pusesse diante do cão o produto do saque, que vai embrulhado em papel de jornal, um bocado de chouriço cozido, uma fatia de presunto gordo, três bocados de pão, pena não ter ali um osso robusto para a sossega, não há nada melhor, enquanto a digestão se vai fazendo, que um osso para excitar as glândulas salivares e fortalecer a dentadura de um cão. A porta bateu, Raimundo Silva já desce a escada, pelo seguro a senhora Maria foi à janela espreitar, depois voltou para dentro, tornou a ligar a televisão, tinha perdido nem cinco minutos da telenovela, que é isso.

O cão não se movera, apenas deixara descair a cabeça, o beiço rente ao chão. As costelas salientes, como de Cristo crucificado, tremem-lhe nos encaixes da espinha, este animal é um rematado idiota, com a teima de viver nas Escadinhas de S. Crispim onde tem passado fomes de rabo, desprezando as abundâncias de Lisboa, Europa e Mundo, ora isto são juízos fáceis, não se trata de teimosia nenhuma, mas sim de um caso de timidez, portanto respeitável caso, os atrevidos não percebem nada de dificuldades, por exemplo, que terramoto produziria na mente deste cão a descoberta de que aos cento e trinta e quatro degraus conhecidos da escada se tinha acrescentado subitamente mais um, não é que tenha acontecido, trata-se apenas de uma hipótese, como se sentiria infeliz o bicho diante do abismo intransponível, ainda nos lembramos de quanto lhe custou ter seguido no outro dia este homem até à Porta de Ferro, certas experiências o melhor é não repeti-las. Afastado três passos, Raimundo Silva vê o cão aproximar-se do jornal estendido, e o animal duvida se deve olhá-lo a ele, para prevenir o provável pontapé, ou lançar-se sobre a comida cujo cheiro lhe está estorcegando as entranhas brutalmente, a saliva inunda-lhe os dentes, ó deus dos cães, por que fizeste para tantos de nós tão difícil a vida, é sempre assim, atiramos para os deuses as culpas disto e daquilo, quando nós é que inventamos e fabricamos tudo, incluindo as absolvições dessas e mais culpas. Raimundo Silva compreende que o cão tem medo, afasta-se, o animal avança um pouco, o nariz freme de ansiedade, de repente a comida estava e deixou de estar, abocanhada em dois movimentos desapareceu, e a língua pálida e comprida lambe a gordura impregnada no papel. É um espetáculo miserável este que o destino oferece aos olhos de Raimundo Silva, agora esquecido da doutora Maria Sara, e de súbito encontra-se identificado com a personagem das ficções que faltava, aquele S. Roque a quem precisamente deu assistência um cão, tempo era de que o santo retribuísse o favor, assim não sofrendo desmentido a asserção de que tudo na vida tem sua correspondência, ainda que seja ao invés, ponto de vista nosso, claro está, porque quanto ao dos cães não sabemos, que será Raimundo Silva aos olhos deste, digamos que um vivente com cara de homem, para que fique por fim completa a antes enunciada coleção dos animais apocalípticos e seja também Raimundo Silva o S. Mateus que faltava, como vai poder ele com uma carga tão pesada.

Que não lhe pesará assim tanto, se observarmos a rapidez com que num instante começou a descer a escada, subitamente lembrado da doutora Maria Sara, que o estará esperando, agora só de táxi chegará a tempo, e a vida não vai para gastos sumptuários, diabos levem o cão, eu feito samaritano, o mais seguro é que não iria a casa buscar comida se fosse uma velha que estivesse a pedir nas Escadinhas de S. Crispim, bem, se fosse uma velhinha talvez sim, mas a apostar que não se fosse um velho, interessante verificar como a própria bondade, supondo que dela é que estamos a falar, varia com as circunstâncias e os objetos, com a saúde do momento, com o humor da ocasião, a bondade, mal comparada, é assim como um elástico, estende, encolhe, capaz de envolver a humanidade toda ou apenas a só pessoa, egoísta, isto é, bondosa para si própria, contudo, sempre uma boa ação refrescou a alma, o bicho lá ficou, agradecidíssimo, ainda que, sendo a fome tanta, de pouco mais lhe terá servido a pitança que para encher a cova dum dente, pobre animalzito, maneira piedosa de dizer, pois não é tão pequeno assim, que raça, todas, tirando as mais recatadas, que nunca descem à rua, ou descendo vêm de trela e tapa-sexo, este ao menos é livre, goza das cadelas livres, mas pouco gozará se nunca sai das Escadinhas de S. Crispim, se nunca sai das Escadinhas de S. Crispim. Neste ponto Raimundo Silva interrompeu conscientemente o discorrer mental a que se abandonara enquanto o táxi o levava, apercebera-se de um repentino mal-estar, não físico, antes como se alguém adormecido dentro de si tivesse acordado subitamente e gritado por encontrar-se emerso em escuridão profunda, por isso repetiu, a dar tempo para que passasse o susto, Se nunca sai das Escadinhas de S. Crispim, de quem estou a falar, perguntou, o táxi subia a Rua da Prata e ele ia dentro, afinal pertencia ao país dos homens, não dos cães, e podia sair das Escadinhas de S. Crispim sempre que precisasse ou lhe apetecesse, como agora mesmo se demonstra, vai à editora falar com a doutora Maria Sara, que dirige os revisores, entregar-lhe as provas definitivas do livro de poesia, e depois pode ser que resolva não regressar logo a casa, acabou um livro, ainda que tão delgado que quase corpo de livro não tem, fará pois como de costume, comer no restaurante, ir ao cinema, ainda que o mais provável é não ter consigo dinheiro suficiente para um programa tão vasto, mentalmente faz contas, o contador do táxi, tenta lembrar-se de quanto terá na carteira, e está nestas aritméticas quando se dá conta de que não sairá esta noite, não pode esquecer que começou um livro novo, não, não é o romance do Costa, olhou o relógio, são quase cinco horas, o táxi sobe a Avenida do Duque de Loulé, para num semáforo, avança, aí, se faz favor, e quando Raimundo Silva tira o dinheiro para pagar verifica, num rápido relance, que não lhe chegaria o dinheiro para restaurante e cinema, um dos dois, sim, mas um sem o outro não tem graça nenhuma, Janto em casa e continuo com aquilo, aquilo é a História do Cerco de Lisboa, alguma vez o teria dito antes, quando revia um livro com esse título, no tempo da sua inocência.

O elevador é antigo e acanhado, propício a intimidades se não fosse a transparência das portas e dos painéis laterais, contudo, no intervalo entre dois patamares, dando atenção vigilante aos lanços de escada que de um lado sobem e do outro descem, é sempre possível cometer algum jogo de mãos, e até um furtivo beijo, se a urgência aperta. Em anos de trabalho que já são muitos, Raimundo Silva tem utilizado esta gaiola mecânica, umas vezes sozinho, outras acompanhado, e nunca, até hoje, pelo menos não o recorda, fora acometido por tão perturbadores pensamentos, é certo que ao princípio escolhia ir pela escada por falta de paciência de esperar quando o ascensor tardava, e também porque ainda sentia folgadas as pernas e ligeiro o coração, capazes de competir com a juventude de todos estes escritórios, incluindo a editora, ainda que nesta a média das idades sempre tenha tendido para o alto. O trajeto é curto, somente dois andares, devendo no entanto ter-se em conta que, tratando-se de um prédio antigo, o pé-direito das casas anda quase pelo dobro das que atualmente se fabricam, afinal parecidas, estas, neste particular, com a sua velhíssima habitação do Castelo, a bem dizer não é isto novidade, ao alto sempre se seguiu o baixo e ao baixo o alto, provavelmente é uma das leis da vida, também o nosso pai um dia nos pareceu gigante e agora somos nós que o olhamos por cima do ombro, e vai decaindo de ano em ano, coitado, porém calemo-nos, para que o pobre possa sofrer em silêncio. A Raimundo Silva parece-lhe absurdo lembrar-se do falecido pai neste ascensor, quando tinham começado por assaltá-lo as eróticas sugestões, a verdade é que quem pensa apenas sabe o que pensa, e não por que o pensou, pensamos desde que nascemos, suponho, e não sabemos qual foi o nosso primeiro pensamento, esse de que todos foram depois, e até hoje, consequência, a biografia definitiva de cada um seria subir o rio dos pensamentos até à sua fonte primeva, e mudar de vida imagino que seria, se fosse possível vir andando e repetindo o curso deles, ter subitamente outro pensamento e ir atrás dele, chegaríamos talvez ao dia em que estamos, se ao escolher outra vida não a fizéssemos mais breve, e ainda que desta se tratasse não como revisor, e subiríamos noutro elevador, quiçá para falar a outra pessoa, não à doutora Maria Sara. Calhou, neste onde ainda está, ocupar Raimundo Silva o lado onde naquele dia viu descer o diretor literário com a governadora dos revisores, e ei-lo que o vemos agora a olhar o espaço vazio com severidade desdenhosa, como se fosse exprobar à mulher que ali esteve o seu imoral comportamento, porque essas coisas, fique sabendo, não se fazem num ascensor, não se devem fazer, digo, que bem sei não faltar por aí quem as faça, e ainda pior, Foi só um apalpão, senhor revisor, foi apenas um beijo, senhor revisor, Não importa, foi de mais, em nome da minha própria e incurável inveja vos condeno, nos últimos centímetros da subida Raimundo Silva colocou-se no meio do elevador, os outros não cabiam, tiveram de sair, corridos de vergonha iriam se ainda houvesse vergonha neste mundo, o mais provável é estarem a rir-se do moralista hipócrita, Estão verdes, não prestam, disse a raposa.

Olhar, ver e reparar são maneiras distintas de usar o órgão da vista, cada qual com a sua intensidade própria, até nas degenerações, por exemplo, olhar sem ver, quando uma pessoa se encontra ensimesmada, situação comum nos antigos romances, ou ver e não dar por isso, se os olhos por cansaço ou fastio se defendem de sobrecargas incómodas. Só o reparar pode chegar a ser visão plena, quando num ponto determinado ou sucessivamente a atenção se concentra, o que tanto sucederá por efeito duma deliberação da vontade quanto por uma espécie de estado sinestésico involuntário em que o visto solicita ser visto novamente, assim se passando de uma sensação a outra, retendo, arrastando o olhar, como se a imagem tivesse de produzir-se em dois lugares distintos do cérebro com diferença temporal de um centésimo de segundo, primeiro o sinal simplificado, depois o desenho rigoroso, a definição nítida, imperiosa de um grosso puxador de latão amarelo, brilhante, numa porta escura, envernizada, que subitamente se torna presença absoluta. Diante desta porta, muitas e muitas vezes, tem Raimundo Silva esperado que lha abram de dentro, o ruído de disparo que faz o trinco elétrico, e nunca como hoje teve uma consciência tão aguda, assustadora quase, da materialidade das coisas, um puxador que não é a sua simples superfície luzidia, polida, mas um corpo de cuja densidade pode aperceber-se até ao encontro com essa outra densidade, a da madeira, e é como se tudo isto fosse sentido, experimentado, palpado dentro do cérebro, como se os seus sentidos, agora todos eles, e não só a visão, reparassem no mundo por terem finalmente reparado num puxador e numa porta. O trinco estalou, os dedos empurraram a porta, dentro a luz parece fortíssima, e não o é, mas Raimundo Silva sente-se como se vogasse num espaço sem referências, tal essas atmosferas saturadas de claridade agora em moda nos filmes de sobrenatural ou de aparições de extraterrestres, com dispêndio excessivo de vóltios, espera que a telefonista dê um grito de terror ou caia em transe extático se pelo lado de fora de si próprio se manifesta, numa proliferação de tentáculos sensitivos ou numa irradiação de beleza suprema, a vibração caleidoscópica em que, por um instante que já se extingue, se tornou a sua sensibilidade. Mas a telefonista, cujas obrigações, além de manipular a central, incluem disparar o trinco da porta e atender quem chega, faz-lhe um sinalzinho de dedos enquanto termina uma conversa ao telefone, e depois, cordial, familiar e nada surpreendida, Olá, senhor Silva, conhece-o há uns bons anos e de cada vez que o vê não lhe tem encontrado mais diferenças que as do tempo que passa, se daí a pouco lhe perguntarem como achou o revisor responderá, porém sem segura convicção, Não sei, talvez um pouco nervoso, isto dirá e nada mais, ou não é boa observadora ou Raimundo Silva já voltou ao seu natural, se é que de fora se podia dar pelo que acontecera dentro, mesmo reparando, Quero falar com a doutora Maria Sara, disse ele, e a telefonista, que também se chama Sara mas sem Maria e anda muito orgulhosa da meia coincidência, informa-o de que a senhora doutora está no gabinete do senhor doutor, nem precisa dizer o nome, o senhor doutor é o diretor literário, sempre foi, os outros, desde o diretor de todos até ao Costa, são gente de pé, e Raimundo Silva, mais brusco do que é costume, diz-lhe que pergunte se o pode receber ou se quer que deixe ficar as provas do livro de poesia, aqui mesmo no balcão, ela sabe do que se trata. Sara ouve o que lhe está dizendo a doutora Maria Sara, acena com a cabeça, o diálogo é curto, mas talvez por um resto de visão intensa, apesar de pálida sombra do que havia sido do outro lado da porta, Raimundo Silva observa, fio por fio, o cabelo louro da telefonista, uma cor como de palha moída, ela mantém a cabeça baixa, não pode adivinhar que ferocidade há neste olhar, ferocidade é um exagero da expressão, claro está, que o homem não quer mal à mulher, são os seus olhos irresponsáveis, ele apenas espera que lhe digam o que deve fazer, veio de longe e à pressa, e terá de deixar as provas no balcão da entrada, como qualquer mandarete que veio trazer uma carta sem resposta, A senhora doutora pede que a espere no gabinete, a telefonista está de cabeça levantada, sorri, Obrigado, menina Sara, chamam-lhe menina Sara desde sempre, ficou assim, apesar de ter casado e enviuvado, há pessoas com muita sorte, mulheres, evidentemente, que os homens, no geral, pouco tempo tiveram para ser meninos, e alguns não o foram nunca, como se sabe e escreveu, e outros ficaram assim para sempre mas não se atrevem a dizê-lo.

Raimundo Silva não teve de esperar muito, três, quatro minutos, se tanto. Deixara-se estar de pé, a olhar, com a impressão estranha de entrar aqui pela primeira vez, não admira, a memória não guardava nenhuma lembrança anterior deste gabinete, provavelmente estaria afeto a serviços de administração antes das recentes mudanças, e tão-pouco, percebia-o agora com surpresa, lhe tinham ficado imagens de quando fora chamado pela doutora Maria Sara, não recordava, por exemplo, se já então estava sobre a secretária aquele solitário com uma rosa branca e na parede o quadro de registo onde, podia vê-lo, se lia o seu nome, na linha superior, e por baixo os nomes dos outros revisores que trabalhavam em casa, tendo, todos eles, no quadriculado adiante, indicações abreviadas de títulos de obras, datas, sinais coloridos, um organograma simples, uma espécie de mapa da cidade dos revisores, não mais que seis. Podemos imaginá-los, cada um em sua casa, no Castelo, nas Avenidas Novas, talvez em Almada ou Amadora, ou

Campo de Ourique, ou Graça, debruçados para as provas de um livro, lendo e emendando, e a doutora Maria Sara pensando neles, alterando uma data, trocando um verde por um azul, daqui a pouco tempo nem dará importância aos nomes, serão para ela um mero traçado gráfico que lhe suscitará ideias, associações, reflexos, por enquanto cada um destes nomes representa ainda uma informação a assimilar, Raimundo Silva primeiro, depois Carlos Fonseca, Albertina Santos, Mário Rodrigues, Rita Pais, Rodolfo Xavier, tratando-se de um escritório seria natural que estivessem dispostos por ordem alfabética, pois não estão, não senhor, Raimundo Silva é o da primeira linha, e a razão talvez tenha uma explicação fácil, vem a ser que na altura da instalação do quadro seria ele a maior preocupação da doutora Maria Sara.

Que vem entrando, e diz, Desculpe tê-lo feito esperar, o ruído da porta e as palavras sobressaltaram Raimundo Silva, apanhado de costas voltadas, e agora vira-se precipitadamente, Não tem importância, responde, eu só vim para, não termina a frase, também a este rosto é como se o visse pela primeira vez, tantas vezes, nestes dias, tem pensado na doutora Maria Sara, e afinal não era numa imagem dela que pensava, o simples nome ocupara todo o espaço disponível da lembrança, progressivamente fora invadindo o lugar dos cabelos, dos olhos, das feições, do gesto das mãos, somente podia reconhecer de longe a macieza da seda, não porque a tivesse tocado alguma vez, já o sabemos, e também há que esclarecer que não estava recorrendo a sensações antigas para morbidamente imaginar o que esta poderia ser, por impossível que pareça Raimundo Silva conhece tudo desta seda, o brilho, o mover brando do tecido, as flutuantes pregas, como areia dançando, embora a cor de agora não seja a de então, também ela emersa nas brumas da memória, se não é desrespeito citar o hino pátrio. Trago-lhe aqui as provas, como combinámos, disse Raimundo Silva, e a doutora Maria Sara recebeu-as, por assim dizer, à passagem, agora está sentada à secretária, convidou o revisor a que se sentasse, mas ele respondeu, Não vale a pena, e desviou o olhar para a rosa branca, tão perto dela está que pode ver-lhe o coração suavíssimo, e, porque palavra puxa palavra, lembra-se de um verso que em tempos revira, um que falava do íntimo rumor que abre as rosas, pareceu-lhe este um formoso dizer, venturas que podem acontecer até a poetas medíocres, O íntimo rumor que abre as rosas, repetiu consigo mesmo, e ouviu, ainda que não se acredite, o roçar inefável das pétalas, ou teria sido o roçar da manga contra a curva do seio, meu Deus, tende piedade dos homens que vivem de imaginar.

A doutora Maria Sara disse, Muito bem. Apenas estas duas palavras, num tom que não prometia outras falas, e Raimundo Silva, tão bom entendedor até de meias palavras, compreendeu, ditas estas duas, que nada mais tinha que fazer ali, viera para entregar provas, entregara-as, agora só lhe restava despedir-se, Boas tardes, ou perguntar, Precisa ainda de mim, interrogação muito comum que tanto é capaz de exprimir uma humildade subalterna como uma impaciência refreada, e que, no caso presente, usando o tom adequado, se poderia tornar em irónico remoque, o mau é que muitas vezes o destinatário ouve a frase mas não dá pela intenção, basta que estivesse folheando com profissional atenção umas provas tipográficas, e ainda mais se se tratava de versos, que exigem cuidado especial, Não, não preciso, respondeu, e levantou-se, foi neste instante que Raimundo Silva, sem meditar nem premeditar, tão alheio ao ato como às consequências dele, tocou levemente com dois dedos a rosa branca, e a doutora Maria Sara olhou-o de frente, estupefacta, não o estaria mais se ele tivesse feito aparecer esta flor no solitário vazio ou cometido qualquer outra proeza similar, o que de todo não se esperaria é que mulher tão segura de si de repente se perturbasse a ponto de cobrir-se-lhe de rubor o rosto, foi obra de um segundo, mas flagrante, realmente parece incrível que se possa corar assim nos tempos que correm, que teria ela pensado, se algo pensou, foi como se o homem, ao tocar a rosa, tivesse aflorado na mulher uma escondida intimidade, daquelas da alma, não do corpo. Mas o mais extraordinário de tudo foi que Raimundo Silva corou também, e por mais tempo que ela permaneceu corado, segundamente porque se sentiu ridículo de morrer, Que vergonha, disse a si mesmo ou virá a dizê-lo. Em situações como esta, faltando a ousadia, e não nos perguntemos, Ousadia para quê, a salvação está na fuga, é bom conselheiro o instinto de conservação, o pior vem depois, quando repetimos as horríveis palavras, Que vergonha, todos passámos já por horrores assim, de raiva e humilhação damos socos na almofada, Como pude ser tão estúpido, e não sabemos responder, provavelmente porque seria preciso ser muito inteligente para conseguir explicar a estupidez, o que nos vale é estarmos protegidos pela escuridão do quarto, ninguém nos vê, se bem que tenha a noite, e por isso a tememos tanto, esse condão mau de tornar irremediáveis e monstruosas até as pequenas contrariedades, quanto mais uma desgraça como a de agora. Raimundo Silva virou costas bruscamente, com a ideia vaga de que tudo se havia perdido na sua vida e que nunca mais poderia voltar a esta casa, É absurdo, absurdo, repetia em silêncio e parecia-lhe que o dizia mil vezes enquanto fugia para a porta, Em dois segundos sairei, estarei fora, longe, quando no derradeiro e preciso instante o deteve a voz de Maria Sara, inesperadamente tranquila, em tal contradição com o que neste momento se está passando aqui que foi como se o significado das palavras se tivesse perdido no ar, se não fosse a certeza final do ridículo, Raimundo Silva teria fingido que percebera mal, portanto não havia outro remédio que acreditar que ela dissera mesmo, Saio dentro de cinco minutos, é só o tempo de terminar um assunto na direção literária, posso dar-lhe uma boleia, se quiser. Com a mão aferrada à maçaneta da porta, ele buscava desesperadamente parecer natural, e quanto lhe estava custando, uma parte de si ordenava-lhe, Vai-te embora, a outra olhava-o como um juiz e sentenciava, Não terás outra oportunidade, todos os rubores e surpreendimentos tinham perdido importância em comparação com o grande passo dado por Maria Sara, porém em que direção, meu Deus, em que direção, e aqui está como nós, humanos, somos feitos, que apesar da confusão em que se debatia, de sentimentos, já se vê, ainda lhe sobrava frieza de espírito para identificar a irritação que lhe causara a palavra boleia, absolutamente inadequada à ocasião pela sua patente vulgaridade de fado corrido, a série foi irresistível e instantânea, boleia tipoia fado, Levo-o aonde quiser, podia ter dito Maria Sara, mas provavelmente não se lembrou, ou achou que devia evitar a ambiguidade duma tal frase, Levo-o aonde você quiser, levo-o aonde eu quiser, é bem verdade que o estilo elevado costuma falhar quando mais precisamos dele. Raimundo Silva conseguiu soltar-se da porta e permanecer firme, observação que pareceria de gosto duvidoso se não fosse expressão duma ironia amigável enquanto esperamos que responda, Muito obrigado, mas não quero desviá-la do seu caminho, ora aqui vem muito a propósito dizer que o soneto está a sofrer com a emenda e que ao desastrado revisor não restaria mais que morder a língua se o tardio sacrifício servisse para alguma coisa, felizmente não deu Maria Sara, ou fingiu não dar, pela duplicidade maliciosa da frase, pelo menos não lhe tremia a voz quando disse, Não me demoro nada, sente-se, e ele faz quanto pode para que lhe não trema a sua ao responder, Não vale a pena, gosto de estar de pé, pelas palavras que tinha dito antes parecia que recusara a oferta, agora se vê que aceitou. Ela sai, regressará antes de passados os cinco minutos, entretanto espera-se que ambos recobrem o ritmo da respiração, o sentido da avaliação das distâncias, a regularidade do pulso, o que não será certamente pequena proeza depois de tão perigosos cruzamentos. Raimundo Silva olha a rosa, não são só as pessoas que não sabem para o que nascem.

Um dia, talvez por efeito duma luz que fará recordar esta, límpida e fria tarde que vai esmorecendo, se dirá, Lembras-te, primeiro o silêncio dentro do carro, as palavras difíceis, o olhar tenso e expectante, os protestos e as insistências, Deixe-me na Baixa, por favor, tomo aí um elétrico, Ora essa, levo-o a casa, não me custa nada, Mas sai do seu caminho, Eu, não, o automóvel, Não é cómodo subir aos sítios onde vivo, Ao pé do castelo, Sabe onde moro, Na Rua do Milagre de Santo António, vi na sua ficha, depois um certo e ainda hesitante desafogo, corpo e espírito meio distendidos, mas as palavras sempre acauteladas, até ao momento em que Maria Sara disse, Pensarmos nós que estamos onde foi a cidade moura, e Raimundo Silva a fingir que não percebera a intenção, Sim, estamos, e a tentar mudar de conversa, porém ela, Às vezes ponho-me a imaginar como terá sido aquilo, as pessoas, as casas, a vida, e ele calado, obstinadamente calado agora, sentindo que a detestava como se detesta um invasor, foi ao ponto de dizer, Saio aqui, que estou perto, mas ela não parou nem respondeu, o resto do caminho fizeram-no em silêncio. Quando o carro parou à porta, Raimundo Silva, embora sem ter a certeza de ser isto um ato de boa educação, achou que devia convidá-la a subir, e logo se arrependeu, É uma indelicadeza, pensou, e aliás não devo esquecer-me de que sou seu subordinado, foi nessa altura que ela disse, Fica para outro dia, hoje é tarde. Sobre esta frase histórica se há de fazer extenso debate, pois Raimundo Silva está capaz de jurar que as palavras então ditas foram outras, e não menos históricas, Ainda não é tempo.

Em estes últimos dias, tivesse o almuadem o sono pesado, sem dúvida haveria de despertá-lo, se de todo o não impedira de adormecer, o rumor de uma cidade inteira vivendo em estado de alerta, com gente armada subida às torres e adarves, enquanto o miúdo povo não se cala, em ajuntamentos nas ruas e mercados, perguntando se já vêm os francos e os galegos. Temem por suas vidas e haveres, claro está, mas os mais afligidos ainda são aqueles que tiveram de abandonar as casas em que viviam, do lado de fora da cerca, por enquanto defendidas pela tropa, mas onde inevitavelmente se travarão as primeiras batalhas, se essa for a vontade de Alá, louvado seja, e, mesmo que vença Lisboa aos invasores, do próspero e desafogado subúrbio não ficarão mais que ruínas. No alto da almádena da mesquita maior, como todos os dias, o almuadem soltou o seu grito estrídulo, sabendo que já não irá acordar ninguém, quando muito estarão dormindo as crianças inocentes, e, contra o costume, quando paira ainda no ar o último eco da chamada à oração, logo começa a ouvir-se o murmúrio da cidade rezando, em verdade não tinha de sair do sono quem no sono mal chegara a entrar. A manhã está esta lindeza de julho, de fina e suave brisa, e, se a experiência não engana, vamos ter hoje um dia de calor. Terminada a oração, o almuadem prepara-se para descer, quando de súbito se levanta de baixo um alarido tão desordenado e espantoso que o cego, assustado, crê em um momento que se desmorona a torre, em outro que estão os malditos cristãos dando assalto às muralhas, para finalmente perceber que são de júbilo os gritos que de todas as partes irrompem e fazem sobre a cidade um como que resplendor, agora pode ele dizer que já conhece o que é a luz, se ela tem nos olhos de quem vê o efeito que nos seus ouvidos estão causando estes alegres sons. Porém, que motivo. Talvez que Alá, movido pelas preces ardentes do povo, tivesse enviado os seus anjos do sepulcro, Munkar e Nakir, a exterminar os cristãos, talvez tenha feito cair sobre a armada dos cruzados o inextinguível fogo do céu, talvez, de terrestre humanidade, o rei de Évora, avisado dos perigos que ameaçam os seus irmãos de Lisboa, tenha mandado mensageiro com recado, Aguentem aí os malvados, que a minha tropa de alentejanos já vai a caminho, dizemo-lo assim por vir essa gente de além do Tejo, ficando demonstrado, de caminho, que já havia alentejanos antes de haver portugueses. Com risco de malhar com os frágeis ossos nos degraus, o almuadem desce à pressa a apertada espiral, e quando chega abaixo eis que o derruba a vertigem, é um pobre velho que outra vez parece querer meter-se pela terra dentro, ilusão nossa nascida de exemplos passados, agora se vê que todo o seu esforço é antes para levantar-se, enquanto pergunta à escuridão que o rodeia, Que aconteceu, digam-me o que aconteceu. No instante seguinte estão braços a ajudá-lo a erguer-se, e uma voz forte e jovem quase grita, Vão-se os cruzados, os cruzados estão a retirar-se. De fé e comoção dobraram-se ali os joelhos do almuadem, mas cada coisa a seu tempo, Alá não se escandalizará se tardarem um pouco mais os agradecimentos que lhe são devidos, primeiro há de expandir-se a alegria. O bom samaritano levantou o velho em peso, pô-lo definitivamente de pé, compôs-lhe o turbante que se desmanchara com a agitação da descida e a queda, e disse, Deixa-te disso, vamos é à muralha ver debandarem os infiéis, ora estas palavras, não sendo de consciente maldade, só se explicam por ser a cegueira do almuadem de gota serena, repare-se, está a olhar para nós, isto é, tem os olhos fitos na nossa direção e não pode ver-nos, que tristeza, custa a acreditar que uma tal transparência e limpidez sejam, finalmente, a pele da opacidade absoluta. O almuadem levanta as mãos e toca com elas os olhos, Mas eu não vejo, neste instante o homem reconhece-o, Ah, és o almuadem, e faz um movimento como para afastar-se, que emenda logo, Não importa, vem comigo à muralha, eu digo-te tudo, a formosas atitudes como esta costumávamos nós chamar caridade cristã, o que uma vez mais vem demonstrar quanto as palavras andam ideologicamente desorientadas.

O homem abriu caminho entre a gente que se apertava para subir por uma escada que levava ao adarve, Deem passagem ao almuadem, deem passagem, irmãos, pedia, e as pessoas afastavam-se e sorriam de puro amor fraterno, mas para que nem tudo sejam rosas, ou porque não são rosas tudo, houve ali um desconfiado que malsinou a boa obra, é certo que não teve coragem para mostrar a cara, mas atirou lá das filas de trás, Olha o vivaço, o que ele quer é aproveitar para passar-nos à frente, e o almuadem, ciente como estava de que assim não era, disse na direção da voz, Que Alá te castigue pelo aleive que cometes, e Alá deve ter tomado muito boa nota do encargo, pois o caluniador virá a ser o primeiro que morrerá no cerco de Lisboa, antes mesmo que qualquer cristão, o que diz muito sobre a ira do Altíssimo. Acima chegaram, pois, o velho e o seu protetor, e pelo mesmo método de aviso e petição, boamente acolhido sem exceções, puderam tomar lugar num camarote de primeira ordem, com vista aberta para o esteiro, o rio largo, o mar imenso, mas não foi esta grandeza que fez o homem exclamar, Oh, que maravilha, sim o que disse logo a seguir, Almuadem, seria capaz de dar-te os meus olhos para que pudesses ver o que eu vejo, a armada dos cruzados a navegar rio abaixo, a água lisa e brilhante como só ela pode ser, e toda azul, da cor do céu que a cobre, os remos sobem e descem compassadamente, parecem as barcas um bando de aves que vai bebendo enquanto voa raso, duzentas aves de arribação que têm nome de galeras, fustas, galeotas e não sei que mais, que sou homem de terra, não de mar, e como vão rápidas, levam-nas os remos e a maré, por ela madrugaram e já partem, agora os da frente devem ter sentido o vento, estão a levantar as velas, ah, que outra maravilha seria se fossem brancas, este dia é de festa, almuadem, além, na outra margem, estão os nossos irmãos de Almada acenando, tão alegres como nós, salvos também pela vontade de Alá, Ele, o Mais Alto, o Misericordioso, o Incriado, o Vivente, o Confortador, o Clemente, pela graça de Quem nos emos libertado da ameaça pavorosa daqueles cães que estão saindo a barra, cruzados são e atravessados sejam, com eles possa morrer e cair no esquecimento a beleza da sua saída, e que Malik, o guardião do inferno, os tenha para sempre e castigue. Aplaudiram os circunstantes a objurgatória final, menos o almuadem, não por estar em desacordo, mas porque cumprira antes a sua parte de vigilante moral quando pediu o castigo do desconfiado e atrevido, mal parecia, de facto, que reincidisse em espalhar maldições quem tem por ofício chamar à oração a comunidade dos irmãos, é que punir uma vez ao dia já está de sobejo para um simples ser humano, e o próprio Deus não sabemos se vai aguentar tamanha responsabilidade eternamente. Por esta razão ficou o almuadem calado, mas também por uma outra, que vinha de ser cego e portanto não saber se havia motivos para uma alegria completa, Foram-se todos, perguntou, e o companheiro, após uma pausa que foi o tempo de certificar-se, respondeu, Os barcos, sim, Explica melhor, que mais há que os barcos, É que estão, além, na margem do esteiro, e agora vão andando na direção do arraial do galego, uns cem que desembarcaram, transportam consigo as armas e as bagagens, daqui não é fácil contá-los, mas não serão mais de cem. Disse o almuadem, Se ficaram esses, ou desistiram de ir na cruzada, sem mais, e trocaram as suas terras por esta, ou, havendo cerco e batalha, estarão com Ibn Arrinque quando ele vier contra nós, Crês tu, almuadem, que com tão pouca gente sua e esta quase nenhuma que se lhe juntará, Ibn Arrinque, maldito seja ele e quanto gerar o seu sangue, porá cerco a Lisboa, Tentou uma vez com os cruzados e falhou, agora há de querer mostrar que não precisava deles, servindo estes de testemunhas, Dizem os espias que o galego não tem mais que uns doze mil soldados, não chegam para rodear a cidade e apertar com ela, Talvez não, se não apertar com nós a fome, Vês negro o futuro, almuadem, Vejo, sou cego. Neste momento um outro homem que ali estava com eles estendeu o braço, apontou, Há movimentos no arraial, vão-se embora os galegos, Afinal enganaste-te, disse o companheiro do almuadem, Saberei que me enganei quando me vieres dizer que não se vê um único vulto de soldado cristão em toda a redondeza da terra que te rodeia, Ficarei aqui a vigiar e depois irei à mesquita dizer-to, És um bom muçulmano, que Alá te dê nesta vida e na eterna o prémio que perfeitamente mereces. Digamos nós já, antecipando, que uma vez mais Alá tomou em boa conta o voto do almuadem, pois, no que a esta vida toca, sabemos que este a quem impropriamente chamámos Bom Samaritano será o penúltimo mouro a morrer no cerco, e sobre a vida eterna não temos mais que esperar que alguém mais bem informado venha cá dizer-nos, chegando o tempo, que prémio foi o tal e para quê. Por nossa parte, aproveitamos a ocasião para mostrar que não estamos de menos no exercício da bondade, da caridade e da fraternidade, agora que o almuadem perguntou, Quem daqui me ajuda a descer a escada.

Também o revisor Raimundo Silva vai precisar que o ajudem a explicar como, tendo ele escrito que os cruzados não ficaram para o cerco, nos aparecem agora desembarcadas umas tantas pessoas, à roda duma centena, se acreditarmos no cálculo dos mouros, feito de longe e a olho. É certo que tal ficada não é completa novidade para nós, pois já sabíamos, desde o feio lance em que Guilhão da Longa Espada abrutadamente falou ao rei, que uns quantos fidalgos estrangeiros logo ali tinham declarado que podíamos contar com eles, mas nem os ditos deram então o motivo da sua decisão nem D. Afonso Henriques manifestou vontade de o saber, pelo menos não a mostrou publicamente, e, se em privado veio a ficar esclarecido, em privado tudo ficou, não há registo, nem ele tão-pouco interessaria à trama destes casos. Seja como for, o que Raimundo Silva não pode é continuar na sua, isto é, que nenhum cruzado havia querido fazer negócio com o rei, porquanto está aí a História Acreditada a dizer-nos que, tirando alguma não conhecida exceção, aqueles senhores prosperaram muito na terra portuguesa, basta lembrar, para que não se imagine que falamos em vão e também para que não sofra desmentido o refrão Não dar ponto sem nó, que a D. Alardo, francês, deu o nosso bom rei Vila Verde, e a D. Jordão, francês como ele, a Lourinhã, e aos irmãos La Corni, que com o tempo mudaram o nome para Correia, calhou-lhes Atouguia, ali onde há alguma confusão é na Azambuja, que não se sabe se foi logo dada a Gil de Rolim ou mais tarde a um seu filho com o mesmo nome, neste caso não se trata duma falta de registo, mas da imprecisão do que existe. Ora, para que esta e outra gente pudesse cobrar as suas doações, era necessário começar por fazê-la desembarcar, portanto temo-la aí, disposta a merecê-las com as armas, deste modo ficando mais ou menos conciliado o terminante Não do revisor com o Sim, o Talvez Que e o Ainda Assim de que se fez a história pátria. Dir-se-á que todos aqueles juntos e outros não mencionados pouco além irão da meia dúzia, e que se podem contar por muitos mais estes que aqui vêm andando para o arraial, sendo portanto natural curiosidade querer saber quem eles sejam e se também receberam terras e senhorios ao cabo dos seus trabalhos. Reparo é este sem cabimento e que deveria ser simplesmente desprezado, mas é sinal de boa formação moral ser tolerante com a ignorância sem culpa, e paciente com a temeridade, por isso esclareçamos que o mais comum deste pessoal, além de uns tantos homens de armas a soldo dos senhores, são criados que vieram de pau-mandado para as operações de carga e descarga e para o mais que se requeira, constando ainda, no papel de concubinas ou barregãs adstritas aos serviços particulares de três fidalgos, outras tantas mulheres, uma delas de origem, as restantes colhidas em desembarques para refresco e aguada, que, verdade seja dita, melhor fruta que esta não se descobriu até hoje nem consta que cresça nos mundos desconhecidos.

Raimundo Silva pousou a esferográfica, esfregou os dedos que as arestas dela tinham vincado, depois, num movimento lento, de cansaço, recostou-se na cadeira. Está no quarto onde dorme, sentado a uma mesa pequena que colocou ao lado da janela, de maneira que olhando à sua esquerda pode ver os telhados do bairro e também, a espaços, entre as empenas, o rio. Decidiu que para o seu trabalho de revisão de obra alheia continuará a servir-se do escritório, interior, mas isto que está escrevendo, venha ou não a ser história do cerco de Lisboa, o fará às claras, com a luz natural caindo sobre as suas mãos, sobre as folhas de papel, sobre as palavras que forem nascendo e ficando, que não ficam todas as que nascem, por sua vez fazendo elas luz sobre o entendimento das coisas, até onde se pode, e aonde, a não ser por elas, não se chega. Apontou num papel solto o pensamento, se tanto se lhe pode chamar, com a ideia de vir a utilizá-lo mais tarde, calhando, em alguma reflexão sobre o mistério da escrita, que culminará provavelmente, seguindo a lição definitiva do poeta, na precisa e sóbria declaração de que o mistério da escrita está em não haver nela mistério nenhum, verificação que, a ser aceite, nos conduziria à conclusão de que se não há mistério na escrita, tão-pouco o haverá no escritor. Diverte-se Raimundo Silva com este arremedo de meditação profunda, a sua memória de revisor está cheia de versos e de prosas, são troços, fragmentos, e também frases completas, com sentido, pairam na lembrança como células quietas e resplandecentes vindas doutros mundos, a sensação é a de estar emerso no cosmo, apreendendo o perfeito significado de tudo, sem mistério. Se Raimundo Silva pudesse alinhar, pela ordem certa, tudo quanto a sua memória contém de palavras e frases avulsas, bastaria ditá-las, registá-las num gravador, e teria assim, sem o esforço penoso de escrever, a História do Cerco de Lisboa que ainda está buscando, e, sendo outra a ordem, outra seria a história, outro o cerco, Lisboa outra, infinitamente.

Já lá vão os cruzados pelo mar fora, livrando-nos da exigente e incómoda presença de treze mil figurantes, porém a tarefa de Raimundo Silva em pouco se viu simplificada, pois tantos como aqueles, pelo menos, são os portugueses, e, muitíssimo mais do que a soma de uns e outros, são os mouros dentro da cidade, incluindo os fugidos de Santarém que aqui vieram parar, cuidando encontrar proteção atrás destas muralhas, pobres deles, feridos e desgraçados. De que maneira há de Raimundo Silva lidar com toda esta gente, é a formal pergunta. Por seu gosto, supomos que tomaria cada um deles de per si, estudar-lhe-ia a vida, os precedentes e os consequentes, os amores, as rixas, a maldade e a bondade que houve nela, e especialmente cuidaria muito daqueles que vão morrer em breve, pois não é de prever que nos tempos mais próximos surja outra oportunidade de ficar algum registo escrito do que foram e fizeram. Tem Raimundo Silva clara consciência de que a tanto não podem alcançar os seus limitados dons, em primeiro lugar porque não é Deus, e que o fosse, se mesmo o outro, apesar da fama, não conseguiu nada que se parecesse a este propósito, em segundo lugar porque não é historiador, categoria humana que mais se aproxima da divindade no modo de olhar, e em terceiro lugar, inicial confissão, porque para a criação literária nunca teve jeito, debilidade esta que obviamente lhe dificultará um convincente manejo da efabulação inventiva de que todos, mais ou menos, participamos. Do lado dos mouros, o mais que até agora conseguiu foi um almuadem que aparece de vez em quando e que se encontra na menos satisfatória situação possível, pois sendo algo mais que um figurante, não o é bastante para tornar-se em personagem. Do lado dos portugueses, tirando o rei, o arcebispo, o bispo e uns tantos fidalgos conhecidos, e estes intervindo somente como portadores de um nome, o que há de patente e indiscernível é uma enorme confusão de caras que não se sabe a quem pertencem, treze mil homens que falam sabe-se lá como e que, tendo sentimentos, quem o duvida, os exprimem tão distantemente da nossa compreensão que mais perto estarão eles dos seus inimigos mouros do que de nós, que temos título e bandeira de descendentes.

Raimundo Silva levanta-se e abre a janela. Daqui, se as informações da História do Cerco de Lisboa de que foi revisor não enganam, pode ver o local onde acamparam os ingleses, os aquitanos e os bretões, além na encosta da Trindade para o lado do sul e até à ravina da Calçada de S. Francisco, mais metro menos metro, ali está a igreja dos Mártires, que não deixa mentir. Agora, na Nova História, é o arraial dos portugueses, por enquanto todos juntos, à espera do que o rei decida, se ficamos, se partimos, ou como é. Entre a cidade e o acampamento dos lusitanos, para chamar-lhes como eles não se chamavam a si próprios, vemos o largo esteiro, tão extenso, terra dentro, que para dar-lhe a volta a pé enxuto seria preciso passar, no seu braço oriental, por onde começa a Rua da Palma, e, no braço ocidental, por alturas da Rua das Pretas, uma boa caminhada através de campos que ainda ontem estavam um mimo de trato e agora, além de saqueados de tudo quanto se pudesse comer, se veem pisados e queimados como se a cavalaria do Apocalipse ali tivesse passado com os seus cascos de fogo. Havia declarado o mouro que o arraial português se estava movendo, e assim era, mas em pouco voltaram a ficar quedos, que quis D. Afonso Henriques receber com todo o seu exército os senhores cruzados que se aproximavam, à frente da minguada tropa desembarcada, assim os honrando especialmente, e tanto mais quanto muito o enfadara a partida dos outros. Conhecendo nós já o bastante destes encontros e assembleias de gente grada em sangue e em poder, é tempo de ver quem mais está, que soldados são estes, nossos, espalhados entre o Carmo e a Trindade, esperando ordens, sem o refrigério de um cigarro, estão por aí sentados ou parados de pé ou passeando entre amigos, à sombra das oliveiras, que com o bom tempo que tem feito são poucas as tendas armadas, e o mais do pessoal tem dormido ao relento, com a cabeça sobre o escudo, sentindo, por algum tempo, de noite, o calor da terra, e depois aquecendo-a a ela com o seu próprio corpo, até ao dia em que venham a juntar-se um frio a outro frio, tarde seja. Forte motivo temos para andar mirando a estes homens, toscamente armados, em comparação com os arsenais modernos de Bond, Rambo and Company, e é ele o motivo, encontrar por aqui alguém que possa servir de personagem a Raimundo Silva, pois este, tímido por natureza ou feitio, infenso a multidões, deixou-se ficar na sua janela da Rua do Milagre de Santo António, sem ousar descer à rua, e bem mal procede, se não era capaz de vir sozinho pedisse companhia à doutora Maria Sara, tem-se visto quanto é mulher para resolutas ações, ou então, talvez mais romântico e interessante sinal de solidão, se não de cegueira, que trouxesse consigo o cão das Escadinhas de S. Crispim, que bonito quadro seria um barquinho a remos atravessando o manso esteiro, na água de ninguém, e um revisor remando, enquanto o cão, sentado à popa, vem bebendo os ares e, nos intervalos, mordendo tão discretamente quanto pode as pulgas que lhe desferem aguilhadas nas partes sensíveis. Deixemos pois tranquilo este homem ainda não de todo preparado para ver, ele que de rever tem profissão, e que só ocasionalmente, por passageiro distúrbio psicológico, repara, e busquemos-lhe alguém que, não tanto por méritos próprios, aliás sempre discutíveis, como por uma espécie de predestinação adequada, possa tomar o seu lugar no relato naturalmente, tão naturalmente que depois venha a dizer-se, como se diz de uma evidência de coincidentes, que nasceram um para o outro. Porém, não é fácil. Uma coisa é tomar um homem e levá-lo a uma multidão, como em outros casos se assistiu, outra é buscar na multidão um homem e, não mais que por vê-lo, dizer, É este. Quase não há velhos no arraial, estamos num tempo em que se morre cedo e muito, sem contar que para a guerra já lhes pesariam as pernas e fraquejariam os braços, nem todos podem aguentar tanto como Gonçalo Mendes da Maia, o Lidador, que, tendo agora setenta anos, parece estar na flor da idade, e aos noventa ainda andará à espadeirada ao rei de Tânger, morrendo finalmente. Vamos buscando e ouvindo, que estranha língua fala a nossa gente, é uma dificuldade a acrescentar a todas, que tão custosamente os percebemos a eles como eles a nós, apesar de pertencermos à mesma portuguesa pátria, afinal, isso a que modernamente chamamos conflito de gerações talvez não seja muito mais do que uma questão de diferenças de linguagem, é um supor. Está aqui uma roda de homens sentados no chão, debaixo de frondosa oliveira, que, pelos retorcidos do tronco e geral vetustez do aspeto, deve ter pelo menos dois dobros dos anos que tem o Lidador, e se ele fere e mata, ela contenta-se com produzir azeite, cada um é para o que nasce, diz-se, mas este ditado inventou-se para as oliveiras, não para os homens. Estes aqui, por agora, não fazem mais do que escutar um outro, moço novo e alto, barbado curto, de pelo negro. Alguns mostram cara de quem já ouviu a história mil vezes, porém sem fastio, são soldados que estiveram em Santarém quando foi da célebre tomada, os outros, pela atenção que prestam ao relato, vê-se logo que pertencem à incorporação recente, vieram-se juntando ao exército pelo caminho, pagos por três meses como os demais, do soldo se faz soldada e da soldada soldado, e, enquanto a guerra não começa, entretêm a sede de glória própria com as façanhas da glória alheia. A este homem haverá que reconhecer-lhe um nome, ele o tem, sem dúvida, como qualquer de nós, mas o problema está em que teremos de escolher entre o que ele supõe ser seu, Mogueime, e outro que lhe darão mais tarde, Moigema será, não se pense que tais equívocos só sucediam nas antigas e ignaras idades, de alguém deste século soubemos que levou trinta anos a dizer que se chamava Diogo Luciano, até ao dia em que, precisando de tirar papéis, veio a revelar-se que afinal não passava de Deocleciano, e não ganhou com a troca, apesar de imperador. Esta questão dos nomes não a deveis tomar por insignificante, Raimundo não poderia ser José, Maria Sara não quereria ser Carlota, e Mogueime não merece que lhe chamemos Moigema. Posto o que poderemos agora aproximar-nos, sentar-nos no chão se apetece, e ouvir.

Diz Mogueime, Que foi pela calada da noite, estivemos à espera até de madrugada em um vale encoberto e escuso tão perto da vila que ouvíamos bradar as sentinelas no muro, tínhamos tomadas nos braços as rédeas com o cuidado de não relincharem os cavalos, e quando veio o quarto da lua, que os capitães entenderam que estavam os vigias assonorentados, fomo-nos todos dali, ficaram os pajens no vale com as bestas, e pelo semideiro alcançámos a chegar à fonte de Atamarma, que este nome lhe deram por serem doces as suas águas, e indo além nos acercámos do muro, mas então estava passando nele a rolda, que forçoso foi termos de esperar outra vez, calados calados num campo de trigo, e quando pareceu bem a Mem Ramires, que era o que mandava nesses que estavam comigo, demos em subir asinha a ladeira, a tenção era prender uma escada no muro levantando-a numa lança, mas quis a má fortuna, ou o Maligno para empecer a obra, que resvalasse com grande som indo cair no telhado de um oleiro, foi a aflição muita de todos, se os vigias acordassem havia perigo de perder-se a empresa, abaixámo-nos cosidos com a sombra do muro, e depois, como não davam os mouros sinal, chamou-me Mem Ramires por ser o mais alto e mandou-me que subisse aos seus ombros, e eu prendi a escada em cima, depois subiu ele, e eu com ele, e outro comigo, e quando esperávamos que subissem os demais, acordaram os vigias e um deles perguntou, Menfu, que quer dizer, Quem anda aí, e Mem Ramires, que fala o arábigo como se fora mouro, disse que éramos da rolda e que tínhamos voltado atrás por umas ordens, e tendo o mouro descido da torre cortou-lhe a cabeça, que lançámos fora, assim ficando os nossos seguros de que tínhamos entrado na praça, mas o outro vigia percebeu quem éramos e começou a bradar a grandes vozes, Anauchara, anauchara, que na língua deles quer dizer, Cilada de cristãos, nessa altura já éramos dez em cima do muro, aí veio a rolda a correr e começaram as cutiladas de uma parte e da outra, bradava Mem Ramires chamando em ajuda Santiago, patrono de Espanha, e el-rei D. Afonso que estava fora respondia a altas vozes dizendo, Santiago e Santa Maria Virgem acudi-nos, e mais dizia, Matai-os a todos, que não escape um, enfim, os incitamentos do costume, entretanto por outra parte subiram vinte e cinco dos nossos e foram-se às portas trabalhando de abri-las, mas só o puderam conseguir depois que de fora lhes lançaram um macho de ferro com que britaram os embudos e as fechaduras, e então entrou el-rei com os seus e, fincados os joelhos no chão, no meio da porta, começou a dar graças a Deus, mas logo se levantou porque vinham os mouros correndo a defender a entrada, porém já lhes chegara a hora da morte, que os nossos avançando de roldão os mataram, e com eles muitas mulheres e meninos, e grande multidão de gados, e foi tanto o sangue que corria pelas ruas como um rio, e por esta guisa se ganhou Santarém, em cuja tomada eu fui, e outros que aqui estão comigo. Alguns desses nomeados acenaram com a cabeça confirmando, sem dúvida teriam os seus próprios feitos para contar, mas sendo dos a quem as palavras faltam sempre, primeiro por não serem em número bastante, segundo porque não acodem quando se lhes pede, deixaram-se ficar como estavam, calados na roda, ouvindo aquele mais loquaz e jeitoso na principiada arte de falar português, passe o exagero, que teríamos a mais avançada língua do mundo se há oito séculos e meio um simples militar sem graduação já pudesse construir discurso tão claro, onde nem as felicidades narrativas faltam, a alternância do breve e do longo, o corte súbito, a mudança de plano, a suspensão, até a ironia levemente desrespeitosa de fazer erguer-se o rei da sua oração de graças, não fosse dar-se o caso de chegar o alfange antes do amém, ou, para recorrer pela milésima vez ao inexaurível tesouro da sabedoria popular, fia-te na Virgem e não corras, e verás o que te acontece, calcula-se que não seria boa coisa. Um dos magalas, sem mais experiência de guerra que ver passar a tropa, mas dotado de perspicácia e bom senso, percebendo que nenhum dos da velha guarda queria tomar a palavra, disse o que com certeza todos estariam a pensar, Está na cara que Lisboa vai ser um osso mais duro de roer, interessante metáfora que fez regressar ao relato o cão e os cães, pois serão precisos muitos e muitíssimos para conseguir meter o dente nos altos e alentados muros que d'além nos desafiam e onde estão alvejando albornozes e armas relampejando. O aviso enegreceu de agoiros os ânimos dos companheiros, nisto de guerras nunca se sabe quem vai morrer, e realmente há sortes que acontecem uma vez e nunca mais, muito loucos deverão estar os mouros de Lisboa se se deitarem a dormir quando a hora fatal chegar, apostemos que desta vez não vai ser preciso nenhuma sentinela gritar, Menfu, porque demasiado já eles sabem quem está e o que quer. Valeu no passo melancólico estarem aqui dois pajens dos que tinham ficado a guardar os cavalos naquele escuso e encoberto vale de Santarém, e começarem a folgar, com grandes risadas, lembrando o que haviam feito eles e os outros a umas quantas mouras fugidas da vila e que o destino encaminhara para ali, negro destino, que depois de tomadas por força uma e muitas vezes, as mataram sem dó, como a infiéis que eram. Contrariou no entanto Mogueime, usando da sua autoridade de combatente da primeira linha, que estava bem, no aceso da batalha, matar sem olhar a quem, porém não assim, depois de haverem desfrutado dos seus corpos delas, mais de cristão seria deixá-las ir, declaração esta, humanitária, que os pajens contestaram argumentando que sempre as deveremos matar, fodidas ou não, para que não possam mais gerar desses perros mouros e danados. Pareceu que não saberia Mogueime dar resposta a razão tão radical, mas de um recesso oculto do entendimento tirou umas poucas palavras que deixaram os pajens sem fala, Porventura haveis matado dentro delas filhos de cristãos, foi caso de também a estes lhes terem faltado as palavras, pois bem podiam ter ripostado que filho de cristão só o é se de cristã for também, o que deve tê-los embuchado foi uma súbita consciência da sua importância de apóstolos, se onde quer que larguem semente deixam sinal de cristandade. Um clérigo que por aqui adregasse de passar, um capelão militar, aclararia definitivamente o tema, deixando limpas de dúvidas as almas e fortalecidas as razões e a fé, mas a gente da religião está toda com o rei, esperando os fidalgos estrangeiros, e agora devem ter chegado, deram mostra disso as aclamações, cada um faz a festa que pode, dentro do devido, neste caso tanto por tão pouco.

A Raimundo Silva, a quem sobretudo importa defender, o melhor que souber, a heterodoxa tese de se terem recusado os cruzados a ajudar à conquista de Lisboa, tanto lhe fará uma personagem como outra, embora, claro está, sendo pessoa de impulsos, não possa evitar aqueles movimentos de simpatia ou repulsa instantâneos, por assim dizer periféricos ao cerne das questões, que não raro acabam por fazer depender de acríticas preferências ou antipatias pessoais o que deveria decidir-se conforme os dados da razão e, neste caso, da história. No moço Mogueime atraiu-o a desenvoltura, se não mesmo o brilho, com que relatou o episódio do assalto a Santarém, mas, mais do que bondades literárias, aquele seu humanitário impulso, demonstrativo duma alma bem formada, ou naturalmente relapsa às influências negativas do meio, que o levara a apiedar-se das infelizes mouras, e não é porque não lhe agradem as filhas de Eva, ainda que degeneradas, estivesse ele no vale, em vez de andar às cutiladas aos maridos delas, e refocilaria a carne tanto e tão regaladamente como tinham feito os outros, porém cortar-lhes o pescoço que um minuto antes beijara e mordera de prazer, não. Aceita portanto Raimundo Silva a Mogueime para sua personagem, mas considera que alguns pontos hão de ser previamente esclarecidos para que não restem mal-entendidos que possam vir a prejudicar, mais tarde, quando já os laços do inevitável afeto que liga o autor aos seus mundos se tenham tornado irrompíveis, prejudicar, dizíamos, a plena assunção das causas e dos efeitos que hão de apertar esse nó com a dupla força da necessidade e da fatalidade. É preciso, efetivamente, saber quem mente aqui e quem diz a verdade, e não estamos a pensar na questão dos nomes, se é Mogueime, ou Moqueime, como também não falta quem viesse a chamar-lhe, ou Moigema, como está dito, é certo que os nomes são importantes, mas só passam a sê-lo depois de os conhecermos, antes disso uma pessoa não é senão uma pessoa, e basta, olhamo-la, está ali, podemos reconhecê-la noutro lugar, conheço-a, dizemos, e basta. E se, enfim, vimos a saber como se chama, o mais certo é que do nome conjunto nos limitemos a escolher ou a receber, como mais precisa identificação, apenas uma parte dele, o que prova que, sendo o nome importante, não tem todo ele a mesma importância, que Einstein se chamasse Alberto é-nos relativamente indiferente, como tão-pouco nos pesa não sabermos que outros nomes teria Homero. O que sim quereria Raimundo Silva averiguar é se as águas da fonte da Atamarma eram realmente doces, como afirmou Mogueime, anunciando a lição futura da Crónica dos Cinco Reis de Portugal, ou se, pelo contrário, eram amargas, como expressamente o declara o outras vezes citado Frei António Brandão na sua estimada Crónica de D. Afonso Henriques, o qual vai ao ponto de dizer que por serem as águas amargosas é que à fonte chamavam da Atamarma, o que, posto em vernáculo e em inteligível, equivaleria a dizer, rigorosamente, fonte das Águas Amargas. Embora não seja a mais importante questão a apurar, deu-se Raimundo Silva ao trabalho de refletir o suficiente para concluir que, logicamente, embora por de mais saibamos que nem sempre a realidade segue o reto caminho da lógica, não faria sentido, sendo as águas da terra no seu geral doces, pretender distinguir uma fonte por aquilo que pertence ao geral delas, motivo por que também não se chamaria fonte das avencas a uma fonte que fetos rodeassem, então pensou, até posterior verificação doutras fontes, históricas e documentais, que seriam amargas as águas da Atamarma, e, continuando a pensar, que um dia deverá ir sabê-lo pela maneira prática, isto é, bebendo-as, com o que chegará, experimental e provavelmente, à conclusão, enfim definitiva, de que são salobras, assim satisfazendo toda a gente, uma vez que do salobro se pode dizer que está a meio caminho entre o doce e o amargo.

Porém, de nomes e paladares não cura Raimundo Silva tanto quanto parece, apesar da extensão e demora destes debates mais próximos, quiçá apenas demonstrativos do tal pensamento oblíquo que a doutora Maria Sara julgou reconhecer nele, tão-pouco o conhecendo ainda. O que realmente preocupa o revisor, agora que já aceitou Mogueime como personagem, é achá-lo em contradição, se não em flagrante mentira, situação para que não pode haver outra alternativa que a verdade, pois aqui não ficou espaço para uma nova fonte da Atamarma oferecendo conciliadoramente umas águas que não são nem sim nem não. Disse Mogueime, e muito por claro o explicou, que subiu aos ombros de Mem Ramires para prender a escada nas ameias do muro, o que, aliás, viria demonstrar, pela via do facto histórico, o que ainda podíamos imaginar serem aquelas idades, tão próximas da de ouro que dela conservavam o brilho de certas ações, neste caso ter dado um fidalgo da corte de D. Afonso o seu precioso corpo para suporte, plinto e pedestal dos plebeíssimos pés dum soldado sem outros méritos aparentes que ter crescido mais do que os outros. Mas o que Mogueime disse, e, vá lá, o confirma Frei António Brandão, desmente-o o texto mais antigo da Crónica dos Cinco Reis, onde se escreve, sem tirar nem pôr, que Dom Mendo ouue gram dor em seu coraçaõ se por uentura se espantasse as vellas pello som e amergeosse e esteue quedo hu pouco & depois fez lançar curuo hu mancebo Mogueime e sobio açima com asina delrey e por cima delle fez lançar a escada ao muro, ora isto é muito límpido e claro, apesar das peculiaridades lexicais e ortográficas, o que se lê é que Mogueime se curvou para que às costas lhe subisse Mem Ramires e que por ordem deste o fez, não há prestidigitações de interpretação nem casuísticas de linguagem que admitam uma leitura diferente. Raimundo Silva tem diante de si os dois textos, compara-os, nenhuma dúvida pode subsistir, Mogueime é indiscutivelmente mentiroso, tanto pelo que resulta da lógica das situações hierárquicas, ele soldado, o outro capitão, quanto pela autoridade particular de que se investe, como texto anterior que é, a Crónica dos Cinco Reis. A pessoas só interessadas nas grandes sínteses históricas, hão de estas questões parecer-lhes irremediavelmente ridículas, mas nós devemos é atender a Raimundo Silva, que tem uma tarefa a cumprir e que logo de entrada se vê a braços com a dificuldade de conviver com personagem tão duvidosa, este Mogueime, Moqueime ou Moigema, que, além de mostrar não saber exatamente quem é, porventura está maltratando a verdade que, como testemunha presencial, seria seu dever respeitar e transmitir aos vindouros, nós.

Porém, disse o outro, atire a primeira pedra aquele que se achar sem pecado. Realmente, é muito fácil acusar, Mogueime mente, Mogueime mentiu, mas nós, aqui, maiormente instruídos nas mentiras e verdades dos últimos vinte séculos, com a psicologia lavrando as almas, e a mal traduzida psicanálise, mais o resto, para cuja simples enunciação se requereriam cinquenta páginas, não deveríamos levar à ponta de intransigente espada os defeitos alheios, se tão indulgentes costumamos ser com os nossos próprios, a prova é não haver lembrança de alguém que, julgador severo e radical dos atos por si cometidos, levasse o executório ânimo ao extremo de apedrejar o próprio corpo. Aliás, regressando ao passo evangélico, é-nos lícito duvidar que o mundo estivesse naquele tempo tão empedernido de vícios que para salvar-se carecesse do Filho de um Deus, pois é o próprio episódio da adúltera que aí está a demonstrar-nos que as coisas não iam assim tão más lá na Palestina, agora sim que estão péssimas, veja-se como naquele remoto dia nem mais uma pedra foi lançada contra a infeliz mulher, bastou ter proferido Jesus as fatais palavras e logo ali se recolheram as mãos agressoras, por esta maneira declarando, confessando e mesmo proclamando os seus donos que sim senhor ele tinha razão, em pecado estavam. Ora, uma gente que foi capaz de reconhecer-se culpada publicamente, ainda que de modo implícito, não estaria de todo perdida, conservava intacto em si um princípio de bondade, autorizando-nos portanto a concluir, com mínimo risco de erro, que terá havido alguma precipitação na vinda do Salvador. Hoje, sim, que teria valido a pena, pois não só os corruptos perseveram no caminho da sua corrupção, como se vai tornando cada dia mais difícil encontrar razões para interromper um apedrejamento começado.

À primeira vista, não parecerá que estas digressões moralizantes tenham uma relação suficiente com a relutância que Raimundo Silva tem mostrado em aceitar Mogueime como personagem, mas já se compreenderá a utilidade delas quando nos lembremos de que Raimundo Silva, supondo que esteja isento de faltas maiores, tem culpas habituais em outra, decerto não menor, mas mundanalmente tolerada por mérito da sua própria divulgação e acessibilidade, e que é o fingimento. De mais ele sabe que não há uma diferença por aí além entre mentir sobre quem subiu às costas de quem, se eu às de Mem Ramires, se Mem Ramires às minhas, e, só para dar um exemplo, o ato banal de pintar os cabelos, tudo é, no fim das contas, questão de vaidade, vontade de parecer bem, tanto no físico quanto no imoral, podendo mesmo, desde já, imaginar-se um tempo em que o comportamento humano será todo ele artificioso, postergando-se, sem mais contemplações, a sinceridade, a espontaneidade, a simplicidade, essas boníssimas e luminosas qualidades de carácter que tanto trabalho deram a definir e a tentar praticar nas épocas já distantes em que, embora conscientes de havermos inventado a mentira, ainda julgávamos ser capazes de viver a verdade.

Pelo meio da tarde, numa pausa entre as dificuldades do cerco e as futilidades do romance, o tal que a editora espera, Raimundo Silva saiu à rua, a espairecer. Não pensava mais do que isso, dar uma volta, distrair-se, arrumar ideias. Mas, tendo passado à porta duma florista, entrou e comprou uma rosa. Branca. E agora está voltando para casa, um pouco envergonhado por levar uma flor na mão.

Sem tira-te nem guarda-te, à falsa fé, atacaram os aviões japoneses a esquadra norte-americana que estava demolhando as obras vivas em Pearl Harbour, e foi ali o destroço que se sabe, regular quanto a perdas de gente, se compararmos com Hiroxima e Nagasáqui, mas de consequências catastróficas no que toca aos bens materiais, couraçados, porta-aviões, destroyers, e o resto, um prejuízo de arrasar as finanças, ao todo treze barcos metidos no fundo sem que alguma vez tivessem disparado um tiro a sério, fora os exercícios. Foi uma causa remota do naval desastre ter-se perdido, numa hora qualquer daquela noite dos tempos que guarda os segredos, ter-se perdido, dizíamos, o costume cavaleiresco de mandar publicar as guerras com um aviso prévio de três dias, para que ao inimigo não faltasse tempo de preparar-se ou, preferindo, de pôr-se a salvo, outrossim para que não caísse, sobre quem a trégua decidira romper, o labéu infamante de desleal ao honor militar. Tempos que não voltam nunca mais. Porque, enfim, uma coisa é atacar pela calada da noite, sem tambores nem trombetas, mas tendo antes mandado recado, outra seria, sem tir-te nem guardar-te, vir com pezinhos de lã e armas pretas até umas portas descuidosamente abertas e entrar por ali dentro, a matar. Já sabemos que ninguém pode fugir ao seu destino, e está muito claro que as mulheres e as crianças de Santarém estavam fadadas para morrer naquela noite, era esse um ponto em que tinham chegado a acordo o Alá dos mouros e o Deus dos cristãos, mas ao menos não poderiam queixar-se as infelizes de não terem sido avisadas, se ficaram foi de sua livre vontade, que à vila de Santarém mandou o nosso bom rei a Martim Moab e mais dois companheiros que publicassem a guerra aos mouros para daí a três dias, portanto não incorria D. Afonso Henriques em culpas mentais e reais quando disse, antes da batalha, Não perdoeis a sexo nem a idade, morra o menino que pende dos braços da mãe e o velho carregado de dias, a donzela moça, a velha decrépita, é que ele imaginava, pois que usou da cautela prescrita no código, que só o estariam esperando a pé firme os guerreiros mouros, todos homens e no vigor da idade.

Ora, neste caso de que nos estamos ocupando, o cerco de Lisboa, qualquer aviso teria sido redundante, não só por, a bem dizer, estarem as pazes rotas desde a tomada de Santarém, como por serem evidentes e manifestas as intenções de quem juntou exército tão numeroso nas colinas de além e só não pôde acrescentar-lhe umas tantas divisões mais por causa de um erro tipográfico agravado de sentimentos de despeito e vaidade ofendida. Porém, e ainda assim, há que cumprir e respeitar as formalidades, adaptando-as a cada caso, por isso determinou el-rei que fossem a parlamentar com o governador da cidade D. João Peculiar e D. Pedro Pitões, acompanhados de fidalguia bastante, com reforço de homens de armas na proporção, tanto para o luzimento como para a segurança. Com vista a esquivar a surpresa duma traição irreparável não atravessaram o esteiro, pois não é necessário ser estratego como Napoleão ou Clausewitz para perceber que, se aos mouros desse para porem mão nos emissários e estes quisessem fugir, o esteiro estaria ali para cortar qualquer tentativa de retirada rápida, se é que as brigadas de assalto mouriscas, entretanto, em manobra de envolvimento, não teriam já destruído os batelões de desembarque. Deram pois os nossos a volta por onde foi dito que a volta tinha de ser dada, seguindo Rua das Taipas abaixo até ao Salitre, depois, com o susto natural em quem entra no campo inimigo, patinhando na lama em direção à Rua das Pretas, logo subindo e descendo, primeiro ao Monte de Santa Ana, depois pela Rua de S. Lázaro, passando a vau o arroio que vem de Almirante Reis, e outra vez fatigosamente trepando, que ideia esta, vir conquistar uma cidade toda aos altos e baixos, pela Rua dos Cavaleiros e pela Calçada de Santo André até às imediações da porta a que hoje chamamos de Martim Moniz, sem razão nenhuma. A caminhada foi longa, pior com este calor, apesar da hora matinal a que saíram, as mulas têm o pelo empapado em espuma, e os cavalos, poucos, vão no mesmo estado, se não pior, porquanto lhes falta a resistência dos híbridos, são bestas mais delicadas. Quanto à infantaria, embora já o suor lhe escorra em bica, não se queixa, mas se, enquanto todos esperam que a porta se abra, algum pensamento os de a pé entretêm, é que depois duma tal estafa, a corta-mato, não venha a ser preciso pelejar nem um pouquinho. Mogueime está aqui, calhou mandarem-no no destacamento, e adiante, perto do arcebispo, vemos também Mem Ramires, é uma coincidência interessante terem-se juntado neste histórico momento dois dos principais protagonistas do episódio escalabitano, ambos com igual influência no seu desenlace, pelo menos enquanto não for definitivamente averiguado qual deles foi arre-burrinho do outro. O pessoal que veio a esta fala parlamentar é todo de portugueses, não pareceu bem a el-rei servir-se de estrangeiros para o reforço do ultimatum, ainda que, diga-se de passagem, subsistam grandes dúvidas de que o arcebispo de Braga pertença, de facto, ao nosso sangue lusitano, mas enfim, já nesses antigos tempos tinha principiado a fama que mantivemos até hoje de receber bem a gente de fora, distribuir-lhes cargos e prebendas, e este D. João Peculiar, vá lá, pagou-nos multiplicado em serviços patrióticos. E se, como também se diz, era mesmo português, e de Coimbra, vejamo-lo como pioneiro da nossa vocação migratória, da magnífica diáspora, pois toda a sua juventude a passou em França, a estudar, devendo notar-se aqui uma acentuada diferença em relação às tendências recentes da nossa emigração para aquele país, plutôt adstrita aos trabalhos sujos e pesados. Quem é indubitavelmente estrangeiro, mas contado à parte por vir em missão especial, nem parlamentário nem homem de guerra, é aquele frade ruivo e sardento, ali, a quem agora mesmo ouvimos chamar Rogeiro, mas que realmente tem por nome Roger, o que deixaria em aberto a questão de ser ele inglês ou normando, se não fosse ela despicienda para o assunto que nos ocupa. Avisara-o o bispo do Porto de que estivesse pronto para escrever, o que significa que veio Roger ou Rogeiro de cronista, como agora se evidencia ao sacar ele dos alforges os materiais de escrita, só os estiletes e as tabuinhas, já que com o menear da mula se derramaria a tinta e esparramaria a letra, tudo isto, já se sabe, são suposições de um narrador preocupado com a verossimilhança, mais do que com a verdade, que tem por inalcançável. Este Rogeiro não conhece uma palavra de arábigo nem de galego, mas neste caso não será impedimento a ignorância, pois todo o debate, vá por onde vá, sempre irá dar ao latim, graças aos intérpretes e aos tradutores simultâneos. Em latim falará o arcebispo de Braga, para o arábigo o traduzirá algum destes frades que vieram, se não se preferir recorrer a Mem Ramires, representante do exército ilustrado, que já mostrou mais do que suficiente competência, depois responderá o mouro na sua língua, que o mesmo ou outro frade transporá ao latim, e assim sucessivamente, o que não sabemos é se haverá por aqui alguém encarregado de passar ao galego um resumo de quanto se disser, para que se vão inteirando do debate os portugueses de uma língua só. O certo certo é que, com todas estas demoras, se os discursos forem longos, vamos passar aqui o resto da tarde.

Eirados, ameias e caminhos de rolda do alcáçar estão apinhados de escuros e barbados mouros que fazem gestos de ameaça, porém calados, poupando as palavras, que talvez os cristãos acabem por retirar-se, como fizeram há cinco anos, e sendo assim seriam ofensas perdidas. Abriram-se de par em par as duas folhas da porta, reforçadas de cravos e cintas de ferro, e saíram por ela uns quantos mouros em passo lento, um deles, passado da idade, poderá ser o governador, título este que dá para tudo e que no caso é usado à falta de certezas quanto ao próprio, exato e preciso, finalmente não mencionado por ser tão duvidoso acertar entre os dois ou três possíveis, além de não ser de excluir a probabilidade de lá de dentro terem mandado a negociar, por exemplo, um alfaqui, um cádi, um amir, ou mesmo um mufti, o mais que deles vêm são funcionários e homens de guerra, em número rigorosamente igual ao dos portugueses que estão fora, por isso é que os mouros terão tardado tanto em sair, primeiro foi preciso organizar o destacamento. Em geral, imagina-se que as autoridades civis, militares e religiosas dos antigos tempos eram, todas elas, dotadas de órgãos vocais estentóreos, capazes de se fazerem ouvir a grandes distâncias, tanto assim que nos relatos históricos, quando algum chefe tem de arengar às tropas ou outras multidões, ninguém estranha que ele tenha sido ouvido sem dificuldade por centenas e milhares de ouvintes rumorosos, quantas vezes desassossegados, quando bem sabemos o trabalho que hoje dá a instalar e afinar as eletrónicas para que cheguem ao público das últimas filas sem desfalecimentos acústicos, sem distorções e borrões de som que, evidentemente, afetariam os sentidos e alterariam os significados. Portanto, indo contra o costume e convenção, e com uma infinita pena de ter de desmentir aplaudidíssimas tradições de espetáculo e de históricas cenografias, somos obrigados, por amor à simples verdade, a declarar que os emissários de um lado e do outro se encontraram a poucos passos de distância, e a esse fácil alcance é que falaram, como única maneira de se fazerem ouvir, ficando os circunstantes, tanto os mouros do castelo como os portugueses da companhia, à espera do desenlace do colóquio diplomático, ou do que, durante ele, viessem os alviçareiros comunicar à pressa, uns fragmentos de frases, uns arrebatamentos retóricos, umas súbitas angústias, umas duvidosas esperanças. Assim definitivamente ficará a saber-se que não ressoaram sobre os vales os ecos do debatimento nem de monte em monte saltaram, os céus não se comoveram, não tremeu a terra, o rio não tornou atrás, é que realmente a tanto não puderam alcançar até hoje as palavras dos homens, mesmo sendo de ameaça e guerras como estas, ao contrário do que imaginávamos por ingénua confiança nas exagerações dos épicos.

Disse o arcebispo, e Rogeiro logo em abreviado e taquigráfico o registou, para mais tarde deixando os aformoseamentos oratórios com que brindará aquele seu destinatário distante, Osberno chamado, lá onde quer que esteja e quem quer que tenha sido, porém já vai introduzindo redondeios de lavra própria, frutos da inspiração estimulada, Viemos aqui para nos reconciliarmos, principiara o arcebispo, e continuou, pois temos pensado que sendo todos, nós e vós, filhos da mesma natureza e de um mesmo princípio, mal parecia que prosseguíssemos nesta mais do que desagradável contenda, e assim gostaríamos que acreditásseis que não viemos cá para tomar a cidade ou despojar-vos dela, por onde já podeis ir começando a apreciar a benignidade dos cristãos em geral, que ainda quando exigem o que é seu, não roubam o alheio, e se nos argumentais que a isso mesmo é que viemos, responderemos que só reivindicamos como sendo de nosso direito a posse desta cidade, e que se em vós existem nem que sejam uns vestígios dos princípios da justiça natural, sem mais rogos, com vossas bagagens, dinheiro e pecúlios, com vossas mulheres e crianças, sem dúvida demandareis a pátria dos mouros que sois e donde malamente viestes, deixando-nos o que nosso é, não, consenti que acabe, bem vejo que abanais a cabeça a um lado e a outro, mostrando já com o gesto o não que a boca ainda não disse, atendei que vós, os da raça dos mouros e moabitas, fraudulentamente roubastes ao vosso e nosso reino o reino da Lusitânia, destruindo, até hoje, vilas e aldeias e igrejas, são já passados trezentos e cinquenta e oito anos que injustamente tendes as nossas cidades e a posse das terras, mas enfim, visto que ocupais Lisboa desde tão longa data e nela nascestes, queremos usar convosco da costumada bondade e vos pedimos que nos entregueis apenas a fortaleza do vosso castelo, ficando cada um de vós com a sua antiga liberdade, porque vos não queremos expulsar de vossas casas, onde vos protesto que podeis viver dentro dos costumes, a não ser que, pela conversão, queirais vir livremente aumentar a Igreja de Deus, única e verdadeira, quem vos avisa vosso amigo é, uma cidade como esta de Lisboa está exposta à ambição de muitos, de tão rica que sabemos ser e tão feliz que parece, vede aí os arraiais, as naus, a multidão de homens que está conjurando contra vós, por isso vos imploro, poupai-vos à desolação dos campos e dos frutos, compadecei-vos das vossas riquezas, compadecei-vos do vosso sangue, aceitai a paz oferecida enquanto ainda vos é favorável a nossa disposição, pois bem deveis saber que melhor é a paz que se obtém sem luta do que a alcançada com muito sangue, como mais agradável é a saúde que nunca se perdeu do que a saúde que à força e como que compelida se salva de doenças graves e quase mortais, não é por acaso que o digo, reparai quão grave e perigosa é a doença que vos ataca, que a não ser que tomeis uma resolução salutar, uma de duas acontecerá, ou lograis debelar o mal, ou sereis vítima dele, e já vos digo que não vos fatigueis a buscar terceiras alternativas, antes devereis acautelar-vos, pois haveis chegado ao fim, cuidai pois da vossa saúde enquanto é tempo, lembrai-vos do ditado romano, Na arena se aconselha o gladiador, e não me respondais que mouros é que sois e não gladiadores, que eu vos diria que o ditado a vós serve como a eles, se ides a morrer, posto o que não tenho mais que argumentar convosco, se alguma coisa tendes a dizer, dizei já, e breve.

Não pareceram palavras próprias de um pastor de almas, esta secura fria que se adivinha por baixo das blandícias e das melífluas, finalmente rompendo em intimação brutal, porém, antes de seguirmos adiante, deixemos ficar nova menção, agora sublinhada, daquele de algum modo inesperado reconhecimento de que a gente que aqui está, cristã e moura, é toda ela filha da mesma natureza e de um mesmo princípio, o que significará, supomos, que Deus, da natureza pai e único autor do princípio de que os princípios provieram, é inquestionavelmente o pai e o autor destes desavindos filhos, os quais, ao combaterem um contra o outro, ofendem gravemente a paternidade comum em seu não repartido amor, podendo até dizer-se, sem exagerar, que é sobre o inerme corpo de Deus velho que vêm pelejando até à morte as criaturas suas filhas. Deu naquelas palavras clara mostra o arcebispo de Braga de saber que Deus e Alá é tudo o mesmo, e que remontando ao tempo em que nada e ninguém tinham nome, então não se encontrariam diferenças entre mouros e cristãos senão as que se podem encontrar entre homem e homem, cor, corpulência, fisionomia, mas o que provavelmente não terá pensado o prelado, nem tanto lho poderíamos exigir, tendo em conta o atraso intelectual e o analfabetismo generalizado daquelas épocas, é que os problemas sempre começam quando entram em cena os intermediários de Deus, chamem-se eles Jesus ou Maomé, para não falar de profetas e anunciadores menores. Já é muito de agradecer-lhe que vá tão fundo na via da especulação teológica um arcebispo de Braga armado e equipado para a guerra, com a sua cota de malha, o seu montante suspenso do arção da mula, o seu elmo de nasal, quiçá não lhe permitam as mesmas armas que leva chegar a conclusões de humanitária lógica, pois já então podia ver-se até que ponto os artefactos de guerra podem levar um homem a pensar diferentemente, sabemo-lo hoje muito melhor, embora ainda não o suficiente para que retiremos as armas a quem, no geral, delas se serve como único cérebro. Porém, longe de nós a intenção de ofender estes homens ainda pouco portugueses que andam a combater para criar uma pátria que lhes sirva, em campo aberto quando for necessário, pela traição quando convenha, que as pátrias foi assim que nasceram e frutificaram, sem exceção, por isso é que, tendo caído em todas, pode a nódoa passar por adorno e sinal de mútua absolvição.

Divagando por estas possivelmente arriscadas considerações, viemos a perder o começo da resposta do governador mouro, e pena temos, porque ele, segundo o que o alviçareiro ainda foi capaz de perceber e resumir, teria principiado por lançar algumas dúvidas sobre o direito ou mesmo a simples pertinência geográfica da alusão ao reino da Lusitânia. Foi pena, repetimos, porquanto a controversa questão dos limites e, mais do que ela, a de afinal sermos ou não descendentes e herdeiros históricos dos famosos lusitanos, teria recebido, talvez, da argumentação de gente tão ilustrada como eram, ao tempo, os letrados mouros, alguma claridade, ainda que a viessem a rejeitar, por desfavorável, o orgulho e a patriótica presunção de quem não pode reconhecer-se vivo sem ter no sangue, pelo menos, duas ou três gotas do de Viriato. E é mesmo provável que, tendo-se concluído que de Lusitânia teremos ainda menos do que isso, e portanto menos propenso devendo achar-se André de Resende a extrair de Luso lusíada, é quase certo, diremos, que Camões não encontrasse melhor solução que chamar ao seu livro, banalmente, Os Portugueses. Que somos nós, pelo pouco que nos aproveita. E agora, sim, antes que o resto do discurso se perca também, dêmos ouvidos e atenção ao governador dos mouros, notando desde já como lhe sai tranquila a voz, no tom de quem sossegadamente discorre sobre alguns dados da evidência e dela não pensa afastar-se, Como quereis vós, perguntava ele, que acreditemos nisso que dissestes de que somente desejais que vos entreguemos a fortaleza do nosso castelo, ficando nós com a liberdade, e que não quereis expulsar-nos das nossas casas, se vos desmente o exemplo do que haveis feito em Santarém, onde por morte atrocíssima até aos velhos roubastes a pouca vida que lhes restava, e às indefesas mulheres degolastes como a cordeiros inocentes, e aos meninos esquartejastes sem que se vos derretesse o coração o débil clamor, ora não me digais que se vos apagaram da memória os tristes sucessos, que se é verdade que não podemos trazer-vos aqui os mortos de Santarém, podemos, isso sim, chamar todos quantos, feridos, chagados e mutilados, ainda tiveram forças para se recolherem à nossa cidade, esses mesmos que agora iríeis exterminar de vez, e a nós com eles, pois não vos bastou o primeiro crime, porém, desenganai-vos que nunca foi nossa intenção entregar-vos Lisboa pacificamente ou submetê-la ao vosso domínio, deixando-

-nos ficar nela, concordai que seria grande a nossa ingenuidade se trocássemos o certo pelo incerto, o seguro pelo duvidoso, fiados apenas dessa palavra que tão pouco vale, a vossa. Fez o bispo do Porto um gesto violento, como se fosse interromper o mouro, mas o arcebispo cortou-lhe o arrebato, Estai quedo, ouçamos o que falta, vós tereis a última palavra. O mouro continuava, Esta cidade foi outrora dos vossos, agora porém é nossa, e no futuro talvez que vossa volte a ser, mas isso pertence a Deus que no-la deu quando quis, e que no-la tirará se o quiser, porque nenhuma muralha é inexpugnável contra as deliberações da sua vontade, assim nós o acreditámos sempre, porque apenas queremos o que for do agrado de Deus, que tantas vezes salvou das vossas mãos o nosso sangue, e a quem, portanto, e com razão, bem como aos seus desígnios irrevogáveis, não deixaremos de admirar, não só porque em seu poder estão todos os males, mas ainda porque, por sua suprema razão, submete a nós as desgraças, as dores e as injúrias, enfim, ide-vos daqui, pois só a ferro se abrirão as portas de Lisboa, e quanto a essas desgraças inevitáveis que nos prometeis, se tiverem de acontecer, dependem do futuro, e atormentar-nos com o que está por vir nada mais é que loucura e atração voluntária de misérias. O mouro fez uma pausa como para procurar outras razões, mas deve ter-lhe parecido inútil, encolheu os ombros e concluiu, Não vos demoreis mais tempo, fazei o que puderdes, nós o que for da vontade de Deus.

Caíram bem no ânimo de Raimundo Silva as ponderadas palavras, não pelo facto de entregarem a Deus a resolução das diferenças que em nome dele e precisamente por sua exclusiva causa levam os homens a lutar uns contra os outros, mas por uma serenidade tão admirável perante a previsível morte, que, sendo sempre certa, se torna por assim dizer fatal ao vir com figura de provável, parece uma contradição, porém basta pensar um pouco. Confrontando as duas falas, pesou ao revisor ver como um simples mouro a quem faltavam as luzes da verdadeira fé, se bem que com patente de governador, soube, em prudência e eloquência, librar mais alto seu voo que um arcebispo de Braga, apesar de versado em concílios, bulas e doutrinais. Mui natural é propender em nós o desejo de que ganhem em tudo os nossos, e Raimundo Silva, embora suspeitando que haja no corpo da nação a que pertence mais sangue de mourisma do que de arianos lusitanos, teria gostado de aplaudir a dialética de D. João Peculiar em vez de ter de humilhar-se intelectualmente diante do discurso exemplar de um infiel que não deixou nome na história. Porém, cabe ainda a possibilidade de prevalecermos finalmente sobre o inimigo nesta justa oratória, e é quando o bispo do Porto toma a palavra, também ele armado, põe a mão no punho do montante, sobre a cruz que lá está, e diz, Benevolamente vos falámos, esperando encontrar em vós ouvidos benévolos, mas se irritados nos haveis escutado, tempo é de que vos digamos palavras irritadas, e elas serão para que fiqueis sabendo quanto desprezo votamos a esse hábito vosso de esperar pelo correr dos factos e pelos males que nos venham, quando claramente se mostra que frágil e fraca é a esperança que não depende da confiança do valor próprio, mas sim da desgraça alheia, é como se de antemão já vos reconhecêsseis vencidos, e pois que falastes do incerto e do futuro, aprendei que quantas mais vezes nos for desfavorável o resultado duma empresa, tantas mais vezes a havemos de tentar para que bem nos suceda, e tendo as nossas tentativas contra vós sido frustradas até hoje, aqui estamos a tentar de novo, para que finalmente experimenteis o destino que vos espera quando entrarmos por essas portas que agora não nos quereis abrir, sim, vivei vós o que for da vontade de Deus, a nós essa mesma vontade nos fará vencer-vos, e sem mais que mereça a pena dizer, retiramo-nos sem saudar-vos, como também não queremos as vossas saudações. Ditas estas palavras de insultuosa despedida, virou o bispo do Porto as rédeas à montada, embora segundo a hierarquia a ele não competisse tomar destas iniciativas, movera-o um impulso do seu irado ânimo, e já levava em pós si a companhia toda, quando inesperada se levantou a voz do mouro, sem vestígio nenhum da insolente resignação que pusera o prelado fora de si, agora falava com não menor insolência o orgulho, e eis o que disse, Perigoso erro é o vosso se confundis paciência com timidez de espírito e temor da morte, olhai que assim não o fizeram vossos pais e avós a quem vencemos uma e mil vezes pela força das armas, por toda a Espanha, sob esse mesmo chão que pisais jazem alguns que julgaram poder opor-se ao nosso domínio, não cuideis, pois, que para vós acabaram as derrotas, aqui contra estes muros vireis quebrar os ossos, aqui tereis cortadas as mãos ávidas, ide, e preparai-vos para morrerdes, nós, já o sabeis, sempre o estamos.

Não há no céu uma nuvem, o sol brilha alto e ardente, um bando de andorinhas vai e vem, rodopiam sobre as cabeças dos dois inimigos, e gritam asperamente. Mogueime olha para o céu, sente um arrepio, talvez a causa dele seja o guinchar louco das aves, talvez a ameaça do mouro, o calor do sol não o conforta, de um frio estranho entrechocam-

-se-lhe bruscamente os dentes, vergonha de um homem que com uma simples escada de mão fez cair Santarém. No silêncio ouviu-se a voz do arcebispo de Braga, uma ordem dada ao escrivão, Frei Rogeiro, não fareis constância do que disse esse mouro, foram palavras lançadas ao vento e nós já não estávamos aqui, íamos descendo a encosta de Santo André, a caminho do real onde el-rei nos espera, ele verá, sacando nós as espadas e fazendo-as brilhar ao sol, que é começada a batalha, isto sim, podeis escrever.

Nos primeiros dias depois de haver lançado fora as tintas com que, durante anos, escondera os estragos do tempo, Raimundo Silva, como um semeador ingénuo à espera de ver romper o primeiro talo, observava com atenção obsessiva, de manhã e à noite, a raiz dos cabelos, saboreando morbidamente a expectativa do choque que certamente iria causar-lhe o surgimento da sua verdade capilar nua de artifícios. Mas porque o cabelo, a partir duma certa idade, é vagaroso no crescer, ou porque a última pintura tivesse atingido, ou tingido, as próprias camadas subcutâneas, diga-se de passagem que tudo isto não é mais que suposição obrigada por uma necessidade de explicar o que afinal pouca importância tem, Raimundo Silva acabou por ir dando cada vez menos atenção ao caso, e ultimamente metia o pente ao cabelo tão livre de cuidados como se estivesse na sua primeira juventude, devendo no entanto observar-se que havia nesta atitude uma certa parte de má-fé, uma espécie de falsificação de si consigo mesmo, mais ou menos traduzível numa frase que não foi dita nem pensada, Não vejo porque sou capaz de fingir que não vejo, o que veio a converter-se numa convicção aparente, ainda menos formulada, se possível, e irracional, de que a última pintura tinha sido definitiva, assim como um prémio concedido pelo destino em paga do seu corajoso gesto de renúncia às futilidades do mundo. Hoje, porém, que tem de ir levar à editora o romance por fim lido e preparado para a tipografia, Raimundo Silva, entrando na casa de banho, aproximou devagar o rosto do espelho, com dedos cautelosos empurrou para cima o tufo frontal de cabelos, e não quis acreditar no que os seus olhos viam, lá estavam as raízes brancas, tão brancas que o contraste da cor parecia torná-las fortíssimas, e tinham um ar súbito, se tal se pode dizer, como se tivessem brotado da noite para o dia, enquanto o semeador, de puro cansaço, se deixara dormir. Ali mesmo se arrependeu Raimundo Silva da decisão que havia tomado, isto é, não chegou precisamente a arrepender-se, mas pensou que poderia tê-la adiado por algum tempo, escolhera estupidamente a ocasião menos oportuna, e a contrariedade que sentiu foi tal que imaginou que poderia conservar por aí ainda algum frasco esquecido, com um resto de tinta no fundo, ao menos hoje, amanhã voltarei às firmes resoluções. Contudo, não foi procurar, em parte por saber que deitara tudo fora, em parte porque, supondo que algo encontraria, temia ter de decidir outra vez, pois havia a possibilidade de vir a tomar a decisão contrária, ficando neste jogo de ida e volta duma vontade incapaz de ser suficientemente forte mas que se recusa a ceder de uma vez para sempre à fraqueza que reconhece em si própria.

Quando Raimundo Silva pôs pela primeira vez relógio de pulso, já lá vão muitos anos, era ele então juvenilíssimo adolescente, quis a fortuna lisonjear-lhe a vaidade, imensa, de andar a passear-se por Lisboa com a bela novidade, colocando no seu caminho nada menos que quatro pessoas ansiosas por saber que horas eram, Tem horas, perguntavam, e ele, generoso, tinha horas e dava-as. O movimento de estender o braço para fazer recuar a manga e deixar à vista o mostrador rebrilhante conferia-lhe então um sentimento de importância que nunca mais voltaria a experimentar. E menos agora quando vai no caminho de casa à editora, procurando passar despercebido na rua e entre os passageiros do autocarro, recolhendo o mínimo gesto que possa atrair as atenções de quem, querendo também saber as horas, se ficasse a olhar com expressão trocista a indisfarçável linha branca de separação no alto da testa enquanto esperava que ele, nervosamente, desembaraçasse o relógio das três mangas que hoje o tapam, a camisa, o casaco, a gabardina, São dez e meia, responde finalmente Raimundo Silva, furioso e vexado. Um chapéu viria bem a calhar, mas é objeto que o revisor nunca usou, e que usasse, com ele só se resolveria uma pequena parte das dificuldades, certamente que não vai entrar na editora de chapéu enfiado na cabeça, Olá, como estão todos, de chapéu na cabeça passando depois ao gabinete da doutora Maria Sara, Aqui tem o romance, o melhor, sem dúvida, ainda será fazer de contas que é tudo muito natural, branco, preto, pintado, olha-se uma vez, não se olha segunda, e à terceira já ninguém repara. Mas uma coisa é reconhecer isto pelo intelecto, convocar ao exame a relatividade que concilia todas as diferenças, perguntar-se, com desprendimento estoico, que é, do ponto de vista de Vénus, um cabelo branco na terra, outra coisa, terrível, enfrentar-se com a telefonista, suportar o seu olhar indiscreto, imaginar já os risinhos de murmúrios que vão alimentar os ócios nos próximos dias, O Silva deixou de pintar o cabelo, ficou de um cómico, antes tinham-se rido porque o pintava, há pessoas que em tudo veem motivo de divertimento. E de repente todas estas preocupações ridículas foram por água abaixo porque a telefonista Sara estava a dizer-lhe, A doutora Maria Sara não se encontra, está doente, há dois dias que não vem à editora, por causa de tão simples palavras viu-se Raimundo Silva dividido por dois sentimentos contrários, o contentamento por não poder ela ver-lhe o cabelo branco a despontar, e uma aflição desmedida, que não vinha da doença, de cuja gravidade ainda nada sabia, podia ser uma gripe sem complicações, ou uma indisposição acidental, coisas de mulheres, por exemplo, mas porque de repente se viu como que perdido, um homem arrisca tanto, sujeita-se a vexames, tudo para poder entregar em mão própria o original de um romance, e a mão não está lá, repousa talvez numa almofada ao lado do pálido rosto, onde, até quando. Raimundo Silva, num segundo, percebe que se demorou tanto a entrega do trabalho foi para saborear, com uma volúpia inconsciente, a espera de um momento que agora lhe escapava, A doutora Maria Sara não está, dissera a telefonista, e ele fez um movimento para retirar-se, mas depois lembrou-se de que tinha de deixar o original a alguém, ao Costa, evidentemente, O senhor Costa está, perguntou, nesse momento deu-se conta de que se colocara de perfil em relação à telefonista, com o propósito óbvio de furtar-se à observação, e, irritado com tal demonstração de fraqueza, rodou sobre os calcanhares para enfrentar-se com todas as curiosidades do mundo, mas a menina Sara nem o olhou, estava ocupada a meter e tirar cavilhas da central telefónica ainda de modelo antigo, e limitou-se a fazer um gesto afirmativo, ao mesmo tempo que com um vago movimento de cabeça apontava o corredor de entrada, tudo isto significando que o Costa estava e que para o Costa não era necessário anunciar este visitante, o que Raimundo Silva, aliás, bem sabia, pois antes da chegada da doutora Maria Sara não tinha mais que entrar e ir à procura do Costa que, sendo a Produção, podia estar em qualquer dos outros gabinetes, pedindo, reclamando, protestando, ou simplesmente desculpando-se na administração, como sempre tinha de fazer, fosse ou não fosse a responsabilidade sua, quando havia falhas no programa.

A porta do gabinete da doutora Maria Sara está fechada. Raimundo Silva abre-a, olha para dentro e sente um aperto no diafragma, não pelo facto em si mesmo da ausência, mas por uma impressão desoladora de vazio, de último abandono, sugerida, talvez, pela arrumação rigorosa dos objetos, que, pensou ele algum dia, apenas é suportável quando a perturba uma presença humana. Sobre a secretária inclinava-se, desmaiada, uma rosa branca, duas pétalas já se tinham desprendido. Nervosamente, Raimundo Silva fechou a porta, não podia continuar ali, sujeito a que aparecesse alguém, mas esta ideia do gabinete vazio, onde uma única vida, a da rosa, murchava lentamente, trespassando-se para a morte por um longo esvaimento das células, encheu-o de maus pressentimentos, de negros agoiros, tudo muito despropositado, pensará um pouco mais tarde, Que tenho eu que ver com esta senhora, mas nem esse desprendimento fingido o tranquilizará. O Costa atendeu-o cordialmente, Sim, a doutora Maria Sara está doente, eu tomo conta, palavras inúteis, todas elas, que Maria Sara estivesse doente já Raimundo Silva o sabia, que o Costa tomaria conta era mais do que previsível, e, quanto ao resto, não preocupar-se, de pouco lhe importava o destino próximo ou remoto do romance, o que ele queria era obter informações, que ninguém lhe daria, claro está, se por elas não perguntasse, um empregado que ficou doente em casa não justifica a publicação de boletins médicos de hora a hora. Arriscando-se pois a ver o Costa estranhar-lhe o interesse, Raimundo Silva atreveu-se finalmente, É grave, Grave, o quê, perguntou por sua vez o outro, que não compreendera o alcance, A doença da doutora, agora a angústia de Raimundo Silva é pensar que talvez esteja a corar neste mesmo momento, Ah, acho que não, e levando o assunto para o campo das suas preocupações profissionais, o Costa acrescentou, introduzindo uma nota levíssima de ironia, dirigida tanto à doutora ausente como ao revisor presente, Mesmo que ficasse muito tempo em casa, descanse que o trabalho da editora não se interromperia. Nesta altura o Costa desviou ligeiramente a direção do olhar, uma luz de malícia sorridente perpassou-lhe no rosto. Raimundo Silva fechou bruscamente a expressão e ficou à espera de um comentário, mas o Costa já tinha voltado ao romance, folheava-o como se estivesse à procura de algo que não saberia definir, porém, a atitude, percebia-se, não era de todo consciente, e então foi a vez de o revisor sorrir à lembrança daquele dia em que o Costa folheara outro livro, as provas erradas da História do Cerco de Lisboa, de cuja falsificação finalmente frustrada viriam a ser consequência estas grandes mudanças, estas alvoroçadas alterações, um cerco novo, um encontro que ninguém teria podido prever, uns sentimentos que principiavam a mover-se, vagarosamente, como as ondas pesadas de um mar de mercúrio. De súbito, o Costa viu que estava a ser observado, julgou compreender porquê, e, como quem executa uma vingança tardia, perguntou, Desta vez também aqui meteu algum não, e Raimundo Silva respondeu com ironia tranquila, Esteja descansado, desta vez meti um sim. O Costa largou de golpe o maço de folhas e disse secamente, Se não tem mais nada a tratar comigo, deixou ficar em suspenso a frase, com reticências invisíveis, mas Raimundo Silva, graças à sua longa experiência de revisor, não precisaria delas para saber que devia retirar-se.

A menina Sara aproveita uma pausa para acertar com mil cuidados uma unha que se lhe partiu minutos antes naquela infernal dobadoira de cavilhas, já tem o rasgão rematado e agora alisa subtilmente com a lima, está muito concentrada, decerto não vai responder a Raimundo Silva como ele desejaria, ele que enquanto vinha pelo corredor tivera aquela brilhante ideia, auxiliada porventura pelo duelo dialético com o Costa, são as vantagens de um exercício ginástico intelectual, mas agora se verá se vai servir de alguma coisa, a pergunta é esta, Sabe se a doutora Maria Sara pode receber chamadas, é que tenho um assunto, outra frase suspensa, o olhar ansioso, em verdade a altura não poderia ser pior, a inevitável irritação de quem acabou de partir uma unha comprida e ovalada, e ainda por cima será preciso procurar na lista o número do telefone, supondo que a telefonista estará disposta a dar-lho, Pouca sorte, pensa Raimundo Silva, logo havia de ter acontecido isto, a unha, a lima, Ai, senhor Silva, o trabalho que estas unhas me dão, tomara já que me tirem daqui este ferro-velho e me deem uma central moderna, dessas só com botõezinhos, eletrónica, saber se pode receber chamadas isso não sei mas dou-lhe o número, tome nota. Tinha-o de cor, era uma vaidade sua, decorar quantos números pudesse, fazer alarde de memória, tem uma memória fenomenal, a Sara, e ainda bem, porque a este teve de o repetir duas vezes, tão confuso Raimundo Silva estava, primeiro sem encontrar onde escrever, depois enganando-se nos algarismos, ouvindo seis em vez de três, ao mesmo tempo que o cérebro prosseguia no exame duma dúvida, depois exposta, em tom de não dar-lhe importância, Claro que se não fez daqui nenhuma chamada, é porque ela as não pode receber, Fazê-las eu, não fiz, mas a direção pode ter falado por um telefone direto, claro, o telefone direto não passa pela telefonista, pode-se falar à vontade pelos telefones diretos, Raimundo Silva crê mesmo lembrar-se de que há um telefone direto no gabinete do diretor literário. A menina Sara deu por concluída a restauração da unha e observa criticamente o resultado, tendo em conta a gravidade do dano fez o melhor que podia, está mesmo moderadamente satisfeita, será por isso que pergunta, Se quer, eu ligo agora daqui, e Raimundo Silva ficou sem resposta, abanou negativamente e com força a cabeça, nesse momento, providência divina, a central deu sinal de chamada, dois sinais quase simultâneos, o mundo entrou na sua órbita rotineira, assim estará parecendo a quem não souber que Raimundo Silva já leva no bolso o número do telefone de Maria Sara, e isso faz uma grande diferença no universo.

Contra os seus hábitos de homem poupado, voltou para casa de táxi, e o caso, verdadeiramente, não era para menos, porquanto lhe tardava o momento de poder sentar-se à secretária, puxar o telefone e marcar o número de Maria Sara, dizer, Soube que tem estado doente, espero que não seja nada de cuidado, o romance entreguei-o ao Costa, estimo as suas melhoras, tem razão, é que para adoecer basta ter saúde, a frase é estúpida, que lhe havemos de fazer, pelo menos metade das coisas que dizemos são pouco inteligentes, não, o Costa não me deu outro trabalho, ora, não tem importância, aproveito para descansar, sim, descansar, arrumo uns papéis, dou balanço à vida, é um modo de falar, evidentemente, o que faço é pensar que estou a pensar na vida e não estou a pensar coisa nenhuma, mas não lhe vim telefonar para a aborrecer com os meus problemas e dificuldades, de viver, claro, desejo que melhore rapidamente, espero vê-la em breve na editora, adeus. Mas a senhora Maria, apesar de não ser o seu dia, veio trabalhar, explica que terá de levar um sobrinho ao médico amanhã, que esse, sim, seria o dia de aqui estar, e então achou melhor vir trabalhar hoje, Raimundo Silva não sabia que a sua mulher a dias tinha um sobrinho, A minha irmã não pode faltar ao serviço, Está bem, não tem importância, e fechou-se no escritório para telefonar. Porém, a decisão acabou ali. Afinal, embora com a porta fechada, não se sentiria à vontade, mesmo para uma conversa tão simples, informar-se do estado de saúde de um superior hierárquico, Como tem passado, senhora doutora, seria talvez diferente, com certeza mais fácil, se em lugar duma doutora se tratasse dum doutor, se bem que, Raimundo Silva terá de reconhecê-lo se for chamado à pedra, das vezes que em tantos anos estiveram os vários diretores doentes, nunca este revisor se lembrou de telefonar lá para casa a saber notícias da preciosa saúde deles. Concluindo, resumindo, o que Raimundo Silva parecia não querer, por qualquer obscura razão, ou pelo contrário muito clara se tivermos em conta a personalidade que deste homem se vem definindo, retraída, perplexa, é que a senhora Maria se apercebesse de que o seu patrão estaria a telefonar a uma mulher. O resultado do absurdo conflito virá a ser pedir ele que lhe ponham o almoço na mesa da cozinha e sair para libertar-se das duas obsessivas presenças, do telefone e da senhora Maria, obviamente inocentes e desconhecedores da guerra em que os meteram. Está Raimundo Silva a comer a sua costumada sopa de feijão e hortaliça, enquanto um guisado de batatas e carne já aquecido espera no tacho, quando se ouve lá de dentro a voz da senhora Maria a perguntar, Posso atirar fora esta rosa que está murcha, e é com um tom de quase pânico que ele responde, Não, não, deixe-a estar, eu trato disso, não se chegou a ouvir o comentário com que a mulher a dias rematou o diálogo, mas algumas palavras ela disse, que se não foram de despeito o imitariam perfeitamente, não esquecendo, uma vez mais, que é impossível enganar de facto uma mulher, ainda que a dias, se em casa de homem onde nunca antes se vira flor em jarra aparece uma rosa, ainda por cima branca, é possível que a senhora Maria tenha dito, Há mouro na costa, expressão histórica e popular duma substancial desconfiança originada nos tempos em que os mouros, já então varridos da terra portuguesa, vinham assolar as nossas costas e vilas marinheiras, e hoje reduzida a mera reminiscência retórica, porém de alguma utilidade, como acaba de ver-se.

Sem o auxílio dos cruzados, que já lá vão pelo mar fora, Raimundo Silva vê-se privado do peso militar desses doze mil homens em quem tínhamos depositado tantas das nossas esperanças, restando-lhe apenas, aproximadamente, não mais do que outros tantos portugueses, em número insuficiente para cercar tudo numa frente contínua, e que, sempre estando à vista dos mouros, não poderão deslocar-se em conjunto para, por exemplo, dar assalto a qualquer das portas, sem que de tal movimento logo deem fé os de dentro, que mais tempo terão para guarnecer poderosamente os alvos do ataque que os de fora para irem de um lado a outro por montes, vales e não pouca água. Torna-se portanto necessário reconsiderar toda a estratégia, e é para examinar in loco o teatro das operações que Raimundo Silva volta a subir ao castelo, de cujas levantadas torres podem os olhos abarcar a extensão, como um tabuleiro de xadrez aonde virão pelejar, objetivamente falando, os peões e os cavaleiros, sob as vistas do rei e dos bispos, acaso com a ajuda dumas outras construídas torres, se for por diante a sugestão de um destes estrangeiros que connosco ficaram, Armamo-las da altura das muralhas e levamo-las de empurrão até encostarem, depois é só saltar dentro e matar os infiéis, Dito assim parece fácil, respondeu o rei, mas é preciso ver se temos carpinteiros que cheguem, Que essa não seja a dúvida, tornou o outro, aquele Henrique de seu nome e grande piedade, vivemos felizmente num tempo em que qualquer homem pode fazer tudo, semear o cereal, ceifá-lo, moer o grão, cozer o pão, e finalmente comê-lo, se não morrer antes, ou, como neste caso, construir uma torre de madeira e subir a ela de espada em punho para matar o mouro ou por ele ser morto.

Enquanto o debate prossegue, ainda sem conclusão mas já com previsão de perdas, Raimundo Silva revê mentalmente a localização das portas, a de Alfofa, sobre cujo muro vive, a de Ferro, a de Alfama, a do Sol, que diretamente dão para a cidade, e a de Martim Moniz chamada, única do castelo que dá para o aberto. Está pois claro que os doze mil soldados do rei Afonso vão ter de ser divididos em cinco grupos para cobrirem as portas igualmente, e quem diz cinco deveria dizer seis, porque não nos podemos esquecer do mar, que verdadeiramente mar não é, mas rio, porém o uso faz lei, chamaram-lhe os mouros mar, e nós até hoje, ora, sendo assim, dos grupos falamos, que é que temos, a ridicularia de dois mil homens para cada frente de batalha. Sem contar, Deus nos ajude, com o problema apresentado pelo esteiro. Não bastava já o escarpado dos acessos, se se excetuar a porta de Alfama, que está em terreno chão, ainda tinha este esteiro de vir intrometer-se para agravar a já de si complicada disposição das tropas, por enquanto espalhadas por aqueles altos e encostas do Monte de S. Francisco, até S. Roque, descansando, poupando as forças na suavidade das sombras, mas se de uma tal distância não se poderia lançar um ataque, nem as armas de tiro alcançam, tão-pouco seria isto cerco digno do nome com aquele esteiro ali em baixo, desguarnecido, dando passagem franca a reforços e abastecimentos vindos da Outra Banda, que contra eles não chegaria a ser duradouro obstáculo a frágil linha de bloqueio naval que viesse a ser estabelecida. Sendo assim, parece não haver outra solução que passar mesmo quatro mil homens para o lado de lá, enquanto os outros irão a rodear pelo caminho que tomaram os parlamentários João Peculiar e Pedro Pitões, colocando-se finalmente em frente das três portas viradas a norte e oriente, a saber, a de Martim Moniz, a do Sol e a de Alfama, como explicado já ficara antes e agora se repetiu, por comodidade do leitor e redondeio do discurso. Tornando à cautelosa e dubitante frase de D. Afonso Henriques, dito assim até parece fácil, porém, um simples olhar ao mapa mostrará logo a complexidade dos problemas de intendência e logística que vai ser necessário pôr em equação e resolver. O primeiro tem que ver diretamente com os meios navais disponíveis, que são escassos, e é aqui que mais se irá notar a falta que nos fazem os cruzados, com a sua completa armada e aquelas centenas de botes e outros barquinhos de serviço, que, se cá estivessem, num abrir e fechar de olhos transportariam os soldados numa larguíssima frente de avanço, obrigando os mouros a dispersar-se ao longo da margem e portanto a enfraquecer a defesa. O segundo, e agora decisivo, será a escolha do ponto ou pontos de desembarque, questão de crucial importância, pois há que levar em conta não só a maior ou menor proximidade das portas, como as dificuldades do terreno, desde o lamaçal da boca do esteiro até às vertentes abruptas que defendem do lado do sul o acesso à porta de Alfofa. Terceiro, quarto e quinto problemas, ou sexto e sétimo, poderíamos nós enunciar ainda se não fossem, todos eles, efeito mais ou menos matematicamente decorrente dos dois primeiros, por isso nos limitaremos a mencionar um só pormenor, aliás rico de consequências no que diz respeito à veracidade deste relato em outros particulares, como a seguir veremos, e vem a ser, o dito pormenor, a pequeníssima distância que separa a Porta de Ferro da margem do esteiro, não mais que cem passos, ou, em medida moderna, uns oitenta metros, o que inviabiliza que o desembarque aqui se faça, pois ainda a flotilha de canoas viria padejando fatigosamente, por via da carga de homens e armas, a meio do esteiro, e já os muros da cidade, deste lado, estariam guarnecidos de soldados, e outros, a pé firme, rente à água, esperariam a aproximação dos portugueses para os acrivarem de setas. Dirá portanto D. Afonso Henriques ao seu estado-maior, Afinal, fácil é que não é, e enquanto discutem novas variantes táticas recordemos então aquela gorda mulher que na Leitaria A Graciosa, ao princípio destes acontecimentos, falando do mísero estado em que vinham os fugidos ao avanço, disse que os vira entrar, em sangue, pela Porta de Ferro, o que nessa altura a todos pareceu ser verdade pura, pois a publicava uma testemunha presencial. Sejamos porém lógicos. Está claro que, pela sua proximidade da margem do esteiro, a Porta de Ferro serviria, sobretudo, ao tráfego fluvial de pessoas e mercadorias, o que, obviamente, não seria motivo para não entrarem por ela refugiados se não fosse a circunstância de estar localizada, por assim dizer, no extremo sul da muralha, sendo portanto, de todos os acessos, o mais distante para quem viesse enxotado do norte e dos lados de Santarém. Que alguns infelizes, varridos de Entre-Cascais-e-Sintra, tivessem alcançado a cidade por caminhos que vinham dar ao esteiro, e, aí chegados, encontrassem ainda barqueiros para transportá-los à margem de cá, é perfeitamente admissível. Contudo, não seriam esses casos tantos que autorizassem a mulher gorda a fazer uma referência especial à Porta de Ferro, quando ela, a mulher, tão perto estava da Porta de Alfofa, que mesmo o mais desatento dos observadores de mapas e topografias reconhecerá como mais adequada, a par das do Sol e de Alfama, a receber o triste aluvião. E o que é curioso é não ter nenhuma das outras pessoas presentes contrariado a inexata versão de factos para cuja confirmação não se necessitariam mais do que alguns passos, o que mostra a que pontos pode chegar a falta de curiosidade e a preguiça intelectual perante qualquer afirmação perentória, donde quer que venha e qualquer que seja a autoridade, mulher gorda ou Alá, para não citar outras conhecidas fontes.

Disse el-rei, Ouvidas as vossas doutas opiniões e tendo ponderado os inconvenientes e as vantagens dos vários planos propostos, é minha real vontade que todo o exército se mova deste lugar para irmos a sitiar a cidade mais cerca dela, pois aqui não alcançaríamos vitória nem até ao fim do mundo, e procederemos como agora vos direi, às fustas irão mil homens dos afeitos à navegação, que para mais não teríamos embarcações bastantes, mesmo contando com os barcos que os mouros não puderam levar para dentro dos muros ou destruir e que nós capturámos, e esses homens terão por missão cortar todas as comunicações por mar, que ninguém possa entrar ou sair por aí, e o grosso restante das tropas irá concentrar-se no Monte da Graça, onde finalmente nos dividiremos, dois quintos para as portas do lado nascente, outros dois quintos para as do lado poente, e o sobrante ficará ali para guardar a porta do norte. Pediu então Mem Ramires a palavra para notar que sendo muito mais árdua e perigosa a tarefa dos soldados que iriam atacar as portas de Alfofa e de Ferro, por ficarem, digamos assim, entalados entre a cidade e o esteiro, prudente seria reforçá-los, pelo menos durante o tempo que levassem a consolidar posições, pois grande desastre seria se os mouros, fazendo uma rápida surtida e achando fraca a resistência, empurrassem os portugueses até à água, onde não teríamos mais que escolher entre morrer afogados ou trucidados, postos, é um modo de falar, entre o alfange e o caldeiro. Pareceu bem a el-rei o conselho, e logo ali nomeou Mem Ramires capitão da frente ocidental, deixando para mais tarde a designação dos outros comandos, Quanto a mim, sendo por natureza e real dever de todos vós comandante, tomarei também sob minhas diretas ordens um corpo de exército, precisamente o que vai ficar no Monte da Graça, onde estará instalado o quartel-general. Foi a vez de intervir o arcebispo D. João Peculiar para dizer que a Deus não pareceria bem que os mortos desta batalha pela conquista da cidade de Lisboa viessem a ser sepultados avulsamente por esses montes e vales, mas que, pelo contrário, deveriam receber sepultura cristã em campo santo, e que, uma vez que desde que ali tinham chegado, alguns poucos já tinham morrido, por doença ou causa de briga, e por aí andavam enterrados, fora do arraial, fosse o cemitério consagrado neste mesmo local, já que de facto principiado estava. Usou então da palavra o inglês Gilberto, em nome dos estrangeiros, argumentando que seria indecente, por confuso, que no dito cemitério se misturassem os portugueses e os cruzados, pois que estes, se quisesse Deus que nestas paragens deixassem a vida, deveriam a todos os títulos ser considerados mártires, tal como prometidos mártires eram já aqueles outros que, navegando agora no mar, à Terra Santa fossem morrer, pelo que em sua opinião se haveriam de consagrar não um mas dois cemitérios, ficando cada qual morto com seu igual defunto. Agradou a el-rei a proposta, embora se tivessem notado alguns murmúrios de despeito entre os portugueses, que mesmo morrendo se viam privados das glórias do martírio, e logo no minuto seguinte, saindo todos fora, foram marcados os limites provisórios dos dois cemitérios, deixando-se a sagração deles para quando o terreno ficasse limpo destes vivos pecadores, e dadas já as ordens para, na altura própria, se desenterrarem e tornarem a enterrar aqueles desgarrados mortos primeiros, por uma casualidade todos portugueses. El-rei, cumpridos os trabalhos de agrimensura, encerrou a sessão, de que, para constar, se lavrou a competente ata, e Raimundo Silva regressou a casa, passava a tarde de meio.

A senhora Maria já não estava, o que enfadou Raimundo Silva, não por ter ela abreviado as tarefas, se o fizera, mas porque agora não havia ninguém entre ele e o telefone, nenhuma indiscreta testemunha que, com a sua presença, pudesse absolvê-lo da cobardia, ou timidez, opção vocabular menos contundente, que o derrotara ao defrontar-se com aquele seu outro eu que com tão fina astúcia arrancara à telefonista da editora o número de Maria Sara, segredo, como se viu, dos mais bem guardados do universo. Mas esse diferente Raimundo Silva não é companhia certa, tem seus dias, ou nem tanto, apenas horas ou segundos, às vezes irrompe por aí com uma força que parece capaz de remover mundos, os de fora e os de dentro, mas não dura, tão depressa vem logo parte, lume que ainda bem não se acendeu já está apagado. O Raimundo Silva que aqui está diante do telefone, impotente para levantar o auscultador e marcar um número, foi homem, do alto do castelo, tendo a seus pés a cidade, foi homem, dizemos, para elaborar as táticas mais convenientes à ingente tarefa de cercar e conquistar Lisboa, mas agora pouco lhe falta para que se arrependa do momento de audácia louca em que cedeu à vontade do outro, e vai ao ponto de procurar nos bolsos o papel onde tomou nota do número, não para utilizá-lo, mas com a esperança de o ter perdido. Não o perdeu, está aí, na mão aberta, amarrotado, como se, e assim realmente havia sido, embora disso se não lembre Raimundo Silva, todo o tempo o tivesse estado buscando e tateando, com medo de o perder. Sentado à secretária, com o telefone ao lado, Raimundo Silva imagina o que poderia acontecer se se resolvesse a marcar o número, que conversação travaria diferente da que antes inventara, e quando está a passar em revista as diversas possibilidades ocorre-lhe, e é absurdo que lhe ocorra pela primeira vez, que nada conhece da vida particular de Maria Sara, se é casada, viúva, solteira ou divorciada, se tem filhos, se vive com os pais, ou apenas com um deles, ou nenhum, e essa realidade ignorada torna-se ameaçadora, sacode e derruba as frágeis arquiteturas de sonho e de estúpida esperança que tem andado a levantar desde há algumas semanas em chão de areia e nenhuma firmeza, Suponhamos que marco o número e me sai uma voz de homem que me diz que ela não pode atender ao telefone, está de cama, mas que eu diga o que pretendo, se é recado, pergunta ou informação, que não, que só queria saber se a doutora Maria Sara está melhor, sim, um colega, e enquanto estivesse a dizê-lo perguntar-me-ia, uma vez mais, se de facto a palavra tem aplicação neste caso, tratando-se da relação profissional existente entre um revisor e o seu chefe, e chegando a conversa ao fim eu perguntaria Com quem falei, e ele responderia Sou o marido, ora é certo que ela não usa aliança, mas isso nada significa, não faltam aí casais que não a usam e nem por isso se consideram menos felizes, ou então não o são, e tanto faz, aliás a resposta do homem seria igual em qualquer caso, diria Sou o marido ainda que o não fosse, com certeza não me ia responder Sou o companheiro, companheiro deixou de usar-se, e muito menos Sou o homem com quem ela vive, ninguém se exprimiria deste modo grosseiro, porém há qualquer coisa em Maria

Sara que me diz que não é casada, não se trata apenas da falta da aliança, é algo que não se deixa definir, um jeito de falar, uma maneira de estar atenta que em cada momento parece querer evadir-se para outro lugar, e quando digo casada também poderia dizer viver com um homem, ou ter o homem embora não vivendo com ele, isso a que costuma chamar-se uma ligação, ou relações de acaso, sem compromisso nem consequências, é o que mais se encontra nos tempos de hoje, que de tais bem-aventuranças não posso dizer que tenha grande experiência, pouco mais faço que observar o mundo e aprender de quem sabe, noventa por cento do conhecimento que julgamos ter é daí que nos vem, não do que vivemos, e é lá que está também o apenas pressentido, essa nebulosa informe onde ocasionalmente brilha uma súbita luz a que damos o nome de intuição, ora eu pressinto e intuo que não há qualquer homem na vida de Maria Sara, ainda que pareça impossível sendo bonita como é, não será nenhuma beleza suprema mas é bonita, digo de cara e de figura, quanto ao corpo, à vista, bom, os corpos só se sabe o que valem quando estão despidos, esta é a boa ciência, a das evidências, melhor ainda depois, quando já se conheceu o que está coberto e dele se gostou.

Enormes, consabidamente, são os poderes da imaginação, como neste caso outra vez foi provado, quando Raimundo Silva começou a sentir o seu próprio corpo, o que nele estava a acontecer, primeiro um movimento de sismo lento, quase impercetível, depois a palpitação brusca, repetida, urgente. Raimundo Silva assiste, de olhos semicerrados segue o processo como se estivesse recordando mentalmente uma página conhecida, e fica quieto, à espera, até que o sangue a pouco e pouco reflui, como maré que abandonasse uma caverna, devagar, a espaços lançando ainda novas vagas ao assalto, mas é inútil, a maré vaza, são os últimos sobressaltos, por fim não há nada senão um manso escorrer de fios de água, as algas descem espalhadas sobre as pedras onde se vão esconder uns caranguejozinhos assustados que deixam na areia molhada sinais apenas distinguíveis. Agora num estado de meio entorpecimento voluntário, Raimundo Silva pergunta-se donde vêm e que querem dizer-lhe estes animalejos grotescos, com o seu modo insólito de caminhar, inquietante, como se a natureza tivesse começado por eles o seu previsível desconcerto geral, No futuro seremos todos caranguejos, pensou, e imediatamente a imaginação mostrou-lhe o soldado Mogueime na margem do esteiro, lavando as mãos sujas de sangue e olhando os caranguejos daquele tempo que fugiam, a direito, no fundo baixo, confundindo com a sombra da água a sua própria cor de terra. A imagem desapareceu rapidamente, outra veio, como diapositivos passando, era mais uma vez o esteiro, mas agora havia uma mulher a lavar nele roupa, Raimundo Silva e Mogueime sabiam quem era, tinham-lhes dito que era a manceba do tal cavaleiro Henrique, alemão de Bona, apanhada na Galiza quando uns tantos cruzados lá desembarcaram para fazer aguada, roubou-a um criado dele, ora o cavaleiro morreu num assalto mai-lo criado, e a mulher anda agora por aí, mais ou menos com quem calha, diga-se mais ou menos, porém acautelado, porque algumas vezes a tinham tomado contra sua vontade, dois que o fizeram apareceram uns dias mais tarde mortos à punhalada, não se chegou a saber quem os tinha matado, num tão grande ajuntamento de homens não se podem evitar desordens e agressões, sem contar que pode ter sido obra de mouros infiltrados no arraial, ferindo pela calada e à falsa fé. Mogueime aproximou-se da mulher, a alguns passos, sentou-se numa pedra, a olhar. Ela não se voltou, tinha-o visto de relance quando ele vinha, reconhecia--o pela figura e pelo jeito de andar, a condizer, mas ainda não sabia como ele se chamava, apenas que era português, numa ocasião ouvira-o falar galego. O mover cadenciado das ancas da mulher perturbava Mogueime. Aliás, trazia-a de olho desde que o cavaleiro morrera, e mesmo muito antes, mas um soldado raso, de mais a mais medieval, não se atreveria a andar de pé de alferes com a mulher do próximo, ainda que barregã. Caíra em tristura e raiva ao ver que depois a levaram outros, mas ela não ficara com nenhum, embora eles a quisessem, como os apunhalados, que de tanto bem que lhe queriam a tentaram obrigar. Obrigá-la por sua vez era ideia que Mogueime não tinha, muito menos aqui neste descampado, com gente à vista, uns soldados também de sueto, uns pajens que davam banho às mulas dos seus senhores, uma cena em verdade pacífica que nem parecia de cerco e intento de conquista, sobretudo se, como agora, viramos costas à cidade e ao castelo, e temos diante dos olhos a tranquila superfície das águas do esteiro, aqui tão metidas pela terra dentro que cá não chega a ondulação larga do rio, e em frente as colinas com árvores dispersas num chão ora amarelado ora verde-escuro, consoante o cobre o mato perene ou os ervaçais crestados pelo verão. Está calor, a hora é a do meio-dia, os olhos têm de desviar-se da água para não ficarem deslumbrados e cegos com o resplandor fixo do sol, não os olhos de Mogueime, claro, que esses não se despegam do vulto da mulher. Agora ela ergueu o corpo, levanta e baixa o braço para bater a roupa, o ruído de estalo corre sobre a água, é um som que não se confunde, e outro, e outro, e depois há um silêncio, a mulher descansa as duas mãos sobre a pedra branca, um velho cipo funerário romano, Mogueime olha e não se mexe, é então que o vento traz o grito agudo de um almuadem, quase sumido na distância, mas ainda assim inteligível para quem, embora não conhecendo a arábiga língua, desde há quase um mês os vem ouvindo, três vezes ao dia. A mulher vira ligeiramente a cabeça para a esquerda como para escutar melhor o apelo, e estando Mogueime desse lado, um pouco para trás, teria sido impossível não se encontrarem os olhos dele com os olhos dela. Todo o desejo físico de Mogueime se apagou num ápice, apenas o coração se desatou aos saltos numa espécie de pânico, é difícil levar mais longe o exame da situação porque há que ter em conta o primitivismo dos tempos e dos sentimentos, corre-se sempre o risco do anacronismo, por exemplo, pôr diamantes em coroas de ferro ou inventar subtilezas de erotismo requintado em corpos que se contentam com ir direitos ao fim começando rapidamente pelo princípio. Mas este soldado Mogueime já mostrou ser em alguma coisa diferente do comum quando do debate sobre a conquista de Santarém e o forçamento e degolação das mulheres mouras, e se é certo ter-se mostrado nessa altura propenso a tentações de imaginosa fantasia, também pode ser que por isso mesmo, contraditoriamente, se a verdade deve ir adiante de todas as coisas, encontremos a raiz da sua diferença, na dúvida, na reordenação posterior de um facto, na averiguação oblíqua dos seus motivos, na interrogação ingénua sobre a influência que cada um de nós tem em atos alheios sem o sabermos nós e deliberadamente a desprezando quem deles pretende ser inteiro autor. Com os pés descalços na areia grossa e húmida, Mogueime sente o peso todo do seu corpo, como se tivesse passado a fazer parte da pedra em que está sentado, bem podiam agora as trombetas reais tocar ao assalto que o mais seguro seria não as ouvir, o que sim lhe está ecoando na cabeça é o grito do almuadem, continua a ouvi-lo enquanto olha a mulher, e quando ela enfim desvia os olhos o silêncio torna-se absoluto, é verdade que há ruídos em redor mas pertencem a outro mundo, as mulas resfolgam e bebem num arroio de água doce que desagua no esteiro, e porque provavelmente não se encontraria outra maneira melhor de começar o que tem de ser feito, Mogueime pergunta à mulher, Como te chamas, quantas vezes teremos perguntado uns aos outros desde o princípio do mundo, Como te chamas, algumas vezes acrescentando logo o nosso próprio nome, Eu sou Mogueime, para abrir um caminho, para dar antes de receber, e depois ficamos à espera, até ouvirmos a resposta, quando vem, quando não é com silêncio que nos respondem, mas não foi esse o caso de agora, O meu nome é Ouroana, disse ela.

O papel com o número de telefone continua ali, sobre a secretária, nada mais fácil, marcar seis algarismos, e do outro lado, a quilómetros de distância, ouvir-se-á uma voz, tão simples, não nos importa agora se de Maria Sara se do marido, devemos é reparar nas diferenças entre aquele tempo e este tempo, para falar, como para matar, é preciso chegar perto, assim fizeram Mogueime e Ouroana, ela veio da Galiza trazida à força para este cerco, manceba de um cruzado que já morreu e depois lavadeira de fidalgos para merecer o que come, e ele, tendo conquistado Santarém, veio à procura duma glória maior, frente aos muros formidáveis de Lisboa. Raimundo Silva marca cinco algarismos, não lhe falta senão um, porém não se decide, finge saborear a antecipação de um gosto, o arrepio de um medo, diz consigo mesmo que se quisesse completaria a série, um gesto só, mas não quer, murmura Não posso, e pousa o auscultador como quem de repente largasse uma carga que o iria esmagar. Levanta-se, pensa Tenho sede, e vai à cozinha. Enche um copo da torneira, bebe lentamente, desfruta a frescura da água, é um prazer simples, talvez o mais simples de todos, um copo de água quando se tem sede, e enquanto bebe imagina o arroio correndo para o esteiro, e as mulas tocando com os beiços a flor da corrente, há setecentos e quarenta anos, os pajens estimulam-nas com o assobio, é verdade que não há muitas coisas verdadeiramente novas debaixo da rosa do sol, nem mesmo o rei Salomão foi capaz de imaginar quanta razão tinha. Raimundo Silva pousou o copo, voltou-se, sobre a mesa da cozinha estava um papel, a costumada e desnecessária explicação da mulher a dias, Fui-me embora, deixei tudo arrumado, mas desta vez não é assim, nem uma palavra sobre as suas obrigações, é outro o recado, Telefonou-lhe uma senhora, pede que ligue para o número, e Raimundo Silva não precisa de correr ao escritório para saber que o número é o mesmo que está no papel amarrotado, aquele que tanto trabalho lhe deu a encontrar. Ou a não perder.

O motivo por que Raimundo Silva conseguiu não telefonar a Maria Sara teve tanto de simples quanto de tortuoso, o que logo se apresenta como um modo de dizer que pouco deverá à exatidão, pois que estes adjetivos se aplicariam com outro rigor ao raciocino com o qual foi obrigado o dito motivo a conformar-se. Tal como nos romances policiais clássicos, o essencial da questão residia no fator tempo, isto é, a circunstância de a chamada de Maria Sara ter sido feita durante a ausência de Raimundo Silva, a uma hora não conhecida, que tanto poderia ser a do imediato minuto após ele ter saído de casa como a do minuto imediatamente anterior àquele em que a mulher a dias se retirou, hora que igualmente se desconhece, para não mencionar senão estes minutos extremos. No primeiro caso, terão passado mais de quatro horas até Raimundo Silva tomar conhecimento do recado, no segundo caso, julgando pelo costume, umas três. Tudo bem ponderado, significa que Maria Sara, se ficou à espera de uma chamada em resposta à sua, teve tempo para pensar que talvez Raimundo Silva regressasse a casa muito tarde, a horas em que não seria de bom gosto telefonar para casa de alguém, de mais a mais doente. Ainda que, expressão restritiva mas não irónica, não fosse a doença tão grave que não tivesse podido, por sua própria mão e voz, chamar esta casa vizinha do castelo, onde Raimundo Silva procura e não encontra resposta à pergunta inevitável, Que é que ela me quer. O resto da tarde e a noite antes de se deitar levou-os ele a desenvolver um sem-número de variações sobre este tema, indo do simples ao complexo, do geral ao particular, desde um qualquer pedido de informação, que seria absurdo vistas as circunstâncias, à ainda maior absurdidade de querer ela declarar-lhe o seu amor, assim mesmo, pelo telefone, como quem não podia resistir mais à tentação deliciosa. A irritação consigo mesmo, por ter-se deixado levar por um pensamento louco a esta hipótese, atingiu um tal extremo que, num gesto de mau humor, foi-se à rosa branca que realmente murchava no solitário e atirou-a ao lixo, batendo depois com força a tampa do recipiente, em jeito de sentença final, Sou um idiota, disse em voz alta, mas não se explicou se o era por ter deixado os pensamentos irem tão longe ou por ter assim maltratado uma flor inocente, que durara viçosa alguns dias e merecia que a deixassem extinguir-se, marcenda, numa suavíssima deliquescência, com um resto de perfume e uma última e escondida brancura no seu íntimo coração. Deve-se no entanto acrescentar que, estando já deitado, noite dentro, e sem poder dormir, Raimundo Silva levantou-se e foi à cozinha, puxou de debaixo da chaminé a lata do lixo e recolheu a conspurcada rosa, que delicadamente limpou e lavou num fio de água para não magoar-lhe as frouxas pétalas, feito o que a restituiu ao solitário, amparando-lhe a corola decaída numa pilha de livros sobrepostos, o último dos quais, por interessante coincidência, era a História do Cerco de Lisboa, exemplar fora do mercado. O último pensamento de Raimundo Silva, antes de adormecer, foi, Amanhã telefono, declaração perentória que está tão de acordo, enquanto promessa, com o seu carácter hesitante como se tivesse sido proferida, com real decisão, por pessoa mais resoluta, o caso está em que nem tudo se pode fazer hoje, já é bastante a firmeza quando o não deixámos para depois de amanhã.

No dia seguinte, Raimundo Silva acordou com ideias muito claras sobre como dispor finalmente as tropas no terreno para o assalto, incluindo certos pormenores táticos da sua própria lavra. O sono, quc vicra profundo, e algum sonho auxiliar por meio, dissiparam de vez as dúvidas que ainda o apoquentavam, naturais em quem nunca fora instruído nos perigos e acasos duma guerra verdadeira, ainda por cima com não pequenas responsabilidades de mando. Era por de mais evidente que já não poderia obter-se o chamado efeito de surpresa, esse que deixa as pessoas sem ação nem reação, sobretudo, as cercadas, que, não o tendo sabido antes, compreendem que ao saberem-no depois o souberam tarde de mais. Com todo este alarde de forças, este ir e vir de emissários, estas manobras de envolvimento, mais que fartos estão os mouros de saber o que os espera, e a prova está naqueles eirados cobertos de guerreiros, naqueles muros inçados de lanças. Raimundo Silva encontra-se numa interessante situação, a de quem, jogando o xadrez consigo mesmo e conhecendo de antemão o resultado final da partida, se empenha em jogar como se o não soubesse e, mais ainda, em não favorecer conscientemente nenhuma das partes em litígio, as negras ou as brancas, neste caso os mouros ou os cristãos, segundo as cores. E muito abertamente o tem vindo a demonstrar, haja vista a simpatia, diríamos mesmo o apreço, com que tem tratado os infiéis, em particular o almuadem, sem falar no respeito que manifestou quando se referiu ao porta-voz da cidade, aquele tom, aquela nobreza, em contraste com uma certa secura, uma impaciência, uma ironia, até, que sempre vêm à tona do discurso quando se trata dos cristãos. Não se infira daqui, porém, que as inclinações de Raimundo Silva vão todas para o lado dos mouros, entendamo-las antes como um movimento de espontânea caridade, porque, enfim, por mais que o tentasse não poderia esquecer-se de que os mouros vão ser vencidos, mas sobretudo porque sendo ele também cristão, ainda que não praticante, o indignam certas hipocrisias, certas invejas, certas infâmias que no seu próprio campo têm carta branca. Enfim, o jogo está na mesa, por enquanto só se moveram os peões e alguns cavalos, e segundo a avisada opinião de Raimundo Silva deve-se tentar um assalto simultâneo às cinco portas, que duas tem Lisboa menos que Tebas, com o objetivo de experimentar as forças dos sitiados, que, sorte havendo, bem pode ser que numa delas esteja um batalhão mais assustadiço, caso em que levaríamos de vencida a batalha em pouco tempo e com reduzida perda de inocentes de um lado e do outro.

No entanto, antes da grande empresa é preciso telefonar. Prolongar por mais um dia o silêncio, além de má educação, só iria servir para criar dificuldades às relações futuras, profissionais, claro está. Raimundo Silva telefonará, portanto. Porém, para começar, ligará para a editora, porque é admissível a hipótese, é mesmo fortemente presumível que

Maria Sara, restabelecida do seu breve transtorno de saúde, já tenha ido trabalhar hoje, não sendo até de excluir que fosse esse o motivo da chamada recebida pela mulher a dias, por exemplo, pedir-lhe que comparecesse no dia seguinte na editora a fim de tratar, sem mais perda de tempo, doutra revisão. Raimundo Silva acredita tanto que assim é, que ao dizer-lhe a telefonista que a doutora não está, Está doente, senhor Silva, não se lembra de lho ter dito ontem, responde, Tem a certeza de que não foi trabalhar, veja bem, e a telefonista, melindrada, Sei quem está e quem não está, Podia ter entrado sem que você desse por isso, Eu dou por tudo, senhor Silva, eu dou por tudo, e Raimundo Silva tremeu ao ouvir estas sibilinas palavras, que lhe soaram a ameaça, qualquer coisa equivalente a Não julgue que me faz o ninho atrás da orelha, ou Não pense que me come por parva, nem pretendeu averiguar aonde queria chegar a insinuação, atropelou uma frase apaziguadora e desligou. D. Afonso Henriques arenga às tropas reunidas no Monte da Graça, fala-lhes da pátria, já então era assim, da terra natal, do futuro que nos espera, só não falou dos antepassados porque verdadeiramente ainda quase não os havia, mas disse, Pensai que se não vencermos esta guerra Portugal se acabará antes de ter começado, e assim não poderão ser portugueses tantos reis que estão por vir, tantos presidentes, tantos militares, tantos santos, e poetas, e ministros, e cavadores de enxada, e bispos, e navegantes, e artistas, e operários, e escriturários, e frades, e diretores, por comodidade de expressão é que falo no masculino, por al não, que em verdade não estou esquecido das portuguesas, as rainhas, as santas, as poetisas, as ministras, as cavadoras de enxada, as escriturárias, as freiras, as diretoras, ora para que venhamos a ter tudo isto na nossa história, e o mais que não direi para não alongar o discurso e porque nem tudo se pode saber já hoje, para vir a ter tudo isto é preciso começar por conquistar Lisboa, portanto vamos a ela. Aclamaram as tropas a el-rei e, depois, à ordem dos seus alferes e capitães, marcharam a ocupar as posições que lhes estavam destinadas, levando os chefes instruções imperiosas de que no dia seguinte, à hora do meio-dia, quando os mouros estivessem em oração, seria o ataque desencadeado ao mesmo tempo nas cinco frentes, que Deus nos proteja a todos, que em seu serviço vamos.

Súplica semelhante, passada à primeira pessoa do singular, terá Raimundo Silva murmurado no ato de marcar o número do destino, mas tão apagada foi ela que não se lhe ouviu para fora da boca, trémula como de adolescente, ele próprio tem agora mais em que pensar, se pensa, se não é, todo ele, apenas um tímpano imenso onde soa e ressoa a campainha do telefone, a campainha não, o sinal eletrónico, esperando a interrupção súbita do apelo, e que uma voz pronuncie Estou, ou Faz favor de dizer, talvez Alô, talvez Quem fala, não faltam possibilidades entre as fórmulas tradicionais e as suas variantes modernas, porém, de aturdido que estava não chegou Raimundo Silva a perceber o que lhe disseram, apenas que era uma mulher, então perguntou, cuidando pouco de cortesia, É a doutora Maria Sara, não, não era, Quem fala, foi como quis saber a voz, Raimundo Silva, da editora, não era esta uma verdade incontrovertível, mas servia como simplificação da identidade, decerto não contaríamos que ele se apresentasse como Raimundo Benvindo Silva, revisor, trabalhando em sua casa, e que o fizesse, seria igual a resposta, Espere um momento, por favor, vou ver se a doutora Maria Sara pode receber a chamada, nunca momento nenhum foi tão breve, Não desligue, vou passar o telefone, silêncio. Raimundo Silva imaginou a cena, a mulher, com certeza uma criada, retirando a ficha da tomada, transportando o aparelho com as duas mãos, amparado ao peito, puerilmente assim o via, e entrando num quarto em penumbra, depois baixando-se para ligar a ficha nesta outra tomada, Como está, a voz soou inesperada, Raimundo Silva esperara ouvir ainda a criada dizer algo como Vou passar à senhora doutora, seriam três ou quatro segundos mais de adiamento, em vez disso a pergunta direta, Como está, invertendo a situação, a ele, sim, é que competia exprimir interesse pelo estado da enferma, Estou bem, obrigado, e acrescentou rapidamente, Vinha saber se está melhor, Como foi que soube que tenho estado doente, Na editora, Quando, Ontem de manhã, Então resolveu telefonar para saber como estou, Sim, Muito obrigada pelo seu cuidado, até agora foi o único revisor a interessar-se, Bom, achei que devia, espero não tê-la incomodado, Pelo contrário, fico-lhe muito grata, estou melhor, penso que amanhã, talvez depois, já poderei ir à editora, Não quero maçá-la mais, desejo-lhe umas rápidas melhoras, Antes de desligarmos, como foi que soube o número do meu telefone, Deu-mo a menina Sara, A outra, Sim, a telefonista, Quando, Já lho disse, ontem de manhã, E só me telefona hoje, Tive medo de ser importuno, Mas venceu o medo, Parece que sim, a prova é que estou a falar consigo, No entanto, deve saber que antes eu quis falar consigo. Durante dois segundos Raimundo Silva pensou em fingir que não recebera o recado, mas acabou por responder, quando já se ia passando o terceiro segundo, Sim, Posso portanto admitir que me telefonou porque não podia deixar de o fazer, uma vez que eu tinha tomado a iniciativa, Admitirá tudo quanto quiser, está no seu direito, mas admita também que se eu pedi o número à telefonista não foi para ficar com ele no bolso, à espera não se sabe de quê, Ficou mesmo à espera não se sabe de quê, A razão foi outra, Qual, Simplesmente falta de coragem. A sua coragem, pelos vistos, limitava-se àquele episódio de revisão de que não gosta de que se fale, De facto, telefono-lhe apenas para saber da sua saúde e desejar-lhe as melhoras, E não acha que é a altura de perguntar-me por que foi que lhe telefonei eu, Por que foi que me telefonou, Não sei se gosto desse tom, Dê importância às palavras, não ao modo, Supus que a sua experiência de revisor lhe teria ensinado que as palavras não são nada sem o tom, Uma palavra escrita é uma palavra muda, A leitura dá-lhe voz, Exceto se for silenciosa, Até mesmo essa, ou julgará o senhor Raimundo Silva que o cérebro é um órgão silencioso, Sou apenas um revisor, faço como faz o sapateiro, que se contenta com a chinela, o meu cérebro sabe de mim, eu não sei nada dele, Interessante observação, Ainda não respondeu à pergunta, Que pergunta, Por que foi que me telefonou, Agora não sei se me apetece dizer-lho, Afinal não sou o único cobarde, Não me lembro de ter falado em cobardia, Falou de falta de coragem, Não é o mesmo, As duas faces duma moeda são diferentes, mas a moeda é uma só, O valor só vai num lado, Não compreendo esta conversa, e acho que não devemos prossegui-la, sem esquecer que é uma imprudência, estando doente como está, Não lhe fica bem o cinismo, Não sou cínico, Bem sei, portanto escusa de fingir, A sério, creio que já não sabemos o que estamos a dizer, Eu sei muito bem, Então explique-mo, Não precisa de explicações, Está a fugir à questão, É você quem foge à questão, esconde-se atrás de si mesmo, quer que lhe diga o que já sabe, Por favor, Por favor, quê, Acho melhor que desliguemos, este diálogo caiu num equívoco, Porque você o está a empurrar para lá, Eu, Sim, Está enganada, gosto das coisas claras, Então seja claro, diga-me por que é agressivo quando fala comigo, Não sou agressivo com ninguém, não tenho essa qualidade moderna, É agressivo comigo, porquê, Não sou, Desde o dia em que nos conhecemos, se precisa que lho lembre, As circunstâncias, Mas as circunstâncias modificaram-se depois, e a agressividade continuou, Desculpe, nunca tive essa intenção, Agora sou eu que lhe peço, por favor, não use palavras inúteis, Calo-me, Então ouça, telefonei-lhe porque me sentia só, porque tive curiosidade de saber se estava a trabalhar, porque queria que me desejasse as melhoras, porque, Maria Sara, Não diga o meu nome assim, Maria Sara, eu gosto de si, pausa longa, Isso é verdade, É verdade, Levou tempo a dizer-mo, E talvez nunca lho dissesse, Porquê, Somos diferentes, pertencemos a mundos diferentes, Que é que sabe dessas diferenças todas, nossas e dos mundos, Imagino, vejo, concluo, Essas três operações tanto podem levar à verdade como conduzir ao erro, Admito-o, e o erro maior, neste momento, terá sido dizer-lhe que gosto de si, Porquê, Nada conheço da sua vida particular, se é, Casada, Sim, ou, De qualquer maneira comprometida, como antigamente se dizia, Sim, Imaginemos que sou realmente casada, ou que tenho um compromisso, impedi-lo-ia isso de gostar de mim, Não, E se eu fosse realmente casada, ou tivesse um outro compromisso, impedir-me-ia isso de gostar de si, se tal tivesse de acontecer, Não sei, Então tome nota de que gosto de si, pausa longa, Isso é verdade, É verdade, Ouça, Maria Sara, Diga, Raimundo, mas antes fique a saber que sou divorciada há três anos, que acabei há três meses com uma ligação, que não comecei outra, que não tenho filhos, que quero tê-los, que vivo em casa de um irmão, que a pessoa que o atendeu é a minha cunhada, e não precisa de dizer-me quem é a pessoa que recebeu o meu recado, é a sua empregada, e agora, sim, tem a palavra, senhor revisor, não faça caso, estou quase a rebentar de contentamento, Por que é que gosta de mim, diga-me, Não sei, gosto, E não teme que quando começar a saber, possa começar a não gostar, Às vezes acontece, acontece mesmo muito, Então, Então, nada, o depois só depois é que se conhece, Eu gosto de si, Acho que sim, que gosta, Quando nos veremos, Tão depressa eu me levante deste leito de dor, Onde, Em toda a parte, Agora posso perguntar-lhe que doença é essa, Nada de importância, ou melhor, esta foi a gripe mais importante da minha vida, Daí não me pode ver, mas estou a sorrir, Grande novidade, que até hoje foi coisa que nunca vi na sua boca, Posso dizer-lhe que a amo, Não, diga só que gosta de mim, Já o disse, Então guarde o resto para o dia em que for verdade, se esse dia chegar, Chegará, Não juremos sobre o futuro, esperemo-lo para ver se ele nos reconhece, e agora esta débil e febril mulher pede que a deixem descansar, precisa de recuperar forças para a hipótese, acaso provável, de alguém se lembrar de tornar a telefonar-lhe hoje, A quem, a si, Ou a si, o sentido da frase tem dois destinatários, depende, A ambiguidade não é sempre um defeito, Até logo, Deixe que me despeça com um beijo, Está a chegar o tempo deles, Para mim já vinha tardando, Só uma pergunta mais, Diga, Já começou a escrever a História do Cerco de Lisboa, Já, Não sei se continuaria a gostar de si se me respondesse que não, adeus.

Adeus, foi a palavra. No seu quarto, deitada, Maria Sara pousa devagar o auscultador no descanso, ao mesmo tempo que Raimundo Silva, sentado à secretária, pousa devagar o auscultador no descanso. Num movimento ondulatório, ela afunda-se, preguiçosa, entre os lençóis, enquanto ele, com abandonamento, se recosta no espaldar da cadeira. Estão felizes, ambos, e a um ponto tal que será grande injustiça separar-nos de um para ficar a falar do outro, como mais ou menos seremos obrigados a fazer, porquanto, conforme ficou demonstrado num outro mais fantasioso relato, é física e mentalmente impossível descrever os atos simultâneos de duas personagens, mormente se elas estão longe uma da outra, ao sabor dos caprichos e preferências de um narrador sempre mais preocupado com o que julga serem os interesses objetivos da sua narrativa do que com as esperanças em absoluto legítimas desta ou daquela personagem, ainda que secundária, de ver preferidos os seus mais modestos dizeres e miúdas ações aos importantes feitos e palavras dos protagonistas e dos heróis. E porque de heróis falámos, deem-se como exemplo ilustrativo aqueles encontros maravilhosos dos cavaleiros da Távola Redonda ou da Demanda do Graal com sábios ermitões ou misteriosas donzelas postos no seu caminho, que chegando ao fim a prática e a lição partia o cavaleiro rumo a novas aventuras e reuniões, e nós obrigatoriamente com ele, ficando na página abandonados, quantas vezes para todo o sempre, o ermitão numa, a donzela noutra, quando mais nos gostaria saber que futuro tiveram estes, se ao ermitão, por amor, o foi retirar do ermitério uma rainha, se a donzela, em lugar de ficar no bosque à espera do próximo cavaleiro perdido, foi ela a ver se encontrava no mundo um homem. Neste caso de Maria Sara e Raimundo Silva, a questão complica-se muito, visto que os dois são personagens principais, como principais estarão sendo, agora mesmo, os seus gestos e pensamentos, dos quais, afinal, vista a dificuldade intransponível, não nos resta outra solução que escolher algo que o critério do leitor tenha por bem aceitar como essencial, por exemplo, quanto a Maria Sara, observar que houve também uma certa volúpia no movimento que primeiro nos limitámos a qualificar de preguiçoso, e que Raimundo Silva tem os lábios secos como se uma repentina febre, um febrão, lhe tivesse entrado no corpo, todo ele começou a tremer, é a ressaca dos nervos, tensos durante a conversa, enganosamente relaxados no instante brevíssimo dos adeuses, e agora zunindo como arames esticados, ou, respeitando a beleza e a comoção, harpa eólica que o vento, porém ciclónico, faz vibrar. Diga-se também que durando o sorriso de Maria Sara tanto, e sendo ou parecendo tão genuinamente feliz a expressão dele, a cunhada lhe perguntou, curiosa, Quem é esse Raimundo Silva que te pôs nesse estado, e Maria Sara, continuando a sorrir, respondeu, Ainda não sei. Raimundo Silva não tem a quem falar, sorri apenas, agora que a tranquilidade aos poucos regressa, enfim levantou-se, é um homem novo que sai do escritório e se dirige ao quarto, e que olhando-se num espelho não se reconhece, porém, tão consciente de ser isto que aqui está, que ao reparar na linha branca da raiz dos cabelos se limita a encolher os ombros, com uma indiferença que é real, quando muito um pouco impaciente, talvez porque são vagarosos os progressos da verdade. Maria Sara vê as horas no relógio de pulso, é cedo ainda para que volte a tocar o telefone ou para que decida ser ela a fazer a ligação, a grande prova de sabedoria é ter presente que mesmo os sentimentos devem saber administrar o tempo. Raimundo Silva vê as horas no relógio de pulso e sai. Demorou-se na rua não mais tempo que o necessário para ir à florista e comprar quatro rosas, as mais suavemente brancas que lá havia. Cruzou com a empregada um animado diálogo antes de conseguir o que por acrescentamento pretendia e para o que, finalmente, teve de mostrar-se muito mais generoso propinador do que é prática comum e ainda menos seu próprio costume, pois não persuadiram bastante a empregada os diversos argumentos usados, desde o intento de demonstrar-lhe que a diferença entre duas rosas e doze rosas é puramente aritmética e não de valor, até algumas misteriosas e veladas alusões ao cumprimento duma promessa sobre a qual um juramento solene o impedia de abrir-se como gostaria, Que mais não fosse para corresponder a tanta paciência e amabilidade. Já com a gratificação reconfortante no bolso da bata de serviço, a empregada acedeu a deixar-se impressionar, e, prosseguindo a conversação, não surpreenderia se viesse a concluir-se que o dinheiro não tivera qualquer influência no entusiasmo com que ela acabou por aderir ao inusual requerimento do cliente, inusual, sim, pois que, por mais voltas que se lhes deem, duas rosas não são doze, nem sequer uma orquídea, que, essa, a si mesma se basta, e até prefere. Para não ser apanhado em falso, em ausência que seria duplamente frustradora, Raimundo Silva regressou a casa de táxi, subiu a escada a correr, proeza ginástica que lhe embaçou por alguns minutos a respiração, Imprudência, pensou, com a minha idade não se deve subir desta maneira a Calçada da Glória, disse glória sem pensar, depois, divertindo-se com os seus próprios exageros, os físicos e os vocabulares, foi retirar a flor murcha do solitário, mudou a água, e dispôs nele, com artes e vagares de japonês, as duas rosas que trouxera.

Pela janela do quarto viam-se passar nuvens, devagar, pardas e pesadas, no céu violeta do entardecer. Apesar de adiantada, a primavera ainda não se resolvera a abrir as portas ao calor, ao Austro morno que leva a desafogar os colos e subir as mangas, de certo modo Raimundo Silva anda a viver em dois tempos e em duas estações, o julho ardentíssimo que refulge e inflama as armas que cercam Lisboa, este abril húmido, gris, com um sol às vezes dardejante que torna a luz dura, como um diamante liso e fechado. Abriu a janela, apoiou os cotovelos no parapeito da varanda, sentia-se bem apesar do agreste, felizmente a casa vira as costas ao Bóreas, que é quem neste momento está soprando, em súbitas e pequenas rajadas que contornam o cunhal e vão perpassar-lhe na cara como uma carícia fria. Aos poucos sente-se arrefecer e pensa se não deveria recolher-se, quando num instante fica transido, literalmente transido, ao lembrar-se de que ali onde está não poderá ouvir a campainha do telefone, se ele o chamar. Meteu-se para dentro à pressa e precipitou-se para o escritório como se ainda quisesse perceber umas últimas vibrações, o telefone lá estava, quieto, negro, como sempre, mas agora tinha deixado de ser um animal ameaçador, um inseto couraçado de espinhos e aguilhões, podia mesmo ser comparado a um gato dormindo, enroscado no seu próprio calor, que desperto não mais ameaçará com as unhas de pequena e quantas vezes mortal fera, antes ficará esperando a mão que se aproxima para roçar-se nela, voluptuoso e cúmplice. Raimundo Silva regressou ao quarto, sentou-se à pequena mesa junto da janela sem acender a luz, à espera. Apoiou a testa nas mãos, gesto seu característico, com as pontas dos dedos roçava distraidamente a raiz dos cabelos onde uma outra história andara a ser escrita, porque esta de agora, começada, só poderá lê-la quem os olhos tiver lúcidos e abertos, não um cego, a quem, por muito apurada que tivesse a sensibilidade tátil, não diriam os dedos que cor é essa, nova, de uns cabelos. Apesar de estar a tarde caindo, a penumbra no quarto não seria tão densa se não fosse o alpendre, que mesmo em dias claros impede o caminho da luz zenital, e neste momento faz nascer aqui a noite quando lá fora, por entre os rasgões lentos das nuvens, o céu próximo ainda se deixa penetrar pelos últimos raios que o sol, passando por trás do mar, lança até às regiões superiores do espaço. Erguidas no estreito solitário, as duas rosas alvejam no escuro-azulado do quarto, as mãos de Raimundo Silva pousam sobre a última folha escrita, umas linhas negras indecifráveis, talvez de arábiga língua, não estivemos atentos à voz do almuadem, em vão ele gritou, o sol demorou-se ainda um longo minuto, pousado sobre o horizonte nítido, esperando, depois deixou-se afundar, agora qualquer palavra viria tarde de mais. O vulto de Raimundo Silva confunde-se a pouco e pouco com a espessura das sombras, as rosas é que ainda recolhem da janela o quase impercetível luzeiro retido nas vidraças e nele se banham, ao mesmo tempo que soltam do coração profundo das corolas um perfume inesperado. As mãos de Raimundo Silva levantam-se devagar e vão tocar-lhes, uma, outra, como se duas faces tocassem, uma, outra, prelúdio do movimento seguinte, aqueles dois lábios que lentamente se vão aproximando e afloram as pétalas, a boca múltipla da flor. Agora o telefone não deve tocar, que nada venha interromper este momento antes que ele por si mesmo se acabe, amanhã os soldados reunidos no Monte da Graça avançarão como duas tenazes, a nascente e a poente, até à margem do rio, passarão à vista de Raimundo Silva que mora na torre norte da Porta de Alfofa, e quando ele assomar ao eirado, curioso, trazendo uma rosa na mão, ou duas, gritar-lhe-ão de baixo que é demasiado tarde, que o tempo não é mais de rosas, mas de sangue final e de morte. Por este lado, em direção à Porta de Ferro, é que baixará o corpo de tropas que leva por capitão a Mem Ramires e onde, no tropel, vai Mogueime, a quem o seu comandante, vendo-o e finalmente o reconhecendo, imaginamos que pela altura, que a cara é de barbas como a de todos, lhe gritará, com um bom riso lhano e medieval, Eh, homem, altas são por de mais estas muralhas para que aos teus ombros eu pudesse outra vez subir e lançar uma escada, como em Santarém fizemos e quão bem nos aproveitou e a el-rei nosso senhor, e Mogueime, posto em confiança, mas a quem, na ocasião, não lhe passa pela cabeça contradizer a versão do seu oficial sobre a posição relativa das partes constitutivas da já célebre escada humana, responde com aquela filosofia de soldado que vai à guerra e contesta ao general que passa no jipe, Se lá dentro tornarmos a ver-nos será sinal de que ganhámos ambos a guerra, mas se algum de nós faltar ao encontro, esse perdeu-a, e agora levante vossa senhoria o escudo que vem aí uma chuva de setas. Raimundo Silva acendeu o candeeiro da mesa, a rápida luz por um momento pareceu apagar as rosas, depois elas reapareceram como se a si mesmas se reconstituíssem, porém sem aura nem mistério, ao contrário do que se julga e pôs a correr foi um botânico o autor da célebre frase, Uma rosa é uma rosa é uma rosa, um poeta teria dito apenas, Uma rosa, o resto caberia no silêncio de contemplá-la.

Finalmente, o telefone. De um salto, Raimundo Silva levantou-se, a cadeira empurrada para trás oscilou e caiu, e ele já ia no corredor, um pouco à frente de alguém que o observava sorrindo com suave ironia, Quem nos diria, meu caro, que tais coisas viriam a acontecer-nos, não, não me respondas, é perda de tempo dar troco a perguntas retóricas, várias vezes falámos disso, vai, vai, eu sigo-te, nunca tenho pressa, o que algum dia tiver de ser teu, meu há de ser, eu sou sempre aquele que chega depois, vivo cada momento vivido por ti como se de ti respirasse um perfume de rosas apenas guardado na memória, ou, menos poeticamente, o teu prato de hortaliça e feijão-branco, onde em cada instante a tua infância renasce, e não o vês, e não quererias acreditar se fosse preciso dizer-to. Raimundo Silva lançou-se sobre o telefone, num segundo de dúvida pensou, E se não é ela, era ela, Maria Sara, que lhe dizia, Não o devia ter feito, Porquê, perguntou ele, desconcertado, Porque a partir de hoje não poderei não receber rosas todos os dias, Nunca lhe faltarei com elas, Não me refiro a rosas rosas, Então, Ninguém deveria poder dar menos do que deu alguma vez, não se dão rosas hoje para dar um deserto amanhã, Não haverá deserto, É só uma promessa, não o sabemos, É verdade, não o sabemos, eu também não sabia que lhe mandaria duas rosas, e você, Maria Sara, por seu lado, não sabe que duas rosas iguais a essas estão aqui, num solitário, sobre uma mesa onde há umas folhas escritas com a história de um cerco que nunca aconteceu, ao lado duma janela que dá para uma cidade que não existe tal qual a vejo, Quero conhecer essa casa, Provavelmente, não gostará dela, Porquê, Não sei dizer, é uma casa simples, ou menos que isso, sem beleza, juntámo-nos aqui eu e uns móveis, desirmanados, os livros são muitos, vivo deles, mas sou o que sempre está do lado de fora, mesmo quando corrijo um erro da tipografia ou do autor, não vou além de ser aquele passeante que num jardim, por escrúpulo de limpeza, levanta uma folha do chão e, não sabendo onde pô-la, mete-a no próprio bolso, é tudo quanto transporto comigo, folhas secas, murchas, nenhum fruto são para a boca, Irei visitá-lo, Não há nada que mais deseje no mundo, interrompeu-se um instante breve e acrescentou, Por agora, mas, como se se arrependesse do que dissera ou o tivesse achado demasiado inconveniente, emendou, Desculpe-me, foi sem intenção, e como ela continuasse calada deixou sair palavras que nunca imaginaria ser capaz de pronunciar alguma vez, diretas, francas, explícitas por si mesmas e não por um qualquer jogo de cautelosa insinuação, Claro que foi com intenção, e não lhe peço desculpa. Ela riu-se, tossiu um pouco, O meu problema, nesta situação, é saber se já deveria ter corado antes, ou se é agora que devo corar, Lembro-me de a ter visto corar uma vez, Quando, Quando toquei na rosa que estava no seu gabinete, As mulheres coram mais que os homens, somos o sexo frágil, Ambos os sexos são frágeis, eu também corei, Sabe assim tanto da fragilidade dos sexos, Sei da minha própria fragilidade, e alguma coisa da dos outros, se os livros sabem, eles, do que falam, Raimundo, Diga, Logo que eu possa sair, irei visitá-lo, mas, Estou à sua espera, Essas palavras são boas, Não percebo, Quando eu já aí estiver, deverá continuar à minha espera, como eu continuarei à sua, por enquanto ainda não sabemos quando chegaremos, Esperarei, Até breve, Raimundo, Não se demore, Que vai fazer quando desligarmos, Acampar em frente da Porta de Ferro e rezar à Virgem Santíssima para que os mouros não tenham a ideia de nos atacarem pela calada da noite, Está com medo, Tremo de pavor, Tanto, Antes de vir para esta guerra, eu era apenas um revisor sem outros maiores cuidados que traçar corretamente um deleatur para explicá-lo ao autor, Parece que há interferências na linha, O que se ouve são os gritos dos mouros, ameaçando lá das ameias, Tenha cuidado consigo, Não vim de tão longe para morrer diante dos muros de Lisboa.

Se por bons e averiguados tomarmos os factos tal como na sua carta a Osberno os relatou o antes mencionado Frei Rogeiro, então vai ser preciso explicar a Raimundo Silva que não se iluda ele sobre a suposta facilidade de acampar, sem mais aquelas, na testada da Porta de Ferro ou qualquer outra, porque este perversa raça de mouros não é tão timorata que, sem luta, se tenha já trancado a sete chaves, à espera de um milagre de Alá capaz de desviar os galegos das suas funestas intenções. Lisboa, dissemo-lo antes, tem casas fora dos seus muros, e não são elas poucas nem de simples veraneio ou jardinagem, antes está uma cidade rodeando outra, e se é sabido que, daqui por dias, quando o cerco for enfim uma realidade geométrica, nelas se instalarão comodamente os quartéis-generais e as personalidades importantes, militares e religiosas, assim dispensadas de suportar o relativo desconforto das tendas, agora vai ser necessário pelejar duramente para expulsar a mourama destes aprazíveis arrabaldes, de rua em rua, de pátio em pátio, de açoteia em açoteia, batalha que não durará menos de uma semana e que só veio a ser possível vencer por serem os portugueses na ocasião superiores em número, uma vez que os mouros não tinham feito sair todos os seus batalhões e as tropas de dentro não podiam intervir nos confrontos com as fundas e as bestas por medo de ferir ou matar irmãos que a este combate de primeira linha, com ou sem vontade, se tinham sacrificado. Não censuremos, porém, Raimundo Silva, que, como ele próprio não se tem cansado de lembrar-nos, não passa de um mero revisor dispensado do serviço militar, sem conhecimentos da arte, apesar de entre os seus livros haver uma edição resumida das obras de Clausewitz, comprada num alfarrabista há muitos anos e que nunca abriu. Porventura ele terá querido abreviar o seu próprio relato, considerando que, tantos séculos passados, o que conta são só os episódios principais. Hoje as pessoas não têm vagar nem paciência para fixar na cabeça pormenores e miudezas históricas, isso estaria bem para os contemporâneos do nosso rei D. Afonso o Primeiro, que tinham, obviamente, muito menos história para aprender, uma diferença de oito séculos a favor deles não é brincadeira nenhuma, a nós o que nos vale são os computadores, metemos lá para dentro tudo quanto seja enciclopédia e dicionário, e pronto, dispensamo-nos de ter memória própria, mas este modo de entender as coisas, digamo-lo primeiro que alguém no-lo diga, é absolutamente e condenatoriamente reacionário, pois as bibliotecas dos nossos pais e avós para isso mesmo é que serviam, para que não sofresse carga excessiva o neopálio, muito já ele faz para o tamanho que tem, minúsculo, metido lá no fundo do cérebro, rodeado de circuitos por todos os lados, quando Mem Ramires disse a Mogueime, Ajeita-te aí, que te vou subir para as costas, talvez não se pense ter sido esta frase obra do neopálio, onde, estando a memória de escadas e soldados disciplinados, está também a inteligência, convergência ou relação de causa e efeito de que o computador não se pode gabar, pois que, sabendo tudo, não compreende nada. Dizem.

Está Lisboa enfim cercada, já foram mortos a enterrar, os feridos levados com eles nos mesmos batéis para a outra margem do esteiro e daí, pelo monte acima, uns para os cemitérios, outros para os hospitais de sangue, estes a eito, aqueles segundo a condição e a nação. No arraial, se descontarmos o pesar e o pranto pelas perdas sofridas, aliás nada exagerados, pois esta gente é dura de sentimentos e pouco dada às lágrimas, nota-se uma grande confiança no futuro e uma extremada fé nas ajudas de Nosso Senhor Jesus Cristo, que desta vez não precisará de dar-se ao trabalho de aparecer como em Ourique, já obrou prodígio bastante ao fazer com que os mouros, na pressa da retirada, tivessem abandonado ao apetite inimigo, nosso, as muitas cargas de trigo, cevada, milho miúdo e legumes que, para provimento da cidade e por não caberem nela, estavam enceleiradas em cavas subterrâneas abertas a meio da encosta, entre a Porta de Ferro e a Porta de Alfofa. Foi então, na ocasião dessa feliz descoberta, que el-rei D. Afonso, com uma sabedoria que a sua pouca idade não faria prever, tinha então trinta e oito anos, uma criança, proferiu a célebre sentença que logo entrou no circuito das ideias portuguesas, Guardado está o bocado para quem o há de comer, e prudentemente mandou recolher os alimentos para que não se tivesse de inventar tão cedo outro ditado, Barriga de pobre, antes rebentar que sobre, a melhor altura para racionar é na abundância, rematou ele.

Uma semana passou já sobre a errada previsão de Raimundo Silva, a da sua primeira estratégia, quando pensou que ao meio-dia do dia seguinte àquele em que se moveram as tropas do Monte da Graça estaria dando assalto simultâneo a todas as portas da cidade, com a esperança de encontrar um ponto débil na defesa e por aí romper, ou fazendo atrair para lá reforços que, desguarnecendo as outras frentes, as deixariam enfraquecidas e portanto. Nem vale a pena terminar a frase. No papel todos os planos são mais ou menos bons, porém, a realidade tem mostrado a sua irresistível vocação para desviar os papéis e rasgar os planos. Não foi só o caso dos arrabaldes convertidos pelos mouros em baluartes, esse acabou por ser resolvido, embora com grandes baixas, agora a questão está em saber como se pode entrar por portas tão fechadas, defendidas por cachos de guerreiros empoleirados nas torres que as flanqueiam e protegem, ou como se assaltam muros com uma altura destas, aonde as escadas não conseguem chegar e onde as sentinelas nunca adormecerão. Afinal, Raimundo Silva está em excelentes condições para julgar das dificuldades da empresa, pois de cima da sua varanda percebe que nem precisaria de ter uma pontaria rigorosa para matar ou ferir quantos cristãos tentassem aproximar-se desta Porta de Alfofa, se ela ainda aqui estivesse. Corre pelo arraial a notícia de que fervem divergências entre os altos comandos, divididos entre duas teses operativas, uma que propõe o assalto imediato com todos os meios disponíveis, começando por um poderoso tiro de barragem para obrigar os mouros a afastarem-se das ameias e terminando no emprego de aríetes gigantescos para investir as portas até metê-las dentro, outra menos aventurosa que defende o estabelecimento de um cerco tão apertado que nem um rato pudesse sair ou entrar em Lisboa, ou, com mais precisão, que saiam os que quiserem, mas que não entre nenhum, que finalmente pela fome renderíamos a cidade. Argumentam os adversários da primeira tese que a conclusão, isto é, a entrada vitoriosa em Lisboa, assenta numa falsa premissa, que é supor-se que o tiro de barragem seria bastante para fazer recuar os mouros das ameias, A isto, caros senhores, chama-se contar com o ovo no cu da galinha, o certo será eles não arredarem pé, aliás não precisariam de mais que armar umas coberturas, uns alpendres, debaixo dos quais se abrigariam, e assim muito a seu salvo fuzilarem-nos de cima com todo o sossego ou despejarem-nos azeite a ferver nos lombos, que é manha costumada deles. Respondem os defendores da proposta de ataque imediato que ficarem à espera de que os mouros se rendessem pela fome não seria digno de fidalgos de tão alta linhagem como os que ali se encontram e que já foi imerecida caridade ter-lhes sido proposto que se retirassem levando os teres e os haveres, agora só o sangue poderá lavar os muros de Lisboa da nódoa infame que há mais de trezentos e cinquenta anos infeta estes lugares que puros a Cristo é hora de restituir. Tem el-rei ouvido a uns e a outros, e a uns e a outros tanto reconhece como nega razão, porque se é verdade que não lhe parece próprio da sua dignidade quedar-se à espera de que o fruto lhe caia maduro da árvore, tão-pouco acredita que um assalto lançado à desgarrada venha a surtir efeito, mesmo trazendo a marrar contra as portas mouras todos os carneiros do reino. Pediu então o cavaleiro Henrique licença para recordar que em todos os cercos da Europa têm vindo a ser usadas, com os melhores resultados, torres móveis de madeira, isto é, móveis mas não tanto, pois a uma avantesma daquelas é preciso uma multidão de gente e de bestas para levá-la ao sítio, o que conta é que no alto da torre, quando ela atingiu a altura conveniente, vamos a construir um passadiço que, bem protegido dos ataques, irá aos poucos avançando na direção do muro e por onde finalmente se lançarão, como uma torrente irresistível, os nossos soldados, levando adiante sem mercê nem recurso a nefanda escumalha, e concluiu a explicação dizendo, Grandes são as vantagens que a Portugal advirão de imitar, neste como em outros casos, o que na Europa se vai fazendo de mais moderno, ainda que ao princípio experimenteis dificuldades em meter na cabeça as tecnologias novas, eu, por mim, sei da construção das tais torres o suficiente para ensinar os naturais daqui, Vossa Alteza não tem mais que dar-me ordens, confiado que no dia da distribuição dos prémios não fique no rol do esquecimento a especial importância da minha contribuição no quadro dos apoios com que, apesar das defeções verificadas, Portugal tem contado nesta hora decisiva da sua história.

Determinava-se já el-rei a anunciar a sua decisão, ouvidos tão avisados conselhos, quando dois outros cruzados se levantaram e pediram a palavra, um normando, outro francês, para dizerem que também eles eram peritos no levantamento de torres e que ali mesmo pediam meças em questões de competência, sem falar na diferença e economia de métodos, tanto no desenho como na construção, favorável às suas propostas. Quanto às condições, também eles se entregavam à magnanimidade do rei e à sua gratidão se confiavam, juntando-se portanto ao cavaleiro Henrique, e fazendo suas as palavras dele pelas mesmas causas e razões. Quem não gostou desta viragem do debate foram os portugueses, quer os partidários da espera, quer os da ação imediata, se bem que por motivos diferentes, só convergindo uns e outros na rejeição da hipótese, perigosamente crível, de tomarem os estrangeiros a primazia, não servindo o pessoal da terra mais do que para a mão de obra anónima, sem direito a deixar o nome inscrito na obra e na lista das recompensas. Era verdade que aos defensores do cerco passivo não desagradavam totalmente os projetos das torres, pois tornava-se evidentíssimo que elas não poderiam ser construídas em meio da balbúrdia dos ataques, porém a estas considerações sempre teria de sobrepor-se o orgulho patriótico, e assim acabaram aqueles por fazer comum frente com os impacientes por uma ação pronta e direta, desta maneira se tentando adiar o simples recebimento das propostas estrangeiras. Ora, a prova de que D. Afonso Henriques merecia verdadeiramente ser rei, e não apenas rei, mas rei nosso, está em que soube decidir como Salomão, esse outro exemplo de despotismo esclarecido, ao fundir num único plano estratégico as diferentes teses, dispondo-as numa harmoniosa e lógica sucessão. Felicitou em primeiro lugar os partidários do ataque imediato pelas virtudes de coragem e ousadia que assim provavam, deu depois os parabéns aos engenheiros das torres pelo seu sentido prático adornado dos dons modernos da invenção e da criatividade, congratulou-se finalmente com os demais por neles encontrar o louvável mérito da prudência e da paciência, inimigas de riscos desnecessários. Feito o que, sintetizou, Determino, pois, que a ordem das operações seja a seguinte, primeiro, assalto geral, segundo, no caso de ele falhar, avançarão as torres, a alemã, a francesa, a normanda, terceiro, falhando tudo, manter o cerco indefinidamente, alguma vez eles se hão de render. Os aplausos foram unânimes, ou porque falando rei assim deve ser, ou porque todos ali encontravam satisfação bastante na decisão tomada, o que veio a exprimir-se por três diferentes ditados, ou divisas, cada qual para sua fação, diziam os primeiros, Candeia que vai adiante alumia duas vezes, contrariavam os segundos, O primeiro milho é dos pardais, rematavam irónicos os terceiros, O último a rir é aquele que rirá melhor.

A evidência da maior parte dos acontecimentos que constituíram, até agora, o mais substancial do miolo desta narrativa tem vindo a mostrar a Raimundo Silva que não lhe serviu de nada tentar fazer valer os seus pontos de vista próprios, mesmo quando eles decorriam, por assim dizer em linha reta, obrigatoriamente, da negativa introduzida numa história que, até esse seu ato, se mantivera prisioneira dessa espécie de fatalidade particular a que chamamos factos, quer eles façam sentido na sua relação com outros, quer surjam como inexplicáveis em um determinado momento do estado do nosso conhecimento. Dá-se ele conta de que a sua liberdade começou e acabou naquele preciso instante em que escreveu a palavra não, de que a partir daí uma nova fatalidade igualmente imperiosa se havia posto em movimento, e que nada mais lhe resta agora que tentar compreender o que, tendo começado por parecer sua iniciativa e reflexão sua, resulta tão-só de uma mecânica que lhe era e continua a ser exterior, de cujo funcionamento alimenta apenas uma muito vaga ideia e em cuja atividade intervém não mais que pelo manejo aleatório de alavancas ou botões de que desconhece a real função, unicamente que é esse o seu papel, botão ou alavanca por seu turno movidos aleatoriamente pela emergência de impulsos não previsíveis, ou, se adivinháveis e até autoestimulados, fora de toda a previsão no que se refere às suas consequências próximas ou remotas. Por isso se pode verificar que, não tendo ele previsto, efetivamente, contar a nova história do cerco de Lisboa como aqui vem contada, se vê de súbito confrontado com o resultado duma necessidade tão implacável quanto a outra, aquela de que julgara fugir pela simples inversão de um sinal e em que finalmente voltava a cair, agora em negativo, ou, para falar em termos menos radicais, como se tivesse escrito a mesma música baixando de meio-tom todas as notas. Raimundo Silva está a pensar, seriamente, em pôr um ponto final no seu relato, fazer regressar os cruzados ao Tejo, não devem ir muito longe, estão talvez entre o Algarve e Gibraltar, e dessa maneira deixar que a história se cumpra sem variações, como mera repetição de factos, segundo consta dos manuais e da História do Cerco de Lisboa. Considera que a pequena árvore da Ciência do Erro por si plantada já deu o seu fruto verdadeiro, ou tem-no prometido, que foi ter colocado este homem diante daquela mulher, e se isso feito está, que se comece capítulo novo, tal como se interrompe um diário de navegação no momento da descoberta da nova terra, claro que não está proibido continuar a escrever no diário de bordo, mas já será outra a história, não a da viagem, terminada, mas a do encontro e do que foi encontrado. Suspeita porém Raimundo Silva que tal decisão, se a tomasse, não iria agradar a Maria Sara, que ela o olharia indignada, se não mesmo com uma insuportável expressão de deceção. Sendo assim, não haverá, por enquanto, ponto final, apenas uma suspensão até à anunciada visita, aliás, neste momento em que estamos Raimundo Silva seria incapaz de escrever uma simples palavra mais, se de todo tem perdida a serenidade ao pôr-se a imaginar que talvez Mogueime, na véspera do assalto em massa já decidido, tendo diante dos olhos os muros de Lisboa resplandecentes de lumes nos eirados, se pusesse, ele, a pensar numa mulher algumas vezes avistada nestes dias, Ouroana, barregã de um cruzado alemão, e que a esta hora estará dormindo com o seu senhor, lá no Monte da Graça, certamente numa casa, sobre a esteira estendida nos ladrilhos frescos aonde nunca mais voltará a deitar-se o mouro. Mogueime abafava dentro da tenda e veio fora a desalterar-se, os muros de Lisboa, iluminados pelas fogueiras, parecem feitos de cobre, Que eu não morra, Senhor, sem provar o gosto da vida. Pergunta-se agora Raimundo Silva que semelhanças há entre este imaginado quadro e a sua relação com Maria Sara, que não é barregã de ninguém, com perdão da imprópria palavra, sem cabimento hoje no vocabulário dos costumes, afinal ela disse, Acabei há três meses uma ligação, não comecei outra, são situações obviamente distintas, supomos que de comum haja apenas o desejo, que tanto o sentia o Mogueime daquele tempo como o está sentindo o Raimundo de agora, as diferenças, que as há, são culturais, sim senhor.

Numa destas voltas do pensamento, Raimundo Silva foi distraído das suas preocupações pela lembrança súbita de que em nenhuma ocasião Maria Sara mostrara curiosidade de saber como estava ele de relações sentimentais, para lhes dar um nome em que tudo cabe. Tal indiferença, que o era pelo menos formalmente, provocou-lhe um movimento de despeito, Afinal de contas, eu não sou um homem acabado, que é que ela julga, e ato contínuo percebeu que estava dando voz a uma espécie de amuo infantil, ainda assim desculpável visto o conhecido facto de serem os homens, todos eles, umas perfeitas crianças, agravado, esse amuo, pelo mau humor duma virilidade ofendida, Orgulho de macho, orgulho de besta, resmungou, e apreciou a expressividade lapidar da fórmula, semanticamente inatacável. Na verdade, a atitude de Maria Sara podia ser explicada por uma sua discreta natureza, há pessoas decididamente incapazes de forçar as portas da intimidade alheia, o que, reparando melhor, não é o caso desta, que em todas as circunstâncias, desde o princípio, tomou as rédeas e a iniciativa, sem contemplações. A explicação seria então outra, por exemplo, considerar Maria Sara que a sua franqueza deveria ser espontaneamente retribuída, e, sendo assim, não é impossível que a esta mesma hora ela esteja entretendo maus pensamentos, do género Desconfiar de homem que não fale e de cão que não ladre. Também não se deverá excluir a probabilidade, mais de acordo com a moral dos modernos tempos, de haver ela encarado qualquer eventual ligação dele como fator despiciendo, no género Eu só tenho de mostrar o que sinto, não vou averiguar primeiro se o cavalheiro está livre ou não, ele que o diga. Em todo o caso, quem teve a ideia de ir ao ficheiro do pessoal para saber a morada de um revisor, bem podia ter aproveitado a oportunidade para certificar-se do seu estado civil, ainda que se tratasse de uma informação antiga. Solteiro é o que está escrito na ficha de Raimundo Silva, mas, se ele se tivesse casado depois, de certeza ninguém se lembraria de registar-lhe a mudança de estado. Além disso, não se ignora que entre o estado de solteiro e o estado de casado, ou de divorciado, ou de viúvo, não são poucas as situações possíveis, antes, durante e depois, resumíveis nas respostas que cada um vá encontrando para a pergunta, A quem é que eu quero, independentemente de querer a quem, incluindo-se aqui, claro está, todas as variantes principais e secundárias, tanto ativas como passivas.

Nos dois dias seguintes, Maria Sara e Raimundo Silva falaram muito pelo telefone, repetindo alguma coisa do que já antes tinham dito, maravilhando-se às vezes com o que de novo iam encontrando e buscando as melhores palavras para exprimi-lo de modo diferente, proeza praticamente impossível, como se sabe. Foi na tarde do segundo dia que Maria Sara anunciou, Amanhã vou trabalhar, sairei uma hora mais cedo e vou a sua casa. A partir deste momento, Raimundo Silva começou a confirmar tudo quanto se afirma sobre o carácter infantil dos homens, irrequieto como se sentisse necessidade de expulsar de si uma sobrecarga de energia, impaciente por o tempo ser afinal a mais vagarosa das coisas deste mundo, caprichoso também, ou embirrento, como mentalmente lhe chamou a senhora Maria, ao ver confundida a rotina dos seus serviços de limpeza e arrumação pelas exigências absolutamente despropositadas de um homem em seu normal acomodatício. A primeira desconfiança dela, de haver mouros na costa, manifestada quando viu a rosa no solitário, e que se tornara em quase certeza, ainda que certeza sem objeto, quando as rosas passaram a ser duas, volvia-se agora em convicção firme perante o alvorotamento, por assim dizer impróprio, de quem fora ao ponto de exibir um dedo indicador sujo de poeira recolhida num friso de porta, repetindo assim a desagradável tradição das donas de casa maníacas de higiene. Raimundo Silva só começou a perceber que devia dominar-se quando a senhora Maria, provocadoramente, lhe perguntou,

Quer que mude hoje os lençóis da cama, ou espero até sexta-feira, como é costume. Infantis, os homens são também transparentes. Valeu a Raimundo Silva não estar nessa altura no quarto, assim a senhora Maria não chegou a vê-lo atrapalhar-se, embora a ela lhe tivesse bastado como confirmação de que acertara no alvo a afligida tremura de voz que o seu ouvido finíssimo identificou, Não vejo motivo para alterar os hábitos da casa, frase que não chegou para enganá-la e que nele foi acordar uma outra inquietação, vaga, sinuosa, que tentava repelir as únicas palavras por que lealmente se exprimiria, demasiado cruas para serem recebidas no seu monólogo interior, Se nós formos para a cama, estarão os lençóis suficientemente limpos, perguntaria, e não sabe como responder, ouve a senhora Maria dizer, chocarreira no ponto justo, nem de mais nem de menos, Julguei que os queria mudados, cobardemente cala-se, se ela mudar os lençóis que o faça por sua conta, será o destino a decidir. Só quando a mulher a dias se for embora é que ele irá verificar, então vê que os lençóis são lavados, a senhora Maria é apesar de tudo uma pessoa misericordiosa, mas ele não vai conseguir decidir-se entre ficar satisfeito ou contrariado. Que vida complicada.

Passava pouco das cinco horas, a campainha tocou. Um toque leve, como de passagem, que precisamente fez correr Raimundo Silva à porta como se tivesse medo de que fosse uma vez para nunca mais, só na sinfonia de Beethoven o destino chama e torna a chamar, na vida não é assim, há ocasiões em que tivemos a impressão de que alguém estava lá fora à espera, e quando fomos ver não era ninguém, e há outras em que chegámos apenas um segundo tarde de mais, e tanto fazia, a diferença é que, neste caso, ainda podemos ficar a perguntar-nos, Quem terá sido, e levar o resto da vida a sonhar com isso. Raimundo Silva não precisará de sonhar. Maria Sara está ali, no limiar, e entra, Olá, disse, ele respondeu, Olá, e os dois ficaram no corredor estreito, um pouco sombrio, agora que a porta se fechou. Raimundo Silva acendeu a luz murmurando, Desculpe, como se tivesse adivinhado um pensamento a Maria Sara, suspicaz e equívoco, O que tu queres é aproveitar-te do escuro, julgas que não te percebo, na verdade começa mal a tão desejada visita, estes dois que ao telefone tantas vezes foram inteligentes e brilhantes, até agora não disseram mais que Olá, custa a acreditar depois das promessas implícitas, do jogo das rosas, destes corajosos passos que ela deu, quem sabe se não estará desiludida com a maneira como a recebem. Felizmente, em situações como esta, difíceis, o corpo é rápido a compreender que o cérebro não está em condições de dar ordens e por sua própria conta se move, em geral faz o que convém, e pelo caminho mais curto, sem palavras, ou usando delas o que lhes sobra de inócuo e casual, foi assim que Raimundo Silva e Maria Sara se acharam no escritório, ela ainda não se sentou, tem a mão na dele, talvez nem um nem o outro tenham consciência de que estão assim desde que ela entrou, sabem apenas que estão de mão dada, a direita dele e a esquerda dela, Maria Sara procura com o olhar uma cadeira, é então que Raimundo Silva, como se não houvesse outra maneira de retê-la um instante ainda, leva a mão dela aos lábios, e deu resultado, sim senhor, porque Maria Sara no instante seguinte estava a olhá-lo de frente e ele podia puxá-la um pouco para si, os lábios aflorando apenas a testa, junto à raiz dos cabelos. Tão perto, e logo tão longe, porque ela recuou, é certo que sem brusquidão, ao mesmo tempo que dizia, É uma visita, lembra-se. Ele soltou-a suavemente, Lembro-me, disse, e indicou-lhe a cadeira, Ao lado tenho uma salita com assentos mais confortáveis, mas penso que se sentirá melhor aqui onde estamos, e tendo dito foi sentar-se à secretária, na única cadeira que restava, ficaram separados pela mesa, era como num consultório, Diga-me de que se queixa, porém Maria Sara não falava, ambos sabiam que era a ele que competia falar agora, que mais não fosse para dar as boas-vindas a quem chegara. E ele falou. Fê-lo num tom uniforme, praticamente sem modulações de persuasão ou insinuação, querendo que cada palavra valesse por si mesma, pelo significado nu que naquele momento e naquela situação pudesse alcançar, Vivo sozinho nesta casa, e há muitos anos, não tenho mulher, exceto quando a necessidade aperta, e então continuo a não ter, sou uma pessoa sem atributos especiais, normal até nos defeitos, e não esperava muito da vida, enfim, esperava conservar a saúde porque é uma comodidade, e que o trabalho não me faltasse, a isto, que não é pouco, reconheço, se limitavam as minhas ambições, agora gostaria que a vida me desse o que nunca me lembro de ter tido, o sabor que ela certamente tem. Maria Sara ouvira-o sem desviar os olhos dos dele, salvo por um rápido momento em que a atenção concentrada foi substituída por uma expressão de surpresa e curiosidade, e disse quando Raimundo Silva chegou ao fim, Não estamos, creio eu, a estabelecer as condições de um contrato, nem precisa de me informar do que eu já sabia, É esta a primeira vez que lhe falo das coisas particulares da minha vida, As coisas que julgamos particulares são quase sempre do conhecimento geral, não imagina o que é possível ficar a saber em duas ou três conversas aparentemente desinteressadas, Andou a fazer perguntas a meu respeito, Fiz perguntas a respeito dos revisores que trabalham para a editora, apenas para me ajudar a ter uma ideia, compreende, mas as pessoas geralmente estão sempre dispostas a dizer mais do que se lhes pergunta, é questão de estimulá-las um pouco, de encaminhá-las sem que se apercebam disso, Já tinha notado essa sua habilidade, logo no princípio, Só a uso para bons fins, Não estou a queixar-me. Raimundo Silva passou a mão pela testa, hesitou um segundo, depois disse, Pintava o cabelo, deixei de pintá-lo, as raízes brancas não são um espetáculo agradável, desculpe, daqui por um tempo estarei no meu natural, Pois eu deixei de o estar, por sua causa fui hoje ao cabeleireiro tingir as veneráveis cãs, Eram tão poucas que não me parece que valesse a pena, Então tinha reparado, Olhei-a suficientemente de perto, como me terá olhado a mim para perguntar-se como é que um homem com a minha idade não tinha cabelos brancos, Nunca me perguntei tal coisa, metia-se pelos olhos dentro que pintava o cabelo, a quem é que pensa que andava a enganar, Provavelmente, só a mim mesmo, Como eu decidi agora começar a enganar-me, É igual, Que é que é igual, A sua razão para pintar, a minha para deixar de pintar, Explique melhor, Eu deixei de pintar o cabelo para ser como sou, E eu, por que o pintei eu, Para continuar a ser como é, Admirável casuística, vou ter de praticar ginástica mental todos os dias para estar à sua altura, Não sou o mais alto dos dois, sou apenas o mais velho. Maria Sara sorriu de leve, É uma evidência irremovível que, pelos vistos, o preocupa, Não me tem preocupado, a idade de cada um de nós só tem um real significado em relação à idade do outro, suponho que serei novo para uma pessoa de setenta anos, mas não tenho dúvidas de que para um rapaz de vinte estou na velhice, E em relação a mim, como se vê, Agora que tingiu os seus poucos cabelos brancos e eu estou a deixar aparecer todos os meus, sou um homem de setenta anos diante duma rapariga de vinte, As suas contas estão erradas, só quinze anos nos separam, Então tenho trinta e cinco anos. Riram ambos, e Maria Sara disse, Vamos combinar uma coisa entre nós, Quê, Que o tema da idade e das idades ficou esgotado nesta conversa, Tentarei não voltar a ele, Convirá que faça mais do que tentar, porque eu não serei a interlocutora, Falarei com o espelho, Falará consigo mesmo, se lhe dá gosto, mas não foi para isso que vim a sua casa, Imagino que perguntar-lhe para que veio seria presunçoso da minha parte, Ou grosseiro, Não estou a dizer o que deveria, de repente sai-me uma frase que estraga tudo, Que esse medo o não apoquente, não estragou nada, a verdade é que estamos os dois assustados, Se eu me levantar daqui e lhe for dar um beijo, talvez, Não o faça, mas se o fizer não o anuncie primeiro, Cada vez pior, outro no meu lugar saberia como proceder, Outro no seu lugar teria aqui outra mulher, Rendo-me, Disse-lhe que era somente uma visita, pedi-lhe que esperasse, É o que faço, mas eu sei já o que quero, Concedo que seja importante saber o que se quer, toda a gente tem palavras dessas na boca, mas penso que é muito melhor querer o que se sabe, leva mais tempo, é certo, e as pessoas não têm paciência, Rendo-me outra vez, que posso então fazer, Pode mostrar-me a sua casa, habitualmente é por aí que se começa, Diz-me como vives e eu saberei quem és, Pelo contrário, dir-te-ei como não deves viver se me disseres quem és, Ando a tentar dizer-lhe quem sou, E eu a tentar descobrir como vamos viver. Raimundo Silva levantou-se, levantou-se também Maria Sara, ele contornou a secretária, aproximou-se, mas não demasiado, somente lhe tocou num braço, como para indicar-lhe que a visita ia principiar, contudo ela demorava-se, olhava a mesa, os objetos em cima dela, o candeeiro, papéis, dois dicionários, É aqui que trabalha, perguntou, Sim, é aqui que trabalho, Não vejo sinais de um certo cerco, Vai vê-los, o castelo não é apenas este escritório.

Sabemos que não há muito mais do que isto, a casa de banho, até há algumas semanas também laboratório de cosmética, a cozinha, das torradas e da comida repetitiva e frugal, o escritório, onde mesmo agora estávamos, a sala de estar, inóspita e abandonada, esta porta que dá para o quarto. Com a mão no puxador, Raimundo Silva parece hesitar em abri-la, retém-no uma espécie de respeito supersticioso, é decididamente um homem de outros tempos, que teme ofender o pudor de uma mulher pondo-lhe diante dos olhos a libidinosa visão duma cama, mesmo tendo sido ela própria a pedir, Mostre-me a sua casa, o que nos autoriza a pressupor que sabia muito bem o que a esperava. A porta abre-se finalmente, é o quarto, com os seus mognos excessivos, em frente, no sentido do comprimento, o leito, a colcha branca, grossa, por baixo do travesseiro a alvinitente dobra do lençol, há uma luz coada que vem da janela e suaviza os contornos das coisas, e também um silêncio que parece respirar. Estamos em abril, as tardes já são longas, os dias demoram-se, será por isso que Raimundo Silva não acende a luz, também para que não se deite a perder esta mal principiada penumbra, a qual, por sua vez, o põe em desassossego, não vá Maria Sara pensar mal das suas intenções, de mais sabemos todos, por experiência ou ouvir contar, como tantas vezes se chega ao deslumbramento pelo caminho duma obscuridade, no âmago profundo da escuridão. Maria Sara viu logo as duas rosas no solitário, sobre a pequena mesa ao lado da janela, e as folhas de papel, uma meio escrita ao centro, à esquerda uma pequena rima, agora devia Raimundo Silva acender aquele candeeiro para criar efeito e atmosfera, mas não o fez, chegara-se para um lado, junto aos pés da cama, como se a quisesse esconder, e esperava as palavras, tremia de não poder adivinhar que palavras iriam ser ditas, não pensava em gestos, em atos, apenas as palavras, aqui, neste quarto.

Maria Sara aproximou-se da mesa. Durante alguns segundos ficou ali, parada, como se aguardasse a explicação seguinte do guia, ele podia dizer-lhe, por exemplo, Repare nas rosas, e ela teria de desviar os olhos, interessar-se pelas flores, gémeas de outras que tem em casa, e, depois, uma alusão cúmplice da sua parte, uma discreta expressão de sentimento talvez amoroso, As nossas rosas, acentuando o pronome, mas ele continua calado e ela não faz mais que olhar a página meio escrita, não precisa perguntar para saber que estão aqui os sinais do cerco, ainda indecifráveis na meia luz apesar da boa caligrafia do cronista. Compreende que Raimundo Silva não falará, e ela quereria e ao mesmo tempo não quer que ele fale, que nada venha interromper este silêncio irreal, mas que aconteça algo que impeça a irrupção de um outro mundo neste em que estamos, a própria morte, talvez, único outro mundo verdadeiramente, que entre marcianos e terrestres, encontrando-se, sempre haveria de comum a vida. No instante preciso afasta um pouco a cadeira e senta-se, com a mão esquerda acende o candeeiro, a luz cobre a mesa e espalha ao redor do quarto um halo como de tenuíssimo e impalpável nevoeiro. Raimundo Silva não se mexeu, tenta analisar uma difusa impressão de que com aquele gesto Maria Sara acabou de tomar posse material de alguma coisa já antes possuída pela consciência, e logo pensa que por muitos anos que viva não haverá nunca outro momento como este, ainda que ela volte a esta casa e a este quarto muitas vezes, ainda que, ideia absurda, aqui viessem a viver todos os momentos da vida. Maria Sara não tocou no papel, tem as mãos juntas no regaço, e lê desde a primeira linha, ignora o que foi escrito na página anterior, e nas outras, desde o começo da história, lê como se nestas dez linhas se contivesse tudo quanto lhe importaria saber da vida, uma sentença final, um resumo derradeiro, ou, pelo contrário, a carta de prego onde se encontra consignado o novo rumo da sua navegação. Acabou de ler, e, sem virar a cabeça, pergunta, Quem é esta Ouroana, este Mogueime quem é, estavam os nomes, e pouco mais, como sabíamos. Raimundo Silva deu dois passos breves na direção da mesa, parou, Ainda não sei bem, disse, e calou-se, afinal deveria ter adivinhado, as primeiras palavras de Maria Sara teriam de ser para indagar quem eles eram, estes, aqueles, outros quaisquer, em suma, nós. Maria Sara pareceu contentar-se com a resposta, tinha experiência suficiente de leitora para saber que o autor só conhece das personagens o que elas foram, mesmo assim não tudo, e pouquíssimo do que virão a ser. Disse Raimundo Silva, como se respondesse a uma observação feita em voz alta, Não creio que se possa chamar-lhes personagens, Pessoas de livro são personagens, contrapôs Maria Sara, Vejo-os antes como se pertencessem a um escalão intermédio, diferentemente livres, em relação ao qual não fizesse sentido falar nem da lógica da personagem nem da necessidade contingente da pessoa, Se não pode dizer-me quem são, diga-me ao menos o que fazem, Ele é soldado, esteve na tomada de Santarém, ela foi apanhada na Galiza para servir de barregã a um cruzado, Há portanto uma história de amor, Se se lhe pode chamar assim, Tem dúvidas, É que não sei como se amava naquele tempo, isto é, sou talvez capaz de imaginar o sentimento, mas não faço ideia nem tenho informação de como o exprimiam então um homem e uma mulher do povo, a língua, neste caso, não seria obstáculo, os dois falavam galego, Invente uma história de amor sem palavras de amor, sans mots d'amour, suponho que já terá acontecido alguma vez, Duvido, pelo menos na vida real, tanto quanto sei, é impossível, E essa Ouroana, sendo barregã de um cruzado, imagino que fidalgo, como vai ela parar ao soldado Mogueime, O mundo dá muitas voltas, a nós muitas mais, e a final delas é a morte, o cruzado Henrique, assim se chama, vai morrer não tarda, Ah, esse seu cruzado é o mesmo da História do Cerco de Lisboa, a outra, Precisamente, Então também vai contar o caso dos milagres que ele obrou depois de morto, Não perderia a oportunidade, O dos dois mudos, Sim, mas com uma ligeira modificação, a resposta de Raimundo Silva veio acompanhada de um sorriso. Maria Sara pôs a mão sobre a pequena rima de papel, Posso olhar, perguntou, Decerto não vai querer ler isso agora, aliás ainda estou longe do fim, a história está incompleta, Não terei paciência de esperar, e as folhas não são assim tantas, Peço-lhe, hoje não, Tenho curiosidade de saber como resolveu o problema da recusa dos cruzados, Amanhã faço fotocópias e levo-lhas à editora, Bom, de acordo, já que não posso convencê-lo. Levantou-se, Raimundo Silva estava muito perto, É tarde, disse

Maria Sara, e olhou para o lado da janela, Pode abrir, perguntou, Não esteja preocupada, disse Raimundo Silva, eu não lhe faço mal, tenho presente que veio de visita, nada mais, Tenha também presente que esse discurso é tolo, quero respirar, ver daqui a cidade, nada mais.

Estava um crepúsculo suave, a friagem do entardecer mal se sentia. Lado a lado, com os cotovelos apoiados na varanda, Maria Sara e Raimundo Silva olhavam em silêncio, conscientes das suas mútuas presenças, o braço de um sentindo o braço do outro, e, pouco a pouco, a tepidez do sangue. O coração de Raimundo Silva batia com força, ressoava-lhe nos ouvidos, o de Maria Sara parecia querer abalá-la da cabeça aos pés. O braço dele chegou-se um pouco mais, o dela permaneceu onde estava, expectante, porém Raimundo Silva não ousou ir mais longe, aos poucos invadira-o o medo, Posso falhar, pensava, não via muito claramente, ou não queria ver, em que é que poderia falhar, mas essa mesma indeterminação fazia aumentar o seu pânico. Maria Sara sentiu que todo ele recuava, como um caracol que se recolhe à proteção da concha, mais e mais fundo, e disse cautelosamente, É uma bonita vista. As primeiras luzes apareciam nas janelas ainda tocadas por um resto de claridade diurna, os candeeiros da rua acabavam de acender-se, alguém ali perto, no Largo dos Lóios, falou em voz alta, alguém respondeu, mas as palavras ficaram incompreensíveis. Raimundo Silva perguntou, Ouviu aqueles, Ouvi, Não consegui perceber o que disseram, Eu também não, Nunca saberemos até que ponto as nossas vidas mudariam se certas frases ouvidas mas não percebidas tivessem sido entendidas, O melhor, penso eu, seria começar por não fazer de conta que não percebemos as outras, as claras e diretas, Tem toda a razão, mas há pessoas a quem atrai mais o duvidoso que o certo, menos o objeto do que o vestígio dele, mais a pegada na areia do que o animal que a deixou, são os sonhadores, É, evidentemente, o seu caso, Até certo ponto, embora tenha de lembrar-lhe que não foi minha a ideia de escrever esta nova história do cerco, Digamos que eu pressenti que tinha na minha frente a pessoa indicada, Ou que, prudentemente, prefere não ter a responsabilidade dos seus sonhos, Estaria aqui eu se essa fosse a verdade, Não, A diferença é que eu não busco pegadas na areia. Sabia Raimundo Silva que não precisava perguntar que era então que buscava Maria Sara, agora poderia pôr-lhe um braço sobre os ombros, como sem intenção, um gesto simples, só fraterno por enquanto, e deixar que ela reagisse, talvez que suavemente relaxasse o corpo, talvez se tornasse, como dizer, redonda, e se deixasse descair um quase nada para o lado, inclinando um pouco a cabeça, à espera do gesto seguinte. Ou ficaria tensa, protestando silenciosamente, desejando que ele percebesse que ainda não era tempo, Mas então, quando, perguntava Raimundo Silva a si mesmo, esquecido do medo que sentira, Depois do que dissemos agora, do que explicitamente nos prometemos, o lógico seria que já nos tivéssemos abraçado e beijado, pelo menos, sim, pelo menos. Endireitou-se como para sugerir que deveriam retirar-se para dentro, mas ela continuou debruçada na varanda, e ele perguntou, Não tem frio, Não, nenhum frio. Reprimindo um movimento de impaciência, voltou à posição anterior, sem saber agora de que falar, imaginando viciosamente que ela estava a divertir-se à sua custa, era tudo bem mais fácil quando lhe telefonava para casa, mas não podia dizer-lhe, Vá-se embora, que eu telefono-lhe. Então veio-lhe a ideia para sair do embaraço, um tema neutral, Esse prédio em frente ocupa o lugar de uma das torres que defendiam a porta que estava neste local, ainda se nota na forma da base, E a outra torre, onde era, devia haver duas, Aqui mesmo, onde estamos, Tem a certeza, Certeza absoluta não, mas tudo indica que sim, considerando o que se sabe sobre o traçado do que seria esta parte da muralha, Então, aqui, na torre, que somos nós, mouros ou cristãos, Por enquanto, mouros, estamos cá justamente para impedir que os cristãos entrem, Não o conseguiremos, nem vai ser preciso esperar pelo fim do cerco, haja vista os painéis de azulejos com os milagres de Santo António, à entrada da rua, Abomináveis, Os milagres, Não, os azulejos, Por que é que esta rua se chama do Milagre de Santo António, quando só nos painéis há três, Não lhe sei responder, talvez o santo tenha feito algum milagre particular aos vereadores, é verdade que seria mais bonito chamar-lhe dos Milagres, o que não se deverá, por exemplo, é imaginar que Santo António tenha contribuído militarmente para a conquista de Lisboa, naquela altura ainda não era nascido, Dois dos milagres dos painéis são sabidos, o do aparecimento do Menino Jesus e o da bilha partida, o outro não conheço, há um cavalo, ou uma mula, não reparei bem, É uma mula, Que é que sabe do caso, Tenho aí dentro um livro, um alfarrábio velho, coisa do século dezoito, onde se contam todos os milagres, incluindo esse, Diga, O melhor seria que o lesse, Fica para outra vez, Quando, Não sei, amanhã, depois, um dia. Raimundo Silva respirou fundo, era impossível fazer de conta que não percebia estas palavras, e a si mesmo fez jura de recordá-las, inapelável, a Maria Sara como a promessa definitiva que imperativamente reclama o seu cumprimento próprio. De tão alegre que ficou, de tão solto e livre, pôs-lhe sem pensar a mão no ombro, e disse, Não, eu é que vou ler-lhe a história da mula, venha para dentro, É comprida, É como tudo, pode ser dita em dez palavras, ou em cem, ou em mil, ou não acabar nunca.

Raimundo Silva fechou a janela e foi ao escritório. Maria Sara ouviu-o murmurar, Não está aqui, onde diabo o meti eu, e depois entrou na sala de estar, abria e fechava as portas da estante, finalmente, Cá está. Reapareceu com um in-quarto encadernado em pele, vetusto de aspeto, com certeza de origem, e vinha contente como quem procurou e achou, mas não o livro, Sente-se, disse, ela sentou-se na cadeira junto da mesa, tinha a mão sobre a folha de papel onde estavam os nomes de Ouroana e Mogueime, ele ficou de pé, parecia muito mais novo, feliz, Agora ouça com atenção, que vale a pena, começo pelo título, aí vai, Sol Nascido ao Ocidente e Posto ao Nascer do Sol, Santo António Português Luminar Maior no Céu da Igreja Entre os Astros Menores na Esfera de Francisco, Epítome Histórico e Panegírico da Sua Admirável Vida e Prodigiosas Ações, Que Escreve e Oferece à Sereníssima, Augusta, Excelsa, Soberana Família da Casa Real de Portugal, Cujos Ínclitos Nomes e Cognomes se Felicitam e Esmaltam Com as Sagradas Denominações de Franciscos e Antónios, Por Mão do Reverendíssimo António Teixeira Álveres, do Conselho de Sua Majestade, Que Deus Guarde, Seu Desembargador do Paço, do Conselho Geral do Santo Ofício, Cónego Doutoral na Sé de Coimbra, e Lente de Prima Jubilado nas Duas Faculdades de Canônes e Leis, et coetera, Brás Luís de Abreu, Cistagano, Familiar do Santo Ofício, uff. Maria Sara riu-se, Espero ter compreendido que o autor da mirífica obra é esse Brás Luís de Abreu, final e cistagano, Compreendeu muito bem, e felicito-a, agora ouça, página cento e vinte e três, atenção, vou começar, Com a notícia de que algumas Províncias daquele Reino, o reino de que se fala é a França, se achavam inficionadas deste contágio, o da herética pravidade, como se explica umas linhas acima, partiu António de Lemonges para Tolosa, Cidade nesse tempo tão abundante de comércios como enriquecida de vícios, e o que mais é, pestilento seminário dos Hereges Sacramentários que negam a real presença de Cristo na Hóstia Consagrada. Apenas se viu o Santo posto na palestra dos erros quando logo começou a descer para a área dos conflitos, só para que viesse a subir para o carro dos triunfos. Picado do ardente zelo da glória de Deus e das verdades infalíveis da sua Fé, arvorou nos pendões da caridade as bandeiras da doutrina, nos quartéis da penitência as armas da Cruz, e feito trombeta Evangélica da Divina palavra tocou a marchar vozes, a degolar vícios. Era o ódio que tinha aos Heréticos tão implacável como incansável a atividade fogosa do seu zelo. Sacrificou-se todo nas aras da Fé por vítima da sua crueldade, como quem com tantas veras tinha ensaiado a vida para a morte, os afetos para o martírio. Não se descuidavam aqueles Pássaros de mau agouro, que vivendo na funesta noute dos seus erros só rendem sua altivez obstinada às armas da luz, de maquinar contra a sua vida venenos disfarçados, contra a sua honra diabólicos artifícios, contra a sua reputação infernais inventos, solicitando, quanto o podiam alcançar as forças da sua malícia, desacreditar e obscurecer as luzes de tanta doutrina, os troféus de tamanha Santidade. Começou a pregar António com aplauso e admiração de todos os Católicos, e ainda mais porque, reconhecendo-o Estrangeiro, o viam falar na própria língua com tanta elegância, afluência e expedição que parece que se naturalizara no Idioma, que, como ele, se tinha legitimado nos afetos. Voou a Fama dos maravilhosos produtos que fazia nas Almas a eficácia da sua palavra, e os Hereges Predicantes, que começaram a reconhecer o grande dano, assim o entendiam eles, que se lhes seguia do novo pregador, porque em muitos, que se convertiam dos seus erros, iam perdendo o crédito, com a soberba e a presunção, vícios tão familiares nesta canalha, determinaram entrar com António em Mercurial disputa, fiando de suas sofísticas cavilações uma campal vitória.

Por enquanto não há sinais da mula, disse Maria Sara, Naquele tempo os caminhos do mundo não eram cómodos e os da escrita ainda menos, observou Raimundo Silva, e continuou, Fiaram-se e confiaram-se para este efeito de um insigne Dogmatizante Tolosano, entre eles o mais célebre e o de maior nome, chamado Guialdo, homem audaz, presuntivo e cervicoso, mui versado nas Sagradas Escrituras, inteligentíssimo da língua Hebrea, no engenho acre, fogoso no génio, e em tudo aparelhado sempre para as maiores disputas. Não rejeitou o Santo o quartel de desafio por satisfazer a o duelo da Fé, pondo toda a confiança em Deus como único Agente da sua causa. Assinou-se o dia e o sítio para a contenda. Foi inumerável o concurso, igualmente de Católicos que de Sectários. Começou o Herege primeiro que António, que sempre no teatro do Mundo fez primeiro papel a Malícia, a orar com vaidosa ostentação de seus mal empregados estudos e a introduzir alinhadas parlandas com uma farta verbosidade de alguns cavilosos Silogismos. Deixou passar a modéstia do Santo aquela trovoada de palavras, cheias de artifício, vazias de verdade, e entrou logo a refutar seus depravados erros, com tanta cópia de lugares da Sagrada Escritura, exornados com tão vivas razões, com tão legítimos sentidos, e com discursos tão apropriados, que já a obstinação do Herege se dava por vencida, quanto aos fatigados discursos do entendimento, se ainda não se mantivera firme, quanto aos diabólicos caprichos da vontade. Não individuo os agudos dilemas com que António enobreceu este combate, porque superiores à narração se entreguem ao silêncio da história como mistérios da fama, baste dizer que procedeu tão doutamente ilustre que, excedendo-se a si mesmo, fez mais glorioso o sucesso com a vitória de um impossível. Atenção agora, Maria Sara, já se ouve o bater dos cascos da mula. Entre corrido e confuso se achava o perverso Dogmatizante por se ver concluído na presença dos mesmos que com tanto orgulho esperavam ver triunfantes os seus enganos. E vendo totalmente desfeitas as artificiosas redes de suas fraudulentas sofisterias, começou a tentar a modéstia e humildade do Santo com este mal intencionado discurso, Enfim, Padre António, deixemo-nos das vozes, conceitos e disputas, só nos resta que vamos às obras, e já que tão prezado de Católico e filho da Igreja Romana confias nos milagres, que em confirmação dos Artigos da Fé foram nos primitivos tempos os motivos mais poderosos da prudente credulidade, eu me darei por ultimamente concluído como a favor deste artigo da presença Real do corpo de Cristo no Sacramento obre Deus algum milagre. António, que para colher nos conflitos a palma, tinha sempre a Deus da sua mão, esperançado nele, respondeu, Sou contente, e confio na misericórdia de meu Senhor Jesus Cristo, que, por adquirir a tua alma e as de tantos, como seguem com abominável cegueira os ímpios Dogmas dos teus erros, há de fazer ostentação do seu poder infinito, a favor e em crédito desta verdade Católica. A esta varonil e Santa resolução tornou o Herege, Pois eu sou o que hei de escolher o milagre. Eu sustento em minha casa uma Mula. Se esta, depois de três dias em que não tenha comido, bebido, à vista da Hóstia Sagrada não apetecer nem olhar para o sustento por mais que lho ofereçam, crerei firmemente ser verdade infalível que está Cristo no Sacramento. Movido do Divino instinto veio prontamente o Santo no partido ponderado com um contentamento pressago do triunfo, que no seu grande coração só se admitia o desassossego introduzido pelo alvoroço. E em confiança de que era tanto de Deus aquela causa, se prometeu seguramente a vitória, prevenindo-se para o combate com as armas da Humildade, com os aproches da Oração.

Estou toda arrepiada, disse Maria Sara, com a solenidade do momento, e com o vernáculo, mas esses aproches parecem-me um escandaloso galicismo, Assim é, para que não esqueçamos que até nos piores panos caem as nódoas, continuemos, Chegou o dia determinado, ajuntou-se numeroso concurso de uma e outra parte, a dos Católicos, confiada mas humilde, a dos Hereges, sobre incrédula, presunçosa. Celebrou António o tremendo Sacrifício da Missa no mais vizinho Templo, e recebendo em suas mãos, com toda a reverência, a Hóstia Consagrada, saiu aonde o faminto Bruto estava prevenido. Puseram-lhe diante dos olhos e bem junto à boca uma crescida ração de cevada, e ao mesmo tempo com imperiosa voz lhe disse o Santo, Em virtude e em nome de Jesus Cristo, que tenho em minhas indignas mãos, te mando, ó Criatura irracional, que, desprezado esse sustento, chegues a dar a devida adoração a teu Criador, para que convencida a proterva obstinação dos homens confesse as verdades da Fé Católica Romana, obrigada do instinto menos obstinado dos Brutos. Ainda bem António não tinha acabado de proferir semelhantes palavras, quando o Bruto torpe, nisto não mostrou que o era, rejeitando a comida, que já tinha principiado a devorar, e vencendo em si as poderosas instâncias de seu natural apetite, se chegou ao Santo e prostrado de joelhos adorou a Cristo Sacramentado, com pasmo e admiração de todos os circunstantes. Atendiam todos este maravilhoso espetáculo com lágrimas nos olhos, e sendo em todos um efeito, eram os afetos vários, porque as que nos Católicos eram lágrimas de devoção e ternura, nos Hereges eram de compunção e arrependimento. Celebraram os Católicos os triunfos da Fé e detestavam os mais Hereges os erros da Seita. Somente alguns rebeldes à mesma evidência, ainda namorados dos absurdos, parecem que galanteavam os opróbrios. Não puderam porém negar-se confundidos e estáticos, de sorte que os mesmos que antes da batalha se prometiam nos movimentos do seu orgulho os aplausos do triunfo foram ao depois, pela imobilidade das ações, as primeiras estátuas oferecidas à vitória.

Raimundo Silva fez uma pausa para dizer, Segue-se um parágrafo que descreve a conversão de Guialdo e de seus parentes e amigos, poupo-a à leitura, mas o que não se pode perder é a peroração, Ó sempre admirável virtude a de António. Ela faz que os Brutos se ponham humanos para confusão dos Homens, ela faz que os Homens deixem de ser feras com a lição dos Brutos. Queixava-se David que os irracionais domésticos só conheciam o estábulo, onde achavam o sustento, sem atenderem à mão do Senhor, que lhe fazia o benefício, porém nesta ocasião a impérios de António, esquecida a ingratidão da sua natureza, desprezou este vivente agradecido o sustento e o estábulo por adorar ao verdadeiro Senhor que lhe deu o ser e o sustento. Ó venturoso Animal. Agora se conhece em ti que há Brutos discretos, pois deixas a tantos Homens brutos, avisados. Uma vez em Belém deixaste de comer a palha para agasalhar a Deus nascido, agora em Tolosa deixas de comer a cevada por adorar a Deus Sacramentado. Esqueceste a palha no Presépio por adorar o Menino manifesto na casa do pão, esqueceste a cevada na Palestra por venerar a Cristo oculto nas espécies do trigo. Assim tu foras capaz de razão, como és digno de aplauso. O teu instinto sim será fantasia, mas parece discurso, a tua noção não será raciocínio, mas parece entendimento. Sem teres memória, parece que tens advertência no que veneras, sem teres vontade, parece que mostras afetos no que adoras, sem teres entendimento, parece que descobres juízo no que conheces. Dois milagres obrou em ti António em um só prodígio para ser muitas vezes prodigioso neste só portento. Fez que o teu instinto bruto parecesse ideia racional porque adoraste, fez que a tua boçal voracidade parecesse abstinência penitente porque não comeste. Não foram só dois os assombros, porque eram mais naquele passo os brutos. Era Guialdo cego na crença daquele mistério, manco na Fé daquela presença, mas a fé que António lhe deu a vista à vista daquela maravilha nunca rastreada, a fé que Guialdo logo se moveu com o pé de tamanha novidade, nunca jamais vista. Eis aqui como de uma só ação de António Soberano resultaram três milagres estupendos, porque três vezes requintado na virtude fosse nele o único triplicidade, porque três vezes milagroso nas obras fosse nele o admirável superlativo. Amém.

Raimundo Silva fechou o formidando livro com um movimento de solenidade burlesca e repetiu, Amém, Está no discurso do autor, esse amém, ou foi acrescentamento seu, perguntou Maria Sara, Uma tumefação oratória assim não pedia menos, Que mundo este, em que tais coisas se acreditavam e escreviam, Eu diria antes, em que tais coisas não se escrevem, mas acreditam ainda hoje, Definitivamente, estamos loucos, Nós dois, Referia-me às pessoas em geral, Sou daqueles para quem o ser humano é desde sempre um doente mental, Para lugar-comum, não está mal, Talvez lhe soe menos a lugar-comum a minha hipótese de a loucura ter resultado do choque produzido no homem pela sua própria inteligência, ainda não nos repusemos do abalo três milhões de anos depois, E, segundo a sua ideia, iremos cada vez a pior, Não sou adivinho, mas receio bem que sim. Foi colocar o livro na mesa no exato momento em que Maria Sara se levantava, ficaram os dois frente a frente, nenhum pode fugir, e não o quer. Ele segurou-a pelos ombros, era a primeira vez que lhe tocava assim, ela ergueu a cabeça, brilhavam-lhe muito os olhos, tocados pela luz baixa do candeeiro, e murmurou, Não diga nada, nem uma palavra, não diga que gosta de mim, que me ama, dê-me apenas um beijo. Ele puxou-a um pouco para si, mas não tanto que os seus corpos se tocassem, e inclinou-se devagar até tocar com os lábios os lábios dela, primeiro nada mais que tocar, um roçar levíssimo, e depois, após uma hesitação, as bocas abriram-se ligeiramente, de súbito o beijo total, intenso, ansioso. Maria Sara, Maria Sara, murmurou ele, não ousava outras palavras, ela não respondia, talvez não soubesse ainda dizer Raimundo, muito enganado está quem cuide que é fácil pronunciar um nome, no amor, pela primeira vez. Maria Sara retraía-se, ele quis segui-la, mas ela abanou a cabeça, afastou-se, sem brusquidão saiu dos braços dele, Tenho de ir, disse, dê-me o meu casaco, que está no escritório, e a mala, por favor. Quando Raimundo Silva regressou, ela tinha na mão a folha de papel e sorria, O mundo está cheio destes loucos, disse, e Raimundo Silva respondeu, Mogueime, vejo-o lá em baixo, diante da Porta de Ferro, à espera da ordem de atacar, Ouroana, sendo noite, será chamada à tenda do cavaleiro Henrique para que se goze ele dela, quanto a nós, somos os mouros que julgam poder vigiar do alto duma torre o avanço do destino. Maria Sara recebeu o casaco, que não vestiu, a mala, e encaminhou-se para a porta do quarto. Ele acompanhou-a, fez ainda um gesto para retê-la, Não, num momento ela tinha aberto a porta da escada, e foi dali que anunciou, Volto amanhã, não precisas de ir à editora levar-me as fotocópias, e não me telefones, por favor.

Raimundo Silva comeu pouco ao jantar, esteve a escrever até tarde, quando foram horas de ir para a cama percebeu que não seria capaz de abri-la, de deitar-se nos lençóis lavados, sequer de desfazer a harmonia da almofada sobre o travesseiro. Tirou do guarda-fato dois cobertores de reserva e levou-os para a sala de estar, improvisou uma cama no divã estreito, e ali é que dormiu.

Geralmente, considera-se demonstração de inultrapassável bravura dar o próprio condenado à morte a ordem de fogo ao pelotão que o vai fuzilar, e até mesmo os mais pacíficos ou cobardes de nós, podendo ser e ajudando as circunstâncias, teremos alguma vez sonhado com esse fim glorioso, mormente se sobrou alguém para narrar o feito, que glórias da costura para dentro são menos estimadas. De facto, é preciso ter vindo ao mundo com nervos da mais apurada liga, ou, sendo eles vibráteis e estaladiços, estar possesso de uma paixão acima do comum, patriótica ou similar, para com a nossa rouca e logo para sempre calada voz gritar, Fogo, de alguma maneira descarregando de culpas as consciências dos matadores e erguendo a nossa própria, num último lampejo, às alturas sublimes do sacrifício e da abnegação total. É provável que o cenário habitual destes atos, em particular nas suas versões cinematográficas, contribua para uma exaltação capaz de tornar qualquer banal pessoa num herói, só por casualidade ausente do lugar dramático, precisamente por ter vindo hoje ao cinema, a ver, ora em falso, ora em verdadeiro, como simulou morrer o célebre ator, ou como, documentariamente, morreu de vez um justiçado sem nome. Não há qualquer insinuação maliciosa nesta dúvida, apenas o que supomos ser certo, que nenhum condenado à cadeira elétrica, ou à forca, ou à guilhotina, ou ao garrote, ou à fogueira, terá dado voz de ação para ligar a corrente, ou abrir o alçapão, ou soltar a lâmina, ou girar o parafuso, ou riscar o fósforo, talvez por não terem estas mortes dignidade, incluindo as de mais longa tradição na arte, talvez por faltar nelas o fator militar, a instituição das armas, onde tão mais de costume faz ninho o heroísmo, que mesmo quando o condenado não passava de vulgar paisano as balas que recebeu no peito procederam como resgate da mediocridade e foram o viático, o salvo-conduto, graças ao qual lhe virá a ser permitido, quando chegar a hora, entrar no paraíso dos heróis, sem querela de sentidos nem de causas, que lá a ideia se perde de tais diferenças terrenais.

Tão largo rodeio da matéria não teve outra justificação que mostrar como, por inocência, pode acontecer que alguém venha a dar voz à sua própria morte, mesmo não vindo ela imediata, e como, neste caso, palavras ditas com um santo propósito se converteram em serpentes furiosas que por nada deste mundo voltarão atrás. Era meio-dia, e os almuadens haviam subido ao balcão das almádenas para convocar os crentes à oração, que não seria por estar a cidade cercada e posta nos alvoroços da guerra que deixariam de ser cumpridos os ritos da fé, e apesar de saber o da mesquita maior que de todos os lados o avistavam soldados cristãos, em particular os que assediam a Porta de Ferro, ali tão perto, não lhe dava isto cuidado, em primeiro lugar por não ser a proximidade tanta que o alcançasse um dardo perdido, em segundo lugar porque as suas próprias palavras o haviam de defender dos perigos, La ilaha illa lla, ia clamar, Alá é o único Deus, e para que lhe serviria se afinal o não fosse. Ora, posto em frente das cinco portas, o exército dos portugueses não espera por mais que ouvir este grito para lançar o ataque geral e simultâneo, primeiro dos três itens em que, como sabemos, veio a articular-se o plano definitivo de combate, conforme foi estabelecido pelo nosso bom rei, ouvidos os pareceres do seu estado-maior. Ao irónico esmero de pôr na boca dos mouros inadvertidos a ordem de assalto deveremos nós resistir à tentação de, levados pelo hábito, chamar maquiavélico, pois Maquiavel, a esse tempo, ainda não era nascido e nenhum dos seus antepassados, contemporâneos ou anteriores à tomada de Lisboa, se havia distinguido internacionalmente na arte de enganar. É necessário ter grande cuidado no uso das palavras, não as empregando nunca antes da época em que entraram na circulação geral das ideias, sob pena de nos atirarem para cima com imediatas acusações de anacronismo, o que, entre os atos repreensíveis na terra da escrita, vem logo a seguir ao plágio. Na verdade, fôssemos já então uma nação importante, como o somos hoje, e não teria sido preciso esperar três séculos por Maquiavel para enriquecer a prática e o vocabulário da astúcia política, sem mais que pensar denominaríamos de afonsino este golpe genial, Alá é o único Deus, grita o almuadem, e, como um só homem, os portugueses avançam a passo de carga e dando vozes para se animarem contra as portas da cidade, ainda que um observador medianamente experiente, desde que imparcial, não pudesse deixar de notar uma certa falta de convicção nas hostes corredoras, como quem não acredita que com tão pouco se vá chegar tão longe. É certo que os arcos e as bestas disparavam uma verdadeira chuva de setas, virotes e virotões sobre as ameias, com vista a afastar delas os mouros de guarda e a deixar folga aos assaltantes da primeira linha para, com machados e martelos, tentarem britar as portas, enquanto outros, manejando os pesados aríetes, investem ritmicamente contra elas, mas os mouros não arredavam pé, primeiramente protegidos pelos alpendres que haviam construído, e depois, quando estes começaram a arder, incendiados por tochas atadas aos virotões maiores, precipitaram-nos dos muros abaixo sobre as cabeças dos portugueses, que assim tiveram de recuar, chamuscados como cerdos depois da matança. Apagados os lumes mais vivos, para o que alguns soldados de Mem Ramires tiveram de lançar-se às águas do esteiro, donde saíram rechinando e reclamando unguentos, a artilharia lançou nova barragem, agora mais prudente, empregando de preferência pedras e bolas de barro duro, porque os mouros, diabolicamente maliciosos, davam-nos o troco com as nossas próprias munições, acontecendo mesmo morrer um português, está visto que ninguém foge ao seu destino, com um virote de ida e volta de que fora o primeiro atirador. São casos que, embora raros, acontecem nos episódios de guerra, principalmente em trabalhos de cerco, pois nestes aproveita-se tudo, flecha vai, flecha vem, e, se não fosse a depreciação resultante do uso ininterrupto, uma batalha como esta poderia nunca acabar, mesmo sem entrar em linha de conta com as fábricas de Braço de Prata, em laboração contínua, chegando-se finalmente ao extremo de restar-nos um só sobrevivente para um arsenal completo, tantas armas e ninguém a quem matar.

Da varanda da almádena, o almuadem ouvia o fatal tumulto, quão diferente do alarido de alegres vozes que lhe chegara aos ouvidos naquele mesmo lugar, quando os cruzados partiram. Agora não precisava de descer a correr para saber o que se passava, de mais sabia que era a batalha que recomeçava depois da pausa que se seguira à perda do arrabalde, mas não se sentia inquieto, os gritos que ouvia, dos seus irmãos, não eram de desespero e derrota, mas de coragem, assim lhe pareciam, e decerto assim era, que sendo cego tinha a compensação de um ouvido finíssimo, apesar da idade. Nas outras almádenas da cidade, provavelmente, estariam também os almuadens delas escutando o tumulto, seis, oito, dez cegos de tantas outras mesquitas, colocados entre o céu e a terra, em negra escuridão. Todos eles eram responsáveis por este ataque, eles eram os que tinham dado a ordem, porém, inocentes, não ligavam as palavras ditas ao seu efeito óbvio, cada um estaria dizendo, Que coincidência, e prefeririam pensar que, pairando ainda nos ares os ecos do santo apelo à oração, se bem que já confundidos com os bramidos e as pragas dos combatentes, era como se a presença palpável de Alá protegesse a cidade, enorme cúpula feita de miríades de outras pequenas cúpulas vibrantes que iam descendo, do castelo, pela encosta abaixo, até ao rio, enquanto ao redor o Deus dos cristãos deveria estar com falta de escudos para defender dos projéteis de cima os seus céticos soldados. Assustados pela algazarra, os cães ladram por estas ladeiras, buscam recantos e começam a enterrar ossos, para alguma coisa lhes há de servir o instinto quando até as pessoas dotadas de juízo pressentem a aproximação dos dias maus.

Esta alusão aos cães mouros, isto é, os cães que com

os mouros ainda então conviviam, é certo que na sua condição de impuríssimos animais, mas que daqui a pouco tempo começarão a alimentar com a sua suja carne o corpo enfraquecido das criaturas humanas de Alá, esta alusão, dizíamos, fez recordar a Raimundo Silva o das Escadinhas de S. Crispim, se é que, pelo contrário, não foi uma lembrança não consciente dele que deu pé à introdução do quadro alegórico, com aquele breve comentário sobre juízo e instinto. Quase sempre, para tomar o elétrico, Raimundo Silva vai às Portas do Sol, embora seja maior a distância a percorrer, e também por aí é que regressa. Se lhe perguntássemos por que o faz, responderia que, tendo uma tão sedentária profissão, lhe convém muito andar a pé, mas a razão verdadeira não é precisamente essa, é facto que ele não se importaria nada de descer os cento e trinta e quatro degraus das escadas, ganhando tempo e beneficiando das sessenta e sete flexões de cada joelho, se, por vaidade masculina, não se sentisse também obrigado a subi-los, com a resultante canseira, que a todos toca se por aqui passam, como o deixa perceber a raridade dos alpinistas. Solução conciliatória seria descer por lá até à Porta de Ferro e tomar, para subir, o caminho mais comprido e suave, mas fazê-lo teria sido reconhecer, de modo mais que implícito, que pulmões e pernas já não são o que foram, valoração somente presumível, porque o tempo da vida robusta de Raimundo Silva não entra nesta história do cerco de Lisboa. Em duas ou três vezes que tomou, para descer, nestas semanas, aquele caminho, Raimundo Silva não encontrou o cão, e pensou que, cansado de esperar da avareza dos vizinhos a ração vital mínima, ele teria emigrado para paragens mais abundantes de restos, ou então acabara-se-lhe simplesmente a vida por ter esperado demasiado. Lembrou-se do seu gesto de caridade e disse consigo mesmo que bem o poderia ter repetido, mas isto de cães, sabe-se como é, vivem com a ideia fixa de ter um dono, dar-lhes confiança e pão é tê-los à perna para sempre, ficam a olhar para nós com aquela ansiedade neurótica e não há outro remédio que pôr-lhes coleira, pagar a licença e metê-los em casa. A alternativa será deixá-los morrer de fome, tão lentamente que não ficasse lugar para remorsos, e, se possível, nas Escadinhas de S. Crispim, onde não passa ninguém.

Notícia chegou de que fora estremado outro campo santo numa chã fronteira ao castelejo, em baixo da encosta que está à mão esquerda do acampamento real, pela razão do trabalho que dava transportar os mortos por barrancos e charcos até ao Monte de S. Francisco, aonde chegavam mais moídos que pescada e, com este tempo de grande calor, cheirando pior do que os vivos. Como aquele, também o cemitério de S. Vicente é duplo, portugueses para um lado, estrangeiros para outro, o que, parecendo desperdício de espaço, responde, afinal, ao desejo de ocupação inerente à condição humana, para o efeito tanto servindo os vivos como os mortos. Aqui virá parar, chegando a sua hora, o cavaleiro Henrique, que vê chegada estar para breve essa outra hora sua, a de provar a excelência tática das torres de assalto, confirmado como já foi o malogro dos ataques diretos às portas e muralhas, item primeiro do plano estratégico. O que ele não sabe, nem ninguém lho pode dizer, é que o momento em que terá postos em si os esperançosos olhos do exército, tirando os invejosos, que já nesse tempo os havia, esse mesmo momento, no limiar da glória, será o da sua infausta morte, infausta militarmente falando, diga-se, porque a outra glória, mais alta, estava finalmente destinado quem de tão longe viera. Porém, não antecipemos. Agora trata-se ainda de enterrar os trinta mortos nacionais que custou a tentativa de assalto à Porta de Ferro, e esses levá-los-ão as barcas ao outro lado do esteiro, e pela encosta acima, a braço, em padiolas improvisadas com paus toscamente aparelhados. À beira da fossa comum serão despidos das roupas que possam aproveitar a vivos, se não estão molestamente encortiçadas de sangue, e ainda assim algum menos escrupuloso e delicado a essas levará, donde vem a resultar que, no geral dos casos, os mortos baixam à sepultura tão nus como a terra que os recebe.

Alinhados, com os pés descalços a tocar a primeira fímbria do lodo, que as marés altas e as ondas mantêm fresco e mole, os mortos, sob os olhares e chufas dos mouros vencedores, lá no alto dos adarves, esperam a hora de embarcar. A tardança está em serem, para o transporte, menos os necessários do que os voluntários, o que poderia surpreender-nos tratando-se de tarefa tão penosa e lúgubre, mesmo levando em linha de conta o aliciante da compensação vestimentária, mas é caso que toda a gente quer ir realmente de barqueiro e cangalheiro, porque ali ao lado do cemitério se acabou de instalar, nestes dias, o bairro da putaria, até agora dispersas as mulheres por esses barrocos e revessas mais escusas à espera de ver em que pararia esta guerra, se seria chegar, ver e vencer, e aí qualquer arrumo precário serviria, ou se ia dar em cerco prolongado, como tudo indica que venha a ser, portanto apetecendo maiores comodidades, e nesta circunstância escolhe-se um espaço sombreado, por estar quente o tempo e puxar do corpo o exercício, e armam-se umas quantas choupanas de pau a pique e ramagens a fazer de toldo, para cama não se requer mais que uma paveia de feno ou umas rústicas ervas rodilhadas que com o tempo se volverão terriço confundido com a poeira dos mortos. Não seriam precisos extremos de erudição para notar, agora, como já naqueles medievos tempos, apesar da resistência da Igreja aos símiles clássicos, andavam emparceirados Eros e Tanatos, neste caso com Hermes por intermediário, pois não poucas vezes com as mesmas roupas dos mortos se pagavam os bons serviços de mulheres que, por estarem na infância da arte e a principiar um país, ainda acompanhavam com verdade e alegria os transportes do cliente. Perante isto, já não surpreenderá o debate, Vou eu, vou eu, que não é sinal de compaixão pelos companheiros perdidos nem pretexto para escapar por algumas horas às contingências da frente de batalha, é sim apetite insofrível da carne, dependente, quem o diria, dos caprichos de favoritismo ou de embirração de um sargento-ajudante.

E agora passemos um pouco ao longo desta fila de corpos sujos e sangrentos, deitados ombro com ombro à espera da hora do embarque, alguns de olhos ainda abertos, arregalados para o céu, outros que com as pálpebras semicerradas parecem reprimir uma enorme vontade de rir, é um estendal de chagas, de feridas hiantes que as moscas devoram, não se sabe quem sejam ou tivessem sido estes homens, só os amigos mais de perto lhes conhecerão os nomes, ou porque dos mesmos lugares vieram, ou porque juntos se encontraram num mesmo perigo, Morreram pela pátria, diria el-rei se aqui viesse prestar aos heróis o último preito, mas D. Afonso Henriques tem lá no seu arraial os seus próprios mortos, não precisa vir de tão longe, o discurso, se o fizer, deverá ser entendido como contemplando em partes iguais quantos mais ou menos a esta hora aguardam despacho, enquanto se estão discutindo questões importantes para saber quem vai de tripulante das barcas ou estará de faxina ao cemitério para abrir as covas. O exército não terá de avisar as famílias por telegrama, No cumprimento do seu dever caiu no campo de honra, maneira sem dúvida mais elegante que explicar mui por claro, Morreu com a cabeça esmagada por uma pedra que um filho da puta de um mouro atirou lá de cima, é que estes exércitos ainda não têm cadastro, os generais, quando muito, e muito pela rama, sabem que ao princípio tinham doze mil homens e daqui para diante o que têm a fazer é ir descontando todos os dias uns tantos, soldado na frente de batalha não precisa de nome, Ó sua besta, se recuas levas um tiro nos cornos, e ele não recuou, e a pedra caiu, e ele morreu. Chamavam-lhe Galindo, é este, em estado tal que nem a própria mãe que o pariu o reconheceria, amolgada a cabeça de um lado, o rosto coberto de sangue seco, e tem à direita Remígio, de setas trespassado, duas de lado a lado, que os dois mouros que ao mesmo tempo o escolheram para alvo tinham olho de falcão e braço de sansão, mas não perdem pela demora, daqui a alguns dias tocar-lhes-á a vez, e ficarão, como estes, expostos ao sol, à espera da sepultura, dentro da cidade, que estando cercada já não se pode chegar ao cemitério, onde os galegos cometeram as mais nefandas profanações. A seu favor, se tal se pode dizer, só têm os mouros as despedidas da família, o alarido das mulheres, mas isso, quem sabe, até será pior para o moral dos tropas, sujeitos a um espetáculo de lágrimas de dor e sofrimento, de lutos sem consolação, Meu filho, meu filho, enquanto no acampamento cristão tudo se passa entre homens, que as mulheres, se estão lá, é por outros motivos e para outros fins, abrir as pernas a quem vier, soldado morto, soldado posto, as diferenças de comprimento e grossura, com o hábito, nem se notam, salvo casos excecionais. Galindo e Remígio vão atravessar pela última vez o esteiro, se é que já o tinham atravessado antes neste sentido, que estando o cerco ainda no princípio não faltam aqui homens que não chegaram a aliviar-se dos humores secretos, entraram na morte cheios de uma vida que não aproveitou a ninguém. Com eles, estendidos no fundo da barca, uns sobre outros, comprimidos pela estreiteza do espaço, irão também Diogo, Gonçalo, Fernão, Martinho, Mendo, Garcia, Lourenço, Pero, Sancho, Álvaro, Moço, Godinho, Fuas, Arnaldo, Soeiro, e os que ainda faltam para a conta, alguns que têm o mesmo nome, porém aqui não mencionados para que não se nos possa protestar, Desse já se falou, e não seria verdade, bem podia ser que escrevêssemos, Vai na barca Bernardo, e serem trinta mortos com um nome só, nunca nos cansaremos de repetir, Um nome é nada, a prova podemos encontrá-la em Alá que, apesar dos noventa e nove que tem, não conseguiu ser mais que Deus.

Vai Mogueime na barca, mas vai vivo. Escapou ileso do assalto, nem um arranhão, e não foi por que se tivesse resguardado da peleja, pelo contrário, dele se pode jurar que esteve sempre na primeira linha de fogo, de serviço aos aríetes, como Galindo, mas esse não teve sorte. Ser mandado ao funeral vale pois tanto como uma citação à ordem, um louvor com as tropas em parada, um dia de folga, que o sargento não desconhece como vão aproveitar os seus homens o tempo entre a ida e a volta, pena grande é a sua de não poder ir no acompanhamento, vai com o seu capitão Mem Ramires ao arraial do príncipe, aonde os chefes foram chamados para fazer o balanço, obviamente negativo, do assalto, por aqui é que se vê que na vida das patentes superiores a vida nem sempre é de rosas, e isto sem falar na hipótese muito provável de el-rei assacar aos capitães a responsabilidade do malogro, e estes por sua vez atirarem com as culpas aos sargentos, que, pobres deles, não poderão desculpar-se com a cobardia dos soldados, porquanto, como é sabido, o que um soldado valer, ao seu sargento o deve. Se tal vier a acontecer, é de prever que sejam cortadas as próximas licenças para enterro, os mortos que naveguem sozinhos, no fim de contas não têm mais que um rumo, já é tempo de começar a história dos navios fantasmas. Da encosta fronteira, as mulheres, no limiar das cancelas, olham as barcas que se aproximam com o seu carregamento de mortos e de desejos, e alguma que dentro esteja com um homem vai remexer-se deslealmente para despachá-lo pronto, pois estes soldados das gôndolas funerárias, talvez por insciente necessidade de equilibrar a fatalidade da morte com os direitos da vida, são muito mais ardentes que qualquer militar ou paisano em ato de rotina, e já se sabe que a generosidade sempre cresce na proporção da satisfação do ardor. Por muito pouco que valha um nome, estas mulheres têm-no também, além do geral de putas com que as conhecem, e são Tarejas, como a mãe do rei, ou Mafaldas, como a rainha que veio de Saboia o ano passado, ou Sanchas, ou Maiores, ou Elviras, ou Dórdias, ou Enderquinas, ou Urracas, ou Doroteias, ou Leonores, e duas delas têm nomes preciosos, uma que é Chamoa, outra que é Moninha, dá vontade de tirá-las da vida e levá-las para casa, não como Raimundo Silva teria feito ao cão das Escadinhas de S. Crispim, por piedade, mas para tentarmos saber que segredo liga a pessoa ao nome que tem, mesmo quando ela parece tanto menos ainda do que ele.

Vem Mogueime na travessia com dois fitos públicos e um reservado. Dos públicos já se falou o bastante, estão aí as valas abertas para receber os mortos e abertas as mulheres para receber os vivos. Com as mãos sujas ainda da terra negra e fresca, Mogueime deslaçará as bragas e, sem mais tirar-se roupa que levantar o saio, se chegará à mulher que escolheu, ela também só com a saia subida e enrolada na barriga, a arte amatória está toda por inventar em terras há tão poucos dias conquistadas, os mouros levaram consigo o muito que dela sabem, diz-se, e se alguma destas rascoas, sendo moura de origem, por casualidade e azares da vida veio a dar no trato internacional, das artes da sua raça segredo fará por ora, até que possa começar a vender por preço melhor as novidades. Claro que os portugueses não são de todo brutos na matéria, afinal as possibilidades dependem de meios mais ou menos comuns a toda a gente, mas falta-lhes evidentemente requinte e imaginação, talento para o movimento subtil, jeito para a suspensão sábia, enfim civilização e cultura. Por ser herói desta história, não se cuide que Mogueime é mais competente e artista que qualquer dos companheiros. Se ao lado roncou de prazer Lourenço e berrou Elvira, com igual veemência responderam daqui estes dois, Doroteia faz mesmo questão de não ficar nunca atrás da outra em prodigalidades de expansão, e Mogueime, se tão bem lhe soube, não tem qualquer motivo para calar-se. Enquanto não vier o poeta D. Dinis a ser rei, contentemo-nos com o que há.

Quando as barcas regressarem à outra margem, bem mais ligeiras, Mogueime não irá nelas. Não porque tenha decidido desertar, tal ideia não lhe passaria pela cabeça, muito menos uma pessoa com a sua reputação e com lugar já assegurado na História Grande de Portugal, não são coisas que se percam por uma leviandade, uma cabeçada, ele é Mogueime que esteve na tomada de Santarém, e basta. O seu fito reservado, que nem a Galindo confiaria, é ir desde aqui, pelos caminhos que ficaram explicados quando o exército se deslocou do Monte de S. Francisco para o Monte da Graça, até ao acampamento do rei, onde sabe que separadamente estão as tendas dos cruzados, a ver se por um feliz acaso, ao virar duma esquina, encontra a concubina do alemão, Ouroana se chama ela, em quem não para de pensar, embora não tenha ilusões quanto a não ser ela bocado para o seu dente, pois um soldado sem graduação não pode aspirar a mais que às putas de todo o mundo, barregãs exclusivas é prazer e direito de senhores, quando muito trocadas, mas entre iguais. No fundo, não acredita que vá ter a sorte de a ver, mas bem gostaria de voltar a sentir aquela pancada na boca do estômago por duas vezes experimentada, apesar de tudo não se pode queixar, que em meio de tanto macho exasperado de cio as fêmeas estão no geral guardadas, mais ainda se saem a tomar ar, prova é que levava Ouroana a acompanhá-la um criado do cavaleiro Henrique, armado como para o combate, não obstante pertencer ao serviço interno.

Grandes são as diferenças entre a paz e a guerra. Quando as tropas aqui estiveram acampadas, enquanto os cruzados decidiam se sim ou não ficavam, e o mais que de luta houvera não fora além de escaramuças rápidas, trocas aéreas de setas e girândolas de insultos, Lisboa aparecia como uma joia por assim dizer reclinada na encosta, oferecida às volúpias do sol, toda coberta de cintilações, rematada lá no alto pela mesquita do castelo, rebrilhante de mosaicos verdes e azuis, e, na vertente virada a este lado, o arrabalde, donde a população ainda não se retirara, se pedia meças com alguma coisa, seria com as antecâmaras do paraíso. Agora, fora dos muros, há casas queimadas e paredes derrubadas, e mesmo de tão longe se pressente o caminhar da ruína, como se o exército português fosse um enxame de formigas brancas tão capazes de roer madeira como pedra, embora se lhes partam os dentes e o fio da vida no áspero trabalho, como se tem visto e por aqui não ficará. Mogueime não sabe se tem medo de morrer. Acha natural que morram outros, nas guerras sempre está a acontecer, ou é para que aconteça que as guerras são feitas, mas se a si mesmo fosse capaz de perguntar que é o que realmente teme nestes dias, responderia talvez que não é tanto a possibilidade da morte, quem sabe se já no próximo assalto, mas outra coisa a que simplesmente chamaríamos perda, não da vida em si, mas do que nela sucede, por exemplo, se podendo Ouroana vir a ser sua depois de amanhã, quisesse o destino ou a vontade de Nosso Senhor que a depois de amanhã ele não chegasse por ter de morrer amanhã mesmo. Pensamentos destes já sabemos que os não pode ter Mogueime, ele vai por um caminho mais direto, que venha a morte tarde, que cedo venha Ouroana, entre a hora de chegar ela e a hora de partir ele estaria a vida, mas também este pensar é por de mais complexo, resignemo-nos então a não saber o que pensa realmente Mogueime, entreguemo-nos à aparente clareza dos atos, que são os pensamentos traduzidos, ainda que na passagem destes para aqueles sempre algumas coisas se tirem e se acrescentem, o que finalmente virá a significar que sabemos tão pouco do que fazemos como do que pensamos. O sol vai alto, em pouco tempo será meio-dia, de certeza que estão os mouros observando os movimentos do arraial, a ver se como ontem voltam os galegos a atacar quando os almuadens chamarem à oração, que por aqui se vê o nenhum respeito que guardam os desalmados à fé dos outros. Mogueime, para encurtar caminho, atravessa o esteiro a vau por altura da Praça dos Restauradores, aproveitando estar a maré baixa. Andam por aqui, desafogando os medos e tentando apanhar peixe miúdo, soldados dos que se enfrentam com a Porta de Alfofa, vieram longe não há dúvida, já então se dizia, Longe da vista, longe do coração, neste caso não se trata das intermitências da paixão, mas de buscar alívios arredados do teatro da guerra, cuja vista, após a febre do combate, os mais delicados não suportam. E para evitar que estes se escapem andam por aí uns tantos cabos, como pastores ou cães vigiando o gado, não há outra maneira, que a tropa tem a soldada paga até agosto e dará o corpo ao manifesto, dia por dia, até ao fim do prazo, salvo impedimento resultante de se ter cumprido com anterioridade um outro prazo, o da vida. O segundo braço do esteiro não o pode Mogueime atravessar a vau, por ser mais fundo, mesmo na vazante, por isso vai subindo ao longo da margem até chegar aos arroios de água doce, onde um dia destes verá Ouroana lavando roupa e lhe perguntará, Como te chamas, mas é só um truque para começar a conversa, se há algo nesta mulher que para Mogueime não tenha segredos, é o seu nome, tantas são as vezes que ele o tem dito, os dias não só se repetem, como se parecem, Como te chamas, perguntou Raimundo Silva a Ouroana, e ela respondeu, Maria Sara.

Eram quase sete horas da tarde quando Maria Sara chegou. Raimundo Silva estivera a escrever até às cinco, sempre com a atenção distraída, com dificuldade compunha duas ou três linhas e logo punha-se a olhar pela janela, as nuvens, um pombo que volta e meia pousava na varanda e o mirava através da vidraça com o seu olho vermelho e duro, agitando a cabeça em movimentos que eram ao mesmo tempo rápidos e fluidos, o cesto de papéis que fora buscar ao escritório estava cheio de folhas rasgadas, um destroço, se todos os dias, a partir de agora, forem como este, há grande perigo de que a sua história não acabe, ficando os portugueses, até ao fim dos tempos, diante desta cidade de Lisboa, invicta, sem ânimo para a conquistar e sem forças para renunciar a ela. Durante o dia tivera de resistir mil vezes à tentação de telefonar, o que ainda mais contribuíra para desviar-lhe o tino do que queria escrever, vindo a resultar que, em trabalho aproveitado, não adiantara mais do que uma página, e ainda assim graças àquela benevolência que tantas vezes nos leva a tolerar o que não tem outro mérito senão o de não ser insuportável. A última meia hora passou-a quase toda na varanda, uma ou outra vez mostrando-se sem disfarce, como quem, estando à espera, não se importa que se saiba e murmure, mas quase sempre encostado à moldura interior da janela, com meio corpo escondido, e espreitando à socapa para o Largo dos Lóios, onde Maria Sara deixará o carro. Viu-a aparecer na esquina do prédio dos painéis de Santo António, num passo tranquilo, nem depressa, nem devagar, vestia o casaco e a saia que já lhe conhecia, ao ombro o saco, os cabelos soltos dançando, e o desejo deu-lhe um súbito nó na boca do estômago, não como acontecera a Mogueime, que a esse foram socos.

Percebeu que isto, sim, era desejo verdadeiro, que ontem mais havia sido como uma vibração convulsiva e contínua de todo o seu ser, acaso resolúvel pelas vias de um contacto físico expedito que provavelmente, se se tivesse consumado, deixaria marcas de frustração ou, ainda pior, de desencanto. Foi abrir a porta e saiu ao patamar, Maria Sara já subia e olhava para cima, sorrindo, e ele sorriu, Tão tarde, disse, Já sabe, o trânsito, ontem foi um dia excecional, saí mais cedo da editora, respondeu ela, e, avançando, deu-lhe um beijo rápido na face e entrou. A porta mais próxima, como sabemos, é a do quarto, não faria qualquer sentido, no estado em que as coisas estão, procurar outra, tanto mais que este quarto não é quarto apenas, é também, ainda que provisoriamente, lugar de trabalho, por isso, repetimos, de certa maneira neutralizado. Mas Raimundo Silva retirou-lhe o saco do ombro, lentamente, como se a despisse, foi um gesto não premeditado, são aquelas ocasiões em que a intuição ajuda o que da ciência às vezes já se esqueceu, Ontem, ao despedir-se, tratou-me por tu, disse, É a falta de hábito, ainda não estou acostumada, respondeu Maria Sara, Quer ir para o escritório, Não, aqui estamos bem, mas tu não tens onde sentar-te, Vou buscar uma cadeira. Quando voltou, Maria Sara estava a ler a última página do manuscrito, Adiantaste pouco, disse, Por que terá sido, perguntou Raimundo Silva, Sim, por que terá sido, repetiu ela, desta vez sem sorrir, e olhando-o como quem espera uma resposta, Repare na cama, Que tem a cama, e noutro tom, Só eu é que estou a usar o tu, Talvez tenha eu mais dificuldade em habituar-me, mas vou repetir certo Repara na cama, E eu respondo Que tem a cama, Notas alguma diferença nela em relação a ontem, É a mesma cama, Claro que é a mesma cama, o que eu quero que me digas é se achas que ela foi aberta e utilizada, sendo mulher observarás facilmente que as dobras e vincos do lençol estão intactos, que a almofada e o travesseiro não têm uma ruga, que a colcha está lisa, com todas as franjas alinhadas, Sim, é verdade, Foi assim que a empregada a deixou ontem, Então não dormiste aqui, Não, Porquê, onde, Respondo primeiro à segunda parte da pergunta, dormi lá dentro, num divã, E porquê, Porque sou um garoto, um adolescente a quem os cabelos brancos vieram cedo de mais, porque não fui capaz de me deitar aqui sozinho, só isso. Maria Sara largou a folha sobre a secretária, foi para ele e abraçou-o, Nunca precisarás de me dizer que gostas de mim, Direi, Mas não assim, Usarei palavras, E eu quero ouvi-las, sei que esquecerei muitas delas, o momento, o lugar, a hora, mas o que não poderei é esquecer isto, e quando tocaste na rosa. Estavam nos braços um do outro, mas ainda não se beijavam, olhavam-se e sorriam muito, o rosto alegre, e depois o sorriso recolheu-se lentamente, como água que a terra estivesse sorvendo e saboreando, até que ficaram sérios os dois, fitando-se, uma rápida sombra subtil adejou pelo quarto, veio e fugiu logo, e então umas asas imensas e poderosas envolveram Maria Sara e Raimundo Silva, apertando-os como a um único corpo, e o beijo começou, tão diferente daquele que aqui se tinham dado ontem, eram as mesmas pessoas, eram outras, mas dizer isto é ter dito nada, porque ninguém sabe o que o beijo é verdadeiramente, talvez a devoração impossível, talvez uma comunhão demoníaca, talvez o princípio da morte. Não foi Raimundo Silva quem conduziu Maria Sara à cama, nem ela para ali o impeliu suavemente como distraída, ali se acharam, sentados primeiro na borda do colchão, amarrotando a colcha branca, depois ele deitou-a para trás e continuaram a beijar-se, ela rodeava-lhe a nuca com os braços, o braço direito dele servia de apoio à cabeça dela, mas o esquerdo parecia hesitar, sem saber o que fazer, ou sabendo-o e não ousando, como se um final e invisível muro se houvesse interposto no último segundo, guiou-o finalmente a sábia mão, tocou a cintura de Maria Sara, desceu até à anca e foi pousar, quase sem pressão, no arredondado da coxa, para subir depois, devagar, pelo corpo acima, até ao peito, agora a memória dos dedos pôde reconhecer a macieza do tecido da blusa em que tocava pela primeira vez, a sensação foi rapidíssima e no mesmo instante diluída pela consciência tumultuosa de que sob a mão banal do homem estava o prodígio de um seio. Aturdido pelo contacto, Raimundo Silva levantou a cabeça, queria olhar, ver, saber, ter a certeza de que era a sua própria mão que ali estava, agora sim, o muro invisível desmoronava-se, para além dele ficava a cidade do corpo, ruas e praças, sombras, claridades, um cantar que vem não se sabe donde, as infinitas janelas, a peregrinação interminável. Maria Sara colocou a sua mão sobre a de Raimundo Silva, e ele beijou-lha muitas vezes, até que ela a retirou levando a dele consigo, e o seio erguido, ainda coberto, se ofereceu aos beijos. Foi ela quem, sem pressas, desfrutando o seu próprio movimento, desabotoou a blusa e a afastou, sob a renda branca do sutiã a pele era uma renda mate, e róseo o mamilo, o bico da mama, meu Deus, então a mão de Raimundo Silva voltou, doce, violenta, e num só gesto resoluto fez sair o seio, elástico e denso. Maria Sara gemeu quando a boca dele, sôfrega, a sugou, todo o seu corpo estremeceu, e logo mais profundamente porque a mão de Raimundo Silva se pousara sobre o seu ventre, inesperadamente, para, já sem surpresa, descer até ao púbis, onde se crispou e forçou, invasora. Estavam ainda vestidos, ela apenas com o casaco solto e a blusa desabotoada, e foi Raimundo Silva quem fez recolher o seio descoberto, tão delicadamente que os olhos surpreendidos de Maria Sara se humedeceram de lágrimas. A penumbra do quarto iluminou-se subitamente, decerto para os lados da barra se tinham aberto as nuvens do fim da tarde, e o último sol entrou pela janela, oblíquo, lançando sobre aquele lado da parede uma vibração de luz cor de cereja, que por sua vez espalhava pelo quarto uma invisível palpitação, uma tremura comovida de átomos despertos pela esmorecente claridade, como se este fosse um mundo apenas nascido e ainda sem forças, ou velho de haver vivido muito, sem forças já. Maria Sara e Raimundo Silva, por pudor ou por intuição, não se despiram completamente, conservavam a última peça íntima, e ela não tirara o sutiã. Estavam deitados, cobertos, e tremiam. Ele pegou-lhe nas mãos e beijou-as, ela repetiu o gesto, com um movimento ondulatório do corpo aproximaram-se, tão perto que as respirações se confundiam, depois as bocas tocaram-se e o beijo tornou-se devoramento de lábios e de línguas, enquanto as mãos de um buscavam o corpo do outro, apertavam, puxavam, acariciavam, então começaram a ouvir-se palavras, soltas, entrecortadas, ofegantes, meu amor, quero-te, como foi possível, não sei, tinha de ser, abraça-me, desejo-te, esse antiquíssimo murmúrio que, por estas e outras palavras, mais doces ainda, ou cruas, ou toscas, ou brutais, persegue desde a noite dos tempos, seja-nos permitida a expressão uma vez mais, o inefável. Inábil, a mão de Raimundo Silva lutava com o fecho do sutiã, mas foi Maria Sara quem, com um simples toque e um movimento de ombros, se libertou, e aos seios libertou da prisão, oferecendo-os aos olhos, às mãos e à boca dele. Depois, enfim, despiram-se de todo, cada um ajudando o outro ou a ele se entregando, Despe-me, disseram, e em verdade já estavam nus, mas agora é que podiam tocar-se, palpar, sondar, de súbito Raimundo Silva atirou a roupa para trás, ali estava Maria Sara, os seios, o ventre, o púbis alto, as coxas longas, e ele, sem vergonha, esquecido de medos, mostrando-se à luz, ainda que tão pouca, apenas o lençol branco brilhava como se o inundasse o luar, a noite caía muito devagar sobre a cidade, parecia que o mundo exterior se pusera à espera de um milagre novo, porém ninguém deu por ele quando aconteceu, aqui, quando os sexos destes dois se sentiram pela primeira vez, quando pela primeira vez gemeram juntos, quando surdamente gritaram, quando todas as comportas do dilúvio se abriram sobre a terra e as águas da terra, e depois a calma, o largo estuário do Tejo, dois corpos lado a lado vogando, de mãos dadas, um diz, Oh, meu amor, o outro, Que nada no futuro seja menos do que isto, e de repente ambos tiveram medo do que disseram e abraçaram-se, o quarto estava escuro, Acende a luz, disse ela, quero saber se isto é verdade.

Maria Sara passou a noite em casa de Raimundo Silva. Depois de ter-lhe pedido que acendesse a luz e certificar-se, com todos os sentidos, da verdade de ali estar, nua e com este homem nu ao lado, olhando-o e tocando-o, e sem resguardo oferecendo-se aos olhos e às mãos dele, disse, entre dois beijos, Vou telefonar à minha cunhada. Enrolou-se na colcha branca e correu descalça ao escritório, do quarto Raimundo Silva ouviu-a marcar o número, e logo, Sou eu, a seguir houve um silêncio, provavelmente a cunhada estaria a manifestar estranheza pela demora, perguntando, por exemplo, Há alguma novidade, e Maria Sara, que precisamente de tão grandes e numerosas novidades estava habilitada a falar, respondeu, Não, vinha apenas avisar que não vou ficar a casa, o que, a falar verdade, era uma novidade absoluta, tendo em conta que acontecia pela primeira vez desde que ela se fora a morar em casa do irmão, depois do divórcio. Outro silêncio, a surpresa discreta da cunhada, imediatamente cúmplice, às palavras que disse, Maria Sara riu-se, Depois te conto, e diz ao meu irmão que não vale a pena pôr-se aí a representar o papel de protetor de viúvas e donzelas, que o meu caso não é desses. Do lado de lá a cunhada teria exprimido uma preocupação familiar razoável, Espero que saibas o que estás a fazer, é o mínimo que se pode dizer em situações como esta, e Maria Sara respondeu, Nesta altura chega-me saber que é verdade, e depois duma nova pausa disse simplesmente, É, não precisou de mais Raimundo Silva para perceber que a cunhada de Maria Sara tinha perguntado, É o revisor, e Maria Sara respondeu, É. Após ter desligado, ela ficou ali alguns momentos, subitamente tudo ganhara um ar de irrealidade, estes móveis, estes livros, e lá dentro, no quarto, estava um homem deitado, ao longo da face interna das coxas sentiu que deslizava uma carícia fria, e pensou, É dele, arrepiou-se e enrolou-se mais na colcha, mas o gesto fê-la tomar consciência da nudez completa do seu corpo, e agora lutava nela a lembrança das recentes sensações com um pensamento irritante que não a queria deixar, Se ele se tiver deixado ficar nu em cima da cama, o pensamento interrompia-se ali, ou era ela que se recusava a segui-lo até ao fim, mas compreendia-se claramente que se tratava duma ameaça, duma decisão tomada, mesmo não estando o destinatário formalmente explícito. Estranhou que ele a não chamasse, a campainha do telefone dera sinal no fim da comunicação, parecia que o silêncio tomava conta da casa como se fosse um inimigo furtivo e inquietante, e depois achou que tinha adivinhado o motivo, ele não sabia como deveria chamá-la, sim, diria Maria Sara, mas a questão não estava nas palavras, estava no tom com que fossem ditas, como escolher entre o tom imperativo de quem cresse ser já proprietário dum corpo e a expressão duma doçura sentimental que não diríamos fingida, mas em que seguramente haveria uma parte de deliberação demasiado consciente para ser natural. Voltou ao quarto, pensando, enquanto seguia pelo corredor, Ele está tapado, ele está tapado, tão ansiosamente como se disso fosse depender todo o futuro das palavras e obras que aqui tinham sido ditas e feitas. Raimundo Silva cobrira-se até aos ombros.

Jantaram num restaurante da Baixa, ela quis saber como ia a história do cerco, Menos mal, creio, para o absurdo que é, Ainda te falta muito para terminá-la, Poderia acabá-la em três linhas, no género depois casaram e foram muito felizes, no nosso caso os portugueses num supremo esforço tomaram a cidade, ou então ponho-me a enumerar as armas e as bagagens, a enredar as pessoas e as personagens, e nunca mais chegarei ao fim, uma alternativa seria deixá-la ficar tal qual está, agora que já nos encontrámos, Preferiria que a terminasses, tens de resolver as vidas daquele Mogueime e daquela Ouroana, o resto será menos importante, de toda a maneira sabemos como a história terá de acabar, a prova é estarmos a jantar em Lisboa, não sendo mouros nem turistas em terra de mouros, Provavelmente passaram por aqui as barcas que levaram ao cemitério os mortos do ataque às portas da cidade, Quando voltarmos para casa vou pôr-me a ler desde o princípio, Se não estivermos ocupados em questões mais interessantes, Temos muito tempo, caro senhor, Aliás, a história é curta, em meia hora terás lido tudo, limitei-me, como verás, ao que me parecia poder ser essencialmente decorrente do facto de os cruzados se terem ido embora sem ajudar os portugueses, E que daria um romance, É possível, mas quando me meteste nestes trabalhos sabias que eu não passava de um normal e modesto revisor, sem outras qualidades, As suficientes para teres aceitado o repto, Deverias chamar-lhe antes provocação, Seja provocação, Que ideia tinhas tu na cabeça quando me desafiaste, que buscavas, Naquela altura não o via com muita clareza, por muitas explicações que pudesse ter dado a mim própria, ou a ti, quando as pediste, agora já é evidente que era a ti que buscava, Este tipo magro e sisudo, com os seus cabelos mal pintados, vivendo fechado em casa, triste como um cão sem dono, Um homem que me agradou logo que o vi, um homem que fizera deliberadamente um erro onde estava obrigado a emendá-los, um homem que percebera que a distinção entre não e sim é o resultado duma operação mental que só tem em vista a sobrevivência, É uma boa razão, É uma razão egoísta, E socialmente útil, Sem dúvida, embora tudo dependa de quem forem os donos do sim e do não, Orientamo-nos por normas geradas segundo consensos, e domínios, mete-se pelos olhos dentro que variando o domínio varia o consenso, Não deixas saída, Porque não há saída, vivemos num quarto fechado e pintamos o mundo e o universo nas paredes dele, Lembra-te de que já foram homens à lua, O seu quartinho fechado foi com eles, És pessimista, Não chego a tanto, limito-me a ser cética da espécie radical, Um cético não ama, Pelo contrário, o amor é provavelmente a última coisa em que o cético ainda pode acreditar, Pode, Digamos antes que precisa. Acabaram de tomar o café, Raimundo Silva pediu a conta, mas foi Maria Sara quem, num gesto rápido, tirou da carteira e colocou no pires o cartão de crédito, Sou a tua diretora, não posso permitir que pagues o jantar, acabava-se o respeito das hierarquias se os subordinados começassem por aí a querer botar figura contra os seus superiores, Admito por esta vez, em todo o caso lembro-te que estou a caminho de tornar-me autor, e nessa altura, Nessa altura é que não pagarias de todo, onde já se viu o despautério de pagar o autor o jantar ao editor, realmente não sabes nada de relações públicas, Sempre ouvi dizer que dos infelizes autores é que fazem almoço e jantar os editores, Calúnias indecentes, manifestações inferiores de um ódio de classe, Eu não sou mais do que revisor, estou fora dessa guerra, Se levas tanto a peito, Não, não, paga tu, mas as minhas razões para admitir que pagues são outras, Quais são, É que com toda esta arrastada história de cerco quase não tenho trabalhado na revisão, e portanto, sendo tu responsável pelo estado periclitante da minha economia, é de justiça que pagues, para compensar faço-te amanhã as torradas do pequeno-almoço, Vais deixar-me com um saldo devedor tremendo.

Maria Sara tinha o carro no Largo dos Lóios, a ambos apetecera o passeio a pé pela noite quase tépida, um pouco húmida. Antes de descerem o Limoeiro demoraram-se no miradouro a olhar o Tejo, o largo e misterioso mar interior. Raimundo Silva pousara o braço no ombro de Maria Sara, conhecia este corpo, conhecia-o, e de conhecê-lo é que lhe vinha esta sensação de força infinita, e outra, contrária, de infinito vazio, de lassidão preguiçosa, como uma grande ave que pairasse sobre o mundo adiando o momento de pousar. Agora regressavam a casa, devagar, a noite parecia-lhes interminável, não tinham de correr para deter as horas, ou começá-las depressa, que mais do que isto não o permite o tempo. Disse Maria Sara, Estou curiosa de ler o que escreveste, pode ser que tenhas razão quando dizes que vais a caminho de ser autor, Pensava que tinhas tido o bom senso de não me tomares a sério, Nunca se sabe, nunca se sabe, os melhores panos não servem apenas para neles caírem as nódoas, Se já como revisor estou condenado às penas do inferno, imagina que destino seria o meu como autor, Pior do que o inferno, suponho, só o limbo, Também acho, mas para o limbo já passei da idade, e, como sou batizado, se vier a escapar do castigo, do prémio não escaparei, consta que não há alternativa, aqui era a Porta de Ferro, deitaram-na abaixo há uns duzentos anos, o que dela restava, claro está, quanto à dos mouros ninguém sabe como era, Não mudes de conversa, a ideia é boa, Que ideia, Publicares essa história, Na nossa editora, Seria uma hipótese, Davas uma péssima diretora literária, subornável pelos sentimentos, Parto do princípio de que o livro terá qualidade suficiente, E acreditas que os nossos patrões, depois de se terem visto ridicularizados, Se têm algum sentido de humor, Nunca dei por tal, o que aliás pode ser culpa minha, por falta de qualidades recetivas, Acaba o livro e logo veremos, nada se perderá em tentar, O que lá tenho em casa não é um livro, são apenas umas poucas dezenas de páginas com episódios soltos, É um ponto de partida, Muito bem, mas então ponho uma condição, Qual, Serei o revisor da minha própria obra, Para quê, se o autor é sempre um mau revisor de si mesmo, Para que não venha a acontecer porem-me um sim em lugar de um não. Maria Sara riu e disse, Gosto mesmo de ti. E Raimundo Silva, Estou a fazer o possível para que assim continues. Iam subindo a Calçada do Correio Velho, o tal caminho que ele evitava, porém hoje sentia-se leve e alado, e a fadiga, que sem dúvida tinha, era diferente, não reclamava o repouso, pedia uma fadiga nova. A esta hora a rua estava deserta, o lugar e a ocasião eram propícios, Raimundo Silva beijou Maria Sara, não há nada de mais comum nos dias de hoje, o beijo na via pública, mas devemos ter em conta que Raimundo Silva ainda vem duma geração discreta que não fazia demonstração de sentimentos, muito menos de desejos. O atrevimento, no fim de contas, não fora por aí além, uma rua solitária e pouco iluminada, mas é um princípio. Continuaram a subir, pararam no princípio das escadas, S. Crispim tem cento e trinta e quatro degraus, disse Raimundo Silva, e empinados como os dos templos astecas, mas chegando ao alto estamos logo em casa, Não me queixo, vamos, Ali em cima, por baixo daqueles janelões ainda há vestígios da muralha construída pelos godos, pelo menos assim o afirmam os entendidos, Entre os quais agora estás, Nem pensar, apenas li umas coisas, tenho-me divertido ou instruído, aos poucos, a descobrir a diferença entre olhar e ver e entre ver e reparar, É interessante, isso, É elementar, suponho até que o verdadeiro conhecimento estará na consciência que tivermos da mudança de um nível de perceção, para dizê-lo assim, a outro nível, Homem bárbaro, o mais godo de todos, quem vem a mudar de níveis sou eu desde que começámos a trepar por esta montanha, paremos neste degrau um pouco, que preciso de respirar, ao menos um minuto, sentemo-nos. Esta palavra, e o ato subsequente, trouxeram de golpe a Raimundo Silva a lembrança daquele dia em que, fugido ao temor de ser interpelado por um Costa indignado e ameaçador, descera de atropelo estas escadas e se sentara, aí num desses degraus, escondendo, de olhos imaginadamente acusadores, não apenas a sua cobardia, mas também a vergonha de senti-la. Um dia, quando estiver bastante seguro do amor que vem nascendo, terá de contar a Maria Sara estas ainda assim pequenas misérias de espírito, embora possa igualmente acontecer que resolva ficar calado para que não sofra nenhum desdouro a imagem positiva que consiga dar de si mesmo no futuro, e manter. Porém, já neste instante, quando ainda não tomou qualquer resolução sobre o que finalmente fará, sente a incomodidade de um escrúpulo desatendido, um remorso que se antecipa à falta, um espinho mental. Promete que não se esquecerá deste aviso premonitório da sua consciência, e de súbito apercebe-se do silêncio que entre ambos se interpusera, talvez um constrangimento, mas não, o rosto de Maria Sara está tranquilo, sereno, tocado pela claridade de uma lua escassa que dilui um pouco as sombras neste lugar onde estão e aonde não chega a iluminação pública, o constrangimento é nele que reside, por nenhuma outra razão que saber que está ocultando alguma coisa, digamos que não a vergonha do medo, mas o medo da vergonha. Se Maria Sara não fala é só porque acha que não tem de falar, se Raimundo Silva vai falar é porque não quer explicar a verdadeira causa de estar calado, Há tempos houve aqui um cão, um rafeiro, que desapareceu, e a partir desta declaração compôs uma história do seu encontro com o animal, juntando-lhe uma parte suficiente de imaginação para a tornar mais real e autêntica, Não queria sair deste sítio, duas ou três vezes dei-lhe comida, e creio que também o alimentariam alguns dos vizinhos, mas pouco entre uns e outros, porque o bicho dava a ideia de estar sempre a morrer de fome, não sei o que lhe aconteceu, se lhe veio a coragem de ir correr mundo e buscar a vida, ou se rebentou aqui mesmo, à míngua, hoje penso que deveria ter tratado mais dele, afinal não custava nada trazer-lhe todos os dias uns restos ou comprar-lhe mesmo dessas comidas para cães que há agora, a despesa não me levaria à ruína. Durante mais uns minutos Raimundo Silva repetiu as suas responsabilidades e culpas, consciente, no entanto, de que estava a encobrir com um falso remorso o outro verdadeiro, duvidoso este, incerto o que virá, depois, subitamente, calou-se, sentia-se ridículo, pueril, tantos cuidados por causa de um cão vadio, faltava-lhe só que Maria Sara fizesse um comentário qualquer, desinteressado, por exemplo, Coitado do bicho, e foi isto mesmo que ela disse, Coitado do bicho, e logo depois, levantando-se, Vamos.

Sentado à pequena mesa onde tem escrito a História do Cerco de Lisboa, olhando a última página, à espera da palavra providencial que por atração ou choque reativará o fluxo interrompido, Raimundo Silva deveria dizer a si mesmo, como Maria Sara nas Escadinhas de S. Crispim ontem à noite, Vamos, mas agora num tom diferente, como imperativa ordem, Vamos, escreve, avança, desenvolve, abrevia, comenta, remata, portanto sem nenhuma parecença com a modulação suave daquele outro Vamos, que, não perdurando no espaço, continuou a ressoar dentro deles como um eco sucessivamente ampliado, passo a passo, até transformar-se em canto glorioso quando a cama se abriu outra vez para recebê-los. A lembrança da noite magnífica distrai Raimundo Silva, a surpresa de despertar de manhã e ver e sentir um corpo nu ao seu lado, o prazer inexprimível de tocar-lhe, aqui, ali, docemente, como se todo ele fosse uma rosa, dizer consigo mesmo, Devagar, não a acordes, deixa que te conheça, rosa, corpo, flor, depois a urgência das mãos, a carícia prolongada e insistente, até que Maria Sara abre os olhos e sorri, disseram ao mesmo tempo, Meu amor, e abraçaram-se. Raimundo Silva procura a palavra, noutra ocasião estas mesmas poderiam servir, Meu amor, mas é duvidoso que Mogueime e Ouroana saibam alguma vez dizê-las, além de que, no ponto em que estamos, esses dois nem sequer ainda se encontraram, quanto mais declararem tão abruptamente sentimentos cuja expressão parece fora do seu alcance.

Por enquanto, instrumento do destino sem o saber, o cavaleiro Henrique debate, em seu foro íntimo, se levará consigo Ouroana para o arraial de Mem Ramires ou se a deixará ficar no acampamento real, entregue aos cuidados e à vigilância do seu criado favorito. Porém, está tão acostumado a esse criado que não se sente inclinado a dispensá-lo, posto o que, tudo considerado, o chamou para dizer-lhe que prepare bagagens e armas porque amanhã cedinho descerão destas alturas protegidas para se juntarem às tropas que entestam com a Porta de Ferro, onde, a seu governo e mando, irão construir uma torre de assalto, A ver quem mais depressa a acabará, se nós, ou os franceses, ou os normandos, na Porta do Sol e na Porta de Alfama, E Ouroana, vossa barregã, que lhe fazeis, perguntou o criado, Irá comigo, São grandes os perigos, além estão frente com frente os mouros e os cristãos, Logo verei o que convenha, sendo certo, contudo, que não se têm atrevido os infiéis a vir dar batalha fora dos muros. Assim concertados, foi o criado avisar Ouroana e organizar a mudança de posto, iriam também com o cavaleiro Henrique cinco seus homens de armas, que não era este alemão tão grande senhor que à sua conta tivesse levantado um exército, a sua especialidade era mais a engenharia, a qual, se quase sempre depende de gente numerosa para gerar as máquinas, depende sempre do que o engenheiro leva dentro da cabeça, ciência, engenho e arte. Na manhã seguinte, cedinho como fora dito, depois de ouvida a missa, foi o cavaleiro Henrique beijar as mãos a el-rei, Adeus, senhor, cá me vou para o trabalho. Um pouco apartados, sem direito aos emboras reais, estavam o privado e os homens de armas, Ouroana numas andas, esta mais por ostentação do seu senhor do que por delicadeza sua de compleição, que nos campos de Galiza onde foi roubada era filha de lavradores e com eles trabalhava no rigoroso amanho da terra. D. Afonso Henriques abraçou o cavaleiro, Santa Maria te acompanhe e te proteja, disse, e te ajude a levantar essa torre até agora nunca vista nestas paragens, vais trabalhar com carpinteiros de barcos, que foi o mais parecido que pudemos arranjar, mas se eles forem tão bons alunos como eu tenho informação de seres tu bom mestre, os meus próximos cercos, nisso de torres de assalto, já irão ser feitos só com mão de obra nacional, sem incorporação estrangeira, Senhor, ao meu país chegou prolixa fama da modéstia, da humildade, da frugalidade e do espírito de abnegação dos portugueses, sempre bem-dispostos para o serviço de família e pátria, ora, se a tantas e tão raras qualidade eles juntarem alguma inteligência e muita força de carácter e vontade, então, senhor, eu vos dou por seguro que não haverá torre que não sejais capazes de construir, tanto neste próximo dia de amanhã como em todos os mais que estão por vir. Calaram fundo no ânimo de el-rei estes esperançosos votos, de mais a mais vindos de quem vinham, e foi tanto o que lhe aprouveram que, afastando-se um pouco com o cavaleiro Henrique, em confiança, lhe fez segredo duma sua preocupação, a saber, Haveis-vos dado conta, certamente, de que uma parte do meu estado-maior não vai muito à bola com essa ideia das torres, é gente conservadora, agarrada ao artesanato, por isso, se virdes que alguém vos aparece com embelecos e pretextos dilatórios ou derrotistas vinde logo dizer-mo, que eu tomo muito a peito, como rei moderno que me presumo de ser, levar por diante esta empresa sem delongas escusadas, tanto mais que as minhas finanças, devoradas por esta guerra, levaram um rombo de todo o tamanho, já vedes que não me conviria nada, mesmo nada, ter de pagar no fim de agosto nova soldada, que é quando se vencem os três meses, é que, embora a nossa tropa ganhe pouco, todos juntos fazem uma senhora despesa, seria como sopa no mel se conseguíssemos tomar a cidade neste meio tempo, imaginai pois quanto de bom espero da vossa e outras torres, e assim vos exorto, estimulo e aplaudo a que leveis rijamente por diante o nosso desígnio, por cuja remuneração não tendes que preocupar-vos, pois lá estão os bens dos mouros para que por vossas próprias mãos vos pagueis uma e dez vezes. O cavaleiro Henrique respondeu que podia el-rei ficar descansado, que ele tudo iria fazer pelo melhor, com a ajuda de Deus, que das dificuldades da tesouraria seria discreto confidente, e que nunca, por nunca ser, se inquietara com o pagamento dos seus serviços, Que o melhor pago, meu senhor, é no céu que está, e lá, para conquistar a cidade do paraíso, outras torres se necessitam, as das boas obras, como esta que nos prometemos de não deixar aqui um mouro vivo se se obstinarem na teima de não se renderem. Despediu el-rei ao cavaleiro prometendo a si mesmo não o perder de vista, pois tanto de bom parece ter para bispo como para general, resultando afortunado o negócio das torres lhe fará proposta de naturalizar-se, com doação de terras e de título para poder começar a vida.

Que o cavaleiro Henrique não estava na disposição de perder tempo, viu-se logo, porque, mal chegado ao arraial da Porta de Ferro, reuniu-se em conferência com Mem Ramires para que lhe fossem consignados os homens necessários à portentosa obra, começando-se imediatamente pelo abate das árvores que havia por ali, umas nascidas ao acaso da natureza, outras plantadas pelas mesmas mãos dos mouros, que então não puderam adivinhar que estavam, literalmente, a juntar lenha para se queimarem, são, digamo-lo uma vez mais, as ironias do destino. Porém, não devemos seguir adiante nestas descrições sem primeiro dizer do alvoroço causado pela chegada do cavaleiro e seus acompanhantes, nem era o caso para menos, que vinha um técnico estrangeiro, ainda por cima alemão, que é ser técnico duas vezes, alguns, céticos de seu natural ou por conta alheia, duvidavam dos méritos e dos resultados, outros achavam que não se deve julgar mal o que bem ainda não teve tempo de provar-se, finalmente os práticos e objetivos abundavam no reconhecimento da evidência de que melhor se combate o mouro tendo-o diante de nós e à nossa altura do que estando ele lá em cima a atirar-nos pedras aproveitando-se da vantagem da gravidade e nós em baixo sofrendo os efeitos duma e doutras. Alheado de tais polémicas questões, atinentes ao complexo militar-industrial em formação, com olhos apenas para a mulher que vinha nas andas, Mogueime mal podia acreditar na sua sorte. Nunca mais precisaria de andar rondando pelo arraial da Graça, sempre em perigo de aparecer-lhe uma patrulha da polícia militar interessada em saber, Que é que andas a fazer aqui longe do teu acampamento, agora veio mesmo a montanha a Moisés, não porque não tivesse Moisés querido ir à montanha, todos somos boas testemunhas de quanto se tem esforçado, mas porque acima de Moisés sabemos que está o sargento-ajudante, está o alferes, está o capitão, e, sendo este tempo de guerra, são as licenças ainda menos do que as oportunidades, mesmo se ajudadas pela inventiva. Esta Ouroana que chega, se não vai passar todo o tempo fechada na tenda, à espera de que o cavaleiro Henrique interrompa o seu trabalho de prancheta e estaleiro para vir desafogar nela inquietações que tão facilmente transitam de um espírito que se quer místico com Deus à carne que mística só com a carne anseia estar, esta Ouroana, tendo em conta o reduzido espaço do teatro de operações, estará muito mais vezes e mais facilmente ao alcance da vista, em passeios e devaneios pelo arraial e à beira do rio a ver saltar as toninhas, naquelas sossegadas horas que são em geral as do cair da tarde, quando as tropas andam por aí a tentar recompor-se do violento calor do dia e das ardências ainda piores da batalha. É de esperar, no entanto, que todos os esforços do pessoal se concentrem agora na construção das torres, pois sendo tão escassos os efetivos seria suicídio dispersá-los por ações sem probabilidades de êxito, salvo aquelas, de diversão, destinadas a manter ocupado o inimigo, em ordem a assegurar aos carpinteiros a tranquilidade de que vão precisar para levar a bom termo o arriscado trabalho. Nos seus apontamentos para a carta a Osberno, notou Frei Rogeiro, embora de tal não viesse a fazer menção na redação definitiva, uma minuciosa descrição da chegada do cavaleiro Henrique ao arraial da Porta de Ferro, incluindo certa alusão, pelos vistos irrefreável, à mulher que com ele vinha, Ouroana de seu nome, formosa como o amanhecer, misteriosa como o nascer da lua, foram expressões do frade, que a prudência disciplinar, por um lado, e o pudor parece que melindroso do destinatário, por outro, aconselharam a expungir. Ora, é bem possível que este e outros recalcados movimentos de alma tenham sido a causa, por via de sublimação, do cuidado com que Frei Rogeiro passou a acompanhar os ditos e os feitos do cavaleiro alemão, antes, mas sobretudo depois da sua infeliz morte, porém não desgraçada, como a seu tempo se tornará patente. Em por claro, diremos que não podendo Frei Rogeiro satisfazer em Ouroana os apetites, não encontrou melhor exutório, salvo outro qualquer secreto, que exaltar até à desmedida o homem que se gozava do corpo dela. Da complexidade da alma humana tudo deveremos esperar.

Veio a senhora Maria à hora do costume, depois do almoço, e mal entrou pôs-se a fungar de um modo que tanto tinha de discreto como de ostensivo, cometimento em extremo difícil de alcançar, pois leva a dupla finalidade de parecer disfarçar que se pretenda saber algo, mostrando, ao mesmo tempo, que não se está disposto a permitir que o outro se dê por desentendido. É, por excelência, uma arte diplomática, mas dirigida pela intuição, se não pelo instinto, e que, em geral, atingia o seu objetivo principal, que era o de criar no revisor um vago sentimento de pânico, como se visse prestes a serem revelados em público os seus mais ocultos segredos. A senhora Maria é sádica e não o sabe. Deu as boas-tardes da porta do quarto, fungou duas vezes para que Raimundo Silva percebesse que lá por ser ela uma pobre mulher a dias, ainda era dotada de olfato de bastante qualidade para captar o que no ar tenha ficado de um perfume. Raimundo Silva respondeu à saudação e continuou a escrever, limitando-se a lançar um olhar rápido para o lado dela, decidido a fazer de conta que não sabia o que estava a passar-se, a senhora Maria, assombrada primeiro e logo com a expressão especial que significa, Bem me queria a mim parecer, fitando a cama, que, em vez do puxão sumário que Raimundo Silva aprendera a dar-lhe para que não se confundisse com tarimba de maltês, apresentava-se irrepreensível, como só mãos femininas são capazes. Tossiu para chamar a atenção, mas Raimundo Silva fingia-se distraído, embora o seu coração estivesse em estúpido alvoroço, Não tenho que dar contas da minha vida, pensava, e indignou-se consigo mesmo por buscar justificações cobardes, ele que havia começado agora um amor assim, inteiro, então levantou a cabeça, perguntou, Quer alguma coisa, num tom seco, sacudido, que desarmou a impertinência da mulher, Não senhor, não quero nada, estava só a olhar. Raimundo Silva podia ter-se contentado com a atrapalhação da resposta, mas preferiu desafiar, A olhar o quê, Nada, a cama, Que tem a cama, Nada, está feita, Pois está, e daí, Nada, nada, a senhora Maria virou costas, acobardara-se, não fez a pergunta que lhe ardia na língua, Quem a fez, e assim não soube que resposta lhe daria Raimundo Silva, o qual, por sua vez, tão-pouco a sabia. Durante todo o tempo a senhora Maria não voltou ao quarto, como se estivesse significando a Raimundo Silva que considerava aquela parte da casa já fora da sua jurisdição, porém, ou não pôde ou não quis abafar a frustração mal-humorada, não abafando também os ruídos próprios do seu trabalho e, pelo contrário, exagerando-os. Raimundo Silva resolveu levar o caso a sorrir, mas o abuso tornava-se notório, por isso veio ao corredor, Menos barulho, por favor, que estou a trabalhar, a senhora Maria podia ter-lhe respondido que também ela estava, e que não tinha a sorte de certas pessoas que podem ganhar a vida sentadas, quietas e caladas, mas a precisão, mesmo tão conflitiva como esta, pôde mais do que a vontade, e calou-a. O que sobretudo irrita a senhora Maria é que tão grandes mudanças estejam a passar-se à sua revelia, não fosse ela a espertíssima pessoa que é, e um dia destes, inesperadamente, dava com outra mulher em casa, sem poder atirar-lhe a pergunta mais apetecida, Quem é a senhora, quem a chamou cá, os homens são uns insensíveis e uns incompetentes, que é que custava a Raimundo Silva uma meia palavra de risonha confidência, por muito que doesse sempre seria um lenitivo para tão amargo ciúme, que esse é o mal de que sofre a senhora Maria, e não sabe. Outras considerações, das práticas e prosaicas, ocupam também os seus pensamentos, sendo a principal o risco em que poderá vir a estar o emprego se à tal mulher, supondo que não se trate de um arranjinho de ocasião, lhe der para implicar com o seu trabalho, Limpe isto outra vez, exibindo a ponta de um dedo sujo da poeira dum friso de porta, esse gesto odioso a que nenhuma mulher a dias até hoje se lembrou de responder com uma frase que entraria na história, Se você o meter no cu sai de lá mais sujo. Pobre de quem veio ao mundo para obedecer, pensa a senhora Maria, e volta a limpar o que já estava limpo, enquanto, sem ver porquê, lhe sobem as lágrimas do coração aos olhos, quis o acaso que isto acontecesse diante do espelho da casa de banho, à senhora Maria, neste momento, nem os seus lindos cabelos a consolam. A meio da tarde o telefone tocou, Raimundo Silva foi atender, era da editora, gorou-se a expectativa da mulher a dias, coisas de trabalho, Sim, estou disponível, dizia ele, Mande-me o original quando quiser, senhora doutora, ou se prefere vou eu buscá-lo aí, e o resto da conversa foi do mesmo teor, revisão, prazo, monólogos como este ouvira-os a senhora Maria muitas vezes, a única diferença era o interlocutor inaudível, antes fora um tal Costa, agora uma senhora doutora qualquer, talvez por isto se pusera requebrado o tom de voz de Raimundo Silva, requebrado era termo da senhora Maria, ai estes homens, mas apesar de tão arguta ser não lhe passou pela cabeça que Raimundo Silva pudesse estar a falar precisamente com a mulher com quem dormira nessa noite, gozando o prazer inefável de empregar palavras neutras só por eles traduzíveis noutra linguagem, a da emoção, evocadora de sentidos, pronunciar livro e ouvir beijo, dizer sim e entender sempre, ouvir boa tarde e perceber amo-te. Tivesse a senhora Maria algumas noções da arte da criptofonia e iria daqui sabedora do segredo todo, a rir-se de quem julga poder rir-se dela, maneira de pensar evidentemente forçada e que só o despeito explica, pois nem Raimundo Silva nem Maria Sara imaginam que estejam a fazer sofrer a senhora Maria, e se o soubessem não troçariam dela, ou não seriam merecedores do que de bom estão vivendo. Com tudo isto, não está excluído que a senhora Maria venha a gostar de Maria Sara, também do coração se pode esperar tudo, até a harmonia das suas contradições.

Raimundo Silva está outra vez só, durante alguns segundos ainda se interrogou, curioso, sobre o que significaria o amavioso tom com que a senhora Maria se despediu, mulher desconcertante que tão depressa aparece de má cara como dá mostras de querer meter-nos no coração, mas a História do Cerco de Lisboa chamou-o à outra realidade, à construção da torre destinada a liquidar por uma vez a resistência dos mouros, e sabendo nós que disso depende a existência duma pátria, não podemos dar o trabalho por interrompido, ainda que a Raimundo Silva agradasse muito mais ter aqui Maria Sara do que dar conta de operações de que nada sabe, o aparelhamento dos barrotes, o desbastamento das pranchas, o afeiçoamento das cavilhas, o entrançamento das cordas, todos estes materiais que, reunidos, se vão pouco a pouco levantando em uma torre que não é de Babel, esta de agora não aspira a subir mais alto que o adarve da muralha, e, quanto às línguas, a intenção de D. Afonso Henriques não é repetir a multiplicidade delas, mas cortar esta pela raiz, tanto no sentido figurado, alegórico, como no próprio e sangrento. Quando Maria Sara voltar, amanhã à tarde, como prometeu ao ir-se, para ficar essa noite e a seguinte, e também o dia entre elas, que é domingo, a obra haverá de estar adiantada, pois outros sucessos esperam a sua vez, e o tempo mudou de nome, agora chama-se urgência, Calma, dirá Maria Sara, não cabem mais coisas num ano do que num minuto só por serem minuto e ano, não é o tamanho do vaso que importa, mas sim o que cada um de nós possa pôr nele, ainda que tenha de transbordar e se perca. Como também esta torre se perderá.

Mais de uma semana levou a construção. Entre a manhã e a noite, o cavaleiro Henrique não vivia senão para a sua ideia, e, mesmo quando na tenda repousava, cortava-se-lhe o sono só de pensar que podia ter ficado mal firme uma viga de apoio, e chegava ao ponto de levantar-se no meio da madrugada para certificar-se da solidez duns encaixes e da boa tensão dumas cordas. Tão excelente senhor era e tão piedoso que, no aceso do trabalho, não se dedignava de meter um ombro à carga se a um dos extenuados soldados se quebrava, num instante de fraqueza, a mola dos rins. Numa destas ocasiões achou-se Mogueime atrás dele, que também Mogueime andava de auxiliar à torre, e foi caso que tinha vindo Ouroana a ver o andamento da obra e naturalmente a olhar para quem só olhos deveria ter, o seu senhor e amo, mas isto não evitou que ela notasse a fixidez com que a fitava o soldado alto que atrás estava, dera por ele desde o primeiro dia, sempre a olhá-la onde quer que a encontrasse, logo no arraial do Monte de S. Francisco, depois no acampamento do rei, agora nesta estreita ponta de terra, tão estreita que parecia obra de milagre caberem todos ali sem tropeçarem uns nos outros, por exemplo, este homem e esta mulher, que não têm feito mais do que olhar-se. Mogueime via a um palmo de distância a nuca larga do alemão, sobre a qual desciam longos cabelos ruços, empastados de pó e de suor, matá-lo em meio da confusão talvez não fosse difícil e assim ficaria Ouroana livre, mas não mais próxima do que agora. Tentações de morte violenta, apertando muito o remorso apenas de as ter, deveriam ser levadas ao confessor, mas descobrir também ao frade que vivia a cobiçar a mulher da vítima, ainda que concubina, era mais do que lhe cabia na coragem. De furor e raiva fez um gesto brusco e bateu nas costas do alemão, que olhou para trás, mas calmo e sem surpresa, era frequente em ajuntamentos de tão descompassado esforço, e esse olhar direto foi bastante para que a ira de Mogueime se sumisse, não podia odiar um homem que mal nunca lhe fizera, só por desejar tanto a mulher que era dele.

Finalmente ficou concluída a torre. Era uma peça estupenda de engenharia militar que se deslocava sobre maciças rodas e se compunha de um sistema complexo de travejamentos internos e externos unindo entre si as quatro plataformas que definiam a estrutura vertical, uma inferior que diretamente assentava nos eixos fixos das rodas, outra superior prolongando-se ameaçadora para o lado da cidade e duas intermédias que serviam para reforçar o conjunto e serviriam de proteção temporária aos soldados que se preparassem para subir. Uma roldana manobrada de baixo permitiria fazer subir rapidamente alcofas cheias de armas, de modo a não faltarem mesmo no mais rijo do combate. Quando a obra foi dada por finda, a tropa rompeu em vivas e aclamações, ansiosa por se lançar ao assalto, tão fácil lhe parecia agora a conquista. Os próprios mouros deviam de estar assustados, um silêncio estupefacto calara os insultos que constantemente choviam lá de cima. O entusiasmo no arraial da Porta de Ferro ainda se tornou maior ao saber-se que as torres dos franceses e dos normandos levavam atraso, portanto a glória estava ali ao alcance do braço, não havia mais que empurrar o carro de assalto até encostá-lo ao muro, era a altura de vir Mem Ramires como capitão a dar a voz, Empurrem, rapazes, vamos a eles, e todos fizeram quanta força podiam. Infelizmente, não se reparara que o terreno adiante era inclinado, e portanto, à medida que avançavam, já debaixo do fogo inimigo, a torre ia-se inclinando para trás e para cima, tornando-se evidente que, mesmo que conseguissem chegar ao muro, a plataforma superior ficaria demasiado afastada dele para poder ter alguma utilidade. Então o cavaleiro Henrique, corrido da sua imprevidência, deu ordem para parar e voltar ao princípio, agora os carpinteiros iam dar lugar aos sapadores, tratava-se de rasgar um caminho direito e a direito, tarefa realmente perigosa, pois os cavadores teriam de trabalhar a descoberto sob a avalancha de projéteis de toda a espécie que vinham de cima, e tanto pior quanto mais se aproximassem. Mesmo assim, e apesar das baixas sofridas, foram abertos uns vinte metros por onde a torre já poderia avançar, servindo de cobertura para o lanço seguinte. Estava-se nisto, fazendo cada qual o melhor de que era capaz, mouros de um lado, cristãos do outro, quando de repente o chão cedeu de um lado e as três rodas daí enterraram-se até aos cubos, fazendo inclinar a torre assustadoramente. Ouviu-se um grito geral, de aflição e medo no arraial dos portugueses, de diabólica alegria nos adarves onde a negra mourisma assistia de camarote. Em equilíbrio periclitante, a torre rangia de alto a baixo, com todo o madeirame sujeito a tensões que não haviam sido previstas, algumas uniões logo rebentadas. De cabeça perdida, vendo a pique de malograr-se o que deveria ser demonstração magnífica do seu engenho, o cavaleiro Henrique arrepelava-se, soltava na língua germânica pragas que certamente em nada condiziriam com a boa fama, apesar de tudo merecida, em que geralmente era tido, mas que a grosseria inerente a estes primitivos tempos mais do que justificava. Por fim, acalmando-se, foi examinar de perto a situação, os estragos, concluindo que o remédio, se o iria ser, estaria em prender nas traves superiores, do lado oposto ao do sentido da inclinação, umas cordas mui compridas e pôr toda a companhia a puxar de largo, de modo a dar folga às rodas enterradas, e poder calçá-las com pedras, sucessivamente, até fazer voltar a torre à vertical. O plano era perfeito, porém, para que se alcançasse o desiderato era necessário, primeiro, proceder a uma operação arriscadíssima, a qual consistiria em desafogar as rodas, retirando precisamente a terra que, a estas alturas, ainda amparava a pesada construção, pois nela é que se apoiava, inclinada, a plataforma inferior. Era um busílis, um nó cego, um xis, uma equação com uma enorme e aterradora incógnita, mas não se topava outra solução, ainda que, com rigor, devêssemos chamar-lhe apenas ínfima probabilidade. Foi esta a ocasião que os mouros escolheram para despedir lá de cima uma chuva de virotões com mechas inflamadas que zumbiam no ar como enxames de abelhas e vinham cair aqui, ali, dispersos, o vento que fazia prejudicava afortunadamente a pontaria dos arqueiros, mas tantas vezes o cântaro vai à fonte que por fim lá deixa a asa, bastou que um virotão acertasse no alvo para os outros logo aprenderem o caminho, querendo enfim a má sorte que a torre viesse a despenhar-se, não tanto por efeito da inclinação agravada pelo cavamento da terra, mas por causa da agitação de esforços para apagar o fogo que pegara em diversas partes. Da brutal queda ficaram mortos ou malferidos os soldados que no cimo da torre prendiam as cordas, também alguns outros que trabalhavam de pá às rodas, e finalmente, perda sem remédio, o cavaleiro Henrique, alcançado por um virotão a arder que o seu generoso sangue ainda pôde apagar. Como ele, mas por ter recebido em cheio no peito uma viga que se soltara na derrocada, morreu também o fiel criado, assim ficando Ouroana só no mundo, o que, podendo ser lembrado noutra ocasião, aqui já se deixa mencionado, tendo em conta a importância do facto para a continuação desta história. Não se descreve o júbilo desconforme dos mouros, assegurados como se acharam ali, se de tal precisassem, do maior poder de Alá sobre Deus, comprovado na derrota fragorosa da torre maldita. E também descrever não é possível o desgosto, a raiva e a humilhação da lusitana gente, ainda que alguma dela não se coibisse de murmurar que qualquer pessoa com dois dedos de testa e experiência de guerra deveria saber que as batalhas é à ponta de espada que se ganham e não com engenhos estrangeiros que tanto podem estar a favor como contra. Destroçada, a torre ardia como uma fogueira de gigantes, e nela se reduziam a torresmo e cinzas não se chegou a averiguar quantos homens que na confusão dos travejamentos desfeitos tinham ficado presos. Um desastre.

O corpo do cavaleiro Henrique foi levado para a sua tenda, onde Ouroana, sabedora já do infortúnio, fazia o seu choro obrigado de concubina, sem mais. Jazeu o cavaleiro na tarimba, com as mãos postas em prece, atadas sobre o peito, e tendo sido tão rápida a morte, ali estava de rosto sereno, tão sereno que parecia dormir, e até, olhando mais de perto, diríamos que sorri, como se estivesse diante das portas do paraíso, sem mais torre nem arma que a bondade das suas ações na terra, mas tão seguro de entrar na bem-aventurança como de estar morto. Sendo o calor muito, ao fim de algumas horas já se lhe desfigurarão os traços, sumir-se-á o sorriso feliz, entre este cadáver ilustre e qualquer outro destituído de méritos particulares não se notará diferença, mais tarde ou mais cedo todos acabamos por ficar iguais perante a morte. Ouroana despenteara os cabelos, que eram louros de um louro galego, e chorava, um tanto cansada de não sentir desgosto, somente uma discreta pena de um homem contra quem mais razões de queixa não tinha que tê-la roubado por violência, que quanto ao resto sempre fora dele bem tratada, segundo o que hoje possamos imaginar do que há oito séculos se passaria entre uma barregã e o fidalgo seu dono. Quis Ouroana saber que fim tinha levado o criado fiel, que morto ou muito ferido deveria de estar para não vir lamentar-se à cabeceira do seu amo, e disseram-lhe que o tinham transportado logo para o cemitério do outro lado do esteiro, aproveitando a oportunidade de estar-

-se despejando o terreno das calcinadas vigas e troncos, para não ficarem por ali a empanchar a manobra, numa única operação de limpeza recolheram-se também e levaram-se os cadáveres completos, que dos troços mais pequenos encontrados fez-se sepultura expedita num rebaixo desta encosta de cá, donde será difícil que possam vir a ressuscitar quando soarem as trombetas do Juízo Final. Achou-se pois Ouroana livre de senhores diretos ou indiretos, e fez questão de o demonstrar logo na primeira ocasião, quando um dos homens de armas do cavaleiro Henrique, sem respeito ao defunto, ali mesmo quis pôr mão nela, estando sozinha. Num relâmpago apareceu na mão de Ouroana um punhal, que ela com previdente diligência tinha retirado do cinto do cavaleiro quando o trouxeram, delito em que felizmente a não surpreenderam, que um cavaleiro deve ir ao túmulo, se não com todas as suas armas, ao menos as menores. Ora, um punhal em mãos frágeis de mulher, mesmo se habituadas aos trabalhos da lavoura e aos cuidados do gado, não era ameaça que pudesse meter medo a um guerreiro teutão, decerto consciente da superioridade da sua ariânica raça, mas há olhos que valem por todos os armamentos do mundo, e se estes não eram dos que podiam devassar os interiores do malvado, podiam a três passos intimidá-lo, acrescendo que o recado não teria podido ser mais claro, Se me pões a mão em cima, ou te mato, ou me mato, disse Ouroana, e ele recuou, menos com medo de morrer do que de ser culpado da morte dela, embora pudesse sempre alegar que a pobrezinha, não suportando as áscuas do desgosto, ali diante dos seus olhos se quitara a vida. Preferiu pois o soldado retirar-se, pedindo a Deus que se destas aventuras em terra estranha for Ele servido que escape, lhe faça encontrar, aqui, se cá ficar, ou na Germânia distante, uma mulher como esta Ouroana, que mesmo ariana não sendo a receberia com sumo gosto.

Raimundo Silva pousou a esferográfica, esfregou os olhos cansados, depois releu as últimas linhas, as suas. Não lhe pareceram mal. Levantou-se, levou as mãos aos rins e inclinou-se para trás, suspirando de alívio. Trabalhara horas seguidas, esquecera-se mesmo de jantar, tão absorvido pelo assunto e pelas palavras que às vezes lhe fugiam, que nem se lembrou de Maria Sara, esquecimento este que seria muito de censurar se a presença dela nele, salvo o exagero da metáfora, não fosse como a do sangue nas veias, em que realmente também não pensamos, mas que, estando lá e por lá circulando, é condição absoluta da vida. Salvo o exagero da metáfora, torna-se a dizer. As duas rosas do solitário banham-se na água, alimentam-se dela, é verdade que não duram muito, mas nós, relativamente, não duramos tanto. Abriu a janela e olhou a cidade. Os mouros festejam a destruição da torre. As Amoreiras, sorriu Raimundo Silva. Naquele lado de além está a tenda do cavaleiro Henrique, que amanhã irá a enterrar no cemitério de S. Vicente. Ouroana, sem lágrimas, vela o cadáver, que já cheira. Dos cinco homens de armas, falta um que foi ferido. O que tentou pôr mão em Ouroana, olha-a de vez em quando, e pensa. Cá fora, escondido, Mogueime ronda ao redor da tenda como uma mariposa fascinada pelo clarão dos brandões que sai pela abertura dos panos. Raimundo Silva olha o relógio, se dentro de meia hora Maria Sara não telefonar, telefonará ele, Como estás, meu amor, e ela responderá, Viva, e ele dirá, É um milagre.

Diz Frei Rogeiro que foi por este tempo que houve sinais de estar a fome apertando com os mouros na cidade. E nem era para admirar, se pensarmos que fechadas naqueles muros, como num garrote, estavam para cima de sessenta mil famílias, número que à primeira vista assombra e à segunda assombra ainda mais, porquanto, naquelas recuadas eras, famílias de pai, mãe e um filho seriam raridades suspeitas, e mesmo fazendo as contas tão por baixo chegaríamos a uma população de duzentos mil habitantes, cálculo por sua vez posto em causa por uma outra fonte de informação, segundo a qual só os homens eram, em Lisboa, cento e cinquenta e quatro mil. Ora, se considerarmos que o Corão autoriza que cada homem tenha até quatro mulheres, em todas naturalmente fazendo filhos, e se não nos esquecermos dos escravos, que tendo pouco de gente também comem, pelo que devem ter sido os primeiros a sentir as faltas, a conclusão atira-nos para números de que a prudência manda desconfiar, qualquer coisa assim como quatrocentas ou quinhentas mil pessoas, imagine-se. De toda a maneira, se não eram tantas, sabemos pelo menos que eram muitas, e do ponto de vista de quem lá vivia demasiadas.

Se não fosse aquela contínua sede de glória que desde os tempos imemoriais não deixa uma hora de sossego a reis, presidentes e cabos de guerra, esta conquista de Lisboa aos mouros poderia ter-se feito com a maior tranquilidade deste mundo, afinal parvo é aquele que entra na jaula do leão para lutar com ele, em vez de cortar-lhe o sustento e sentar-se a vê-lo morrer. É certo que com a passagem dos séculos algo viemos aprendendo, e hoje é prática bastante comum usar-se a arma da privação de comida e outros bens como meio de persuadir a quem, por teimosia ou falta de entendimento, não se rendeu a razões mais clássicas. Porém, esses quinhentos são outros e outra teria de ser a história deles. O que importará, neste caso, é observar a concomitância das duas distintas ocorrências, como foram a destruição e queima da torre da Porta de Ferro e os primeiros alarmes de fome na cidade, que, reunidas e confrontadas nas mentes do estado-maior real, tornaram claro que, devendo-se embora continuar a peleja, no próprio sentido do termo, para honra das armas portuguesas, a boa tática mandaria apertar mais ainda o cerco, pois que, após o conveniente tempo, os mouros não só teriam tudo comido até à última migalha e à última ratazana, como acabariam por devorar-se uns aos outros. Prosseguissem lá os franceses e os normandos a construção das suas torres, aplicassem deste lado os lusitanos os conhecimentos aprendidos nas lições do cavaleiro Henrique para montarem a sua própria máquina, fizesse a artilharia os seus bombardeamentos regulares, lançassem os arqueiros dardos, setas, virotes e virotões para dar vazão aos fabricos quotidianos de Braço de Prata, tudo isto seria nada mais que simbólicos gestos para inscrever nas epopeias, perante a solução final, derradeira e completa, a fome. Ordens, pois, rigorosas, levaram os diferentes capitães às suas hostes para que vigiassem dia e noite a cintura de muralhas, não apenas as portas, mas sobretudo os recessos mais escondidos, certos escusos ângulos que poderiam servir de antepara, e também a frente do mar, não porque por aí pudessem ser introduzidos mantimentos na cidade, que para a precisão sempre seriam escassos, mas para evitar que atravessassem o cerco mensageiros levando às vilas do Alentejo implorações de auxílio, tanto em víveres como em ataques pelas costas aos sitiantes, que tão bem-vindos seriam uns como outros. Provou-se em pouco tempo que a cautela era boa, quando pela calada duma noite sem lua foi surpreendido um pequeno batel que tentava esgueirar-se por entre as galeotas da armada, transportando um correio que, levado à presença do almirante, não teve outro remédio que denunciar as cartas de que era portador, dirigidas aos alcaides de Almada e de Palmela, nas quais por claro se via a que ponto tinha já chegado a necessidade do infeliz povo de Lisboa. Apesar da vigilância, algum outro mensageiro há de ter atravessado as linhas, pois semanas mais tarde veio a ser encontrado, boiando ao rés do muro que dava para o rio, um mouro que, içado para bordo da fusta mais próxima, se revelou ser emissário duma carta do rei de Évora, que melhor foi não ter chegado ao seu destino, tão cruel, tão desumano era o seu conteúdo, e por cima disto hipócrita, considerando que de irmãos de raça e de religião se tratava, e assim era que dizia, O rei dos eborenses deseja aos lisbonenses a liberdade dos corpos, há já tempo que tenho tréguas com o rei dos portugueses e não posso quebrar o juramento para o incomodar a ele ou aos seus com a guerra, remi a vossa vida com o vosso dinheiro, para que não sirva para vossa desgraça o que devera servir-vos para vossa salvação, adeus. Este era rei, e para não quebrar as tréguas que tinha tratado com o nosso Afonso Henriques, esquecido de que este mesmo Afonso as quebrara para atacar e tomar Santarém, deixava morrer de negra morte a desgraçada gente de Lisboa, ao passo que o correio que de Lisboa saíra com o pedido de ajuda não se aproveitou da ocasião para fugir a terras seguras, antes voltou com a má nova, morrendo ele antes de entregar a mensagem que anunciava o abandono e a traição. É bem verdade que nem sempre os homens estão nos seus lugares certos, a Lisboa teria acudido este mouro se fosse o rei de Évora, mas o rei de Évora teria obviamente fugido logo na primeira viagem, não fosse dar-se o caso de o trazerem de escolta até Cacilhas com a resposta e dizerem-lhe, Vá, atira-te à água, e livra-te de tentares voltar para trás.

Transportar o corpo do cavaleiro Henrique para o cemitério de S. Vicente, por aqueles tortuosos caminhos no sopé da escarpada encosta, a dois passos da água para prevenir os apedrejamentos ou coisa pior, foi, como então provavelmente começou a dizer-se, o cabo dos trabalhos. Mas a fidalguia do falecido e a grandeza do seu último feito justificavam a custosa diligência, que em todo o caso não leva comparação com os tormentos por que passaram as tropas que agora se encontram diante da Porta de Ferro e que este mesmo caminho tomaram, episódio a seu tempo descrito, muito pela rama. Levavam o esquife os quatro homens de armas, com uma guarda de soldados portugueses mandada por Mem Ramires, e Ouroana atrás, a pé, como deve de ir quem deixou de ter a quem servir de ostentação e vaidade. A bem dizer, sendo ela não mais que barregã ocasional, nada a obrigava a acompanhar o enterro, mas pensou, em sua consciência, que não parecia procedimento de cristã recusar ao defunto uma última presença, a morte não os separara mais do que a vida os tivera em verdade separados, o senhor e a mulher de alguns dias. Outra vida, porém, instante e exigente, vem lá atrás, um soldado que segue de longe, não o préstito, mas esta mulher que, tendo dado por ele, se pergunta, Que queres de mim, homem, que queres de mim, e não responde, mais que sabe ela que é o lugar do cavaleiro Henrique o que ele pretende, não este onde agora vai, balançando pesadamente no esquife, debaixo duma suja mortalha, mas o outro, um qualquer outro onde possam dar-se vivos os corpos, uma cama verdadeira, um chão de erva, um braçado de feno, um regaço de areia. Não ignorava Mogueime que o mais certo seria que viesse Ouroana a ser tomada por qualquer senhor que se agradasse dela, porém, isto não o perturbava, talvez porque, no fundo, não acreditasse que algum dia, mesmo ajudando o destino, pudesse tocar-lhe com um dedo, e se ela, por não a querer ninguém, mais remédio não tivesse na vida que juntar-se às mulheres do outro lado, nem assim ele empurraria a cancela da choça onde ela estivesse para gozar o seu gozo de homem em um corpo que, por ter de ser de todos, não poderia ser dele. Este soldado Mogueime, que não sabe ler nem escrever, que não se lembra da terra em que nasceu nem por que lhe foi dado um nome que finalmente parece ter mais de mouro que de cristão, este soldado Mogueime, simples degrau daquela escada por onde se entrou em Santarém e agora neste cerco de Lisboa com as suas fracas armas de peão, este soldado Mogueime vai atrás de Ouroana como quem da morte não vê outro modo de afastar-se, sabendo no entanto que com ela tornará a enfrentar-se uma e muitas vezes e não querendo acreditar que a vida tenha de ser não mais do que uma série finita de adiamentos. O soldado Mogueime não pensa nada disto, o soldado Mogueime quer aquela mulher, a poesia portuguesa não nasceu ainda.

Foi escrito, lá para trás, graças a uma daquelas penetrações clarividentes adentro do futuro inexplicáveis pela razão, que nas águas do esteiro lavou um dia Mogueime as mãos ensanguentadas, e que dois soldados do acampamento real, que tinham tomado por força a Ouroana, apareceram mais tarde mortos de faca. Sabendo com que ligeireza manejou Ouroana o punhal do cavaleiro Henrique contra o homem de armas que primeiro lhe quis pôr mão, nada mais fácil que deixarmo-nos tentar pela imaginação de que, em vingança da honra ofendida, a dita Ouroana, a salvo de testemunhas pelo crepúsculo da tarde ou da manhã, num ensejo propício, passando-lhe ao alcance os violadores, os tenha espetado bem fundo na barriga, lá aonde mal chega ou apenas fraldeja a cota de malha. Sem dúvida dessa morte morreram os soldados, mas não os matou Ouroana. Porém, porque o fértil imaginar não se detém e tendo em conta que o forte amor de Mogueime o poderia ter levado, por ciúme, a cometer tais crimes, o quadro antecipado, de Mogueime lavando as manchadas mãos, ficaria com o seu sentido completo se dos míseros assassinados fosse o sangue que a onda prontamente diluiu e levou, como no tempo desaparece também a vida. Assim podia ter sido, mas não foi, morrerem esses homens não passou de coincidência, já então as havia, porém mal se reparava. Um dia, quando tiverem chegado à fala e a outras mais intimidades, Ouroana perguntará a Mogueime se tinha sido ele quem matara os soldados prevaricadores, Que não, respondeu, e ficou a pensar que provavelmente o deveria ter feito, para melhor merecer o amor dessa mulher.

Não há mal que por algum bem não venha, eis aqui um formoso ditado, anterior a quantos relativismos filosóficos se engendraram e que sabiamente nos ensina serem penas perdidas querer julgar os casos da vida como se de separar o trigo do joio se tratasse. Temera o nosso Mogueime perder a esperança de vir a conquistar Ouroana se um qualquer fidalgo, por capricho ou alarde, ou, quem sabe, um sentimento mais sério ainda que não duradouro, a tomasse para si, quitando-a do vale de vida ao menos pelo tempo da guerra. Tal não sucedeu, e isto foi um bem, mas o motivo de não ter sucedido foi ele um mal, pois se havia tornado público e notório que aquela solitária mulher, não sendo puta confirmada, tivera comércio carnal com soldados sem graduação, dois dos quais vieram a aparecer mortos em condições misteriosas, o que, não interessando especialmente à história, como já sabemos, serviu para reforçar as razões de descaso por parte de senhores que não andam aos restos e têm de superstição o bastante para não tentarem o demónio, mesmo vindo ele em figura de tão estupenda mulher. Então, deixada de todos por razões tão contrárias, estava Ouroana lavando roupa num arroio que desaguava no esteiro, ofício limpo de que tivera de valer-se para prover ao seu sustento, quando viu pelo canto do olho acercar-se aquele soldado que a segue para onde quer que vá. Mesmo tornando a barba crescida tão iguais as caras dos homens, a este não seria fácil confundi-lo, pois de altura sobreleva o maior dos outros pelo menos em meia cabeça, e a compleição no geral condiz, tudo em seu favor. Sentou-se ele numa pedra, perto, e ali ficou, calado, a observar, agora ela ergueu o corpo, levanta e baixa o braço para bater a roupa, o ruído de estalo corre sobre a água, é um som que não se confunde, e outro, e outro, e depois há um silêncio, a mulher descansa as duas mãos sobre a pedra branca, um velho cipo funerário romano, Mogueime olha e não se mexe, é então que o vento traz o grito agudo do almuadem. A mulher vira ligeiramente a cabeça para a esquerda como para escutar melhor o apelo, e, estando Mogueime desse lado, um pouco para trás, teria sido impossível não se encontrarem os olhos dele com os olhos dela. Com os pés descalços na areia grossa e húmida, Mogueime sente o peso de todo o seu corpo, como se tivesse passado a fazer parte da pedra em que está sentado, bem podiam agora as trombetas reais tocar ao assalto que o mais seguro seria não as ouvir, o que sim lhe está ecoando na cabeça é o grito do almuadem, continua a ouvi-lo enquanto olha a mulher, e quando ela enfim desvia os olhos o silêncio torna-se absoluto, é verdade que há ruídos em redor mas pertencem a outro mundo, as mulas resfolgam e bebem no arroio, e porque provavelmente não se encontraria outra maneira melhor de começar o que tem de ser feito, Mogueime pergunta à mulher, Como te chamas, quantas vezes teremos perguntado uns aos outros desde o princípio do mundo, Como te chamas, algumas vezes acrescentando logo o nosso próprio nome, Eu sou Mogueime, para abrir um caminho, para dar antes de receber, e depois ficamos à espera, até ouvirmos a resposta, quando vem, quando não é com silêncio que nos respondem, mas não foi esse o caso de agora, O meu nome é Ouroana, disse ela, já o sabia ele, mas dito por esta boca foi a primeira vez.

Mogueime levantou-se e avançou para ela, seis passos, um homem caminha léguas e léguas durante uma vida e dessas não aproveitou mais do que fadiga e feridas nos pés, quando não na alma, e vem um dia em que dá seis passos apenas e encontra o que buscava, aqui, durante este cerco de Lisboa, esta mulher que de joelhos estava e agora para me receber se levantou, tem as mãos molhadas, molhada a saia, e não sei como nos achámos os dois na água baixa, sinto o manso afago da corrente nos tornozelos, o ranger das pedrinhas miúdas do fundo, um dos pajens que dão de beber às mulas disse de chacota, Eh, homem, como se dissesse, Eh, toiro, e logo se sumiu, Mogueime não ouve, só vê o rosto de Ouroana, finalmente vê-o, tão perto que poderia tocar-lhe como numa flor aberta, em silêncio tocando-lhe com somente dois dedos que passam devagar sobre as faces e a boca, sobre as sobrancelhas, uma, outra, desenhando o desenho que têm, e depois a testa e os cabelos, até lhe perguntar, já a mão toda pousada sobre o ombro, Queres, a partir de agora, ficar comigo, e ela responde, Sim, quero, então abriram-se os ouvidos de Mogueime, todas as trombetas do rei tocaram glórias, com tal estentor que é impossível que a elas não se tenham juntado outras tantas do céu. Acabou ali Ouroana de lavar a roupa, que por ter chegado o dia prometido não se havia acabado a obrigação, enquanto Mogueime lhe contava da sua vida, dos parentes nada porque não os conhecia, e ela, pelo contrário, da vida depois de roubada não falou, e quanto à outra é o comum da gente campestre, já então era assim, e não por coincidência.

Foi Ouroana levar a roupa ao acampamento do Monte da Graça, onde nestes dias vivera, disseram-lhe que passasse noutra ocasião que lhe dariam o pago, em mantimentos, claro está, mas ela não se importou, nem tem que importar-se com demoras quem a fidalgos sirva, que dali ia partir para outra vida, com este homem ao lado, quem me quiser encontrar que me procure onde a guerra é mais acesa, diante da Porta de Ferro, porém esta noite não, por ser a primeira em que estaremos juntos, mulher e homem, apartados quanto se possa do arraial para que seja sem testemunhas a nossa entrega, debaixo do céu estrelado, ouvindo o marulhar da onda, e quando a lua nascer ainda os nossos olhos estarão abertos, Mogueime dirá, Não há outro paraíso, e eu responderei, Assim não foram Eva e Adão porque o Senhor lhes disse que haviam pecado.

Maria Sara chegou à hora que tinha prometido. Trazia alguma comida, munições de boca lhe chamaríamos com maior propriedade vocabular, pois veio para uma guerra, e muito consciente das suas responsabilidades, Sim, um beijo, dois, três, mas não te distraias, a trabalhar estavas, a trabalhar continuas, o tempo chega para tudo, mesmo quando é pouco, e nós vamos ter duas noites inteiras e um dia completo, a eternidade, dá-me só mais um beijo, e agora senta-te, diz-me apenas como vai a história, Mogueime e Ouroana já se encontraram, Menos eufemisticamente, queres dizer que já foram para a cama, De certo modo, sim, Como de certo modo, É que não tinham cama, deitaram-se à luz das estrelas, Que sorte, Noite quente, eles estavam juntos e a maré subia, Espero que tenhas escrito essas palavras, Não, não escrevi, mas ainda estou a tempo. Maria Sara levou os embrulhos para dentro, enquanto Raimundo Silva, de pé, olhava as suas folhas com a expressão de quem segue outro pensamento, Não podes escrever mais, perguntou ela ao regressar, a minha chegada distraiu-te, Não é o mesmo estares ou não estares, não somos o velho casal que já perdeu as emoções e até a memória de as ter tido, pelo contrário, somos Ouroana e Mogueime começando, Então distraio-te, A Deus graças, mas o que eu estava a pensar é que não continuo a escrever aqui, Porquê, Não sei muito bem, deixar o escritório foi fugir à rotina, uma infração ao costume que talvez me ajudasse a entrar noutro tempo, mas agora, que estou quase a regressar, apetece-me voltar à cadeira e à secretária do revisor, que é o que eu sou, no fim das contas, Porquê essa insistência no revisor, Para que tudo fique claro entre Mogueime e Ouroana, Explica-te, Tal como ele nunca virá a ser capitão, eu nunca serei um escritor, E tens medo de que Ouroana vire as costas a Mogueime quando descobrir que nunca será mulher de um capitão, Tem-se visto, Contudo, essa Ouroana viveu vida melhor quando estava com o cavaleiro, e agora quis Mogueime, suponho que ele a não forçou, Não estou a falar de Ouroana, Estás a falar de mim, bem o sei, mas o que dizes não me agrada, Calculo, Dure esta relação o que durar, quero vivê-la limpamente, gostei de ti pelo que és, presumo que o que sou não te impede de gostares de mim, e basta, Desculpa-me, Não adianta pedires desculpa, o mal está em vocês, homens, todos, a macheza, quando não é a profissão é a idade, quando não é a idade é a classe social, quando não é a classe social é o dinheiro, alguma vez vocês se decidirão a ser naturais na vida, Nenhum ser humano é natural, Não é preciso ser-se revisor para saber isso, uma simples licenciada não o ignora, Parece que estamos em guerra, Claro que estamos em guerra, e é guerra de sítio, cada um de nós cerca o outro e é cercado por ele, queremos deitar abaixo os muros do outro e continuar com os nossos, o amor será não haver mais barreiras, o amor é o fim do cerco. Raimundo Silva sorriu, Tu é que devias ter escrito esta história, Nunca me teria passado pela cabeça a ideia que a ti te ocorreu, negar um facto histórico absolutamente incontroverso, Nem eu próprio saberia dizer hoje por que o fiz, Em verdade, penso que a grande divisão das pessoas está entre as que dizem sim e as que dizem não, tenho bem presente, antes que mo faças notar, que há pobres e ricos, que há fortes e fracos, mas o meu ponto não é esse, abençoados os que dizem não, porque deles deveria ser o reino da terra, Deveria, disseste, O condicional foi deliberado, o reino da terra é dos que têm o talento de pôr o não ao serviço do sim, ou que, tendo sido autores de um não, rapidamente o liquidam para instaurarem um sim, Bem dito, Ouroana querida, Obrigada, querido Mogueime, mas eu não sou mais do que uma simples mulher, ainda que licenciada, E eu um simples homem, apesar de revisor. Riram ambos, e depois, ajudando-se, transportaram para o escritório os papéis, um dicionário, outros livros de consulta, Raimundo Silva fez questão de levar o solitário com as duas rosas, Isto é comigo, que sou o inventor. Dispôs tudo em cima da secretária, sentou-se, olhou muito sério para Maria Sara como se avaliasse, pela presença dela ali, o efeito da mudança de local, Agora, vou escrever sobre os milagrosos casos de que foi autor, morto já e enterrado, o antes por outras admiráveis razões tão celebrado Henrique alemão, cavaleiro da cidade de Bona, segundo explicadamente se conta na carta de Frei Rogeiro àquele Osberno que veio a ficar com a boa fama de cronista, carta que sendo, neste ponto, digna de confiança mínina, o é de máxima fé, e isso é o que conta, E eu, respondeu Maria Sara, enquanto não chega a hora de jantar, que hoje será preparado e comido em casa, ficarei sentada neste sofá lendo a edificante obra dos milagres de Santo António, para cujo apetite me havia preparado a tua leitura do caso prodigioso da mula que trocou a aveia pelo Santíssimo Sacramento, fenómeno que não teve repetição, pois a dita mula, sendo estéril como todas as outras, não deixou descendência, Principiemos, Principiemos.

Não tinha passado mais de uma semana depois que o cavaleiro Henrique fora sepultado no cemitério de S. Vicente, talhão dos mártires estrangeiros, estava Frei Rogeiro na sua tenda compilando os apontamentos que havia tomado durante uma volta que dera por todos os arraiais, cavalgando a sua fiel mula, que em verdade tinha todas as qualidades próprias da espécie, mas sofria duma gula incurável que não deixava fio de erva ou grão de aveia a salvo dos seus dentes amarelos, estava Frei Rogeiro assim, noite fechada, quando, por cansaço da viagem, depois de ter cabeceado docemente três vezes, lhe deu um sono tão profundo que parecia obra de sobrenatural. Diz aqui que faltando ao coro na noite de Natal, por assistir na enfermaria a um religioso agonizante, mereceu Santo António que se desunissem as paredes para ali adorar a hóstia consagrada no tempo da missa. Estava pois dormindo Frei Rogeiro, quando entrou na tenda um cavaleiro armado de todas as suas armas menores, exceto a adaga, e dirigindo-se a ele o sacudiu por um ombro também três vezes, a primeira com jeito, a segunda com ânimo, a terceira com força. Diz aqui que estando Santo António a pregar ao ar livre lhe começou a chover, e então fez com que chovesse apenas ao derredor, ficando os ouvintes em seco. Abriu Frei Rogeiro os olhos espantados e viu que tinha na sua frente o cavaleiro Henrique, que lhe disse, Levanta-te e vai àquele lugar onde os portugueses enterraram o meu escudeiro, afastado de mim, e toma o corpo dele e traze-o e enterra-o aqui junto comigo, a par desta minha sepultura. Diz aqui que a uma sua devota fez ouvir Santo António a sua voz à distância de uma légua, e que a uma outra uniu os cabelos cortados aos que na cabeça continuavam. Olhou Frei Rogeiro, e não vendo mais o cavaleiro nem sepultura nenhuma cuidou que estava dormindo e sonhando, e para não desmentir-se a si mesmo, tornou a adormecer. Diz aqui que tendo Santo António encontrado um penitente e achando que ele merecia absolvição, lha deu, fazendo ao mesmo tempo desaparecer todas as letras de um papel onde o dito levava escritas as suas culpas. Voltara Frei Rogeiro a dormir a sono solto, sonhando que alguma comida avariada lhe causara aquele molesto sonho, quando tornou a entrar o cavaleiro, outra vez o sacudiu e despertou, e disse, Não durmas, frade, que eu ordenei-te que fosses buscar o meu escudeiro à cova onde jaz longe de mim, e tu bem me ouviste e não fizeste caso. Diz aqui que tendo-se entornado vinho numa adega, Santo António o fez restituir à pipa. Devia de estar Frei Rogeiro muito cansado para logo ter tornado a adormecer, desprezando, primeiro o pedido, depois a ordem, mas agora inquietava-se em seu sono, como se adivinhasse que não tardaria muito a tê-lo interrompido, e assim foi, que entrou o cavaleiro com suma ira e uma espantosa e brava catadura, increpando-o com palavras de grande medo, Que faço-te e aconteço-te se não vais já já cumprir o que tantas vezes te vim dizer. Diz aqui que com o sinal da cruz converteu Santo António um sapo em um capão, e depois com o mesmo sinal fez de um capão peixe. Ora, não seria Frei Rogeiro digno do seu sagrado ministério se não tivesse aprendido com a lição de S. Pedro, segundo a qual se pode negar ou recusar duas vezes, mas que à terceira, mesmo não cantando o galo, se arrisca um a sofrer brutas represálias, mormente em casos em que intervenham espíritos, cuja força material sempre sobreleva a dos vivos em não sei quantos por cento. Diz aqui que Santo António com o sinal da cruz arrancou os olhos a um herege por castigo, e por compaixão lhos tornou a restituir. Levantou-se pois asinha Frei Rogeiro do seu conforto e pegando numa candeia desceu ao esteiro, assustando de passo não poucas sentinelas que julgavam ir ali alma penada, tomou um batel e, esforçando-se nos remos, atravessou para o outro lado. Diz aqui que Santo António uniu prodigiosamente dois copos quebrados e restituiu o vinho derramado à pipa duma devota, demonstrando assim que os milagres se podem repetir sem que padeça míngua a potência miraculosa. Aonde terá ido Frei Rogeiro buscar as forças necessárias ao hercúleo trabalho que lhe tinha sido assinado, não se sabe, presumindo-se que ao próprio medo que sentia, mas em pouco tempo abriu a sepultura e retirou o escudeiro, que às costas transportou para o barco, e, alagado em suores frios e suores quentes, regressou ao ponto de partida, acarretou o tremendo peso pela encosta acima até S. Vicente, e ao lado do moimento do cavaleiro fez nova cova e nova sepultura. Diz aqui que estando Santo António em Sicília viu cair uma sua devota a um charco e que incontinenti a fez sair dele composta e asseada. Entrou Frei Rogeiro na sua tenda e dormiu o resto da noite como uma pedra, e quando de manhã acordou e se lembrou do que lhe acontecera, não só não duvidou, pois tinha as mãos e o hábito manchados de terra e viscosidades suspeitas, como se escandalizou com o ingrato procedimento do cavaleiro que não se dera ao incómodo de vir agradecer-lhe, ele que tão pronto fora em arrancá-lo ao precioso sono. Diz aqui que Santo António, estando em Roma, pregou em uma só língua e o entenderam perfeitamente várias nações. Ora, não se acabaram com este feito as manifestações maravilhosas do cavaleiro Henrique, antes sucedeu que à cabeceira da sua campa apareceu uma palma semelhável àquelas que três séculos depois trarão os romeiros de Jerusalém em suas mãos. Diz aqui que em Ferrara livrou Santo António a uma inocente mulher da injusta morte que lhe maquinava o seu marido, fazendo que um menino recém-nascido falasse e declarasse a inocência da mãe. Cresceu a palma, começou a deitar folhas e fez-se alta, e veio el-rei e todo o povo de soldados e de gente comum que pelos arraiais andava, e todos deram muitas graças a Deus. Diz aqui que em Arimino, sendo apedrejado pelos hereges, passou Santo António às praias do mar e convocando os peixes lhes fez um admirável sermão. Principiaram de vir os enfermos e tomavam folhas daquela palma, e pondo-as no colo logo eram curados nessa hora de qualquer enfermidade que cada um houvesse. Diz aqui que, passando de Arimino a Pádua, converteu Santo António a vinte e sete ladrões em um só sermão. Que prodígio, que formoso milagre. Diz aqui que, tendo Santo António repreendido asperamente a um moço que dera um pontapé em sua própria mãe, ficou o agressor tão compungido e repeso do mal que fizera, que foi dali por um cutelo e sem mais advertência cortou o malicioso pé. Outros enfermos houve que colhiam as palmas e as torravam e pisavam, e misturando o pó com água ou vinho o bebiam, ficando logo sãos de qualquer dor que no corpo tivessem. Diz aqui que se dessangrava o moço em termos de perder a lastimosa vida, e tantos gritos deu que se juntou povo ao redor dele querendo saber o porquê, e ele explicou, chorando muito, que Frei António lhe tinha dito que aquele era o castigo que merecia, e nisto veio a mãe queixando-se de que o frade lhe matara o filho, atribuindo a imprudência deste ao zelo excessivo do santo. Correu a fama das virtudes curativas da palma, e de tal maneira que, a pouco tempo, de tanto lhe levarem das folhas e dos talos, não ficou coisa nenhuma sobre a terra, e porque não puseram nela boa guarda vieram alguns de noite e arrancaram aquela que debaixo da terra ficara e levaram-na. Diz aqui que acorreu Santo António ao adjunto e, tomando o pé, que estava separado da perna, com as suas próprias mãos o ajustou pelos vestígios da mesma cisura, e fazendo sobre ele o sinal da cruz instantaneamente ficou unido com a mesma solidez e a mesma segurança. Não teria fim o inventário bendito das miraculosas obras do cavaleiro Henrique se por extenso e com particularidades as discriminássemos todas, caminho este que finalmente nos levaria para muito longe do escopo desta narrativa, que é, mais do que saber que destino levou Lisboa, coisa que não é segredo para ninguém, explicar como conseguimos nós, sem a ajuda dos cruzados, levar a termo o desígnio patriótico do nosso rei Afonso, primeiro desse nome e em tudo. Diz aqui que, pregando Santo António em Milão, apareceu em Lisboa e fez absolver a seu pai de uma dívida que não devia, e também diz que, estando pregando em Pádua, apareceu no mesmo tempo em Lisboa, onde fez falar um defunto e livrou seu pai da morte. Ora, testemunhas oculares de tais e tantos maravilhosos sucessos, dois homens surdos-mudos que tinham vindo na frota, porém não se sabe se ingleses, aquitanos, bretões, flandrenses ou colonenses, foram um dia ao moimento do cavaleiro e deitaram-se ao lado dele, com grande devoção, pedindo em suas vontades que houvesse com eles piedade e misericórdia. Diz aqui que estes foram os milagres principais obrados por Santo António em vida, mas que depois da sua morte se observaram inúmeros e de tal qualidade que em nada ficaram a dever, até hoje, aos que operou pelos influxos da sua presença, apenas neste papel se mencionando um desses como boa prova do que fica dito, e vem a ser que fez passar Santo António uma sua devota de estéril a fecunda, e que parindo ela uma mole informe a converteu numa criatura elegante, assim transformando metade de um milagre em um milagre inteiro. Ora, estando os dois homens surdos-mudos assim jazendo, adormeceram ambos e apareceu-lhes em sonho logo o cavaleiro Henrique, em figura e traje de romeiro, e trazia em sua mão um bordão de palma e falou àqueles mancebos e disse-lhes assim, Alevantai-vos e folgai e havei grande prazer, ide e sabede que pelos meus merecimentos e destes mártires que aqui jazem, havedes ganhada graça do Senhor Deus, a qual graça é convosco, e dito isto desapareceu, e eles acordando acharam que podiam ouvir, e falar também, porém falavam como gagos, e de maneira que não se entendia que língua estavam falando, se a dos ingleses, ou aquitanos, ou bretões, ou flandrenses, ou colonenses, ou, conforme não poucos afirmavam, a língua dos portugueses, E depois, Depois os dois gagos tornaram à sepultura do cavaleiro com mais devoção ainda, se é possível, porém foram perdidas orações, que gagos ficaram para toda a vida, o que no fim de contas não deveremos estranhar, uma vez que em questão de milagres não se pode comparar um cavaleiro Henrique a Santo António.

Vamos jantar, disse Maria Sara, e Raimundo Silva perguntou, Que é que temos para comer, Será talvez peixe, será talvez capão, mas se os milagres também se fazem de trás para diante não te admires que nos saia da panela um sapo.

Estão passados mais de dois meses desde que começou o cerco, três meses sobre o pagamento do último soldo. Esperara muito D. Afonso Henriques, como a seu tempo fomos informados, das artes de engenharia militar do cavaleiro Henrique e também daqueles franceses e normandos não nomeados, mas a desastrosa morte do santo homem, ainda que madre doutros prodígios, e a destruição da torre que deveria atacar o muro ao sul da Porta de Ferro fizeram, em toda a gente, que o entusiasmo bélico passasse de fogo vivo a lume brando, como é possível observar pelo atrasado em que está o trabalho daqueles estrangeiros e pelas intermináveis discussões em que vêm gastando o seu tempo os mestres carpinteiros portugueses, que não conseguem pôr-se de acordo sobre se vale mais repetir tal e qual a obra do alemão, respeitando a patente, ou introduzir-lhe modificações estruturais que, por assim dizer, deem à futura torre o toque nacional. Robustecera-se a dita esperança de el-rei em dois motivos, sendo um efeito direto do outro, e vinha a ser, motivo primeiro, que havendo o assalto resultado bem ficava a cidade ganha, e portanto, motivo segundo, poderia licenciar a tropa, mandá-la para casa, até à próxima campanha, poupando uma soldada geral. Tivera D. Afonso a honestidade de não esconder os apuros em que se encontrava a sua tesouraria, sem liquidez, o que, aliás, só deverá abonar em seu favor, pois simplicidade e franqueza não são qualidades que habitualmente exornem os governantes de todo o mundo, sem exceção dos nossos. Porém, esta maneira de estar na política nunca é compensada como mereceria, e agora temos aqui um rei com a apetecida cidade de Lisboa diante dos olhos e sem lhe poder chegar, e ainda por cima obrigado a rapar o fundo às burras para pagar o pré a um exército que já anda a murmurar contra a tardança. Claro que esta não é a primeira vez que a coroa se atrasa nos pagamentos, mormente em estado de guerra, pensemos só nas vicissitudes de um conflito, a recolha do dinheiro, o transporte, a questão dos trocos, tudo isto junto faz com que a chamada à caixa se faça geralmente tarde e a más horas, não sendo raros os casos em que a infelicidade é tanta que morre o soldado antes de receber o soldo, às vezes por minutos.

Tivesse D. Afonso Henriques conseguido o dinheiro uns dias mais cedo, e a história deste cerco viria a ser diferente, não na sua conhecida conclusão, mas nos seus trâmites intermédios. É que, com o passar do tempo, era já meados de setembro, e sem que se soubesse como e onde tinha nascido a inaudita ideia, começaram os soldados a dizer uns para os outros que, sendo tanto ou tão pouco homens como os cruzados, também por igual merecedores deveriam ser, e que, estando sujeitos à mesma morte, lhes deveriam ser reconhecidos direitos em tudo iguais aos deles, quando chegasse a hora do pagamento. Falando claro, o que eles queriam saber era por que bulas iam os cruzados ter direito a saque, e vá lá que o grosso deles se tinha desinteressado da empresa, enquanto o soldadinho português haveria de contentar-se com o magro soldo, assistindo, de algibeiras a tinir, ao bródio, ripanço e festival dos estrangeiros. Aos ouvidos dos capitães chegaram ecos destes movimentos e encontros, mas a pretensão era de tal modo absurda, ia de tal maneira contra todas as leis e usanças, tanto as escritas como as consuetudinárias, que a resposta foi um encolher de ombros e um comentário displicente, São parvos, com que pretendiam significar, São pequenos, naquele tempo ainda se ligava à etimologia, não é como hoje, que não se pode chamar parvo a ninguém, ainda que obviamente minorca, sem que fique logo aberta uma querela por ofensa. Pelo sim, pelo não, mandaram os capitães recado a D. Afonso Henriques para que se desse pressa em liquidar os soldos atrasados, porquanto se estava relaxando a disciplina e a tropa resmungava de cada vez que os sargentos mandavam atacar, Por que é que não vai ele, que tem divisas, e era mui injusto o comentário, que nunca sargento algum se deixou ficar na trincheira a ver em que paravam os resultados do assalto, se devia avançar para recolher os louros, ou ficar para repreender e castigar os cobardes fujões. Ao fim de mais uma semana, quando as opiniões subversivas já tinham deixado de expressar-se à boca pequena para serem proclamadas em alta voz nos ajuntamentos espontâneos ou convocados, correu a notícia de que finalmente ia o soldo ser pago. Suspiraram de alívio os capitães, mas logo se lhes cortou a respiração quando os caixas vieram dizer que não aparecia ninguém a receber. No próprio arraial do rei a afluência foi diminutíssima, e mesmo essa devia ser interpretada como consequência duma intimidação, que a todo o momento podia o tropa dar de caras com D. Afonso Henriques e este perguntar-lhe, Então já foste receber, onde é que o tímido praça iria buscar a coragem para responder, Saiba vossa alteza que não, ou me pagam pela tabela dos cruzados, ou não vou mais à guerra.

Todo o temor dos capitães era que os mouros se apercebessem da ribaldaria que ia pelos acampamentos cristãos, não fosse o caso de aproveitarem-se do desconcerto que neles reinava para, em surtidas fulminantes, irromperem ao mesmo tempo das cinco portas e varrerem uns para o mar e a outros precipitá-los das alturas. Por isso, antes que se fizesse irremediavelmente tarde, mandaram chamar, não os cabecilhas, que os não havia, mas uns tantos soldados que, por falarem mais alto, tinham ganho certo império sobre os outros, e quis o destino que na Porta de Ferro fosse Mogueime um deles, que não o distraía o seu amor por Ouroana das responsabilidades cívicas e dos justos interesses pessoais e coletivos. Foram pois três procuradores ao capitão, a quem, perguntados, participaram as sabidas razões. Usou Mem Ramires, e é de crer que nos outros arraiais este tenha sido também o discurso, de arrebatadoras exortações patrióticas, as quais, apesar de serem uma novidade, não demoveram os soldados da sua firmeza, passando depois aos gritos e ameaças, que tão-pouco produziram efeito, e finalmente, tomando Mogueime como interlocutor, exclamou Mem Ramires, embargando-se-lhe de comoção a voz, Como é possível que tu, Mogueime, estejas metido nesta conspiração, tu, que foste meu companheiro de armas em Santarém, quando generosamente me emprestaste os teus ombros e a tua grande estatura para que eu pudesse lançar aos merlões a escada por onde depois todos subimos, e agora, esquecido do papel importantíssimo que tiveste naquela gloriosa jornada, desagradecido ao teu capitão, ingrato ao teu rei, aí estás enquadrilhado com uns vagabundos ambiciosos, como é possível, e Mogueime, sem se dar por achado, não respondeu mais do que isto, Meu capitão, se precisar de subir outra vez às minhas cavalitas para chegar com a espada, as mãos ou a escada ao adarve mais alto de Lisboa, conte comigo, vamos já, se quiser, mas a questão não é essa, a questão é que queremos ser pagos como os estrangeiros, e repare o meu capitão aonde chega a nossa sensatez, que não viemos aqui pedir que se pague aos estrangeiros como se tem pago a nós. Os outros dois procuradores assentiram em silêncio, que tal eloquência não necessitava reiteração, e a conferência acabou.

Fez Mem Ramires o seu relatório ao rei, o qual, no essencial, coincidia com os dos outros capitães, sugerindo, com todo o respeito, que mandasse sua alteza comparecerem à sua presença os delegados do movimento das forças armadas, que talvez, diante da majestade real, se lhes reduzissem os atrevimentos e encolhessem os ânimos. Duvidou D. Afonso Henriques de condescender, mas a situação apertava, a toda a hora podiam os mouros dar-se conta da inação dos inimigos, e em desespero de causa, mas furioso, mandou vir os procuradores. Quando os cinco homens entraram na tenda, el-rei, de fechada catadura e com os potentes braços cruzados sobre o peito, increpou-os sanhudamente, Não sei se hei de mandar que vos cortem os pés que vos hão trazido, ou a cabeça donde sairão, se tal ousardes, as vossas atrevidas palavras, e tinha os olhos chamejantes postos no mais alto dos delegados, que era, como se adivinhou, Mogueime. Ora, foi bonita coisa de se ver, provavelmente só possível naqueles inocentes tempos, como se lhe alteou ainda mais a figura a Mogueime e como lhe veio clara a voz para dizer, Se vossa alteza nos mandar cortar a cabeça e os pés, será todo o vosso exército que ficará sem pés nem cabeça. Não queria D. Afonso Henriques acreditar nos seus próprios ouvidos, que um assoldadado da infantaria popular pretendesse reivindicar para o seu vil grémio méritos que só à cavalaria dos nobres deveriam ser reconhecidos, que ela, sim, é verdadeiro exército, não servindo a peonagem para mais do que arredondar as hostes no campo de batalha ou fazer cordão nos cercos, como é o caso em que estamos. Mesmo assim, e porque a natureza o dotara de algum sentido de humor, conformado, evidentemente, às circunstâncias do tempo, achou graciosa a resposta do delegado, não tanto quanto ao fundo da questão, mais do que discutível, mas por causa do feliz jogo de palavras. Voltando-se para os quatro capitães, que também haviam sido chamados, disse em tom de sorridente escárnio, Este país, pela amostra, começa mal, e depois, mudando de expressão e afirmando-se melhor em Mogueime, acrescentou, Eu conheço-te, tu quem és, Estive na tomada de Santarém, senhor, respondeu Mogueime, e foi às minhas costas que subiu o capitão Mem Ramires, que aí está, E por isso crês que te autorizas a vir aqui protestar e reclamar o que não pode ser teu, Não por isso, senhor, mas porque o quiseram os meus companheiros, de quem, com estes, sou voz e língua, E que quereis, eles e tu, Já o sabeis, senhor, que tenhamos parte justa no saque, como quem aqui veio dar o seu sangue, que, derramado, é igual na cor ao dos cruzados estrangeiros, como igualmente a eles fedem os nossos corpos se a morte nos toca e apodrecemos, E se eu disser que não, que não tereis parte no saque, Então, senhor, tomareis a cidade com os poucos cruzados que vos restam dos que ficaram, É uma rebelião isto que estais cometendo, Senhor, peço-vos que não o tomeis assim, e se é verdade que há alguma ganância no nosso espírito, pensai também que é ato de justiça pagar o igual com o igual, e que este país em princípio de vida só começará mal se não começar justo, lembrai-vos, senhor, do que já os nossos avós disseram, que quem torto nasce tarde ou nunca se endireita, não queirais que torto nasça Portugal, não o queirais, senhor, Onde foi que te ensinaram a falar assim, que nem clérigo maior, As palavras, senhor, estão por aí, no ar, qualquer as pode aprender. D. Afonso Henriques já de todo deixara cair a carranca, com a mão direita prendida na barba pensava, e havia no seu olhar uma certa expressão de melancolia como se duvidasse de tantos atos que praticara, e os outros, desconhecidos, que o esperavam no futuro para o avaliarem segundo a medida de alma com que vier a enfrentar-se com eles, e estando assim alguns minutos, num silêncio que ninguém ali agora se atreveria a quebrar, disse por fim, Ide-vos, depois os vossos capitães vos instruirão sobre o que com eles vou decidir.

Houve festa nos cinco arraiais, que até no do Monte da Graça foi perdida a timidez, quando, reunidas as tropas em alardo, vieram os arautos anunciar a mercê que fazia el-rei de que a todos os soldados, sem diferença de graduação ou antiguidade, ficava reconhecido o direito de saque da cidade, segundo os costumes e salvaguardadas as partes que deveriam caber à coroa e aos cruzados se tinham prometido. As aclamações foram tantas e tão prolongadas que definitivamente se arrecearam os mouros de que chegara a hora do assalto final, embora nenhuns preparativos anteriores o fizessem esperar. Tal não sucedeu, de facto, mas do alto dos muros puderam ver como referviam de atividade os acampamentos, iguais que formigas alvorotadas pela súbita descoberta de uma mesa posta e servida à beirinha do carreiro por onde até aí não tinham feito mais do que acarretar praganas secas e migalhas de presigo. Em uma hora puseram-se os mestres carpinteiros de acordo, em duas fervilhavam de diligência os estaleiros onde preguiçosamente o caruncho viera tomando conta das torres em construção, maneira figurada de dizer, pois os hilotrupes e os anóbios não estão dotados de instrumentos de corte e perfuração capazes de defrontar-se com a madeira verde e vencê-la, e em três teve alguém a ideia de que, cavando por baixo da muralha uma mina funda e atulhando-a de lenha e pegando-lhe fogo, o calor da fornalha faria dilatar as pedras e esboroar as juntas, com o que, empurrando também Deus um pouco, viria tudo ao chão no tempo de dizer um amém. Murmurarão aqui os céticos e os que sempre estão malsinando a natureza humana que estes homens, antes insensíveis ao amor da pátria e indiferentes ao futuro das gerações, pelo amor ao satânico lucro se desvelavam agora, não só no duro trabalho do corpo, mas também nas invisíveis e superiores operações da alma e da inteligência, porém haverá que dizer que redondamente se enganam, pois o que era ali motor de vontades e gerador de alegrias resultava infinitamente mais do contentamento que no espírito sempre fará nascer uma justiça que seja igual para todos e que de cada um faça destinatário escolhido de um integral e incorruptível direito.

Com estas novas disposições dos cristãos, que mesmo

à distância se tornavam patentes, começou o desânimo a filtrar-se no ânimo dos mouros, e se na maior parte dos casos era à própria e necessária luta contra a fraqueza despontante que iam buscar forças novas, alguns houve que cederam aos medos reais e imaginados e tentaram salvar o corpo buscando num precipitado batismo cristão a condenação da sua islâmica alma. Pela calada da noite, usando cordas improvisadas, baixaram das muralhas e, ocultos nas ruínas das casas do arrabalde e entre os arbustos, esperaram o nascer do dia para surgirem à luz. De braços levantados, com a corda que os ajudara a descer posta em redor do pescoço como sinal de sujeição e obediência, caminharam para o arraial, ao mesmo tempo que davam altas vozes, Batismo, batismo, acreditando na virtude salvadora duma palavra que até aí, firmes na sua fé, haviam detestado. De longe, vendo aqueles mouros rendidos, julgaram os portugueses que viessem negociar a própria rendição da cidade, embora lhes parecesse raro que não se tivessem aberto as portas para eles saírem nem obedecido ao protocolo militar prescrito para estas situações, e sobretudo, aproximando-se mais os supostos emissários, tornava-se notório, pelo esfarrapado e sujidade das roupas, que não se tratava de gente principal. Mas quando finalmente foi compreendido o que eles pretendiam, não tem descrição o furor, a sanha dementada dos soldados, baste dizer que em línguas, narizes e orelhas cortadas foi ali um açougue, e, como se tanto fosse nada, com golpes, pancadas e insultos os fizeram tornar aos muros, alguns, quem sabe, esperando sem esperar um impossível perdão daqueles a quem haviam atraiçoado, mas foi um triste caso, que todos acabaram ali mortos, apedrejados e crivados de setas pelos próprios irmãos.

Depois desta trágica aventura caiu sobre a cidade um silêncio pesado, como se um luto mais profundo tivessem de purgar, talvez o duma religião ofendida, talvez o insuportável remorso dos atos fratricidas, e foi então que, rompendo as últimas barreiras da dignidade e do recato, a fome se mostrou na cidade em sua mais obscena expressão, que menor obscenidade é a exibição dos comportamentos íntimos do corpo do que ver extinguir-se esse corpo à míngua de alimento sob o indiferente e irónico olhar de deuses que, tendo deixado de guerrear uns contra os outros por serem imortais, se distraem do aborrecimento eterno aplaudindo os que ganham e os que perdem, uns porque mataram, outros porque morreram. Pela ordem inversa das idades, apagavam-se as vidas como candeias exauridas, primeiro as crianças de colo que não encontravam uma só gota de leite nos peitos murchos das mães e se desfaziam em podridões interiores causadas por alimentos impróprios que em último recurso as queriam fazer ingerir, depois as mais crescidas, a quem, para sobreviver, não bastava o que os adultos tiravam à boca, e destes mais as mulheres do que os homens, que elas privavam-se para que eles pudessem levar uma última energia à defesa dos muros, ainda assim os velhos eram os que melhor resistiam, talvez graças à pouca exigência de corpos que por si mesmos se dispunham a entrar leves na morte para não sobrecarregarem a barca em que atravessarão o último rio. Já então tinham desaparecido os gatos e os cães, as ratazanas eram perseguidas até às trevas fétidas onde se refugiavam, e agora que pelos pátios e jardins se raspavam as ervas até às raízes, a lembrança de uma ceia de cão ou de gato equivalia ao sonho duma era de abundância, quando ainda as pessoas se podiam oferecer o luxo de atirar fora os ossos mal esburgados. Nos monturos, agora, buscavam-se restos que dessem para aproveitamento imediato ou para transformar, por qualquer meio, em comida, e o ardor da busca era tal que os últimos ratos, surdindo do invisível em meio da noite negra, quase nada encontravam que pudesse aproveitar à sua indiscriminativa voracidade. Lisboa gemia de miséria, e era uma ironia grotesca e terrível deverem os mouros celebrar o seu ramadão quando a fome tornara o jejum impossível.

E assim foi que se chegou à Noite do Destino, essa de que se fala na sura noventa e sete do Corão e que comemora a primeira revelação do profeta, e em que, segundo a tradição, se revelam por sua vez os acontecimentos de todo o ano. Para estes mouros de Lisboa, porém, o destino não esperará tanto tempo, vai cumprir-se por estes dias, e chegou sem ser esperado, pois não o revelou a Noite de há um ano, ou não a souberam ler nos seus arcanos, iludidos por estarem ainda tão lá para o norte os cristãos, esse lbn Arrinque de má semente e a sua tropa de galegos. Não se pôde averiguar a razão de terem os mouros ateado em toda a extensão dos adarves grandes fogueiras que, como uma enorme coroa de lumes rodeando a cidade, arderam durante toda aquela noite, enchendo de espanto e de inquieto temor religioso os corações dos portugueses, a quem o assombroso espetáculo porventura faria duvidar das esperanças de vitória se não tivessem boa informação das raias de desespero a que tinham chegado os desgraçados. Ao alvorecer, quando os almuadens chamaram à oração, as últimas colunas de fumo negro erguiam-se para um céu puríssimo e, tingidas de vermelho pelo sol nascente, eram empurradas por uma brisa suave, sobre o rio, na direção de Almada, como uma ameaça.

Estavam, realmente, chegados os dias. A escavação da mina terminara, as três torres, a normanda, a francesa, e também a portuguesa, cuja construção em breve tempo alcançara a das outras, levantavam-se perto dos muros como gigantes prestes a erguerem o punho tremendo que iria reduzir a escombros e destroços uma barreira a que vai faltando o cimento da vontade e da valentia dos que até agora a defenderam. Sonâmbulos, os mouros veem as torres que se aproximam, e sentem que já os seus braços mal podem levantar a espada e esticar a corda do arco, que os olhos turvos confundem as distâncias, é a derrota que aí vem, pior que a morte. Em baixo, o fogo rói a muralha, da mina saem golfões de fumo, como de dragão agonizando. E é então que num esforço final os mouros, tentando encontrar no seu próprio desespero as últimas energias, irrompem pela Porta de Ferro para uma vez mais incendiarem a torre ameaçadora, que de cima, por estar ela melhormente protegida, não lograriam destruí-la. De um lado e do outro, mata-se e morre-se. A torre chega a pegar fogo, mas o incêndio não se propagou, os portugueses defendem-na com fúria igual à dos mouros, mas um momento houve em que, aterrorizados, feridos uns, outros o fingindo, largando as armas ou com elas vestidas, alguns fugiram lançando-se à água, uma vergonha, ainda bem que não há aqui cruzados para registarem a cobardia e dela levarem afrontosa notícia ao estrangeiro, que é onde as famas se fazem ou se perdem. Quanto a Frei Rogeiro, não há perigo, anda a observar por outras paragens, se alguém lhe for delatar o que aqui se passou, sempre poderemos argumentar, Como é que pode ter a certeza, se não estava lá. Fraquejaram por sua vez os mouros, enquanto os portugueses de maior coragem agora avançavam, pedindo o auxílio de todos os santos e da Virgem Santa Maria, e, ou fosse por isso, ou por haver para todos os materiais um limite de resistência, o certo é que com tremendo estrondo veio abaixo o muro, abrindo-se uma bocarra enorme, pela qual, dissipado o fumo e o pó, se podia finalmente ver a cidade, as ruas estreitas, as casas apinhadas, a gente em pânico. Os mouros, amargurados pelo desastre, recuaram, a Porta de Ferro fechou-se, tanto fazia, que outro vão se havia rasgado quase ao lado, para ele não havendo porta, a não ser, tão precária, os peitos dos mouros que surgiram a cobrir a abertura, com desesperada ira que fez hesitarem novamente os portugueses, valeu no aperto que a torre daqui pôde enfim alcançar o muro, ao tempo que um alarido de medo e agonia se ouvia na outra parte da cidade, eram as mais duas torres que entestavam com a muralha fazendo pontes por onde os soldados, gritando, Sus, sus, a eles, invadiam os adarves. Lisboa estava ganha, perdera-se Lisboa. Após a rendição do castelo, estancou-se a sangueira. Porém, quando o sol, descendo para o mar, tocou o nítido horizonte, ouviu-se a voz do almuadem da mesquita maior clamando pela última vez lá do alto, onde se refugiara, Allahu akbar. Arrepiaram-se as carnes dos mouros à chamada de Alá, mas o apelo não chegou ao fim porque um soldado cristão, de mais zelosa fé, ou achando que ainda lhe faltava um morto para dar a guerra por terminada, subiu correndo à almádena e de um só golpe de espada degolou o velho, em cujos olhos cegos uma luz relampejou no momento de apagar-se-lhe a vida.

São três horas da madrugada. Raimundo pousa a esferográfica, levanta-se devagar, ajudando-se com as palmas das mãos assentes sobre a mesa, como se de repente lhe tivessem caído em cima todos os anos que tem para viver. Entra no quarto, que uma luz fraca apenas ilumina, e despe-se cautelosamente, evitando fazer ruído, mas desejando no fundo que Maria Sara acorde, para nada, só para poder dizer-lhe que a história chegou ao fim, e ela, que afinal não dormia, pergunta-lhe, Acabaste, e ele respondeu, Sim, acabei, Queres dizer-me como termina, Com a morte do almuadem, E Mogueime, e Ouroana, que foi que lhes aconteceu, Na minha ideia, Ouroana vai voltar para a Galiza, e Mogueime irá com ela, e antes de partirem acharão em Lisboa um cão escondido, que os acompanhará na viagem, Por que pensas que eles se devem ir embora, Não sei, pela lógica deveriam ficar, Deixa lá, ficamos nós. A cabeça de Maria Sara descansa no ombro de Raimundo, com a mão esquerda ele acaricia-lhe o cabelo e a face. Não adormeceram logo. Sob o alpendre da varanda respirava uma sombra.

1ª EDIÇÃO [1989] 18 reimpressões
2ª EDIÇÃO [2017] 3 reimpressões

ESTA OBRA FOI COMPOSTA EM TIMES PELA PÁGINA VIVA E IMPRESSA EM OFSETE PELA GRÁFICA BARTIRA SOBRE PAPEL PÓLEN NATURAL DA SUZANO S.A. PARA A EDITORA SCHWARCZ EM MAIO DE 2023

FSC
www.fsc.org
MISTO
Papel | Apoiando o manejo florestal responsável
FSC® C105484

A marca FSC® é a garantia de que a madeira utilizada na fabricação do papel deste livro provém de florestas que foram gerenciadas de maneira ambientalmente correta, socialmente justa e economicamente viável, além de outras fontes de origem controlada.